# Bienvenue à Honeycote

VERONICA HENRY

# Bienvenue à Honeycote

Traduit de l'anglais par Odette Grille

*Titre original :*
HONEYCOTE
Éditeur original : Penguin Books Ltd

*À Peter, pour son indéfectible soutien.*

# 1

*Le glas solitaire résonne avec l'insistance de la fatalité. Le cimetière de Honeycote baigne dans la lumière trop blanche d'un soleil hivernal qui pique les yeux et joue avec les perles de rosée des toiles d'araignée tendues entre les tombes. Un monticule de terre fraîchement retournée indique la tombe la plus récente, celle d'un Liddiard, de lignée multicentenaire.*

*Il étire le cou, pour mieux voir qui est présent. Patrick, qui ne trahit son émotion que par la vitesse à laquelle il tire sur sa cigarette, dont il jette d'une pichenette le mégot dans le trou récemment creusé. Sophie et Georgina, derrière lui, dans leur manteau noir d'écolières qui souligne leur pâleur invraisemblable, ce qui ajoute à la scène la touche d'un mélodrame victorien. Sans doute est-ce là le premier enterrement auquel elles assistent, si l'on ne compte pas les cérémonies très élaborées qu'elles ont organisées, au fil des ans, pour divers cochons d'Inde ou poissons rouges. Perchée sur d'impossibles talons aiguilles et abritée sous un immense chapeau, Kay est très élégante dans son strict tailleur noir. Il devine qu'elle a mis des bas. Lawrence est à ses côtés. L'étiquette l'exige. Même Graham Cowley, le banquier, est présent. Le stylo qu'il a reçu à Noël dépasse de la pochette de son costume froissé, comme un symbole de la journée de congé qu'il s'octroie loin du bureau, un divertissement rare pour lui.*

*Lucy, elle, ne s'est pas habillée de deuil. Elle a préféré le gris, ne concédant au chagrin qu'un sobre ruban de velours noir pour retenir ses boucles en un catogan. Elle porte le collier de perles qu'il lui a offert l'an passé dans un élan de générosité très au-dessus de ses moyens, comme d'habitude.*

*À son arrivée au cimetière, Lucy s'est placée à côté de James. Il n'a eu que le temps d'apercevoir sa main se glisser furtivement dans celle de son frère, avant que le vicaire n'entonne les paroles consacrées.*

*Lorsque la première motte de terre fait résonner le bois du cercueil, Mickey Liddiard rassemble ses dernières forces et pousse. Le couvercle, taillé dans le bois dur d'un chêne vénérable, résiste.*

— Mickey ! Mickey !

Lucy, inquiète, secoua son époux pour le réveiller. Elle a senti son cœur battre la chamade lorsqu'il a sursauté à côté d'elle. Baigné de sueur, il s'est redressé brusquement et l'a regardée, alarmé.

— Tu faisais encore un de tes cauchemars…

Mickey est retombé sur les oreillers. Ouf, c'était fini ! Il se laissa envahir par le soulagement, mais Lucy sentait encore son angoisse.

— À quoi rêvais-tu donc ? Tu t'agitais en tous sens…

— Je n'en sais rien.

Mickey feignit d'être surpris. Le rêve était encore trop présent…

— Tu sais comment sont les rêves… On se réveille ; ils s'envolent…

C'était la troisième fois cette semaine qu'il faisait ce rêve, ou à peu près le même. Il avait envisagé de le faire analyser, puis s'était dit qu'il exorcisait probablement sa peur de mourir dans l'indifférence générale. Il leva les yeux pour lire l'heure.

— Quelle heure est-il ?

Lucy allongea le bras pour tourner vers elle le cadran du réveil portatif.

— Presque six heures. Tu n'as pas besoin de te lever si tôt, si ?

— Il faut que je prenne une douche.

Elle suivit des yeux sa silhouette dans la pénombre. Il marcha d'un pas lourd jusqu'à la fenêtre, ouvrit les épais rideaux doublés, laissant entrer dans la pièce les premières lueurs de l'aube rosée. Elle le discernait mieux, à présent. Grand, large d'épaules, il n'accusait pas son âge. Il avait fêté son quarante-troisième anniversaire six mois auparavant. Ses traits avaient juste ce qu'il faut de sévérité pour ne pas être poupins. La jeunesse insolente de son visage suscitait l'envie chez ses pairs, surtout ceux qui connaissaient son mode de vie. Ni bedaine ni début de calvitie, pas même un peu de sel dans sa tignasse brune...

Un bel homme, quels que soient les critères. Mais les sillons qui barraient son front, en ce moment même, alors qu'il regardait par la fenêtre, ne disaient rien de bon à Lucy. Elle ressentit soudain le besoin de le rassurer, de se rassurer. Ce n'était pas la première fois qu'elle le tirait d'un cauchemar. Elle tapota la place vide à côté d'elle.

— Viens te recoucher.

Mickey secoua la tête. Il était complètement réveillé, maintenant. Les problèmes de la journée se bousculaient déjà dans sa tête. Il se surprit à penser qu'il n'avait eu aucun répit ces derniers temps ; à part, peut-être, durant la demi-heure qui suit les premiers verres de vin, ce moment privilégié entre la détente et l'ivresse totale. Pourquoi ne parvenait-il jamais à s'arrêter à ce moment-là ? Pourquoi fallait-il qu'il se soûle, puis qu'il tombe dans la mélancolie, ayant étouffé ses angoisses sans parvenir à les faire disparaître ? Il en perdait même le sommeil...

Il se tourna vers sa femme. Elle portait le même collier que dans son rêve. Elle semblait n'avoir pas pris une ride depuis leur mariage. Rien d'étonnant. Elle n'avait pas de soucis ou, plutôt, elle ne savait rien des siens à lui.

— Que fais-tu aujourd'hui ? lui demanda-t-il.

— Les filles célèbrent le début des vacances demain. Je dois aller au supermarché faire de grosses courses.

« Grosses courses. Aïe, ma bourse ! » pensa-t-il.

— Pourquoi ? Sophie est toujours au régime et Georgina se nourrit exclusivement de sandwichs à la mélasse...

Lucy lui adressa une grimace.

— Je n'ai plus de mélasse. Je dois aussi commencer mes achats de Noël ; je ne veux pas être prise de court comme l'an passé.

À peine avait-elle prononcé la phrase qu'elle s'imagina dans la file d'attente chez Sainsbury. Chaque année, c'était le même rituel : elle se promettait de s'organiser, mais il y avait toujours mieux à faire que des listes ou de remplir le congélateur.

Mickey se rapprocha pour déposer un baiser sur son front. Elle sentit un relent fugace de sueur séchée sur sa peau. L'odeur de la panique, pas celle de la seule fatigue. Lucy pensa qu'il était préférable qu'il ne soit pas revenu se coucher ; non qu'elle soit écœurée, mais cette odeur inhabituelle la déroutait.

Un peu plus tard, Mickey sortit rasséréné de la douche. L'eau avait emporté les derniers lambeaux de son cauchemar. Il était prêt à affronter sa journée sans tarder, sans se laisser accaparer par toutes sortes de divertissements pour oublier la réalité. Il irait à la brasserie et s'attaquerait à la montagne de paperasses qui l'attendait. Elle ne risquait pas d'avoir disparu. Elle était là depuis des mois.

Il était encore tôt. Il décida de marcher plutôt que de prendre son automobile, une habitude inexcusable, la brasserie n'étant qu'à un kilomètre, à peine. L'air frais lui ferait du bien, lui nettoierait la tête. Il demanderait à Lucy de passer le prendre plus tard au cas où il n'aurait pas le courage de rentrer à pied.

C'était jour de brassage aujourd'hui.

Il s'habillerait en conséquence pour montrer qu'il était au fait des activités : ni costume ni cravate, mais un jean et le polo qu'il venait de faire imprimer du logo de la société, à la place du cœur, désireux d'associer les bières Honeycote à une image commerciale. Il avait voulu prouver qu'il avait les rênes bien en main, que tout était maîtrisé. C'était amusant ; ce simple tour de passe-passe avait impressionné tout le monde.

Lucy s'était rendormie. Mickey sortit de la chambre les bottes à la main et descendit à la cuisine. Cette pièce, le cœur de la maison, était inhabituellement silencieuse. Il savait que dans une heure elle serait pleine de vie. Sophie préparerait une de ses mixtures peu ragoûtantes, à base de fruits et de yaourt, en ronchonnant parce que le mélangeur ne la liquéfiait pas assez. Georgina étalerait sa tartinade sur des toasts. Patrick, toujours le dernier levé, fumerait en buvant son café noir corsé, incapable de communiquer avant d'avoir pris sa dose quotidienne de nicotine et de caféine. Le silence inhabituel, plutôt que de l'aider à se détendre, mettait Mickey mal à l'aise. Il attrapa une banane dans le compotier, enfila le ciré qu'il avait laissé sur le dossier d'une chaise la nuit précédente et sortit aussi furtivement que possible. Il enfonça ses mains dans ses poches, suivit l'allée qui menait aux grilles du domaine Honeycote, tourna vers la droite et, d'un pas décidé, prit le chemin qui menait au village.

Même à cette heure matinale, de nombreux habitants étaient déjà dehors. Un homme d'affaires en costume trois pièces le dépassa avec sa BMW. Il filait vers à Eldenbury, à quelque trois kilomètres. La petite ville provinciale s'enorgueillissait d'une gare, d'où un train direct transportait à Paddington les banlieusards travaillant à Londres et désireux de rentrer chaque soir dans les Cotswolds. Une équipe de jeunes travailleurs de la construction se mit en route dans une vieille camionnette. Ils se rendaient à Evesham, à une dizaine de kilomètres, dans un de ces complexes résidentiels sans âme qui semblaient pousser partout, plus vite que des champignons. Le facteur se dépêchait de faire sa tournée afin de pouvoir vaquer à sa deuxième occupation, le jardinage. Il avait compris que les habitants les plus riches étaient prêts à rémunérer honnêtement ses services d'entretien de leurs bosquets et pelouses parce qu'il était fiable et compétent et pratiquait la taille douce.

Honeycote subissait le même sort que bien d'autres villages. L'école et le poste de police étaient désaffectés, transformés en maisons pittoresques. Le bureau de poste résistait vaillamment, par la grâce de la diversification des activités. Par contre, d'autres affaires florissaient. Une jeune maman avait démarré sa propre entreprise de vêtements pour enfants, qu'elle vendait par correspondance, fournissant par là même du travail aux femmes du village habiles à la machine à coudre. Une ancienne chapelle transformée en entrepôt débordait de meubles de bois blanc recyclés et d'autres objets que les citadins s'imaginent devoir posséder dans leurs maisons de campagne. Une autre affaire prospère. Certes, un nouveau genre de petites entreprises animait Honeycote, mais les habitants locaux, nés et élevés sur le terroir, ne pouvaient plus s'offrir les petites maisons coquettes qui bordaient ses rues.

À l'autre extrémité du village, Mickey passa devant Honeycote Arms, la toute première taverne associée à la brasserie, achetée par son arrière-grand-père lorsque celui-ci s'était décidé à passer du fermage à l'industrie du houblon. L'endroit laissait un peu à désirer… Pourtant, la peinture qui par endroits tombait en écailles sur les moellons de pierre tendre avait un charme désuet. La taverne n'en demeurait pas moins peu invitante et Mickey évita de laisser son regard s'y attarder. Il n'aurait pas voulu rencontrer Ted et devoir se lancer dans des politesses de convenance.

Un peu plus haut, une arche en fer forgé montée sur deux piliers annonçait : « Honeycote Ales ». L'allée redescendait au bout de quelques mètres dans un creux où se nichaient les bâtiments de l'usine.

La cuvette permettait de cacher au village la vue peu esthétique de la cheminée qui, autrement, aurait eu l'air d'abuser de son importance. Seuls ceux qui savaient où regarder depuis la rue principale parvenaient à apercevoir le toit pentu à l'auvent de plomb peint du sigle du commerce.

L'allée débouchait sur une cour de pavés inégaux encadrée sur trois côtés par les bâtisses en brique. La tour centrale, haute de quatre étages, était le cœur de l'usine. Le houblon était traité dans le bâtiment de gauche. Les bureaux se trouvaient à droite. Derrière, désormais abandonnées, étaient dispersées diverses constructions, garages, écuries ou autres.

Deux camions aux couleurs de Honeycote, vert et or, étaient garés devant la cave, prêts à charger les barriques de bière destinées à l'un ou l'autre des dix dépôts de vente au détail, principalement des tavernes situées dans un rayon de moins de dix kilomètres, éparpillées sur la ligne de démarcation entre le Gloucestershire et le Worcestershire. À elles toutes, elles ne débitaient probablement pas plus de bière qu'une grande brasserie spécialisée, en ville, un samedi soir.

Dans ces rares moments de calme, Mickey parvenait à s'occuper de la gestion de son héritage. Quelques heures plus tard, l'endroit serait une ruche en activité ; les moteurs à vapeur géants reprendraient vie et mettraient en route une nouvelle journée de brassage. Peu après, l'air se remplirait d'un brouillard malté, riche, dont les effluves transporteraient jusqu'au village le capiteux parfum de la tradition et du savoir-faire. On pouvait certes se réjouir de recevoir en héritage sur un plateau une affaire comme celle-ci, mais Mickey n'avait hérité ni de l'esprit de pionnier de son arrière-grand-père, ni de la clairvoyance de son grand-père, ni de l'efficacité de son père pas plus que de sa capacité à travailler dur. Ce qui donnait pour résultat le désastre actuel.

Il s'arrêta et jeta un regard dans la salle commune qui servait aussi de cantine et de salle de repos aux vingt et quelques employés. C'était une pièce sans attrait particulier, mais il y faisait bon, on pouvait y prendre un thé, y fumer une cigarette et manger ses sandwiches. Il remarqua quelques ballons accrochés au mur sous une bannière proclamant « C'est une fille ! ». Il se rappela que l'un des jeunes chauffeurs employés par l'usine avait eu un bébé la semaine précédente. Cela le ramenait à ses propres responsabilités. Une bouche de plus à nourrir, même indirectement.

Comme il se rapprochait des portes menant vers les bureaux, il regarda la plaque commémorative en laiton apposée quelque quarante-neuf années plus tôt pour le centième anniversaire de la brasserie. Le grand-père de Mickey avait assumé les frais d'une grande fête de village pour célébrer l'événement : bière gratuite pour tout le monde (bien sûr), cochon rôti, musique, bal, feu d'artifice. Chaque taverne avait construit un feu de joie et, à un certain endroit tout en haut de Poacher's Hill, on pouvait les apercevoir qui brillaient dans la nuit.

Mickey calcula qu'en tenant encore dix-huit mois, la brasserie atteindrait les cent cinquante ans, mais il doutait fort qu'il y ait quoi que ce soit à célébrer. Et les seuls feux d'artifice qui risquaient de se faire entendre seraient probablement suscités par les licenciements en chaîne, car sa famille n'était pas la seule à dépendre de la brasserie depuis des générations. Parmi les jeunes hommes qui travaillaient pour lui, certains avaient vu leur grand-père travailler pour son grand-père. D'une certaine manière, Honeycote Ales constituait une sorte de famille élargie. Des frères et des sœurs, des pères et des fils, des maris et des femmes avaient emprunté le chemin menant du village à l'usine pour transporter des tonneaux, nettoyer des tuyaux, répondre à des téléphones.

Il entendit quelqu'un siffler et se rendit compte qu'il n'était pas seul. Eric Giles, l'ingénieur, qui avait perdu les dents de devant lors d'un match de hockey au village et ne les avait jamais fait remplacer, était là dans son bleu de chauffe. On prétendait qu'il était bâti comme un dieu. Son père lui avait appris à s'occuper des chaudières et il savait réparer à peu près n'importe quoi. Il adorait son travail, adorait les machines, et Mickey savait qu'il pourrait compter sur la loyauté d'Eric bien après sa retraite. Il était là en train de vérifier le moteur, tout heureux de pouvoir faire briller les chromes. Un instant, Mickey en ressentit de l'envie et il s'imagina changeant de place avec Eric. Bien vite, cependant, il se rappela qu'il ne savait absolument pas en quoi consistait le travail d'Eric, mais que Eric, par contre, s'en tirerait certainement mieux que lui pour diriger la brasserie.

Il monta les marches de pierre qui menaient à son bureau, le cœur gros. Il glissa la clé dans la serrure. Ses problèmes avec la brasserie n'étaient que la partie visible de l'iceberg…

## 2

Mlle Cowper reposa la biographie de Nelson et soupira. Jusqu'à cet instant, elle s'était passionnée pour les menus détails de la vie du stratège, mais elle venait de relire trois fois la même page, incapable de chasser de son esprit le contenu du courrier électronique qu'elle avait reçu un peu plus tôt dans l'après-midi.

De toute sa carrière de directrice de Redfields, elle n'avait jamais été témoin d'une telle froideur. Elle aurait, à la rigueur, accepté de recevoir la nouvelle dans une lettre. Le sujet était en effet un peu délicat et personnel et elle comprenait que M. Sherwyn ne souhaite pas parler de sa vie privée au téléphone, mais un message, dactylographié, à l'évidence, par sa secrétaire ? Mlle Cowper imaginait la scène : « Irène, vous me réserverez une table chez Eduardo pour midi et vous confirmerez mon vol pour demain ; assurez-vous que j'aie un siège près d'un hublot. Ah, et n'oubliez pas d'envoyer un courriel à la directrice de l'école de Mandy pour lui dire que Mme Sherwyn et moi-même, nous nous séparons… »

Et maintenant, il fallait qu'elle l'annonce à Mandy. Un instant, elle avait envisagé de refuser de se charger de faire part de cette nouvelle à la fille de M. Sherwyn, mais il avait clairement indiqué qu'il serait en voyage à l'étranger pendant les quelques prochains jours, aussi n'avait-elle pas le choix. La plupart des jeunes filles qui fréquentaient l'école étaient des internes. Il n'était pas rare que Mlle Cowper, qui tenait le rôle de parent de substitution, doive annoncer des nouvelles peu plaisantes, mais dans le cas d'un divorce ou d'une séparation, il était d'usage que les parents emmènent leur fille à la maison et l'en informent durant une fin de semaine. À son retour, on s'efforçait d'entourer la jeune fille d'affection. La requête de M. Sherwyn était une première. Mlle Cowper se dit que le plus difficile ne serait peut-être pas d'annoncer à Mandy la séparation de ses parents, mais de lui faire accepter qu'ils n'aient pas pris la peine de le lui dire eux-mêmes. Elle devrait saupoudrer quelques mensonges pieux dans sa présentation des faits à Mandy. Elle n'allait certainement pas lui servir la nouvelle de la même manière qu'elle l'avait reçue elle-même, crûment, laidement.

Mlle Cowper était fière de Redfields. Elle était parvenue à transformer ce qui était autrefois une médiocre école de filles en établissement de prestige. Elle avait réussi ce tour de force au cours des cinq dernières années, faisant doubler le nombre des internes et attirant aussi une large proportion d'externes qui provenaient de cinquante kilomètres aux alentours. Sans doute ne pourrait-elle jamais s'enorgueillir d'abriter des cerveaux comme les écoles de Cheltenham et de Malvern, mais l'environnement joyeux et sain de Redfields produisait des filles joyeuses et saines possédant assez de confiance en elles-mêmes pour réaliser leurs ambitions, même si celles-ci n'étaient pas de travailler dans les sciences d'avant-garde. Parfois, elle aurait même souhaité que les parents démissionnent totalement. Il lui semblait qu'elle serait mieux en mesure d'élever leurs filles s'ils ne s'en mêlaient pas.

Elle parcourut des yeux la liste des camarades de classe de Mandy. Il fallait en prévenir une à l'avance pour que la pauvre fille trouve une épaule sur laquelle pleurer et une compagne pour aller fumer une cigarette illicite que la directrice, pour une fois, choisirait d'ignorer. Sophie Liddiard. Une jeune fille intelligente. Elle ne se répandrait pas en commérages avant que Mandy choisisse elle-même d'ébruiter l'affaire. Elle prit le téléphone pour appeler la secrétaire de l'école, hésitant à se servir un petit verre du sherry qu'elle offrait aux parents en visite, pour se donner un peu de courage. Après, se promit-elle. Elle avait besoin de toutes ses facultés, de tout son tact, pour mener à bien sa mission.

*
* *

Un peu plus tard dans l'après-midi, pendant que les autres élèves étaient occupées à divers jeux obligatoires (Mlle Cowper tenait beaucoup à ce que toutes les élèves prennent l'air et fassent de l'exercice, même les plus grandes), Mandy Sherwyn et Sophie Liddiard étaient assises sur l'immense rebord de pierre de la fenêtre à meneaux dominant la chambre d'étude de Mandy. Une boîte à moitié entamée de barres chocolatées était placée entre elles. Robbie Williams jouait en sourdine, la musique étant interdite avant dix-huit heures.

Sophie soupira tout en tendant la main pour prendre une autre barre chocolatée. Elle regarda ses jambes. Les collants noirs opaques étaient supposés être amincissants ; pourquoi ses cuisses paraissaient-elles si énormes ? Elle regarda avec envie les jambes de gazelle de Mandy tout en continuant d'écouter le compte rendu de son entretien avec Mlle Cowper.

— Apparemment, maman est partie à Puerto Banus pour récupérer. Plutôt pour forniquer, à mon avis. Un des ahuris de son club de gym a un appartement là-bas.

Mandy frissonna en se remémorant l'homme, habillé de cuir, puant l'après-rasage, qui avait tenté de glisser sa main sous sa jupe à plus d'une occasion. Mandy avait fini par résoudre ce problème en portant des shorts très collants, d'une blancheur immaculée, qui montraient à cet odieux bonhomme ce qu'il manquait tout en lui en interdisant l'accès.

— C'est horrible. Ça ne te rend pas triste ?

Sophie, qui avait généralement du mal à cacher ses sentiments, était intriguée par le ton apparemment désinvolte de Mandy. Si elle-même avait dû apprendre de Mlle Cowper que ses parents venaient de se séparer, elle aurait fait une crise de nerfs, elle en était sûre. Rien qu'en y pensant, les larmes lui montaient aux yeux. Cependant, Mandy se contenta de hausser les épaules et croqua la moitié d'une barre chocolatée, se perdant dans la contemplation de la structure intérieure du bonbon. Elle leva ensuite son regard bleu pâle et regarda Sophie gravement. Sophie se demanda si elle se teignait les cils. Leur couleur ne semblait pas naturelle.

— Avec un peu de chance, elle me rapportera une paire de chaussures. Il y a de superbes magasins de chaussures là-bas.

Fine mouche comme on peut l'être à dix-sept ans, Sophie pensa que si Mandy étudiait sa barre chocolatée avec une telle intensité, c'est qu'elle devait tenter de cacher combien elle était bouleversée. Elle décida de ne pas la harceler. Après tout, elle ne la connaissait pas assez bien pour se permettre des questions trop intimes. Mandy n'était entrée à Redfields qu'en sixième année et depuis dix-huit mois qu'elle était à l'école, cette conversation particulière était la première du genre, entre elles, l'intimité étant assez difficile à protéger à Redfields. Si Mandy choisissait de prétendre que tout allait bien, Sophie n'avait aucune intention de la pousser dans ses retranchements ; elle voulait seulement lui faire savoir qu'elle était prête à écouter ses confidences, si Mandy souhaitait lui en faire.

Cependant, l'indifférence de Mandy n'était pas feinte. Elle avait laissé échapper quelques larmes devant Mlle Cowper, surtout parce qu'elle savait que c'était l'attitude que l'on attendait d'elle, il ne fallait pas que la directrice pense qu'elle était bizarre. Au plus profond d'elle-même, elle se disait qu'il était un peu triste, en effet, que cette situation ne la touche pas plus et ses quelques larmes de crocodile avaient suffi à la soulager de ce sentiment. Cette démonstration d'émotion était nécessaire pour que Mlle Cowper ait au moins l'impression d'avoir correctement accompli sa mission. Mandy avait été touchée par l'inquiétude réelle de la directrice. Si sa mère avait tenté de la consoler pour la forme, Mandy aurait été asphyxiée par les vapeurs de parfum qu'elle appliquait à tous les endroits où son pouls battait le plus fort.

Ses parents et elle cohabitaient selon un mode de vie que Mlle Cowper, en tant qu'historienne, aurait appelé une existence de laisser-faire. Mandy savait qu'elle gênait la vie sportive (verticale et horizontale) de sa mère autant que les affaires de son père. Elle n'avait pas plus envie de passer du temps avec eux qu'ils n'en avaient de passer du temps avec elle. Elle se donnait tout entière aux activités que lui choisissait sa mère pour ne pas l'avoir dans les jambes durant les week-ends et les vacances : tennis, ballet, équitation, photographie, gymnastique et même, durant un semestre pendant lequel sa mère avait réellement voulu se débarrasser d'elle, l'art de faire des bouquets de fleurs sèches. Mandy était donc une enfant autosuffisante et très accomplie. L'idée de devenir interne pour terminer ses études secondaires l'avait ravie autant que ses parents. Elle avait ressenti un grand soulagement lorsque son père, après l'avoir déposée, était reparti dans sa voiture, agitant par la portière son petit doigt orné d'une bague pour lui dire au revoir. Elle espérait pouvoir enfin s'organiser, avoir des amies. Son mode de vie antérieur, suractif, lui avait permis de se faire beaucoup de relations mais aucune amitié profonde.

Les autres filles avaient ressenti de l'envie en apprenant qu'elle menait une vie tellement indépendante et raffinée. Elles auraient toutes adoré vivre dans leur propre appartement, avec la télévision par satellite, des cartes de crédit de leurs magasins de vêtements préférés ainsi qu'un compte avec une société de taxis qui les promènerait partout où elles le désireraient. Aucune d'elles ne pouvait comprendre qu'il ne s'agissait là que de compensations vides de sens, ni pourquoi Mandy se sentait heureuse à Redfields. À l'internat, elle avait enfin l'impression d'exister. La reconnaissance dont elle avait été l'objet après avoir remporté la compétition interne de tennis lui faisait encore chaud au cœur. Au lieu de félicitations parentales creuses ou d'une récompense symbolique sous la forme d'un billet de vingt livres flambant neuf de la part de son père, elle avait reçu de véritables manifestations d'allégresse de la part de ses camarades qui lui avaient joyeusement tapé sur l'épaule. Elle commençait à peine à comprendre comment on se forgeait une identité propre et qu'elle pourrait choisir ce qu'elle voulait faire de sa vie.

Mandy secoua la tête. Sous son sourire désabusé perçait de la tristesse.

— Je suppose qu'il ne remarquera même pas, il est bien trop occupé à fourguer ses salles de bains... De toute manière, mes parents ne se sont jamais vraiment aimés.

Sophie eut un sursaut vite réprimé. Quelques secondes auparavant, elle aurait donné n'importe quoi pour être aussi mince que Mandy; elle n'en était plus si sûre à présent; le prix lui en paraissait trop élevé : des parents se respectant si peu... Ses propres parents s'adoraient. Il suffisait de les voir ensemble pour en être convaincu. La perspective du congé de Noël lui donnait des fourmis dans les jambes. Rentrer à la maison, dès demain, pour quatre semaines entières, avec Georgina, sa sœur cadette. Toutes deux étaient externes, mais les trente kilomètres, à l'aller et au retour, étaient épuisants. Parfois, elle souhaitait être interne, mais elle savait bien que ses parents n'avaient pas les moyens de payer leurs deux pensions malgré la bourse conséquente dont Georgina bénéficiait pour ses exploits sportifs. Elles n'avaient échappé au collège d'enseignement général de la région que grâce à cette bourse.

Pendant que Robbie continuait de jouer la sérénade, les deux filles restaient assises, songeuses, partageant un silence amical. Sophie laissa divaguer son esprit. Son frère, Patrick, préparait une soirée-bénéfice pour le samedi suivant. Sophie ne savait pas trop comment il s'était retrouvé membre du comité organisateur, avec Ned. Elle aurait bien aimé demander conseil à Mandy. Celle-ci devait savoir quelle attitude adopter avec les balourds de son genre, mais elle se retint. Le moment était mal choisi. Elle lui tendit une friandise. L'expérience lui avait appris que le chocolat console de bien des maux.

Kay Oakley se glissa dans son automobile et enleva les chaussures en daim noir qu'elle portait. Elle ne pouvait pas conduire avec des talons de sept centimètres, mais ils lui étaient nécessaires pour se grandir lorsqu'elle devait traiter une affaire importante. Ils lui permettaient de regarder les gens en face et d'utiliser au mieux le pouvoir envoûtant, d'aucuns disaient hypnotique, de ses yeux verts. Avant de démarrer, elle vérifia l'état de sa coiffure dans le miroir de courtoisie. Malgré le grand talent de son coiffeur, elle n'était pas sûre que son style artistiquement décoiffé puisse tenir toute une journée. Cependant, la coupe, savamment effilée, démentait le peu de temps qu'elle exigeait le matin. Elle se repoudra pour masquer la pâleur due à une journée sous les néons, remit une touche de rouge à lèvres et quelques gouttes de parfum *Allure* sur chacun de ses poignets et dans son décolleté.

En sortant du stationnement, elle klaxonna, agacée par la longue file qui la précédait vers la sortie. Elle aurait dû quitter les lieux plus tôt, mais, pour faire des affaires, mieux valait rester jusqu'à la fin, lorsque les vendeurs, pressés d'en finir, capitulaient plus aisément. Elle avait obtenu un service rustique à un bon prix. Au centre de jardinage, l'épicerie fine comptait déjà plusieurs rayons. La diversification était toujours une bonne idée. À souhaiter que Lawrence soit aussi de cet avis ! Du moins le prix lui conviendrait-il…

La file de voitures avança d'à peine un mètre. Kay perdit patience. Elle vira brusquement pour passer la barrière devant tout le monde, rejoignant d'autres conducteurs qui avaient déjà eu cette idée. Elle sentit quarante paires d'yeux la fusiller, mais elle descendit néanmoins sa vitre et adopta l'expression de détresse qui convenait à la situation. Montrant du doigt le téléphone cellulaire posé sur le siège à côté d'elle, elle supplia :

— Je viens de recevoir un appel urgent… S'il vous plaît, permettez…

Kay ne défiait jamais le destin en mentant. Elle se contentait d'être économe de la vérité. En effet, elle avait bien reçu un coup de téléphone de Lawrence, un peu plus tôt. Il voulait savoir à quelle heure elle serait de retour. (Pas avant minuit, chéri. Je dois rencontrer les fournisseurs au restaurant. Il ne faudrait pas les contrarier...) L'urgence, pour elle, c'était Mickey. Le voir ou mourir. Quatre jours sans lui, c'était trop. Ce besoin de lui était une urgence.

Évidemment, le conducteur précédent la laissa passer et comprit aussitôt qu'il s'était fait duper en voyant le sourire triomphant de Kay, mais celle-ci avait déjà le pied au plancher. En arrivant sur l'autoroute, elle jeta un coup d'œil à la pendule numérique. Une heure, à peu près, s'il n'y avait pas trop de circulation. Cette pensée fit battre son entrejambe et elle posa la main à cet endroit. Son bouton battait comme un cœur. L'excitation lui fit oublier la limite de vitesse. Sans peine, elle poussa sa petite Boxster jusqu'à plus de cent. Cette voiture était une des batailles qu'elle avait gagnées contre Lawrence.

S'il n'en avait tenu qu'à lui, elle se traînerait encore sur les routes secondaires dans son 4x4. Certes, elle ne pouvait pas mettre grand-chose dans celle-ci et ne passait pas inaperçue dans une voiture de sport bleue, mais, tout bien pesé, gagner du temps lui paraissait le plus important. Le temps est chose précieuse.

L'Austin Healey n'a pas été conçue pour baiser. Toutefois, Patrick Liddiard n'aurait pas échangé sa voiture favorite contre un peu plus de confort. D'ailleurs, Kelly ne semblait pas être incommodée par l'exiguïté de l'habitacle. Malgré sa tête qui cognait rythmiquement contre la vitre, elle poussait des gémissements qui trahissaient son plaisir. Patrick savait parfaitement que Kelly ne faisait pas semblant d'avoir des orgasmes. Même si tout le reste de sa personne n'était que faux-semblant. De la racine de ses cheveux platine à ses ongles, sa personne était un véritable temple du maquillage, qu'elle étudiait, d'ailleurs, au collège local. Seuls ses seins opulents ne devaient rien au silicone. La fille d'un bistrotier n'avait pas les moyens d'une intervention de ce genre. Par contre, ses faux ongles ne tenaient pas toujours la route et Patrick avait eu le choc de sa vie en en trouvant un dans son caleçon.

Un peu plus tard, pendant que Kelly récupérait son string dans la boîte à gants, Patrick alluma une cigarette en laissant errer son regard sur le paysage. Il ne la regardait jamais se rhabiller. Ses vêtements bon marché, trop voyants, le déprimaient, lui rappelant la différence de condition sociale qui les séparait et l'amenant à se demander pourquoi il restait avec elle. Bien sûr, il connaissait la réponse : son babillage frivole, simple régurgitation du magazine *Hello*, lui permettait d'oublier ses soucis quotidiens. Il n'aurait pas supporté d'être lié à un autre genre d'oiseau, de celles qui vous étourdissent avec des jeux d'esprit. Il avait besoin de toute sa concentration en ce moment.

Pendant que Kelly se pomponnait de nouveau dans le miroir, il réfléchissait à son destin. Son père n'avait jamais exigé que l'un ou l'autre de ses enfants se sente obligé de reprendre l'affaire familiale, Honeycote Ales. Mickey, quant à lui, avait été formé, comme son père avant lui, pour cette tâche et le fardeau lui pesait suffisamment pour qu'il ne veuille pas l'imposer à sa descendance. Cependant, il n'était pas facile d'échapper à son milieu. Il avait réussi de justesse ses cours de dernière année au secondaire, mais pas son examen, et Mickey avait été extrêmement fâché, non pas contre Patrick mais contre ses professeurs, incapables de déceler à temps cette légère dyslexie, diagnostiquée par ceux de l'usine à diplômes vers lesquels il s'était tourné, en désespoir de cause. Dans un sens, Patrick avait été soulagé d'apprendre qu'il n'était pas le crétin si longtemps humilié par ses pairs. Il ne savait pas s'exprimer par écrit, mais il avait un défi à relever.

Mickey, pour compenser les années de torture que son garçon avait subies, bien qu'il n'en eût pas été totalement responsable, lui octroyait un salaire. En retour, Patrick se sentait obligé de participer à toutes sortes d'activités à la brasserie. Il n'avait aucune responsabilité précise, alors il remplaçait quiconque tombait malade, que ce soit pour décharger les sacs de houblon, conduire le camion de livraison ou surveiller les divers tests d'acidité effectués plusieurs fois par jour. Patrick avait ainsi acquis une maîtrise toute relative des diverses activités de l'entreprise, mais Mickey insistait pour qu'il trouve sa propre voie.

À vingt-trois ans à peine, Patrick avait l'impression d'être dans un cul-de-sac. Il avait envoyé suffisamment de demandes sans jamais recevoir de réponse pour comprendre qu'il n'avait aucune des qualifications requises pour décrocher un emploi à la mesure de ses espoirs, représentant de commerce ou agent immobilier. Il aimait dessiner et avait envisagé un temps une carrière dans ce domaine, mais toutes les écoles qu'il avait visitées lui paraissaient bien trop conventionnelles et leurs étudiants plus désireux de choquer que de trouver une forme esthétique qui leur soit propre. À dire vrai, sa véritable passion était la course automobile. Cependant, la restauration de son Austin Healey lui coûtait de l'argent; or, il s'agissait d'en gagner... Puisque avec le temps il s'était familiarisé avec la brasserie et bien que son père lui rappelât sans cesse qu'il était libre comme l'air, il envisageait de lui demander un poste de gestion non fictif, où il pourrait faire ses preuves. Après tout, il avait la chance d'adorer son foyer, sa région. Pourquoi chercher ailleurs? Il sentait vaguement que Mickey se débattait avec des soucis trop lourds pour lui et l'en tenait volontairement à l'écart. Il lui suffirait de trouver le moment propice. Patrick émit un long soupir.

Kelly, satisfaite de ses efforts, se retourna en roucoulant :

— Tu es bien silencieux, chou. Que t'arrive-t-il ?

— J'étais en train de me demander si nous ne devrions pas lâcher l'affaire.

Soudainement frappée de stupeur, Kelly s'agrippa à la manche de son veston. Il eut un mouvement de recul qui le surprit lui-même. Quelques secondes plus tôt, il aurait cru ne jamais pouvoir se rassasier d'elle. Ted et Eileen, ses parents, étaient les gérants de la taverne Honeycote Arms. Dans ce monde soi-disant démocratique, il savait parfaitement que la différence de classe sociale était une réalité incontournable. Était-ce le moment de lui signifier son congé ?

— Je parlais en général... Qu'avons-nous à attendre de la vie, nom de nom ?

Sous sa frange au carré, Kelly avança sa bouche en cœur couleur cerise en une moue boudeuse :

— C'est bientôt mon vingt et unième anniversaire...

Sapristi ! Comment avait-il pu oublier ? Des bouchées à la reine froides, l'atroce gâteau décoré d'une clé d'argent et la chansonnette rituelle. Patrick sourit. Cette seule pensée allégeait le poids du monde sur ses épaules. Il démarra.

— Certainement. Je te ramène chez vous ?

— Ça vaut mieux. Je dois faire une épilation brésilienne devant toute la classe demain. J'ai le trac.

Patrick, ignorant ce que pouvait bien être une épilation brésilienne et ne sachant que répondre, se contenta de faire marche arrière et de reprendre la route de Honeycote. Il aperçut la silhouette efflanquée de Toby, le cheval de trait que l'on gardait par sentimentalité, pour lui éviter de finir en viande pour chiens. Il avait autrefois tiré la charrette à houblon, mais, maintenant âgé de trente ans, il était à la retraite et coulait des jours heureux dans son enclos, derrière la malterie.

Soudain, Patrick aperçut une lumière dans les bureaux de la brasserie. Maudit soit ! Il avait bien entendu parler de l'arrivée d'un inspecteur des impôts aussi zélé qu'un âne, mais les descentes de nuit ne se pratiquaient plus guère. Qui bouillirait clandestinement de nos jours ? Il faudrait être fou, ou désespéré. Il y avait plus à perdre qu'à gagner.

Il prit une grande inspiration. Il allait toucher deux mots au gaillard, histoire qu'il comprenne que rien ne se faisait par-derrière à la brasserie Honeycote. Il rebroussa chemin malgré les protestations de Kelly et redescendit la colline.

Le Fox and Goose, le Honeycote Arms ou le Red Lion ? Des dix bistrots liés à la brasserie, Mickey avait réussi à sélectionner ces trois-là, mais ne parvenait pas à choisir parmi eux lequel serait sacrifié. Les trois étaient déficitaires et leur état exigerait de gros investissements, ce qui signifiait aussi qu'il n'en tirerait pas une fortune, mais au point où il en était… Quelque choix qu'il fasse, il aurait des comptes à rendre. Expliquer comment, après cent cinquante ans de paternalisme, les brasseries Honeycote osaient vendre l'un de leurs bistrots pionniers, sans avertir les gérants, provoquerait un vrai scandale.

Mickey savait bien qu'il était le seul à blâmer. Il avait horreur du changement et n'aurait pas eu le courage nécessaire pour prendre des mesures radicales qui, de toute façon, n'auraient rien arrangé. C'était déjà un miracle qu'ils soient parvenus au XXI$^{e}$ siècle ! Il n'avait pas les moyens, non plus, de remettre les établissements en état, ne serait-ce que pour satisfaire aux exigences des services d'hygiène. Quant aux machines, elles étaient sur le point de rendre l'âme. La faillite guettait. Il allait vendre l'une des tavernes pour sauver le reste, alors même qu'il aurait dû augmenter le nombre de ses débits de boisson pour sauver l'entreprise à long terme. Il en avait le cœur brisé.

Il termina son verre. Marchant de long en large sur le plancher ancien des bureaux de la brasserie, il s'arrêta devant la carte géographique de l'étendue de son empire, imprimée tant d'années auparavant pour le centenaire de l'entreprise. Toutes les tavernes y étaient représentées, encerclant Honeycote et la brasserie en son centre. L'artiste avait ajouté les blasons des différentes tavernes : le renard et l'oie, le chevreuil, le paon... Mickey avait toujours trouvé cette carte « maniérée », mais elle était représentative de la vieille Angleterre.

Lorsqu'il se laissait aller à la méditation, il aimait l'étudier et comparer les animaux à des personnes. Lui-même était évidemment le rusé renard échappant à ses poursuivants ; Lucy, la biche aux grands yeux innocents, délicate et fragile, qu'il fallait protéger. Le paon, dans un coin inférieur, s'imposait dans son champ de vision, malvenu. Symbole de vanité et de prestige pour son propriétaire, il n'était qu'un trophée importé, de mauvais augure : Kay.

Pour la énième fois, Mickey maudit cette tare génétique, cette pulsion incontrôlable et aussi puissante qu'une drogue qui le jetait vers elle. Il était accroché, courait au désastre et se blâmait autant de sa faiblesse que de son manque d'efficacité. Cette pensée le dégrisa. En voulant se resservir un whisky, il s'aperçut que le flacon était vide. Il se rassura en se disant qu'il n'y restait pas grand-chose lorsqu'il était arrivé et attrapa la flasque qu'il avait mise dans le ciré accroché derrière la porte. Il ressentit un grand soulagement dès que la première gorgée de gin brûlant descendit lentement dans son gosier. Il se retourna et sursauta en apercevant Patrick dans l'encadrement de la porte. Il agita gaiement la flasque dans sa direction.

— Que fais-tu ici à cette heure, papa ? Il est presque minuit.

— Je vérifiais les chiffres du dernier trimestre. Ça ne va pas fort, répondit-il en indiquant du regard les papiers épars sur son bureau.

— Je sais. Tout le monde est au courant…

Mickey se força à regarder son fils dans les yeux. Il connaissait trop bien ce regard ironique : le sourcil légèrement levé, le coin de la lèvre tordu en un rictus désapprobateur. Tout le portrait de Carola, sa première femme. Mickey parvenait à bannir sa première épouse de son esprit, la plupart du temps. L'instant lui rappelait trop clairement le jour où il avait ramené Carola à Honeycote, tant d'années auparavant.

Ils s'étaient rencontrés au King's College, à Londres, que Mickey avait préféré à l'université d'Oxford parce qu'il ne supportait plus la pression et parce que la vie citadine lui paraissait plus enrichissante. Elle le fut. Il n'aurait jamais rencontré Carola dans la « ville aux spirales de rêve », elle qui ne pouvait souffrir l'élitisme. Il avait été séduit par la masse de ses longues et brillantes boucles folles tombant en cascade sur ses reins et par cette odeur épicée, animale, qu'il savait maintenant, après des années d'expérience, être celle du désir, désir qu'ils avaient satisfait partout où ils le pouvaient, sur Tottenham Court Road, dans Goodge Street et jusque dans le métro, tard dans la nuit. Carola parlait avec passion de ses idéaux, de son désir de changer le monde. Anarchiste proclamée, elle allait de concerts rock en manifestations de soutien aux minorités opprimées. Mickey l'écoutait poliment sans se prononcer. Elle avait pris son silence pour de l'approbation et il ne l'avait pas détrompée, sachant trop bien que sa famille représentait tout ce qu'elle méprisait. Il possédait deux disques des Clash et elle avait été assez naïve pour croire qu'il épousait sa cause. Lui avait espéré qu'elle ne lui tiendrait pas rigueur de sa duplicité. Le jour où elle lui avait annoncé qu'elle était enceinte et bien décidée à garder le bébé, il lui avait offert de l'épouser, trop heureux d'avoir capturé une si belle sauvageonne qui, de son côté, le fut tout autant de confirmer son esprit non conventionnel en acceptant. Pour la cérémonie, elle s'était habillée d'une chemise de nuit victorienne, tellement serrée à la poitrine que l'on se demandait si c'étaient ses seins ou les yeux de l'officiant qui jailliraient les premiers.

Ses parents étaient décédés dans un tragique accident maritime au large de Salcombe avant qu'il ait eu le temps de leur faire part de sa dernière folie. Au lieu de terminer ses études, puis d'acquérir de l'expérience à un poste subalterne dans la brasserie d'un ami de son père, comme prévu, il se retrouvait à la tête de l'affaire.

Carola était tombée des nues en voyant le taxi et la totalité de leurs effets dans la malle de Mickey. Il lui avait expliqué ce qu'elle ignorait encore. Elle avait demandé ce qu'il adviendrait de leurs projets d'étude. Mickey lui avait fait remarquer qu'avec le bébé à naître dans quatre mois, ils avaient peu de chances de pouvoir étudier. Elle terminerait ses études plus tard ; lui n'avait désormais plus besoin de diplôme.

Ce même regard ! Vingt ans plus tard ! Il préférait oublier les années entre-temps. Il en avait bien trop de regrets. Sauf Patrick. Il adorait son fils, mais celui-ci n'était plus un enfant dont on se débarrasse sans trop de peine et, malgré ses échecs scolaires, il n'était pas non plus un idiot facile à duper. Mickey lui tendit la flasque dans l'espoir de gagner du temps.

— En veux-tu ?

— Non merci. Je conduis. Toi aussi, si j'en juge par ta voiture garée là dehors.

Le ton sarcastique ne lui échappa pas. Par défi, par dépit, il porta la flasque à ses lèvres et se rendit compte qu'elle était vide.

*

* *

Après un voyage sans encombre, Kay accéléra sur la route étroite, familière, bordée de murets de pierres sèches, abritée sous la voûte de chênes vénérables. La noirceur veloutée aurait pu déconcerter un étranger, mais Kay était hypnotisée par son bonheur. Elle arriva enfin aux grilles de fer forgé noir qui portaient en volutes de bienvenue les mots Honeycote Ales. Lorsqu'elle prit le virage, le gravier crissa sous ses pneus. L'entendrait-il ? Le cadran numérique de la pendule affichait minuit. L'heure était solennelle. Son sourire s'élargit, puis se figea alors qu'elle sortait de la courbe menant au perron. En un éclair, elle reconnut l'autre véhicule garé devant la brasserie et, sans perdre une seconde, fit demi-tour. Son cœur battait à grands coups, mais ce n'était plus de l'anticipation. La peur lui desséchait la bouche. C'était la première fois qu'elle passait si près d'être découverte. D'ailleurs, pouvait-elle être sûre de ne pas avoir été vue ?

Kelly avait attendu patiemment dans la voiture de Patrick, mais, malgré la lumière qui lui parvenait de la fenêtre du bureau, elle était mal à l'aise et commençait à avoir froid. Elle abaissa le pare-soleil pour vérifier la couleur du bout de son nez glacé. Elle aperçut un éclair lumineux et se retourna vivement. La plaque d'immatriculation était à peine lisible, mais elle avait reconnu cette voiture d'un bleu canard. Une seule personne en possédait une. La voiture remontait la colline. Elle fronça les sourcils.

Elle avait une excuse pour aller rejoindre Patrick, malgré les hésitations qui l'avaient retenue. Il était si imprévisible, passionné, gourmand d'elle, puis froid et distant. À en perdre la raison. Elle sortit de l'automobile, défroissa sa jupe et la lissa sur ses hanches.

Lorsqu'elle pénétra dans le bureau, M. Liddiard lui adressa un sourire. Patrick, lui, la regarda sévèrement.

— Désolée de vous interrompre. Quelqu'un remontait l'allée, j'ai eu peur.

Un silence pesant accueillit ses paroles, puis M. Liddiard s'approcha d'elle, tout sourires, et mit sa main sur son épaule pour la rassurer. Il sentait l'alcool, pas la bière comme les clients de ses parents, mais il avait certainement bu.

— Pauvre Kelly ! Comment Patrick a-t-il pu vous laisser attendre seule en bas ? (Il ajouta en se tournant vers son fils :) Tu devrais la ramener. Nous ne résoudrons rien à cette heure tardive, de toute façon.

Kelly se dit que le trajet du retour ne serait pas une sinécure. Intimidée, elle bafouilla :

— Je crois que c'était la voiture de Mme Oakley, la belle Boxster que son mari lui a offerte. La chanceuse !

La grimace de Patrick s'accentua. Kelly décida qu'elle ferait mieux de se taire.

# 3

Mandy Sherwyn, assise sur sa valise, l'air tristement pensif, ramena son manteau autour de ses épaules pour se protéger contre la brise mordante qui entassait les feuilles mortes sur le perron. Le concierge, parti passer Noël chez sa sœur, n'aurait pas apprécié ce tour de zéphyr. Il avait soigneusement balayé l'allée en prévision de l'arrivée des parents.

Un taxi passa les grilles. Mandy se leva, puis se rassit aussitôt. Son père n'aurait pas envoyé un de ses chauffeurs dans une vieille Volvo couverte de boue. L'automobile se gara en bringuebalant. Une porte s'ouvrit et un chien-loup irlandais en jaillit, ébouriffé comme un balai. Il se précipita sur le parterre de roses préféré de Mlle Cowper et commença à creuser. Une autre portière s'ouvrit. Une jeune femme en émergea, qui ne jeta même pas un regard aux dégâts du chien. Elle monta précipitamment les marches de l'école. Mandy vit qu'elle était plutôt jolie malgré ses trente ans bien sonnés. Ses cheveux châtains retombaient sur ses épaules, en harmonie avec le chemisier de cachemire bouffant, de couleur assortie à ses yeux noisette. Un vieux jean soulignait savamment ce débraillé artistique. Les chaussures, bien éculées, avaient cependant coûté cher.

Mandy se demanda de qui elle était la mère. Elle aurait cru que seuls les chauffeurs de taxi n'étaient pas astreints à la ponctualité, n'ayant pas d'obligations familiales. Quelle ne fut pas sa surprise de voir Sophie surgir, suivie de Georgina bizarrement attifée d'une paire de bois de cerf et la poursuivant.

— Mes chéries ! Je suis en retard. J'ai dû attendre le maréchal-ferrant. Il est toujours en retard…

Tout en chargeant dans la voiture les affaires du trimestre qu'elles remportaient, toutes trois bavardaient et riaient. Elles semblaient être des sœurs plutôt que la mère et ses deux filles. Mandy se mordit la lèvre et se retourna pour regarder une Rover de couleur discrète qui remontait l'allée dans sa direction. Ce devait être sa voiture. Elle empoigna sa valise et descendit les marches. Comme elle passait près de l'automobile des Liddiard, Sophie lui adressa un sourire amical.

— C'est ton père ?

Mandy secoua la tête.

— Il a envoyé un taxi. Il est en voyage d'affaires jusqu'à dimanche.

Les yeux de Sophie s'élargirent d'étonnement.

— Tu veux dire que tu vas être seule jusqu'à dimanche ?

Mandy répondit en s'efforçant de dédramatiser :

— C'est sans importance ; la femme de ménage restera avec moi la nuit. Elle s'occupera de préparer mes repas et tout ça…

Son ton n'avait rien de convaincant. De toute façon, qui souhaiterait passer trois jours dans une grande maison vide en compagnie d'une femme de ménage à moitié sourde ? Sophie se tourna vers sa mère.

— Mandy peut-elle venir avec nous ?

Lucy sourit et répondit sans hésiter :

— Bien sûr. Si ses parents n'ont pas d'objections.

Mandy eut une hésitation de surprise. Elle ne voulait pas de pitié. Les Liddiard devaient se croire forcés de l'inviter. Elle les regarda. Dans les yeux de Sophie, elle lut une inquiétude authentique ; le sourire de sa mère était chaud et invitant, pas celui de quelqu'un se sentant obligé. Au moment où le chauffeur de taxi sortit de sa voiture et s'approcha d'elle, le balai à poussière lui sauta dessus. Ayant terminé ses ravages dans le parterre de fleurs, la chienne daignait maintenant lui accorder une bienvenue chaude, joyeuse et humide, à grands coups de langue.

— Pokey !

Les efforts de Sophie pour retenir la chienne par le collier ne servaient à rien.

— Mademoiselle Sherwyn ?

Le nasillement du chauffeur de taxi trahissait son Birmingham natal. Dans le chaos ambiant, l'esprit de Mandy devint soudain clair comme de l'eau de roche. Elle adressa un sourire à la mère de Sophie.

— Je serai ravie de venir. Mes parents n'y verront aucun inconvénient.

Elle n'ajouta pas qu'ils ne s'en rendraient probablement même pas compte. Il ne lui fallut pas longtemps pour s'installer sur le siège avant, après avoir repoussé une montagne de cassettes, de chocolats à la menthe, une paire de gants d'équitation et de la monnaie éparpillée. Elle téléphonerait plus tard à Irene, la secrétaire de son père, pour la mettre au courant.

— Il y a une boîte d'éclairs quelque part là derrière, j'ai pensé que vous ne pourriez pas attendre l'heure du repas, dit Lucy.

Après une fouille rapide, les filles produisirent une boîte vide. La tête de Pokey, l'air vaguement contrit, parut sur le siège arrière. Sophie et Georgina firent entendre des clameurs de protestation.

— Ce n'est pas grave, dit Lucy. Nous arriverons bientôt.

Le choix de la musique déclencha également des discussions. Lucy les interrompit en engageant péremptoirement une cassette de Nina Simone.

Une demi-heure plus tard, Lucy passait entre les deux piliers de pierres taillées qui avaient autrefois soutenu des grilles et remontait une allée parsemée, à intervalles réguliers, de touffes d'herbe et de nids-de-poule. Soudain se dressa devant elle une maison qui semblait surgie de la nuit des temps. Elle avait pris racine, au sens littéral, et elle était couverte de mousse. C'était une grande maison, mais tout de guingois. Elle n'avait rien d'imposant, au contraire. Réellement débonnaire, elle ne semblait pas se soucier du bardeau manquant ici ou là ni des cicatrices de ses fenêtres et avait la beauté sereine de ces femmes vraies qui n'usent pas d'artifices cosmétiques. Mandy en eut le souffle coupé.

— Depuis combien de temps vivez-vous ici ?

Sophie fronça le sourcil, s'efforçant de faire le calcul.

— Je ne sais pas. Depuis toujours. Nous y sommes nées, même papa, je crois.

Lucy intervint.

— Autrefois, elle appartenait à un notable local. Un joueur notoire. Il a perdu sa chemise au jeu. Le grand-père de mon époux lui a acheté la maison.

Elle ajouta avec un sourire coquin :

— La brasserie était prospère. En ce temps-là, rien ne valait la bière pour faire des affaires. Les paysans étaient nombreux dans le coin et ils avaient soif. Ils n'avaient pas à se soucier de la conduite en état d'ébriété. Pas comme aujourd'hui.

— Elle est magnifique !

— Tu ne diras peut-être plus ça lorsque tu y auras passé une nuit. On y gèle ; il faut garder ses chaussettes et la bouillotte est de rigueur, je le crains.

— On ne peut même pas prendre une douche chaude. Sophie et moi devons prendre notre douche à l'école, ajouta Georgina d'un ton véritablement offensé.

Mandy fit une grimace dubitative.

Intimidée, elle franchit en hésitant le seuil en pierre de taille de Honeycote House et pénétra dans la plus grande cuisine qu'elle eût jamais vue. Elle la contempla avec recueillement. Là, devant elle, se trouvait tout ce qu'elle avait toujours désiré.

Ce n'était pas tant les dimensions de la pièce qui l'impressionnaient ; elle avait compris depuis longtemps que « petit, c'est plus joli ». L'ostentation de ses parents avait suffi à l'en convaincre. Non, ce qu'elle aimait dans cette pièce, c'était son atmosphère ; on sentait que c'était un endroit où les gens s'amusaient, où ils avaient envie d'être et, surtout, envie d'être les uns avec les autres. Elle respirait le charisme, la séduction. Mandy tomba instantanément sous son charme.

La table, au centre, pouvait accueillir une douzaine de personnes sur les deux bancs d'église qui l'encadraient. En regardant de plus près, on pouvait voir des initiales gravées un peu partout sur sa surface. Sophie lui expliqua que la tradition voulait que quiconque s'asseyait à la table y laissât sa marque. Mandy eut une pensée pour la table de la salle à manger, chez elle, protégée par une nappe calorifuge, recouverte de napperons pour chaque invité, le tout sous un drap blanc empesé, chaque serviette soigneusement pliée en forme de mitre cardinalice. Elle ne trouverait certainement pas ce genre de fanfreluches ici. Ses yeux se posèrent sur un grand buffet en pin. Il ne servait aucunement à exposer des objets de verre taillé ou de porcelaine précieuse, mais plutôt une collection disparate de souvenirs placés au hasard et que l'on époussetait apparemment seulement la semaine des quatre jeudis. Des photographies de reliques familiales parsemaient les murs, maintenues par du papier collant jauni ; un divan décoloré aux ressorts apparents et couvert de poils marquait le territoire de Pokey et une rangée de bouteilles de champagne vides indiquait, à l'encre noire, une série d'événements pour lesquels elles avaient été ouvertes : le GCSE de Sophie, la naissance des chiots de Pokey, l'entrée de Georgina dans l'équipe de tennis. Aucun gadget : une machine à café et un grille-pain, mais pas de lave-vaisselle, seulement un évier de pierre rose où s'entassait la vaisselle sale.

On servit le thé à Mandy dans une tasse Bart Simpson écornée. Lorsque M. Liddiard rentra à la maison, elle but le champagne de célébration de la fin du trimestre dans un verre à pied ancien en cristal épais. Le repas, une tourte bergère maison, pas de ces succédanés destinés au micro-ondes, mais une véritable tourte maison hachée assaisonnée d'herbes, d'ail et de champignons était accompagnée, bizarrement, d'un délicieux plat de haricots au four. Au dessert, la crème glacée, recouverte de barres chocolatées fondues sur le poêle, fut servie dans sa boîte plutôt que dans des petites coupes élégantes, en portions individuelles accompagnées de gaufrettes en éventail. Pendant le repas, les Liddiard riaient, papotaient, riaient encore et, surtout, étaient attentifs les uns aux autres.

Soudain, tout parut clair à Mandy. Elle venait de trouver sa voie. Que demander de plus ? Une maison avec tout ce que l'on voulait, où rien n'était fait pour impressionner mais avait une raison d'être, ou n'avait même d'autre raison que d'être une lubie passagère : une maison où chacun se sentait bienvenu. Ainsi, sans efforts, les Liddiard lui donnaient le sentiment qu'elle faisait partie de la famille, qu'elle était une personne à part entière. Sans savoir encore où, ni quand, ni comment, Mandy se promit en secret de recréer la même ambiance pour elle-même comme elle portait à ses lèvres la dernière goutte de champagne de son verre pour célébrer cette pensée ; ce n'est pas tous les jours que l'on découvre le sens de la vie ; la porte s'ouvrit et un grand jeune homme dégingandé, à la démarche languide et aux sourcils d'un noir satanique, entra. En riant, il fit un signe de la main à ses sœurs, embrassa Lucy et adressa un salut à Mickey. Sophie lui indiqua Mandy.

— Patrick, je te présente Mandy, une camarade d'école. Ses parents sont en voyage…

— Super ! Plus on est de fous, plus on rit. Lui as-tu parlé de la fête de samedi ?

— Pas encore.

Patrick fit le tour de la table en quelques enjambées pour donner à Mandy une poignée de main chaude et sincère. Elle lâcha ses doigts à regret et continua de le regarder pendant qu'il se versait un verre de vin rouge de la bouteille que son père avait ouverte. Ses cheveux brillants, d'un noir de jais, avaient une coupe seyante d'où s'échappait une boucle sauvage qui retombait sur ses yeux en lui donnant un air faussement désabusé. Il repoussa sa mèche folle pour dire à Mandy avec un sourire qui la fit fondre :

— Nous organisons un événement caritatif à l'hôtel local. Je suis membre du comité organisateur, à mon corps défendant. Je peux vous offrir un ticket.

Mandy lui rendit son sourire et remarqua que ses yeux, d'un bleu glacé, soulignaient encore la noirceur de ses cheveux.

— Je vous remercie, mais je n'ai rien à me mettre.

— Je suis sûre que Sophie pourra vous prêter quelque chose.

Sophie eut une exclamation indignée.

— Moi ? Je n'ai déjà rien à me mettre à part ma vieille robe de velours marron, que je donne à Georgie.

Ce fut au tour de Georgie de s'esclaffer.

— Je ne veux pas de tes restes !

— Allons, allons, les filles. Pas de panique. Nous passerons vos garde-robes en revue demain et nous verrons ce que nous pouvons faire.

Lucy avait à cœur de ne pas laisser la fièvre habituelle s'emparer de la maisonnée, comme c'était toujours le cas lorsqu'une occasion spéciale se présentait.

— Mais nous n'avons rien de convenable !

Mickey, ramolli par le vin et rassuré par la présence de toute la famille autour de lui, ce qui lui évitait un affrontement avec Patrick, vint à la rescousse :

— Je vous emmènerai faire des courses à Cheltenham.

Des cris de joie accueillirent ses paroles. Patrick adressa un sourire à Mandy.

— Il en faut si peu pour rendre les gens heureux.

Certes, pensa Mandy, sans doute était-ce là le secret de leur joie. Elle-même, qui pouvait avoir toutes les robes qu'elle désirait, ne s'était jamais sentie heureuse. Elle venait cependant de découvrir une vérité toute simple. Elle se congratula mentalement. Elle était sûre d'avoir trouvé son chemin et la clé de son bonheur.

Lorsque l'excitation retomba un peu, Patrick sortit un couteau de poche et le tendit à Mandy pour qu'elle grave rituellement ses initiales sur la table, bien qu'il restât peu d'espace. En s'appliquant à graver un M, suivi d'un S, elle se promit qu'un jour elle supprimerait cette dernière lettre et la remplacerait par un L, comme Liddiard. Ce serait son jour de gloire. Ce serait son triomphe.

Le lendemain matin, Mickey se réveilla avec l'impression que sa tête était passée dans un étau et qu'un rongeur particulièrement dégoûtant était venu mourir dans sa bouche. Lorsqu'il entra dans la cuisine, l'odeur du café lui tourna l'estomac. Par contre, le tableau qui s'offrit à sa vue lui fit oublier sa gueule de bois. Mandy était assise à table, habillée d'une de ses vieilles chemises dont elle avait retroussé les manches, et ne portait quasiment rien d'autre. Elle lui sourit et murmura quelque chose qu'il ne comprit pas. Le sang battait à ses tempes et lui montait à la tête.

— Je suis confuse, monsieur Liddiard. J'ai renversé du chocolat chaud hier soir et je n'avais pas de chemise de nuit de rechange. J'ai trouvé ceci dans le panier de linge à repasser. J'espère que cela ne vous dérange pas ?

— Elle est bonne à jeter.

La voix de Lucy avait surmonté celle du percolateur qui sifflait de rage contre elle. Aux oreilles de Mickey, le bruit ressemblait à un rugissement.

— Je voulais me débarrasser de cette chemise depuis fort longtemps. Elle est complètement usée au col.

— Oh, il ne faut jamais se débarrasser des vêtements que l'on aime. Je les vois comme de vieux amis, pas vous ?

Les yeux perdus dans le vague, Mandy jouait avec le troisième bouton de la chemise. Mickey dut détourner son regard. Comment pouvait-elle ne pas se rendre compte de l'effet qu'elle lui faisait, cette femme-enfant aux longues jambes, à demi dénudée, si désinvolte devant son petit-déjeuner ?

Il tourna la tête vers Sophie qui protestait :

— Ma foi, je jetterais tous mes vieux vêtements demain si je le pouvais, s'indignait-elle.

— Au fait, papa, tu n'as pas oublié que tu nous emmènes à Cheltenham ? Nous avons grand besoin d'une compulso-thérapie par l'achat.

Pourquoi avait-il parlé sans réfléchir ? Il avait rendez-vous avec Kay à quatorze heures, pour compenser la nuit d'avant-hier. Elle avait tout arrangé ; elle voulait absolument savoir s'ils avaient été découverts. Il avait eu beau essayer de la convaincre qu'elle devait se durcir un peu, elle ne parvenait pas à apprécier le danger, surtout lorsqu'il devenait réel. Il lui avait expliqué qu'il ne fallait jamais quitter la scène d'un crime et qu'il ne fallait jamais avouer, même pris sur le fait. On peut toujours trouver une excuse plausible. Elle avait répondu, un peu nunuche, qu'elle n'avait pas, comme lui, l'habitude de l'adultère. Il allait falloir qu'il la sermonne. Il ne lui dirait pas que Kelly l'avait vue. Il ne savait pas ce que Patrick supputait, mais n'avait pas non plus l'énergie mentale pour chercher à le savoir dans l'immédiat.

— Où vas-tu, chéri ? Tu es cadavérique.

Lucy, qui venait d'extraire une tasse de café de la machine peu coopérative, la lui tendit.

— Non non, ce n'est rien. C'est juste que la journée qui m'attend va être lourde.

C'était un euphémisme. Cette journée promettait d'être un cauchemar.

— J'ai rendez-vous avec Cowley à la banque.

Mickey savait d'avance ce que le banquier allait dire, mais il lui faudrait rester assis et l'écouter patiemment parce qu'il faut toujours jouer selon les règles de ses créanciers. Il allait aussi devoir annuler le rendez-vous avec Kay et aller faire des courses avec les filles à Cheltenham. Il se rappelait vaguement leur avoir promis des robes pour sortir. Comment allait-il payer tout cela ? Il ne pourrait pas honorer cette promesse. Il se sentait plus d'attaque pour faire face à trois adolescentes déçues qu'à une Kay en colère. Il s'efforça d'imaginer leurs réactions. Georgie était en train d'écraser joyeusement une banane, car elle avait une confiance absolue dans la parole de son père. Serait-elle déçue ? Elle n'avait pas autant que Sophie le souci de son apparence. Ce qui ne saurait durer, hélas ! À quinze ans, elle approchait cet âge dangereux où les filles se transforment en sirènes en l'espace d'une nuit, où elles exposent leur chair et se couvrent de maquillage, apparemment bien décidées à torturer tous les mâles à des kilomètres à la ronde. Dieu merci, pour Georgie, les trophées et les médailles semblaient plus importants que les soutiens-gorge et le rouge à lèvres. Mickey espérait que cela durerait longtemps. S'il pouvait s'accommoder d'un match de hockey ou de volley, il était désarmé par les hormones.

Avec Sophie, l'affaire était plus épineuse. Elle le regardait déjà avec désespoir.

— Tu avais oublié, n'est-ce pas, papa ?

— Bien sûr que non. Je vous retrouverai là-bas à onze heures et demie.

Impossible de se dérober. Sophie avait perdu un kilo ce trimestre. Son double menton, dont Lucy l'avait rendue si fière pendant des années en lui disant, pour la rassurer, qu'il lui donnait l'air d'un bébé, commençait à fondre. Une structure osseuse intéressante émergeait déjà de ses joues poupines. Le canard boiteux se transformait en cygne et elle méritait les jolies plumes dont elle rêvait.

Kay n'aurait qu'à faire contre mauvaise fortune bon cœur…

Sophie fit sauter les tasses et sursauter Mickey en poussant un cri de joie et en tapant sur la table dans un geste bien américain de triomphe. Il ne pouvait pas reprendre sa parole, maintenant. Sophie le menait toujours par le bout du nez. Mickey la regarda de nouveau. Ses yeux brillaient d'excitation et il comprit avec un peu de tristesse qu'il ne lui restait probablement plus que quelques années à profiter de sa joie. Sophie avait à peine quelques années de moins que Lucy à l'époque de leur rencontre. Mickey se laissa aller à imaginer l'homme qu'elle rencontrerait et épouserait. Comment réagirait-il ? Il souhaita qu'il ne lui ressemble pas. Elle méritait mieux qu'un hypocrite tel que lui. En vérité, Lucy aussi.

Mickey eut envie de retourner se coucher, mais il n'avait pas le choix. Il lui fallait s'habiller, enfiler son costume. Il fallait que le banquier sente qu'il le prenait au sérieux.

Pour le plus grand bonheur de Graham Cowley et de sa fidèle clientèle, la banque qu'il dirigeait était la seule à Eldenbury à rester ouverte cinq jours par semaine. Dans une si petite ville, il n'y avait pas assez de place pour la concurrence. Elle était située sur la route entre Oxford et Evesham et réellement coupée en deux. Du côté d'Oxford, sa façade était élégante, destinée aux touristes, encadrée de boutiques d'antiquaires et de galeries d'art dans lesquelles on ne pénétrait qu'après avoir sonné. Du côté d'Evesham, elle était d'allure plus utilitaire, destinée aux habitants locaux, bordée de cafétérias et de restaurants à service rapide. La taverne Horse and Groom était fermement établie entre les deux, un pied dans chaque camp. Cowley l'apercevait depuis la fenêtre de son bureau. Son enseigne se balançait doucement dans la brise.

La plus grande force de cette taverne, pensa-t-il en étudiant rapidement le dossier, son principal attrait, est l'excellence de sa bière. Dorée, sucrée comme son nom, elle est appréciée localement et nationalement. Les vrais amateurs, puristes notoires et difficiles à impressionner, désignent la bière Honeycote comme la meilleure d'Angleterre. Les guides recommandent les tavernes où elle est servie, en vantant la décoration un peu surannée, l'ambiance chaleureuse, accentuée par un bric-à-brac authentique de mors en cuivre, d'outils d'agriculture, de reproductions de scènes de chasse et de draperies de Chintz en lambeaux, aux motifs à peine visibles tant les couleurs sont passées. Dans ces lieux aux âtres ouverts, aux poutres apparentes, aux dalles de terre claire, authentiques auberges traditionnelles de campagne, les habitués, propriétaires terriens ou journaliers se côtoient et échangent leurs opinions sur les derniers diktats de Bruxelles tout en avalant, au choix, une soupe chaude ou l'un des copieux ragoûts du menu. Les choix culinaires n'ont rien d'exotique, mais reflètent plutôt l'art local que les cuisinières ont appris durant leur enfance auprès de leurs mères.

Ainsi les voyageurs planifiaient-ils leur trajet sur la route des Cotswolds en fonction de l'emplacement des tavernes où ils savaient qu'ils pourraient apaiser leur soif avec une bonne bière locale en étant certains de ne pas être accueillis par des grimaces devant leurs bottes boueuses, mais plutôt par des plateaux de sandwiches aux épaisses tranches de bœuf et au raifort piquant. La plupart des habitants avaient été nourris à cette épice et lui devaient les chatouillements de leurs premiers émois. Les Londoniens qui possédaient une maison de campagne à Eldenbury étaient heureux d'y inviter leurs amis pour leur faire goûter le nectar « authentique » plutôt que les liquides gazeux servis en ville dans des tavernes pseudo-victoriennes. Cependant, aucun de ces charmes ne suffirait à éponger les dettes sous lesquelles croulait la brasserie.

Jusqu'à ce jour, la brasserie Honeycote avait gardé la tête au-dessus de l'eau grâce à la fidélité de ses employés et aux traditions familiales, mais cette recette magique ne fonctionnait plus entre des mains étrangères. Le charme ne suffisait plus. Il fallait désormais un PVU. Cowley avait horreur de ces nouveaux termes de marketing, dont les lettres majuscules et les acronymes prenaient une importance surfaite. À partir d'un Point de Vente Unique, il était possible de se lancer dans toutes sortes d'affaires lucratives, mais Mickey Liddiard ne faisait rien dans ce sens.

Le rendez-vous avec Mickey n'enchantait nullement Cowley, ce matin-là. Généralement, ils se rencontraient sans façon, devant un bon repas au Horse and Groom. Ces petites sorties tiraient Cowley du train-train habituel de sa vie provinciale et l'enchantaient. Il était ravi de pouvoir prendre une bonne bière tout en admirant les machines un peu antiques de la brasserie. La bière Honeycote était une entreprise suffisamment petite pour respecter des normes de qualité et des méthodes traditionnelles, un luxe. La perfection de la boisson reflétait les nuances dorées ou cuivrées des houblons et des avoines à malt du Herefordshire, les bruns chauds des tonneaux de bois et la clarté de son eau pure, issue de sources souterraines, ainsi que la force des moteurs puissants qui donnaient leur élan aux pompes et aux machines. La pureté et la simplicité des opérations se révélaient dans la perfection d'une boisson suscitant une nostalgie bucolique chez ces yuppies menant un train d'enfer lorsque les premières douleurs d'un ulcère commençaient à leur redonner le désir de se reposer et de rêver.

Les bières Honeycote étaient très certainement une entreprise viable, pourvu qu'elles soient mises sur le marché de la libre concurrence où elles pourraient reprendre leur essor grâce aux investissements de plus grandes entreprises prédatrices, dont les mâchoires affamées n'avaient pu les atteindre à ce jour, ou d'un entrepreneur argenté désireux de satisfaire son caprice en devenant propriétaire de ses propres tavernes. La brasserie y perdrait un peu de son charme brut, les toilettes au fond du jardin, par exemple, mais elle y gagnerait quelque profit.

Il incombait à Cowley de convaincre Mickey Liddiard de ces avantages avec autant de diplomatie que possible. Il avait donc décidé de donner à leur entretien un aspect un peu plus officiel en le convoquant à la banque. Il voulait être dans son élément, avoir la haute main sur le débat. Il savait que rencontrer Liddiard à la brasserie le distrairait trop, qu'il y serait trop facilement séduit par le décor et le charme notoire de son propriétaire.

Sans doute, en ces temps où l'argent se faisait rare, les débours non autorisés étaient-ils monnaie courante. La banque se contentait généralement d'envoyer au coupable une note l'informant du montant et des intérêts qui s'accumuleraient jusqu'à ce que la dette soit effacée. La plupart du temps, cela suffisait pour que le débiteur demande un prêt officiel. À ce jour, Cowley avait envoyé à Mickey cinq lettres de rappel.

Cowley avait deviné que Mickey avait des ennuis d'argent. Sa nonchalance, son sourire confiant, ses gestes de la main, aériens, ses références exaspérées aux mauvais payeurs trahissaient ce que Cowley appelait le syndrome inversé de l'autruche, on s'efforçait de *lui* mettre la tête sous le sable. Toutefois, celui qui parviendrait à tromper Cowley n'était pas né. En dépit de ses manières lentes et débonnaires, il savait reconnaître les ennuis lorsque ceux-ci pointaient à l'horizon. Aujourd'hui, il saurait si Mickey se mettait lui-même la tête sous le sable ou s'il était conscient de l'étendue de ses problèmes. Mickey ne lui échapperait pas. Cowley savait très bien fermer la cage avant que l'oiseau ne s'envole.

Il n'espérait certainement pas obtenir toute la vérité de Mickey au cours de cette première rencontre, mais du moins pourrait-il lui faire comprendre que la banque serait toujours là pour l'aider pour autant qu'il jouât selon les règles. À la moindre arnaque, on lui couperait les vivres sans autre forme de procès. Il avait aussi préparé deux propositions que Mickey n'aimerait certainement pas.

Cowley lui proposa la première, la moins douloureuse, devant une tasse de café médiocre à laquelle Mickey, il l'espérait, ne goûterait même pas. Sans doute était-il particulièrement mauvais, ou bien la gueule de bois de Mickey était particulièrement tenace. Cowley sut immédiatement qu'il était en position de force. Il attaqua :

— Pourquoi ne pas vendre l'une de vos tavernes ? Vous auriez ainsi des liquidités, dont vous semblez avoir grand besoin, et il vous resterait de quoi faire quelques transformations. Certains investissements s'imposent...

Mickey le regarda comme si l'on venait de lui proposer de vendre l'un de ses enfants.

— Ce n'est qu'un problème temporaire...

Cowley sourit. Un éclair de glace, qui avertit Mickey que son placebo n'avait aucun effet, venait de passer dans les yeux du banquier.

— Je crois que vous devriez y réfléchir.

Mickey se refusait à laisser deviner qu'il débattait de ce cas de conscience depuis des semaines et avait fini par conclure que ce genre de solution n'était pas envisageable.

— Entre-temps, puis-je vous demander de ne plus tirer de chèques de votre compte jusqu'à ce qu'il y ait des rentrées ?

Et les salaires ? La prochaine livraison d'orge ? Mickey comprit soudain que le petit homme docile et pâlot qu'il avait reçu si souvent à l'usine et qu'il avait gavé au Horse and Groom était un loup déguisé en agneau. Il ravala la bile qui lui montait à la gorge et sourit.

— J'attends des rentrées dans les jours qui viennent.

Cowley sourit. Ses lèvres étaient fines et trop rouges pour sa peau de papier mâché. Mickey avait envie de fuir et de boire un bon coup. Autre chose qu'un café aux relents de roux brun. Cowley fouilla dans ses papiers puis posa ses deux mains sur la table et lança un deuxième estoc.

— Je crois que vous devriez aussi nommer un directeur des ventes efficace. Pour augmenter votre chiffre d'affaires plutôt que de compter sur celui de vos tavernes.

L'idée ne déplut pas à Mickey.

— Patrick, peut-être...

Cowley décida de lui couper l'herbe sous le pied sans attendre.

— Patrick est trop jeune ; il n'a pas assez d'expérience ; il ferait plus de mal que de bien. Vous avez besoin de quelqu'un de vraiment capable. Il faut rendre à César ce qui appartient à César.

Le ton de Cowley sous-entendait qu'il n'avait pas une grande estime de Patrick, que celui-ci n'était bon qu'à frimer dans des voitures de sport et à draguer des femmes. Cowley avait assez souvent croisé Patrick dans Eldenbury, assis au volant de sa voiture, une fille à ses côtés, pour savoir que, malgré le salaire qu'il touchait de la brasserie, il n'était pas en voyage d'affaires.

— Vous voulez dire un requin ?

La réaction de Mickey était exactement celle que Cowley espérait.

— C'est le temps des requins.

Mickey regarda fixement Cowley et pensa que celui-ci avait lui-même quelque chose du requin. De petits yeux, des dents pointues.

— Nous n'avons jamais approuvé les tactiques de vente agressives.

— Il serait peut-être temps.

Le conditionnel masquait l'ordre. Mickey changea de position. Il était mal à l'aise. Il eut une pensée fugace pour la flasque dans sa poche. Une gorgée aurait été bienvenue, mais ce n'était vraiment pas le moment.

— Je ne pense pas que nous puissions payer un salaire supplémentaire.

— Peut-être devriez-vous en supprimer un.

Un ange passa. Cowley laissa Mickey rompre le silence le premier.

— Vous voulez parler de Patrick.

— Je n'ai rien contre les affaires de famille, mais vous devriez peut-être vous demander si le jeu en vaut la chandelle. Voulez-vous sacrifier toute l'entreprise juste pour lui garantir son argent de poche ? A-t-il suffisamment à offrir en échange des gages substantiels qu'il touche à l'année ? J'en doute...

Cowley eut encore un de ces petits sourires qui agaçaient Mickey. Était-ce de l'autosatisfaction ou bien Cowley se délectait-il de la situation ?

— Croyez-moi, beaucoup de gens vous soutiendront si vous prenez vos responsabilités.

Si Mickey n'avait pas été la souris avec laquelle jouait le chat, il lui aurait tiré son chapeau. Durant des années, il avait pensé que Cowley était incapable de faire du mal à une mouche. Or, il avait maintenant l'impression de se trouver devant un boucher en train d'affûter son couteau. Mickey aurait pu jurer que le banquier avait un acheteur en réserve. L'idée l'effleura que son vis-à-vis avait peut-être des intérêts personnels dans l'affaire, mais il l'abandonna bien vite. Cowley était suffisamment proche de la retraite pour ne pas risquer d'être accusé de trafic d'influence. Il décida de lui poser la question directement.

— Vraiment ? Pensez-vous à quelqu'un en particulier ?

Le regard surpris de Cowley l'amusa. Il profita de son avantage.

— Je sais bien que nous sommes dans le rouge en ce moment, mais la brasserie n'est pas encore entre vos mains. Vous n'avez aucun droit de la vendre, n'est-ce pas ?

En tant que vieux client, Mickey savait qu'il avait du poids, mais cet entretien lui déplaisait au plus haut point. Le ton de Cowley était à la limite du chantage. Il espérait que celui-ci lui présenterait des excuses immédiates et abondantes, mais il déchanta. Cowley le regardait avec un air d'étonnement apitoyé.

— Monsieur Liddiard, commença-t-il.

Jamais auparavant il n'avait employé cette formule.

— Vous rendez-vous compte réellement du montant de votre dette envers la banque à l'heure qu'il est ?

Plus tard, Cowley serait sincèrement désolé que Mickey ait pris les choses tant à cœur. Il ne faisait que son travail, après tout. Or, la brasserie Honeycote accusait le solde débiteur le plus élevé du pays.

Mickey et les filles arrivèrent au centre de Cheltenham vers la mi-journée. Après avoir trouvé une place pour se garer, ils se rendirent dans le plus grand magasin de la ville. Mickey avait fait main basse sur tout l'argent liquide qu'il avait trouvé et donné à Sophie et à Georgina cinquante livres chacune pour s'acheter une robe de soirée. Il s'était senti un peu coupable de ne pouvoir offrir la même somme à Mandy, mais celle-ci l'avait vite rassuré en lui montrant sa carte de crédit. Il aurait aimé donner carte blanche aux filles, mais ce n'était pas le cas. Dès qu'elles furent hors de vue, il se précipita au sous-sol où se trouvaient les téléphones publics. Entre son entretien avec le directeur de la banque et la présence inhabituelle de Lucy à la maison toute la matinée, il n'avait pas encore eu l'occasion d'appeler Kay. Parfois, Mickey aurait souhaité s'être laissé convaincre d'acheter un téléphone cellulaire, mais il avait choisi de ne pas être joignable en permanence même si, parfois, les conséquences étaient peu pratiques. Il fouilla dans ses poches, trouva un peu de monnaie, composa le numéro de Kay et chercha un soutien moral en s'appuyant contre le mur. Pas de réponse.

Mickey raccrocha, déçu. Pourquoi les gens avaient-ils des téléphones cellulaires s'ils ne prenaient pas la peine de répondre ? Il se dirigea vers l'ascenseur en se demandant sombrement comment il allait payer le repas. Il ne pouvait se permettre un autre chèque sans provision. Dans l'ascenseur, il aperçut une affiche qui annonçait l'arrivée imminente du père Noël. Ce serait si simple s'il pouvait mettre une lettre au père Noël dans la cheminée en lui demandant cent mille livres. Mickey soupira et alluma une cigarette, ce qui lui valut un regard désapprobateur de la femme entre deux âges la plus proche de lui. Il joua avec l'idée de monter jusqu'au dernier étage et de sauter, mais, raisonnable, il sortit de l'ascenseur au troisième étage et se rendit au rayon de la lingerie pour dames. La culpabilité le rendait toujours généreux. C'était le moindre de ses défauts.

Au bureau de la jardinerie de Barton Court, Kay avait laissé sonner le téléphone. Elle ne reconnaissait pas le numéro sur l'afficheur. Lawrence, son époux, fronça les sourcils.

— Pourquoi ne réponds-tu pas ?

— C'est probablement un représentant de l'exposition ! Le suivi est leur dada. Je préfère les laisser mariner.

Lawrence sourit. À ses yeux, sa femme avait une qualité indéniable. C'était une femme d'affaires intraitable.

— Allons déjeuner quelque part, suggéra-t-il.

Au centre de jardinage, la semaine qui venait de passer avait été l'une des plus chargées de l'année. Lawrence avait travaillé presque sans dormir. Il savait déléguer, mais il aimait aussi tout contrôler. Se reposant rarement lui-même, il ne voyait pas pourquoi les autres auraient besoin de le faire. Son personnel devait toujours être sur le qui-vive. Il n'autorisait aucune complaisance. Cependant, ce jour-là, il avait envie de sortir avec Kay pour célébrer les chiffres des deux dernières semaines, qu'il avait imprimés le matin même et qui révélaient des bénéfices d'un pourcentage étonnant. Il fallait bien que ces résultats leur permettent au moins, à lui et à Kay, une petite célébration.

— Nous pourrions aller à Cheltenham et nous arrêter chez Samson.

Samson était leur joaillier favori. Lawrence aimait que Kay choisisse elle-même son cadeau de Noël. Il ne voyait pas l'intérêt de dépenser des fortunes dans des surprises qu'il faudrait échanger. Il voulait l'atteindre dès le premier essai.

Kay le regarda, surprise. Les gestes spontanés n'étaient pas habituels chez Lawrence. Elle se demanda comment elle pourrait se défiler sans le vexer ni éveiller sa méfiance.

— C'est une très bonne idée. Mais je dois aller surveiller la décoration de l'arbre à Elmhurst Grange. Les deux filles que j'ai envoyées ne sont pas des expertes...

— D'accord, je comprends. C'est important.

Lawrence admirait sincèrement la manière dont sa femme avait réussi à convaincre lord Elmhurst d'acheter l'indispensable arbre de Noël de sept mètres destiné à décorer l'entrée de sa demeure baronniale. Il savait que Kay tiendrait à surveiller la décoration. Elle semblait toujours savoir exactement ce qui convenait. Avec un peu de chance, lord Elmhurst serait très impressionné. Lawrence espérait en retirer une invitation à la chasse un jour ou l'autre. L'un de ses désirs secrets était de fricoter avec l'aristocratie locale.

Kay se rapprocha et vint caresser le devant de son veston d'un geste câlin.

— Demain, peut-être ?

Elle déposa un baiser sur sa joue et attrapa son sac.

— Il faut que j'y aille, je vais être en retard.

Elle pressa le pas. Elle avait juste le temps de passer par Elmhurst Grange et de vérifier que l'arbre était décoré comme elle le souhaitait avant son rendez-vous avec Mickey. Elle y repasserait au retour pour approuver le travail final, puis préparerait un repas spécial pour Lawrence. Lorsqu'elle avait refusé son invitation, une lueur de déception avait traversé les yeux de son mari et, pour la première fois, elle se sentait un peu coupable d'aller retrouver son amant.

Au rayon des jeunes concepteurs, Sophie sentit la panique l'envahir. Elle était à la fois excitée et désespérée à l'idée de la soirée à venir. Elle avait l'estomac retourné par le dilemme qui l'habitait. Que porter ?

La rapidité avec laquelle Georgina s'était précipitée sur une robe verte à manches de résille et capuchon avait encore exacerbé son angoisse. Aussitôt que sa sœur avait fait son choix, elle avait été persuadée que la robe verte était la seule chose de toute la boutique qui aurait pu vaguement lui convenir. Des larmes de rage emplirent ses yeux. Elle se mit à fouiller désespérément sur les portants. Comme sa main s'apprêtait à extraire le cintre sur lequel étaient suspendus une jupe noire froncée et un haut bordé de perles assorti dont les plis serviraient à masquer les bourrelets de centaines de péchés, une voix retentit dans son dos.

— Elle sera parfaite si tu veux que les gens pensent que tu peux lire leur avenir. Tu ressembleras à une gitane enceinte dans cette robe. Le look ethnique n'est plus à la mode.

Mandy, elle aussi, avait déjà fait un choix. Sophie éclata en sanglots.

— C'est la seule chose qui m'ira ! Je suis si grosse...

— Allons donc. Tu as des formes superbes.

Sophie resta la bouche ouverte d'étonnement. Elle s'était toujours sentie gênée auprès de Mandy, aussi fine qu'un lévrier.

— Moi ? Je ne suis pas comme toi, je ne peux pas porter n'importe quoi.

Mandy secoua la tête.

— Je suis plate comme une crêpe, j'ai les genoux cagneux et des bras d'épouvantail. Alors que toi…

— Je ne suis qu'une grosse masse.

— Tu as des courbes ! Tu as des collines et des vallons que tu dois mettre en valeur plutôt que de toujours les cacher sous des vêtements amples.

C'était la vérité. Sophie, qui enviait toutes ses amies habillées de vêtements serrés, se cachait sous d'amples survêtements. Elle n'était pas le genre de personne à pouvoir porter un uniforme. Et voilà que Mandy, qui aurait pu s'habiller avec un mouchoir, admirait ses formes.

— Mets en valeur ce que tu as. Je n'irais pas jusqu'à dire que tu peux porter un collant à fanfreluches et un pull chaussette à col roulé, mais si tu mets quelque chose de vraiment époustouflant, une robe de starlette d'Hollywood par exemple – pense à Kate Winslet –, tu auras l'air d'une déesse. Le look Twiggy n'est plus à la mode.

Mandy se précipita dans les allées, suivie d'une Sophie perplexe. Elles passèrent en revue les robes longues, mi-longues, au-dessus du genou, à mi-mollet, des soies, des lycras, des mousselines, des robes sans manches, échancrées, avec bretelles… Mandy les rejeta toutes jusqu'à ce qu'elle tombe en arrêt devant un modèle en velours rouge corseté. Sophie eut un regard horrifié. La robe allait s'ajuster au moindre de ses bourrelets.

— Avec les sous-vêtements appropriés, la rassura Mandy.

Elle mit la robe devant Sophie et approuva d'un hochement de tête.

— Un collant pour tout rentrer, un soutien-gorge pour tout relever, un fond de teint et le tour est joué.

Sophie déglutit et sentit l'excitation la gagner. Mandy sourit.

— Laisse-moi te transformer. Ça va être génial. Tu ne te reconnaîtras pas.

Sophie regarda de nouveau la robe, dans l'espoir d'être aussi convaincue que Mandy. Elle y était presque parvenue lorsqu'elle retourna l'étiquette et eut un haut-le-cœur. La robe coûtait plus du double de son budget.

— C'est trop cher, dit-elle.

Mandy mit la robe sur son bras et se dirigea vers la caisse la plus proche.

— C'est moi qui paie. En remerciement de votre hospitalité. Garde l'argent que t'a donné ton père pour acheter les accessoires et le maquillage. As-tu du maquillage ?

— J'ai du mascara et un peu de fard.

Mandy tendit sa carte de crédit à la vendeuse et se retourna vers Sophie.

— Le maquillage d'abord, ensuite les accessoires, puis la lingerie.

Mickey ressortit de la boutique qu'il avait choisie parce qu'il savait que l'on n'y vérifiait pas les limites de crédit au-dessous d'un certain montant. Il avait acheté un pyjama de satin pour Lucy. Il aurait eu certains scrupules à acheter quelque chose de plus suggestif. En outre, Lucy aurait probablement eu des soupçons. Elle n'était pas du genre à porter des dessous affriolants. Elle était toujours sexy, quoi qu'elle portât. Lorsqu'elle n'avait pas eu le temps de faire la lessive, elle se contentait même des caleçons de Patrick. Non qu'elle n'aimât pas les vêtements, mais elle préférait dépenser son argent chez le vétérinaire ou pour ferrer les chevaux.

Le pyjama de satin était relativement luxueux, mais suffisamment pratique pour lui faire plaisir.

Dimanche, le seul jour où elle ne se levait pas à l'aube pour faire ses exercices ou promener l'un ou l'autre de ses chevaux, quelques jeunes filles du village étaient ravies de le faire à sa place, Lucy adorait flâner des heures durant avant de s'habiller, surtout lorsqu'il y avait eu une fête la veille. Au cours de ces fêtes, le menu, inchangé, consistait en du chili con carne et de la tarte au citron meringuée. On dansait ensuite dans le grand hall d'entrée aux dalles vernies qui ne craignaient pas les taches de vin rouge lorsque les invités, un peu éméchés, renversaient leurs verres. Lucy possédait cette qualité admirable de ne pas se soucier du ménage lorsqu'elle n'en avait pas envie. Elle n'avait pas la manie du torchon. Elle était capable de se lover dans un siège près de la fenêtre de la cuisine, en sirotant du jus d'orange pour se réhydrater et en regardant, selon la saison, les perce-neige, les jonquilles ou le chèvrefeuille se balancer doucement dans la brise en oubliant le désastre et les détritus qui jonchaient la cuisine. Le pyjama de satin conviendrait parfaitement à ces heures.

Ce n'était ni la première fois ni la dernière qu'il se demandait pourquoi il traitait Lucy de manière aussi désinvolte. Certes, elle ne savait rien ou plutôt, si elle avait des soupçons, elle était capable de les cacher, ce qui était une qualité de plus à son actif de femme parfaite. Pourquoi s'obstinait-il à mettre leur couple en danger ? N'importe quel autre homme aurait été ravi de passer sa vie avec Lucy. Elle était jolie, sexy, drôle. Elle savait se motiver, était une mère exceptionnelle, pouvait préparer une fête pour quatorze et, sans se plaindre, bricolait lorsque c'était nécessaire. Même les aspects de sa personnalité qui auraient pu être considérés comme des défauts avaient le charme de l'humaine faiblesse. Elle était brouillonne sans être sale. Le fait qu'elle laissait tout traîner derrière elle ne faisait qu'ajouter à son charme chaotique. Elle se dispersait, oubliait nombre de choses, était souvent en retard, parce que ses priorités n'étaient pas les mêmes que celles de la plupart des gens. Cependant, elle n'oubliait jamais l'essentiel. L'argent était le cadet de ses soucis. Elle était dépensière parce qu'elle n'avait aucune idée du coût de la vie ni de ce qu'elle dilapidait. Mickey se félicitait de cette particularité. Il était lui-même toujours trop conscient du solde de leur compte en banque. Il savait que Lucy l'ignorait superbement. D'ailleurs, il s'en assurait en faisant envoyer les états de compte à la brasserie. Il avait tout intérêt à les cacher. Patrick, au contraire, avait des soupçons. Mickey ne savait pas jusqu'à quel point, mais il était convaincu que mieux valait ne pas laisser traîner de preuves. Il se sentait coupable de trop de choses. Il était aussi très fatigué, fatigué d'avoir à cacher ou à justifier ses actions.

Son cliché favori, celui de la plupart des hommes pour se justifier et de la plupart des femmes pour se consoler, était que ce que chacun faisait n'avait rien à voir avec le cœur ou la tête.

Il adorait Lucy sans honte. Il n'aimait pas Kay. Parfois il se disait qu'il ne ressentait même pas de tendresse pour cette dernière mais, lorsqu'il la voyait devant lui, son entrejambe laiteux écarté comme ses lèvres pourpres, haletante de désir pour lui…

C'était cela. Il avait besoin d'être désiré. Or, Lucy, adorée, respectée et protégée par tout son entourage, n'avait pas vraiment besoin de lui.

Cette pensée, cette excuse, le rassura. Il réfléchit à ses deux épisodes d'infidélité envers Lucy. Lorsqu'elle était tombée enceinte de Sophie, elle avait été si malade, pas seulement durant les trois premiers mois mais durant toute sa grossesse. Secouée de spasmes violents, elle ne pouvait même pas avaler un verre d'eau ou manger une miette de pain. On l'avait hospitalisée et mise sous perfusion. Mickey, totalement affolé, n'avait pas quitté son chevet, convaincu que ce fantôme squelettique, au ventre enflé de manière obscène, ne survivrait pas. Le médecin s'était efforcé de le rassurer en affirmant constamment que le bébé ne souffrait pas, qu'il se nourrissait des réserves de Lucy, mais Mickey ne se souciait pas du bébé. Il passait des heures à tenir la main de sa femme, horrifié que ses os paraissent au travers de la peau transparente, comme des bâtons blancs et friables de Mikado. Épouvanté à l'idée d'être la cause de toutes ces souffrances et ployant sous la charge d'avoir à la rassurer constamment, il en avait perdu tout désir sexuel.

Lorsque Sophie était enfin arrivée, il avait été surpris de la taille du bébé. La réaction de Lucy l'avait également étonné. Ce parasite qui l'avait rongée jusqu'à ce qu'elle ne soit plus qu'une enveloppe étiolée d'elle-même était maintenant accroché à son sein et Lucy insistait pour la nourrir, arguant qu'elle parvenait maintenant à manger et, ne vomissant plus, souhaitait donner au bébé le meilleur départ possible dans la vie en l'allaitant. Mickey n'avait pas insisté. Le lien entre la mère et l'enfant était si fort qu'il s'était soudain senti étranger. Elles n'avaient plus besoin de lui ; il avait fait sa part.

Quelques semaines plus tard, il avait rencontré par hasard une infirmière de l'hôpital, celle qui lui apportait des tasses de café et des paquets de biscuits lorsqu'il veillait au chevet de Lucy. Libéré de ses préoccupations, il s'était aperçu qu'elle était jolie. Les conséquences n'avaient pas tardé.

Lorsque Lucy tomba enceinte de Georgina, moins d'un an plus tard, ils eurent une de leurs rares disputes. Mickey ne supportait pas l'idée que Lucy soit enceinte de nouveau. Ils avaient déjà Patrick et Sophie. Un bébé de plus n'était pas nécessaire, mais Lucy ne voulait pas entendre parler d'un avortement et avait tenté de le rassurer en lui expliquant que les grossesses ne sont jamais pareilles.

Sa deuxième grossesse avait été pire que la première. Mickey avait dû assurer pendant les neuf mois les fonctions de mère, père, époux, cuisinier, infirmier, bonne d'enfants et homme de ménage. Jamais, auparavant, autant de personnes n'avaient dépendu de lui. À la naissance de Georgina, il s'était senti encore plus désemparé, plus personne n'ayant besoin de lui. Patrick avait été la goutte qui avait fait déborder le vase en refusant que Mickey lui lise une histoire, un soir, prétextant que Lucy imitait beaucoup mieux les voix. Ayant l'impression d'avoir été renvoyé, Mickey s'était réfugié à la taverne Honeycote Arms et s'était consolé dans le whisky et avec la serveuse.

Évidemment, il avait fini par retrouver ses esprits et avait repris une vie de famille normale avec Lucy, se satisfaisant du bonheur chaotique au sein duquel ils élevaient leurs trois enfants. Un jour, les exploits sportifs de Georgina lui avaient valu une bourse pour étudier à Redfields. Il avait semblé normal que Sophie fréquente la même école, ce qui avait évité à Mickey les coûts d'un internat.

Désormais, cependant, les activités parascolaires les retenaient souvent jusqu'à dix-neuf heures et même les samedis matin, la maison restant ainsi silencieuse la plupart du temps. Patrick, qui n'était plus un enfant, semblait préférer la vie nocturne et Lucy passait la plupart de son temps avec ses chevaux. Mickey avait donc le sentiment que sa présence était superflue. Fallait-il s'étonner qu'il eût du temps à revendre ?

Satisfait de cette explication, Mickey ressortit du magasin pour flâner dans les rues de Cheltenham en réfléchissant aux conséquences. Son ravissement fit long feu. Lorsqu'il arriva à la pizzeria, il était retombé dans la pire des déprimes. Il était inutile qu'il tentât de se mentir à lui-même. La perfection de Lucy n'avait rien à voir avec son comportement à lui ni avec son choix de la tromper avec Kay, qui était sans doute la pire des épouses, des mères si elle avait consenti à faire le sacrifice nécessaire pour le devenir, et pas loin de remporter la palme de la pire des maîtresses, car ses exigences étaient épuisantes, puisqu'elle réclamait toujours plus d'attention, de flatteries et de sexe. Avec un certain désespoir, il dut admettre qu'aucune explication freudienne ne permettait de justifier son attitude envers Lucy. La simple vérité était qu'il était faible, sans volonté, qu'il n'avait pas d'estomac, ce qui finirait par être vrai s'il continuait à boire de la sorte, et que son égoïsme était sans limites. Se chercher des excuses en prétendant avoir besoin de se sentir indispensable ne tenait pas la route. Aucun jury n'aurait de sympathie pour ce genre de plaidoyer. Il n'avait aucune excuse.

Les pensées qui tournaient dans son esprit avaient épuisé Mickey. Il avait réussi à détruire son image de lui-même à tel point qu'il ne voyait qu'un remède : commander une bouteille de vin maison, une piquette qui lui brûlerait suffisamment l'estomac pour le dissuader d'en boire trop.

Rêve en couleurs ! Lorsque les filles arrivèrent, chargées de leurs emplettes, il en était à sa deuxième carafe, ayant demandé à la serveuse d'emporter la première. Une demie présentait mieux. Il n'était pas certain que les adolescentes soient conscientes des habitudes des parents relativement à l'alcool, mais il préférait qu'elles croient qu'il venait à peine de commencer.

— Satisfaites de vos achats ?

— Supergénial !

— Qu'as-tu acheté, papa ?

Avant qu'il ait pu l'arrêter, Georgina fouillait dans son sac.

— Ouah, sexy ! Un pyjama de satin ! (Elle le mit devant elle.) Pour qui est-il ?

— Pour ta mère, évidemment.

Était-il sur la défensive ?

— Et ne commence pas à fouiller dans les sacs alors que nous sommes à la veille de Noël.

De toute façon, il n'avait pas les moyens de leur faire d'autres cadeaux. Les robes constitueraient l'essentiel de leurs présents de Noël. Il leur expliquerait plus tard. Entre-temps, il était confronté à un problème plus pressant : Kay. Elle serait probablement furieuse qu'il lui ait posé un lapin. Il pourrait peut-être lui offrir le pyjama pour acheter la paix. Un présent équivaudrait à un aveu de sa culpabilité. Maladroit, d'entrée de jeu.

De jeu ? Pouvait-il vraiment utiliser ce terme ? Un jeu était censé être drôle, ne faire de tort à personne, n'avoir pas de conséquences, un plaisir fugace. Sans doute était-ce ainsi que tout avait débuté…

Très jeune, Kay était déjà déterminée à trouver un époux. Elle n'avait aucune honte de son matérialisme et de son désir de posséder de jolies choses. Les filles modernes devaient obtenir ces choses par elles-mêmes. Kay était brillante et son conseiller scolaire l'avait encouragée à aller à l'université. Cependant, elle n'avait aucune ambition personnelle. Elle avait lu suffisamment de comptes rendus sur ce que coûtait la réussite aux femmes pour refuser d'entrer dans cette course. Pourquoi se battre dans un monde d'hommes alors qu'il suffisait d'un mari pour tout avoir en échange de la seule obligation de préparer le repas du soir ? Elle se demandait vraiment pourquoi les magazines gâchaient de l'encre à s'efforcer de convaincre les femmes qu'il pouvait en aller autrement. Si les femmes avaient un avantage, c'était bien celui-là, pourquoi ne pas en profiter ?

Pour commencer, il lui faudrait cependant travailler un peu, que cela lui plaise ou non. Il lui fallait de l'argent et un carnet d'adresses bien rempli pour partir à la chasse au mari. En effet, le mari idéal ne viendrait certainement pas la chercher dans la banlieue qu'elle habitait avec ses parents, aux abords de Slough, dans l'une ou l'autre de ces rues ennuyeuses, bordées d'arbres alignés au garde-à-vous. Les affaires florissantes de son père, boucher de son état, avaient permis à la famille de quitter le petit appartement au-dessus de la boutique pour emménager dans un duplex à trois chambres. Il était très fier de sa fille, et de sa langue bien pendue, qu'il prenait pour l'expression de son intelligence. Kay l'avait toujours mené par le bout du nez. À seize ans, elle avait fini par lui soutirer le montant nécessaire pour suivre les cours d'un chic collège de secrétariat de Londres et avait quitté l'école locale en dépit des protestations de ses professeurs. Sa mère avait timidement fait remarquer que le secrétariat s'enseignait aussi dans un collège technique plus proche de leur maison, mais Kay n'avait même pas daigné répondre.

Elle se levait à cinq heures et demie chaque matin, astreinte à un trajet d'autobus compliqué qui la menait à Kensington. À force d'observer les autres étudiantes, elle avait fini par se fabriquer une personnalité assez convaincante de jeune fille de bonne famille. Elle avait peigné ses cheveux blonds mi-longs en arrière, les retenant par un simple bandeau. Elle avait acheté des perles d'imitation aussi convaincantes que possible et trouvé des vêtements de cachemire bleu marine dans les friperies qu'elle fréquentait assidûment. Après avoir supprimé de son accent toute trace du parler des faubourgs, elle fut satisfaite de la transformation. En s'appliquant un peu, elle finit également par réussir à maîtriser la sténographie et la dactylographie, ce qui lui permit d'obtenir assez rapidement un emploi comme réceptionniste dans une agence immobilière de Windsor.

Très vite, elle fit preuve d'un don particulier pour comprendre les besoins des clients et, en six mois, elle avait fait sa place dans la hiérarchie. Ce n'était pas tant son succès dans cette carrière qui la ravissait, mais plutôt le fait qu'elle se trouvait en mesure de promener des maris potentiels de résidence en résidence. Maintenant qu'elle avait un salaire, si modeste soit-il, Kay pouvait commencer à travailler son image d'épouse parfaite. Après avoir consulté les magazines en papier glacé qu'elle recevait chaque mois à sa porte, elle choisit de se teindre en blonde juste assez pour ne pas avoir à refaire ses racines trop souvent, apprit à combiner les vêtements de marque avec ceux des grands magasins, prit des leçons de cuisine, d'équitation et de conduite et excella dans ces trois domaines. Ayant obtenu le permis de conduire dès le premier essai, elle s'offrit une Golf GTI. Elle aurait préféré une BMW, mais la Golf avait l'avantage de faire beaucoup d'effet pour un prix relativement modique. C'était une voiture classique, possédant une certaine classe, et, s'il fallait en croire les films de James Bond, tous les hommes craquaient devant une femme habillée de cuir noir, blonde, au volant d'une voiture de sport. Avec le temps, elle se perfectionna dans l'art d'arriver à ses rendez-vous avec la ponctualité d'une reine, en faisant crisser ses pneus sur les graviers qu'elle envoyait voler avant d'émerger, désinvolte, une main tendue et l'autre extrayant de la voiture son deuxième investissement le plus précieux, un porte-documents Mulberry.

Elle essuya plusieurs échecs au cours de sa chasse au mari. L'un des candidats, déjà marié, la fit poireauter pendant presque un an, lui affirmant que son divorce était imminent jusqu'à ce qu'elle le mette au pied du mur et lui serve un ultimatum qui le fit promptement disparaître. Un deuxième prétendant, avec lequel elle alla faire l'essai de sa robe de mariée chez Beauchamp Place, se révéla être au bord de la faillite et n'avoir d'autre but en l'épousant que celui d'éponger ses dettes, car il croyait épouser une héritière. Cette expérience, loin de la blesser, la ravit, puisqu'elle confirma l'excellence de son image. Un troisième se révéla violent lorsqu'il avait bu, et, si douée que Kay fût avec le maquillage, le risque d'une mâchoire brisée ou d'un nez éclaté ne lui paraissait pas valoir le solde, si fourni soit-il, du compte en banque de l'ivrogne.

À trente ans, comble de l'horreur, Kay se retrouvait agente immobilière ayant sa propre secrétaire, un esprit aiguisé de femme d'affaires, c'est-à-dire exactement ce qu'elle n'avait jamais souhaité être, une femme accaparée par sa carrière sans espoir de mari à l'horizon.

Un beau jour, au téléphone, une voix sèche demanda un rendez-vous pour visiter une propriété sur les bords de la Tamise, sans tarder, précisait l'homme. Ayant toujours eu beaucoup de respect pour les gens qui s'affirmaient et intriguée par le ton péremptoire de l'inconnu, Kay accepta de lui donner un rendez-vous dans les dix minutes qui suivaient. Elle-même appréciait beaucoup cette propriété; c'était, sur un site ancien, une maison neuve équipée de tout le confort moderne, mais qui avait conservé les charmes d'un jardin paysagé, d'une vieille remise à bateaux et de magnifiques pelouses qui descendaient jusqu'à la rivière, décor qui lui paraissait idéal pour de grandes réceptions.

À peine eut-elle franchi la clôture électronique qu'elle aperçut Lawrence Oakley, debout près des balustrades de la terrasse, regardant en direction de la Tamise qui scintillait dans le lointain, au-delà des jardins. D'instinct, elle comprit qu'il était à elle, qu'il ne résisterait pas à son charme, que c'était l'homme qu'elle cherchait, qu'il n'était ni marié ni en faillite ni alcoolique ni violent. Elle tenait à lui donner une bonne impression. Il fallait qu'il sache, s'il devait l'épouser et l'entretenir, qu'elle ne serait jamais à sa merci. Elle n'était pas une poupée de salon mais une femme de carrière.

Elle lui tendit une main désinvolte puis lui fit faire le tour du propriétaire, sans en rajouter, sans remarque mielleuse, car elle devinait que les paroles onctueuses n'impressionneraient pas cet homme, et qu'il savait prendre ses décisions tout seul. Lorsqu'ils eurent terminé la visite, Lawrence proposa une somme très inférieure au prix demandé. Kay se félicita intérieurement, sachant que le propriétaire accepterait cette offre sans hésiter, mais elle ne laissa rien paraître. Avec un grand sourire, elle répondit qu'il n'était pas question de discuter le prix et qu'il pourrait la joindre à son bureau s'il souhaitait la rappeler après avoir réfléchi.

Intrigué, Lawrence se rendit au bureau de Kay un peu plus tard dans l'après-midi et augmenta sa proposition d'un pourcentage honorable.

— Ajoutez cinquante pour cent pour moi sur le solde et vous aurez les clés la semaine prochaine.

Sur-le-champ Lawrence l'emmena boire un verre pour célébrer l'affaire et lui proposa de travailler pour lui. Elle accepta.

Lawrence était entrepreneur. Il lui donna pour mission la vente de vingt-cinq résidences de luxe dispersées dans un labyrinthe de culs-de-sac. En six semaines, elle en avait vendu dix-huit et pouvait sans peine imaginer les bénéfices de Lawrence. Un magot.

Elle avait également réussi à savoir, grâce aux indiscrétions de sa secrétaire, qu'il sortait avec un assortiment de petites amies, jolies et interchangeables, qu'il exhibait dans ses fonctions officielles, sans plus s'en soucier le reste du temps. La situation se présentait plutôt bien.

Physiquement, Lawrence était de ceux dont on ne dit rien. Il avait environ trente-cinq ans, mais en paraissait quarante. Lorsqu'il était fatigué, exalté ou s'il se mettait en colère, son teint prenait des rougeurs. Ses dents étaient légèrement jaunes et il avait une couronne en or un peu voyante. Plutôt grand, il avait des jambes d'échassier et des épaules étroites que le meilleur des tailleurs n'aurait pu rendre imposantes. Cependant, la force de sa personnalité compensait largement son peu d'allure. Lawrence avait du charisme. Il était motivé et savait motiver les autres. Son énergie était contagieuse. Il lui suffisait d'une rencontre avec les gens pour les convaincre de faire ce qu'il voulait. Même Kay, qui ne manquait pourtant pas de volonté, était prête à mordre le monde en son nom. Sa force ne résidait pas dans son charme, puisqu'il en avait bien peu, mais dans sa manière de présenter le futur en vous donnant envie d'en faire partie.

Lorsque Kay eut vendu la dernière des résidences, il l'invita au restaurant. Jusque-là, elle s'était débrouillée pour garder ses distances. Elle savait qu'elle l'avait impressionné par ses capacités en affaires, mais sans jamais user du charme féminin qu'elle cachait sous les tailleurs chics qu'elle avait désormais les moyens de s'offrir. Après avoir fait une enquête de trois mois, Kay était absolument convaincue qu'il était l'homme qu'il lui fallait. Il était temps de baisser sa garde.

Elle choisit avec soin son costume, car il s'agissait véritablement d'une entrée en scène. Sous une robe de soie de jersey noir, elle mit des dessous de satin très doux et des bas du voile le plus fin. De face, la robe avait l'air très sage et épousait les formes de Kay délicatement jusqu'au-dessus du genou, ses manches étaient droites, son col au ras du cou. De dos cependant, elle était époustouflante. Un décolleté en V descendait jusqu'à la base de la colonne vertébrale et, à partir de là, une série de petits boutons se suivaient en ligne droite jusqu'à l'ourlet. Kay savait que peu de filles pouvaient se permettre de porter ce genre de robe. Sa gymnastique quotidienne rigoureuse et son régime strict lui permettaient d'avoir le postérieur ferme, sans aucun bourrelet disgracieux. Pour faire bonne mesure, elle avait mis une veste en velours noir.

Lawrence avait choisi un restaurant populaire sur les bords de la Tamise où, bien que l'on ne soit encore qu'en mai, on pouvait prendre un verre de champagne en apéritif sur la terrasse. Kay avait gardé sa veste. Elle se sentit un peu mal à l'aise lorsque Lawrence passa la commande du repas au serveur sans même la consulter. Elle ne doutait cependant pas que le menu qu'il commandait fût à son goût. Il avait suffisamment d'argent pour faire les choix les plus judicieux. Elle-même avait appris à les faire. Elle n'était pas non plus assez féministe pour s'en choquer.

Lawrence se jeta sur l'entrée, des pointes d'asperges, des primeurs à cette époque de l'année, et mangea tout le pain brun qui les accompagnait. Kay les savoura avec délicatesse. Elles furent suivies de noisettes d'agneau, rosées, accompagnées de petites pommes de terre. Après le plat de résistance, Lawrence, repu, repoussa son assiette, remplit leurs deux verres et déclara qu'il était temps de parler affaires. Le serveur vint enlever leurs assiettes et proposer deux menus des desserts élégamment imprimés sur du parchemin de couleur crème. Lawrence le découragea en agitant la main.

— Des framboises à la crème pour madame et deux verres de Baume de Venise. Nous prendrons le café au coin du feu.

Il se tourna vers Kay.

— J'ai une proposition à vous faire.

Kay sourit en haussant un sourcil. Elle porta son verre à ses lèvres. Le geste était volontairement provocateur. Elle avait réussi à déstabiliser Lawrence. Néanmoins, il poursuivit :

— J'ai cinq autres projets en cours : deux stations de vacances, une école que je vais transformer en appartements, un petit centre commercial et une unité d'appartements pour jeunes ménages. La construction sera achevée l'année prochaine. J'ai déjà tous les représentants immobiliers qu'il me faut, mais j'ai envie de passer à autre chose et non de mettre des points sur les *i* et des barres aux *t*. J'ai besoin de quelqu'un qui surveille le bon déroulement des ventes et le respect des délais…

Il laissa le silence s'installer tout en regardant Kay. Elle approuva de la tête et prit une autre gorgée de vin.

— Vous serez mes yeux et mes oreilles. Je continuerai à prendre les décisions, mais vous avez suffisamment d'expérience pour assumer les responsabilités. Vous avez aussi suffisamment de poigne pour que les jeunes vous obéissent. Je n'ai pas le temps de m'en occuper.

— La proposition ne m'intéresse pas.

Lawrence, qui se remettait à peine d'une vision des plus érotiques, et pourtant Dieu sait s'il avait payé pour en voir ! crut avoir mal entendu.

— Pardon ?

Kay répéta et Lawrence rougit. Peu habitué à être déstabilisé à ce point, il pria le ciel pour qu'elle ne profite pas de la situation en se moquant de lui.

— Écoutez, inutile de faire l'innocente, personne n'est irremplaçable.

— La proposition ne m'intéresse pas parce que je vais me marier.

L'étonnement se peignit sur le visage de Lawrence. Il ne se rappelait pas avoir aperçu un homme auprès de Kay ni ne l'avait entendue mentionner un fiancé. Il n'avait pas, non plus, surpris de ragots en ce sens dans les indiscrétions de ses employés. Il sourit.

— Félicitations. Quelqu'un que je connais ?

Les yeux verts de Kay reflétèrent les flammes du foyer lorsqu'elle se pencha pour lui murmurer à l'oreille :

— Vous !

*

* *

Pour la première fois de sa vie, Lawrence était battu à son propre jeu. À dire vrai, cela le rendait plutôt heureux. Il comprenait parfaitement les termes du contrat. Il reprit l'avantage en menant Kay le soir même dans une chambre d'hôtel où elle se révéla particulièrement passive et sans imagination. Elle ne montra ni surprise ni plaisir lorsqu'il lui attacha les mains avec l'écharpe de soie qu'elle portait. Qu'importe ! Il lui enseignerait ses préférences et il irait chercher ailleurs ce qu'elle ne voudrait pas apprendre. Du moins, en la baisant, reprenait-il le dessus et il veillerait à ce qu'elle ne l'ait plus jamais.

Cette nuit-là, il passa cinq minutes à réfléchir à ce qu'il allait faire. C'était plus de temps qu'il n'en consacrait généralement à réfléchir à ses actions. Il savait que c'était le moment pour lui de se marier. Il voulait épouser son égale tout en conservant la haute main. Il souhaitait aussi une partenaire pour son projet le plus ambitieux à ce jour. Kay avait toutes les qualités nécessaires. De plus, il était certain que ses gènes prendraient le dessus et qu'ils pourraient produire de beaux enfants. Il fallait bien assurer une descendance, sinon à quoi serviraient tous ces efforts ? Lorsqu'il s'endormit, sa décision était prise.

Le lendemain matin, lorsque Kay se présenta au bureau, une secrétaire était assise à sa place. Celle-ci lui remit un porte-documents assorti à sa serviette Mulberry. À l'intérieur, Kay trouva un carnet de chèques temporaires et un porte-clés au bout duquel pendait ce qui devait être la clé de la maison qu'elle avait vendue à Lawrence peu auparavant. Elle y trouva également une liste soigneusement dactylographiée qui précisait la date de leur mariage, l'église, les détails de la réception, le menu, la liste des vins, la liste des invités, les places assignées à la table d'honneur et la destination de leur voyage de noces. Kay n'aurait qu'à veiller aux menus détails : hymnes, fleurs et demoiselles d'honneur. Tout ce qui n'intéressait pas Lawrence. Kay comprit qu'il souhaitait lui signifier qu'en l'épousant, elle devrait jouer selon ses règles à lui. Cela lui parut tout à fait acceptable.

C'est ainsi que débuta leur partenariat. Peu de temps après, Lawrence mit en branle son projet principal. Quelques années auparavant, il avait acheté pour un quart de million le domaine Barton Court, une propriété depuis longtemps abandonnée, aux abords du village de Honeycote. À l'époque, personne d'autre n'aurait pu investir une telle somme dans cet endroit, en pleine crise économique. Tout le monde pensait qu'il était fou, mais Lawrence savait que le temps jouait pour lui. Convaincu que tout ce qui descend doit remonter un jour, il avait les moyens de patienter jusqu'à ce que l'inspiration lui fasse signe. Entre-temps, il observait. Les habitants du coin prenaient des paris sur ses intentions. On supputait un hôtel de luxe avec terrain de golf et piste d'atterrissage pour les hélicoptères d'Américains et de Japonais fortunés. Cependant, la réalité dépassa toutes les fictions, même les rêves les plus fous, sauf ceux de Lawrence. Son instinct, pour ne pas dire sa clairvoyance, lui suggéra que, lorsque les temps sont durs, les gens restent chez eux. Ils cultivent leur propre jardin. Or, pour qu'un jardin soit joli, il faut y investir un peu d'argent. Dès la fin des années 1990, il s'aperçut qu'il avait visé juste : à toutes les chaînes de télé les émissions de jardinage fleurissaient littéralement et des célébrités au pouce vert étaient fréquemment invitées. Il eut une vision.

Il imagina un parc sur le thème du jardinage, une entreprise commerciale d'une telle envergure que les visiteurs s'y bousculeraient, venant même d'Oxford et de Birmingham pour satisfaire leurs caprices horticoles. Lawrence ne brillait pas par son bon goût, ni par sa capacité à transformer les choses, mais il savait reconnaître le bon moment et obtenir des gens qu'ils s'activent. Il confia la recherche et la planification à une jeune fille brillante qu'il était allé pêcher dans les rangs du National Trust et embaucha un paysagiste chevronné.

Il commença par faire réparer les serres. Rangée après rangée, elles se mirent à briller à flanc de coteaux, où elles abritaient des centaines de cultivars soigneusement choisis et amoureusement soignés dans un milieu environnant à l'atmosphère contrôlée. Lawrence avait veillé à ce que les bâtiments, tout en conservant leur splendeur victorienne, soient équipés du matériel le plus moderne. Il fit ensuite remettre en état le mur de pierres anciennes et ressusciter des variétés de plantes qui avaient survécu à l'invasion prolifique des adventices.

Lawrence n'avait jamais été un homme de la terre mais, au fur et à mesure que les projets se réalisaient, l'excitation le gagnait. Le ton pastel de la brique tendre, la verdoyance du paysage ainsi que la diversité glorieuse des variétés florifères habillaient d'un manteau séduisant ce qui promettait d'être une machine de marketing soigneusement huilée. Rien de tel pour faire des affaires. Lawrence souriait en pensant à la manière dont les gens, sécurisés par la beauté et la tranquillité de cet environnement, se laisseraient vider les poches dans l'espoir de recréer chez eux les mêmes paysages.

Il ne s'agissait pas simplement de vendre des paquets de graines. Barton Court proposait tous les modèles de jardin, ainsi que tous les ingrédients magiques pour leur réalisation : de la fermette traditionnelle entourée d'une pelouse verdoyante jusqu'au jardin japonais, avec gravier décoratif et bonzaï ; on y trouvait le jardin des iris de Monet, où l'on pouvait acheter son propre pont de Giverny, un jardin d'herbes aromatiques, l'un des modèles les plus populaires, simple et facile à entretenir, pour lequel Lawrence affichait une préférence particulière parce que la marge de bénéfices sur les herbes était énorme ; un jardin pour les enfants avec la maison de Wendy et un puits à souhaits ; un très exotique jardin de statues, qui exhibait divers modèles, notamment une licorne grandeur nature dont on pouvait faire dorer la corne pour un supplément modique. Si le jardinage n'était pas votre point fort, divers autres magasins proposaient des activités rustiques : des canards leurres, des livres, des boutiques de mets de choix, de fleurs… Deux lieux étaient prévus pour la restauration : l'élégante Orangeraie où du thé Darjeeling et des sablés étaient servis par des dames aux joues pommelées coiffées de bonnets de dentelle ou le restaurant des étables, qui, comme son nom l'indiquait, servait des repas plus copieux dont les recettes se trouvaient dans le *Livre des recettes délicieuses de Barton Court*. Le restaurant était toujours plein à craquer le dimanche, des familles entières venant y passer leur congé dominical. Les parents pouvaient faire leurs achats en toute sécurité, sachant que leurs enfants étaient surveillés par deux gouvernantes épuisées dans l'Atelier de bricolage de M. MacGregor, plein de bonbons, de gommes, de crayons et de modèles à acheter, car Lawrence n'oubliait pas que la plupart des enfants entraient en possession de leurs revenus propres à peu près en même temps qu'ils apprenaient à prononcer leurs premiers mots.

Le plus gros des travaux avait consisté à drainer et à paysager le lac ornemental et sa magnifique fontaine. Celle-ci mettait en valeur une statue de Flora, la déesse du printemps dont la silhouette gracieuse enlaçait une corne d'abondance emplie de fleurs. Lawrence, séduit par la finesse des détails de la statue, avait choisi d'en faire le logo du centre de jardinage.

Le jour de l'ouverture de Barton Court au public, Lawrence organisa une cérémonie pour célébrer le retour à la vie des jets d'eau qui n'avaient pas fonctionné depuis plus de soixante-dix ans. C'était vraiment un cadeau qu'il se faisait à lui-même. Des milliers de litres d'eau envahirent le système d'irrigation souterrain et leur vrombissement lui donna l'impression que son propre sang allait jaillir triomphalement. L'explosion du jet d'eau qui retomba en cascade de gouttelettes sur les courbes de la jeune Flora fit naître un sourire sur les lèvres de Lawrence. Ce spectacle était son œuvre, le reflet de son pouvoir. Il en avait choisi l'heure et le moment parfaits. La nation tout entière avait la folie du jardinage. Même les gens qui n'auraient pas su par quel bout prendre un plantoir n'avaient plus qu'une hâte, se salir les mains. Lawrence était persuadé qu'aucun autre homme en Angleterre n'aurait pu réussir ce tour de force. S'il fallait en juger par les applaudissements et les cris qui accueillirent le geyser, Barton Court promettait d'être un vrai succès. Lawrence se frottait déjà les mains à l'idée des bénéfices que sa clairvoyance lui rapporterait.

La réaction des habitants locaux fut mitigée. Le centre de jardinage était certainement une source d'emplois, même pour les plus jeunes, adolescents se promenant avec des émetteurs-récepteurs portatifs pour diriger les voitures vers leurs places de stationnement avec une précision toute militaire. De plus, en dépit de l'aspect mercantile de l'entreprise, la maison et le terrain avaient été restaurés et paysagés avec beaucoup de goût. L'endroit était protégé de la route par une haie de chênes anciens. On ne pouvait pas lui reprocher de gâcher le paysage. Des chemins d'accès au nord, au sud et à l'est permettaient de régler la circulation sans trop de peine, sauf lorsque la saison battait son plein.

Ainsi, Lawrence et Kay prirent place sur le trône de Barton Court, tels un roi et sa reine. Toutefois, leur couple ne nageait pas exactement dans le bonheur…

Kay n'appréciait pas le sexe, qui lui semblait être une corvée aussi désagréable que le remplissage du lave-vaisselle ou le tri des chaussettes, avec cet inconvénient qu'elle ne pouvait déléguer l'activité à un autre membre du personnel. Lawrence, de son côté, faisait preuve d'une énergie libidineuse insatiable. Soucieuse de ne pas le vexer ni l'éloigner d'elle, Kay avait appris à se plier à tous ses désirs, en feignant d'y trouver son compte car elle avait remarqué qu'il jouissait plus vite ainsi. La méthode la plus rapide consistait à lui faire une fellation ; il explosait violemment après quelques minutes lorsqu'elle le taquinait du bout de la langue et cela lui évitait d'avoir à s'agiter sur lui ou en dessous en simulant l'extase. De plus, Lawrence était un maniaque de la propreté : deux douches par jour, trois s'il faisait un effort, garantissaient que son pénis avait au pire le goût du savon et au mieux le parfum de la lotion *Aramis*.

Ainsi, Kay s'était toujours crue frigide. Cela ne la dérangeait pas et elle était même persuadée que l'argent et le plaisir ne sauraient faire bon ménage. Dans toutes ses relations, y compris celle qu'elle entretenait avec Lawrence, elle avait un motif caché. Ses joies préméditées, plutôt que résultant d'une attraction chimique mutuelle quelconque, se satisfaisaient du but à atteindre plutôt que du plaisir du voyage.

La rencontre avec Mickey Liddiard et le désir incontrôlable qui l'avait submergée avaient donc été une révélation tant physique que mentale. Kay avait découvert le sexe pour le sexe. En soi, rien que la nouveauté était excitante. Très vite, elle s'y était accoutumée, à tel point qu'elle recherchait sans cesse de nouvelles expériences sans se soucier des moyens qu'il lui faudrait employer pour arriver à ses fins. Elle avait rencontré Mickey lors de l'ouverture de la chasse, qui s'était tenue devant la taverne Honeycote Arms. Aussitôt qu'il avait été assuré que Barton Court serait une réussite, Lawrence avait décidé qu'il lui fallait maintenant s'immiscer parmi les notables locaux et, pour ce faire, participer à la chasse lui semblait le meilleur moyen. Il avait donc promptement mis en place des écuries et acheté une douzaine de chevaux à un entraîneur de la région. Kay était enthousiasmée par l'équitation. Elle appréciait non seulement l'élégance des costumes, mais aussi les rencontres qui lui permettaient d'exercer à loisir sa coquetterie.

Elle avait fait beaucoup d'effet lors de la première rencontre. Serrée dans un pantalon blanc moulant, une veste parfaitement ajustée, des bottes luisantes, ses mains gantées de cuir noir, son visage parfaitement maquillé et ses cheveux retenus en arrière par un filet, elle était l'image parfaite du fantasme masculin. Elle avait choisi pour monture un étalon noir haut sur jambes, et sa silhouette de poupée, maîtrisant parfaitement la bête écumante, attisait le feu des mâles.

Lawrence s'était placé près d'elle, sur une jument d'un roux flamboyant. Il souriait bravement tout en portant à ses lèvres sa tasse en vermiculite, mais s'agrippait le plus fort qu'il pouvait aux rênes neuves qui crissaient dans sa main. En dépit des cours intensifs d'équitation qu'il avait suivis avec un ancien champion olympique, il était parfaitement conscient que si la jument décidait de se lancer au galop par monts et par vaux et de parcourir tout les Cotswolds, il n'aurait qu'à bien s'accrocher. Sa nervosité provenait plus de sa crainte du ridicule que d'autre chose. Il craignait de faire un faux pas et ses entrailles gargouillaient plus que les marécages de Louisiane, suite logique d'une évacuation matinale des plus liquides. L'assurance de Kay le rendait plus nerveux encore. Il haïssait ces situations où elle montrait plus de maîtrise que lui. Elle babillait gaiement sur son cheval qui piaffait et renâclait, apparemment insouciante de la précarité de sa situation. La jument de Lawrence fit un écart. Inquiet, il tira brusquement sur les rênes.

— Attention, chéri. Tu lui scies la bouche.

Kay avait eu le bon goût de chuchoter. Bien qu'humilié, Lawrence ne perdait pas la face. Kay lui adressa un sourire, pour le rassurer. Elle s'inquiétait vraiment.

— Tout va bien ?

— Bien sûr, bien sûr.

— N'aie pas peur, sinon le cheval le sent…

Lawrence réprima un mouvement de colère… Ce que le maudit cheval devait sentir, c'était que Lawrence était le maître. Il pouvait le faire transformer en pâtée pour chiens si bon lui semblait. Cette pensée permit à Lawrence de retrouver sa confiance en lui et il fit faire demi-tour à son cheval pour s'éloigner de Kay, coupant court à la leçon.

— Est-ce que c'est la première fois ?

Kay se retourna. Un visage souriant la regardait. Les yeux bruns brillaient d'une lueur coquine. Le cavalier avait rapproché son cheval de celui de Kay et lui tendait un plateau pour récupérer sa tasse vide. Kay répliqua.

— Est-ce votre réplique favorite pour draguer ?

— Je ne vous ai jamais vue ici auparavant.

La remarque en elle-même était flatteuse. Elle sous-entendait que s'il l'avait déjà vue il s'en serait souvenu.

— J'ai parlé à Tim Heath. Il m'avait prévenu que vous viendriez aujourd'hui. Il m'a même demandé de surveiller votre époux qui risquait d'être... en difficulté...

Kay réprima un sourire en pensant combien Lawrence serait mortifié s'il savait que son instructeur avait si peu confiance en ses capacités équestres. Cependant, elle n'allait pas trahir les faiblesses de son époux devant un étranger, si dangereusement séduisant soit-il. Elle se contenta de soulever légèrement un sourcil glacial.

— Ah, vraiment ?

Les coins de la bouche de l'homme se plissèrent. Sa confiance désinvolte, quasiment aristocratique, était renforcée par les fines ridules qui prolongeaient le sourire de sa bouche. Il semblait n'avoir que des raisons de rire. Qui pouvait-il être ? Soudain, Kay comprit qu'il se moquait d'elle.

— Il m'a aussi prévenu que vous aviez une très bonne assiette.

Kay lui adressa un sourire retors.

— Tim sait de quoi il parle.

Enfer et damnation, pensa-t-elle. Je suis en train de me laisser conter fleurette. Jamais auparavant elle n'avait flirté. Elle pouvait être calculatrice, suggestive, désinvolte si nécessaire, mais elle n'avait jamais joué au jeu de l'amour. Elle risquait de finir par se mettre à glousser sottement. L'étranger rétablit l'équilibre de son plateau, puis tendit son autre main.

— Mickey Liddiard.

Kay lui adressa un sourire entendu.

— Si vous en savez tellement sur mon assiette, je suppose que vous connaissez aussi mon nom.

Mickey fit non de la tête.

— Tim ne m'a pas donné ce détail. Il m'a seulement dit que vous étiez une jolie blonde sur la fin de la trentaine.

À peine âgée de trente-cinq ans, Kay ne releva cependant pas l'insolence de la remarque. Elle tendit la main.

— Kay Oakley.

Lorsque Mickey serra sa main, Kay sentit la chaleur de sa peau à travers le cuir noir de ses gants.

— Eh bien, je vous souhaite une bonne journée d'exercice.

— Je ne doute pas une seconde qu'elle le soit…

— Juste un conseil. Certains des murs sont un peu branlants. Je vous déconseille d'essayer de les sauter.

Piquée au vif, Kay pensa qu'elle sauterait les murs si bon lui semblait. Lorsqu'il s'éloigna, elle ne put s'empêcher de le suivre des yeux. Il avait une démarche confiante et de larges épaules. Elle se demandait qui il pouvait bien être. Après s'être renseignée, elle apprit qu'il possédait une taverne dans la région, et même plusieurs. Lorsque le groupe des chasseurs se mit en mouvement, elle l'aperçut qui la regardait. Il lui adressa un signe de la main. Elle sentit son cœur battre un peu plus vite et une petite étincelle s'alluma quelque part à l'intérieur d'elle. Elle se dit que c'était juste un peu de nervosité, quoique bizarrement située. La nervosité se manifestait généralement dans l'estomac plutôt qu'à l'entrejambe.

Un peu plus tard, son cheval s'étant blessé sur un mur de pierre elle dut rentrer prématurément. Elle se demanda si le destin avait voulu que Mickey passe au moment même où elle essayait de remonter sur son cheval. Après avoir tamponné la blessure du cheval avec un peu d'extrait de gentiane et l'avoir attaché près d'une balle de foin, il avait reconduit Kay. L'intérieur de l'écurie fleurait bon les copeaux de bois. Tout alla très vite. Mickey s'approcha de Kay. Il tenait à la main une longe en cuir rouge. Il l'enroula autour des poignets de Kay qui, surprise par sa douceur, se laissa faire, même lorsqu'il entreprit de l'attacher à l'anneau habituellement réservé au cheval. Elle crut défaillir. Ses genoux ne la portaient plus tant elle était au comble de l'excitation. Elle ne comprenait pas. Lorsque Lawrence jouait à ces jeux, elle était tout à fait indifférente. Mickey fit un pas en arrière pour admirer le travail.

— Je devrais vous laisser ainsi, qu'en pensez-vous ? Vous êtes à ma merci.

— Pour être à votre merci, encore faudrait-il que je sois complètement nue.

— Quelle idée merveilleuse !

Il ne parvint pas à lui enlever sa veste puisqu'il lui avait lié les mains, mais il n'eut aucune peine à ôter ses bottes et sa culotte de cheval. Évidemment, elle ne portait rien dessous. Un fugace sentiment de jalousie traversa l'esprit du quidam solitaire qui surprit en passant les gémissements de plaisir de Kay. Il ne s'attarda pas et poursuivit son chemin, les joues roses. Mickey la reconduisit un peu plus tard très galamment, prit la peine d'appeler le vétérinaire et alla même chercher Lawrence qui avait réussi à passer la journée sans se rompre le cou. Mickey ne laissa paraître aucun remords, ce qui permit à Kay de deviner qu'il n'en était pas à sa première aventure du genre, mais elle n'en avait cure.

Jusqu'à aujourd'hui, leur liaison avait été torride et excitante. Elle durait depuis dix-huit mois, mais Kay sentait que Mickey se détachait d'elle petit à petit. Elle était presque certaine qu'il n'y avait pas de concurrence à l'horizon, mais il avait l'esprit ailleurs.

Assise dans sa voiture, sur l'esplanade où ils avaient rendez-vous, Kay tapotait le cuir de son volant avec impatience. Le crissement de ses ongles lui fit soudain prendre conscience que Mickey ne viendrait pas. L'heure de leur rendez-vous était passée depuis vingt minutes. Elle démarra et partit. Kay n'était pas du genre à poireauter pour quiconque.

Mickey fit un signe discret à la serveuse pour qu'elle lui apporte un autre verre de vin rouge lorsqu'elle s'approcha pour prendre leur commande. Il fit taire la voix de sa conscience qui s'efforçait de le prévenir qu'il avait dépassé sa limite. La pizza épongerait le tout. Cependant, alors qu'il appréciait l'instant, assis là avec ses filles et leur amie joyeusement occupées à comparer leurs rouges à lèvres sur le dos de leurs mains, il aperçut son reflet dans le miroir. Son image était sans équivoque. Philosophiquement, il se dit qu'il était le seul à blâmer.

Lorsque Mandy se leva pour aller aux toilettes, Mickey s'interdit de suivre des yeux sa croupe ondoyante. Il se retourna vers Sophie qui voulait lui montrer un morceau de sa robe.

— Je te la montrerai en entier lorsque je serai toute maquillée ; tu verras, elle est très chouette.

Mickey aperçut l'étiquette du prix lorsque Sophie remit la robe dans le sac. Il grimaça. Il se souvenait de lui avoir donné seulement cinquante livres. Sophie le rassura.

— Y a pas de problème. Mandy a payé. Son père est plein aux as. De plus, Patrick nous a demandé de ne pas t'ennuyer avec le fric. Je sais que les affaires ne sont pas brillantes à la brasserie.

Ces paroles qui se voulaient rassurantes humilièrent Mickey autant que les mots de Cowley. Il sentit la bile lui monter à la gorge. Il espéra que la cirrhose ne le rattraperait pas avant qu'il ait réglé ses affaires. Il avait du pain sur la planche, et mourir n'arrangerait rien. Mickey vida son verre d'un trait et passa mentalement en revue ses résolutions. Premièrement : donner congé à Kay. Délicat.

Deuxièmement : rééquilibrer les comptes de la brasserie. Plus délicat encore.

Troisièmement : arrêter de boire. Le plus délicat. Impossible tant qu'il n'aurait pas réussi le premièrement et le deuxièmement. Toutefois, il fallait qu'il réussisse. Pas tant pour lui-même, pauvre sac de vin qu'il était, que pour Lucy, Patrick, Sophie et Georgina.

# 4

James Liddiard eut du mal à ouvrir les yeux. Lorsqu'il y parvint, il tomba en arrêt sur deux globes parsemés de taches de rousseur. Sa petite amie, Caroline, s'était empalée sur son érection matinale, et James savait qu'il était inutile de résister. Responsable des petites annonces de la feuille de chou locale, elle avait besoin de sa dose d'adrénaline avant de partir au bureau où elle devrait s'assurer que les délais soient respectés. James avait à choisir entre se rendormir ou éjaculer. Cependant, les prouesses de gymnaste de Caroline l'emportèrent. Il décida de manifester un peu de coopération.

Un peu plus tard, il resta à regarder Caroline s'habiller. Elle possédait toute une série de costumes qui accentuaient sa féminité. Elle lissa ses boucles rousses en une natte sévère et, pour parfaire son image, elle mit des lunettes à grosse monture. Formidable !

Ils s'étaient rencontrés à peine une année auparavant, alors qu'il réorganisait sa galerie d'art à Eldenbury. Il souhaitait placer une petite annonce dans le journal de Caroline qui n'avait eu aucun mal à le convaincre d'investir dans un encadré moins discret que ce qu'il avait initialement envisagé. Il était très difficile de dire non à Caroline, surtout lorsqu'elle offrait en prime une baise d'enfer. James avait acheté une double page.

À la grande surprise de leurs amis, leur liaison avait duré. Lui, l'archétype du gentleman anglais, Brideshead revu et corrigé, un esthète. Elle, spontanée, toujours prête à s'amuser, à faire la fête, l'archétype de *Cosmopolitan*. Leur besoin d'espace était la seule chose qu'ils avaient en commun. James ne put s'empêcher de penser à la petite amie qu'il avait laissée tomber quelques mois auparavant. C'était une jolie fille, toujours tirée à quatre épingles, bien élevée. En apparence, ils avaient l'air faits l'un pour l'autre. Toutefois, lorsqu'elle avait fini par comprendre que leur histoire tirait à sa fin, il avait été soulagé. C'était le genre de fille qui mettait son nez partout dans ses affaires. Un véritable pot de colle. De plus, elle s'obstinait à le traîner chez les grands bijoutiers. S'il ne souhaitait pas l'accompagner à une soirée, elle piquait une crise de nerfs. Au contraire, Caroline ne lui reprochait jamais d'exprimer ses réticences.

Debout au pied du lit, prête à l'action, elle le regardait.

— Un thé ?

— Laisse-moi le faire.

Il sortit précipitamment du lit. Il voulait un bon thé, fait avec des feuilles, dans un pot chauffé au préalable. Il était hors de question qu'il avale une de ces mixtures de poussière et de feuilles non identifiées en sachet préemballé. Ce que Caroline lui servirait, il en était sûr.

— Qu'est-ce que tu fais aujourd'hui ?

— Mes déclarations de TVA. (Il fit mine de bâiller.) Ensuite, il y a une expo à Tetbury. J'irai probablement cet après-midi.

Il ne mentait pas vraiment. Seulement par omission. Il n'était pas très sûr de savoir pourquoi. Après tout, sortir avec sa belle-sœur n'avait rien de répréhensible.

Un peu plus tard, après avoir rempli ses formulaires de TVA à la hâte, James se présenta à Honeycote House et fit résonner les talons de ses bottes sur les pavés. Un frémissement parcourut les stalles. Les chevaux espéraient que ce visiteur inattendu leur apportait une collation. Un renâclement permit à James de deviner vers quel box se diriger. Lucy flattait les oreilles et le cou d'un cheval. Quel chanceux ! pensa James en faisant grincer le loquet. Lucy releva la tête et eut un sourire de ravissement.

— James, bonjour ! (Lucy montrait avec fierté l'immense cheval d'un gris presque métallique.) Qu'en penses-tu ? Je te présente Phoenix. N'est-il pas magnifique ?

James se pencha par-dessus l'épaule musclée de la bête pour demander :

— Quel est le problème ?

Il lui sembla déceler un relent de *Diorissimo* parmi les effluves de crottin que l'animal avait lâché, par nervosité.

— Il ne cesse de ruer. Il jette à bas son propriétaire. Nous allons adoucir ses mœurs, pas vrai, vieux garçon ?

Phoenix ne semblait pas partager cette opinion ; il eut un regard de biais en direction de James et abaissa les oreilles.

— Il me semble très agité.

Lucy ne paraissait pas inquiète.

— Il faut simplement lui montrer qu'il ne nous fait pas peur. Je crois aussi qu'il a des problèmes de vertèbres. Je vais faire venir le physiothérapeute. Il n'y a rien d'étonnant à ce qu'il rue, s'il souffre chaque fois que quelqu'un monte sur son dos.

James sourit. Il aimait voir Lucy si confiante, si sereine. Dans la région, sa réputation n'était plus à faire. Elle était capable de dresser n'importe quel cheval, même le plus têtu, le plus tordu. En quelques semaines, et selon ses propres mots, elle transformait la monture la plus repoussante en un animal suffisamment docile pour « promener grand-mère ». On lui disait souvent que ses talents pourraient lui rapporter une fortune, mais elle s'obstinait à refuser de se faire payer. Elle adorait ce qu'elle faisait et voir un cheval heureux lui semblait être une gratification suffisante. James admirait cette générosité de Lucy. Il la contempla pendant qu'elle ajustait la bride de Phoenix.

C'était superbe de voir quelqu'un qui travaillait avec les chevaux pour le simple plaisir et non pour le profit ou le désir de gagner des courses. James eut une pensée pour Caroline, qui participait aux concours régionaux comme si sa vie en dépendait. Elle exigeait de son cheval beaucoup plus qu'elle ne lui donnait en retour.

Le cheval de Caroline était en pension dans les environs d'Evesham, où elle habitait et travaillait. Plus d'une fois, James s'était fait la réflexion que Demelza serait aussi bien à Honeycote House. Sophie ou Georgina auraient été ravies de s'en occuper pour gagner un peu d'argent de poche et cet arrangement aurait permis à James et à Caroline de se voir plus longuement durant les week-ends. Cependant, il avait craint que la proximité de Caroline et de Lucy ne lui complique la vie, à la longue, pour peu qu'elles deviennent amies. Certes, elles n'avaient pas grand-chose en commun, mais l'amour des chevaux pouvait être un lien suffisant. Au fil des années, lui-même avait constaté combien la passion équestre pouvait rapprocher les êtres les plus improbables.

Quant à lui, James avait été un peu écœuré de l'équitation par sa mère. Les écuries de Honeycote avaient toujours été pleines. Elle montait en amazone et participait à toutes les chasses organisées dans la région, obligeant James et son frère Mickey à entrer en compétition, même très jeunes, dans les courses de poneys. Elle semblait vouloir qu'ils raflent toutes les coupes et hurlait ses encouragements depuis les tribunes. James avait détesté cette période de sa vie et en gardait un souvenir terrifié. Mickey, de son côté, avait fait main basse sur toutes les récompenses possibles, avec une indifférence déroutante, toutefois. Dès qu'il avait été en âge de tenir tête à sa mère, James avait décidé d'abandonner les chevaux. Il ne s'en était rapproché que récemment, pour aider Lucy lorsqu'elle avait besoin d'un coup de main, ou pour leur faire faire un peu d'exercice, ce qui n'était pas rare. James avait lui-même besoin d'exercice et, sans obligation, l'activité devenait plutôt plaisante. Le plaisir de voir Lucy n'était pas la moindre des raisons...

Lorsque Lucy fut certaine que Phoenix était parfaitement harnaché, elle lui donna une dernière caresse et ouvrit la porte de l'écurie pour le faire sortir. La monture de James était déjà prête dans le box voisin.

Au trot, ils s'engagèrent dans l'allée. Phoenix était nerveux, faisait des écarts et secouait sa crinière. Toutefois, Lucy le maîtrisait et refusait qu'il impose son comportement. Le cheval finit par se calmer. Lucy arbora un sourire satisfait.

— Tu vois ? Sa cavalière se laissait impressionner. Je parie qu'elle a tiré sur le mors plus que nécessaire, alors qu'il suffit, au contraire, de ne pas lui scier la bouche. Regarde.

Elle lui montra comment elle enroulait la rêne autour de son petit doigt, le peu de résistance qu'elle offrait. James se dit que cette attitude était typique de Lucy, même avec les gens. Elle choisissait toujours le chemin le plus facile. À la fin de la promenade, Phoenix était parfaitement calme et coopératif.

À leur retour, Lucy, après avoir pris soin des chevaux, se décida à partager ses soucis avec James.

Alors qu'ils marchaient vers la maison, elle se retourna soudainement et demanda :

— Mickey t'a-t-il fait des confidences récemment, James ?

James soutint son regard et répondit volontairement à côté de la question.

— Il ne semble pas s'inquiéter des chevaux, tu t'en tires parfaitement…

— Je ne parle pas des chevaux !

James fut surpris de l'agacement de Lucy. Elle reprit :

— Je veux dire, je ne sais pas ce qui lui arrive, mais je suppose que ce doit être grave. Personne n'ajoute du cognac à son café matinal à moins d'avoir des problèmes graves, non ?

Nous y voilà, pensa James. Pourquoi se montrait-il si faible face à Lucy ? Pourquoi ne pas lui dire tout simplement qu'il pensait, ou plutôt qu'il était certain que son mari était un ivrogne, qu'elle perdait son temps avec lui ? Pourquoi ne la prenait-il pas dans ses bras, ne l'allongeait-il pas dans le foin pour l'embrasser et la rassurer ?

Il repensa à la première fois qu'il l'avait vue. Après la mort de leurs parents, Mickey et lui avaient hérité de Honeycote House. James avait ensuite emménagé avec son frère dès que la première femme de Mickey, Carola, était partie. Il sortait de dix-huit mois de stage dans une entreprise de vente aux enchères, à Londres, où il avait appris tout ce dont il aurait besoin à propos des antiquités et des toiles. Il souhaitait ouvrir sa propre galerie dans la région. Les deux frères avaient vécu un certain temps comme deux jeunes célibataires insouciants. Tout le monde connaissait leur goût pour les femmes, les bons vins et les fêtes ; James était généralement considéré comme un gentleman et Mickey comme un bâtard sans scrupules. Ce qui ne signifiait nullement que l'un avait plus de charme que l'autre. Tout est affaire de goût.

Par un après-midi de printemps, James avait dû se séparer du chien de leur mère, Raffles. Le petit chien faisait partie de la maisonnée depuis presque vingt ans et, d'une certaine manière, sa condamnation, plus encore que la mort de leurs parents, symbolisait la fin d'une époque. Mickey s'était refusé à entendre parler de ce qui attendait Raffles et James avait dû se charger d'appeler le vétérinaire local. Richard Soames s'était occupé de la corvée avec délicatesse puis avait recouvert le corps du petit chien de la couverture écossaise qui était depuis toujours dans son panier. Pendant ce temps-là, James était allé se verser un whisky à la cuisine. Lucy accompagnait son père. Elle avait dix-huit ans et venait de quitter l'école mais n'avait pas encore d'idées précises sur son avenir. Elle aidait donc son père, contre un peu d'argent de poche, en attendant de faire son choix.

Après la piqûre au chien et pendant que son père se lavait les mains, Lucy était passée dans la cuisine. En voyant la tristesse de James, elle avait eu une réaction très tendre. Elle avait posé timidement sa main sur son bras et l'avait rassuré de quelques paroles :

— Vous avez fait ce qu'il fallait. Vous ne pouviez pas le laisser continuer à souffrir.

La flèche de Cupidon avait alors transpercé le cœur de James, mais il s'était vite ressaisi, pensant qu'elle n'était encore qu'une enfant, à peine quinze ou seize ans, et il ne voulait certainement pas risquer que les ragots sur son compte, qui couraient déjà dans la région, ne s'enflent d'une nouvelle rumeur. Plus tard, il regretterait amèrement d'avoir laissé la porte entrouverte à son frère Mickey qui, n'ayant pas les mêmes scrupules et ayant appris de source sûre que Lucy avait en fait dix-huit ans mais paraissait plus jeune que son âge, n'avait pas tardé à entrer en scène. Étrangement, les chevaux de Honeycote avaient soudain eu besoin de beaucoup plus d'attention vétérinaire et Richard Soames et sa fille étaient devenus des visiteurs réguliers.

Par une belle soirée d'été, à peine un an plus tard, James, l'âme au supplice, avait dû écouter Mickey lui annoncer son intention d'épouser Lucy. Celle-ci, riant de bonheur dans ses bras, s'était laissé entraîner jusqu'à la taverne Honeycote Arms. James aurait bien voulu la prévenir, la prendre à part et lui dire qu'elle n'était pour Mickey qu'une parmi tant d'autres, que son futur couchait avec la plupart des filles du voisinage, les plus jolies en tout cas, et même quelques-unes de celles qui ne l'étaient pas. Il aurait dû lui raconter l'histoire de la première Mme Liddiard, la véritable histoire, non pas la version édulcorée que Mickey avait dû lui servir en se donnant le beau rôle.

La fuite de Carola peu après la naissance de Patrick n'avait surpris personne. Il était évident que Mickey n'allait pas la garder à Honeycote House alors qu'elle commençait à envisager de poursuivre ses études, d'entamer une carrière, bref, de mener sa vie comme bon lui semblait. Épouvanté à l'idée de passer sa vie avec une femme hirsute (il avait un jour avoué à James, d'un ton horrifié, que Carola ne se rasait pas sous les bras et lisait *The Guardian*), Mickey avait consenti à un divorce rapide assorti d'une pension confortable, suffisante pour un premier versement sur un petit appartement et pour terminer les études qu'elle avait dû interrompre un peu trop hâtivement à son goût. Mickey, sans l'ombre d'un remords, avait mis Carola et le petit Patrick dans le train de Paddington, puis leur avait adressé un dernier signe de la main avant d'aller se soûler à la taverne, ce qui n'avait rien d'extraordinaire, de toute manière.

Cette désinvolture avait profondément choqué James. Il avait eu honte de son frère sans toutefois rien oser dire. Il ne supportait pas l'idée que Lucy, cette jolie petite personne si fragile, perchée près du feu dont les flammes dansaient joyeusement, puisse subir la même destinée lorsque, avec le temps, Mickey se fatiguerait inévitablement de sa présence. Cependant, il s'était tu et s'était contenté de déposer un baiser sur la joue de Lucy, en la congratulant. Il avait également accepté d'être le garçon d'honneur de Mickey. Il s'était consolé en se disant qu'il ne faisait que son devoir de frère, une loyauté qui lui paraissait incontournable, mais dont les êtres tels que Mickey ne soupçonnaient même pas l'existence.

En ce jour, vingt ans plus tard, Lucy était toujours présente et n'avait pas souffert de trahison, contrairement à ce qu'il avait craint. Les dons qu'elle affichait avec les chevaux semblaient aussi fonctionner avec les humains et elle avait apprivoisé l'incorrigible Mickey en dépit des légions d'autres femmes de la région qui le considéraient comme un gibier de choix et se comportaient comme si la chasse était ouverte. Toutefois, depuis quelque temps, James entretenait des doutes. Il avait remarqué des changements de comportement chez son frère. Il reconnaissait les signes. Il savait à quel point Mickey était sensible à la flatterie et qu'il capitulait aisément s'il était soumis à un peu de pression. Il avait aussi remarqué la manière dont Kay Oakley le regardait, avec dans les yeux cette flamme de désir qui semblait trahir une satisfaction consommée.

Il ne pouvait cependant pas se résoudre à avertir Lucy, probablement parce que, au plus profond de lui, il craignait qu'elle ne lui pardonne jamais de faire voler en éclats ses illusions et qu'elle en vienne même à le repousser comme un oiseau de mauvais augure. James poursuivit donc la conversation sur un ton faussement enjoué, tout en se maudissant intérieurement de sa duplicité.

— Je suppose que c'est à cause de ses affaires. La crise met tout le monde sur les nerfs. Je suis sûr que tout va s'arranger après Noël.

Il adressa à Lucy un sourire rassurant. Dans la pénombre de l'écurie, elle ressemblait à une écolière du club de poneys avec son jodhpur, son pull à col roulé, quelques cheveux auburn s'échappant de sa coiffe et ses doigts jouant machinalement avec la bride de Phoenix, comme une petite fille intimidée. James sentait qu'il ne l'avait pas convaincue, mais elle lui rendit son sourire en l'accompagnant d'un imperceptible haussement d'épaules.

— Espérons. Viens, allons manger quelque chose.

Dans la cuisine, devant une bouteille de Pinot Grigio et des sandwichs au jambon, James ne put que se féliciter de sa lâcheté. Il savait parfaitement qu'il n'aurait pas pu entrer en compétition contre son frère. Mickey avait été élevé pour prendre la succession de la brasserie, pas lui. Évidemment, si James avait souhaité en faire partie, il y aurait eu une place pour lui, mais il s'était toujours bien gardé de se retrouver dans une position où les comparaisons entre lui et son frère eussent été possibles.

Ironiquement, James aurait probablement été un bien meilleur président-directeur général que Mickey. Il savait prendre les bonnes décisions au bon moment. Rusé, sans scrupules et instinctif, il possédait toutes les qualités nécessaires, mais il avait néanmoins choisi d'échanger ses actions de la brasserie contre l'une des tavernes de la rue principale d'Eldenbury. À l'époque, le Horse and Groom attirait le plus gros de la clientèle et il ne semblait pas nécessaire qu'une autre taverne lui fasse concurrence, Honeycote contre Honeycote. James avait transformé une moitié de la taverne en une galerie d'art, qui avait très rapidement obtenu un grand succès auprès des touristes fortunés qui fréquentaient Eldenbury tant l'hiver que l'été. Il avait rénové avec beaucoup de soin l'autre moitié, la transformant en garçonnière dans laquelle il exposait les antiquités qu'il avait collectionnées et qu'il vendait, à l'occasion. Très vite, sa réputation s'était étendue et il expédiait des wagons entiers de meubles vers les États-Unis, où les acheteurs s'arrachaient ces pièces uniques et très recherchées. Il avait fait fortune, ce qui lui permettait désormais de déléguer ses activités à la galerie et d'utiliser son temps comme bon lui semblait.

Temps qu'il aurait bien aimé partager avec quelqu'un, mais il savait que Lucy n'avait cure de son élégante maison en ville. La maison Honeycote était son nid, chaud et chaotique, auprès de Mickey, désinvolte, dissipé, imparfait comme il l'était, mais le néanmoins sexy, l'excitant Mickey, tout le contraire du bon vieux James, rassurant, fiable et tellement prévisible.

Un peu plus tard, lorsque Mickey revint avec Sophie et Georgina et une créature extraordinaire aux jambes interminables, James se contenta de dire bonjour puis au revoir, malgré la tentation d'une conversation un peu plus élaborée que suscitait l'accent de Birmingham de la jeune fille. Il alla prendre un thé solitaire dans sa cuisine immaculée, où jamais ne résonnaient un rire, des pleurs, des cris de dispute. Il y mangeait rarement. Mme Titcombe, sa femme de ménage, récurait son four une fois par mois, même s'il ne l'utilisait jamais. Au contraire, le vieil Aga de Honeycote était à jamais noirci par des dizaines d'années de rôti du dimanche. James devait peut-être se mettre à faire la cuisine pour Caroline. Ce genre de passe-temps pourrait devenir une passion qui comblerait le grand vide de sa vie.

Mickey lui avait assez souvent répété qu'il faudrait une bonne femme, mais, pour James, la seule femme qu'il voulait avoir était celle de son frère. Il se mit à réfléchir à la relation qu'il entretenait avec Caroline. Cette fille de vingt-neuf ans, aux cheveux de feu (Mickey disait de gingembre), pleine de vie (Mickey disait agressive), avait du chien (Mickey la traitait d'aguicheuse). James trouvait assez ironique que Mickey soit si critique à propos de Caroline et lui demande à tout bout de champ pourquoi il la fréquentait, alors qu'il pouvait choisir n'importe quelle autre fille, et qu'il la traite d'aguicheuse alors qu'en secret, James en était persuadé, il avait peur de la forte personnalité de Caroline. D'ailleurs, Caroline se refusait même à flirter avec Mickey, ce qui devait le torturer plus encore.

De toute manière, James se passait bien de l'approbation de son frère. Il n'avait nullement l'intention de mener Caroline à l'autel ; à défaut de Lucy, James ne voulait épouser personne. Même si leurs séances de baise n'avaient rien à voir avec le cœur ni avec l'amour, même s'il les payait chèrement en faisant à Caroline de somptueux cadeaux, James savait que Caroline était un des meilleurs coups du monde. Il avait suffisamment d'expérience pour en être convaincu. Il l'avait dit à Mickey, un soir de beuverie, lorsque celui-ci s'était permis d'insulter Caroline, qu'il accusait de mener James par le bout de la queue, ce à quoi James avait rétorqué que c'était exactement ainsi qu'il souhaitait être mené. L'insolence de Mickey avait estomaqué James, qui ne pouvait cependant confondre son frère devant Lucy.

Regrettant une énième fois ce qui aurait pu être, James jeta le reste de son thé dans l'évier, rinça sa tasse avec soin, puis, tout en l'essuyant avec le torchon impeccable qu'avait laissé Mme Titcombe, il s'autorisa à imaginer ce qui aurait pu être. Ce qui pourrait encore être. Mickey lui avait paru très mal en point et il avait remarqué qu'il avait vidé le reste de la bouteille de Pinot Grigio comme si sa vie en dépendait.

Voler la femme d'un autre était contraire à l'éthique de James, mais voler au secours de la femme de son frère n'avait rien de rebutant, même si le suicide par pendaison de ce dernier était un risque à courir.

Il faisait un froid de canard et Patrick frissonnait dans la petite veste d'aviateur qu'il mettait toujours l'hiver pour conduire son Austin Healey. Il monta le chauffage et engagea un disque compact dans le lecteur. Il arriva à Barton Court juste comme l'habitacle atteignait la température idéale. Il dut ralentir pour passer les dos-d'âne.

Il ne parvenait pas à comprendre pourquoi il se croyait obligé de justifier le comportement de son père. Jamais il n'aurait osé le mettre au pied du mur. Ses sentiments étaient ambigus : à la fois il admirait et méprisait Mickey. On aurait dit que les rôles étaient inversés, Patrick assumant celui du père indulgent et Mickey celui de l'enfant gâté auquel on pardonne toutes ses bêtises tant il joue de son charme. Évidemment, en grande partie, Mickey n'avait aucun compte à rendre à Patrick qui ne subissait pas le moins du monde les contrecoups des écarts de son père. Cependant, ces derniers temps, les menaces semblaient se préciser.

Patrick savait que la brasserie avait de gros ennuis. Il se doutait que le relevé de la banque révélerait de mauvaises surprises. Il avait surpris les remarques amères de certains employés qui se plaignaient de ne pas avoir touché leur salaire à temps ; il ne pouvait pas non plus ignorer les réflexions de certains des gérants des tavernes. Il se sentait humilié de ne pas être capable de les regarder en face et de les rassurer, car bien qu'il se sente responsable de leurs destinées, il n'avait en réalité aucun pouvoir ni aucune connaissance des affaires. Il savait seulement que l'avenir de toutes ces personnes était entre les mains de son père.

Accuser directement Mickey ne servirait à rien. Le terme « déni » ne devait avoir été inventé que pour lui. Patrick ne savait que faire pour enrayer le déclin. N'ayant que quelques années d'expérience à la brasserie, il n'était pas en mesure de prendre les décisions à la place de son père et n'était pas un grand homme d'affaires, lui-même, de toute façon. Il ne pouvait pas non plus courir à la banque sous peine de risquer d'attirer l'attention de Cowley sur la situation. Dans l'immédiat, Patrick allait se contenter de s'efforcer d'obtenir par espionnage un bilan de la situation, puis il irait demander conseil à James. James ne s'était jamais tellement intéressé au fonctionnement de la brasserie, mais il n'en était pas moins actionnaire, si minoritaire soit-il. Il était aussi le parrain de Patrick et ce dernier lui faisait confiance, sachant que tout ce qu'il lui dirait resterait secret. En outre, James était un Liddiard. Il ferait son possible pour aider Patrick à sauver l'honneur de la famille.

Plus que tout, Patrick tenait à éviter que la famille ne soit couverte de honte. Il avait vu trop de documentaires relatant des faillites, trop d'histoires de millionnaires forcés de vendre leurs dernières possessions et tombant à la merci d'amis et de parents. Lorsqu'il laissait divaguer son esprit, il s'imaginait retournant chez sa mère qui l'attendrait sur le seuil avec un sourire moqueur. Elle serait ravie de l'échec de Mickey. Elle n'y verrait qu'une justice poétique s'exerçant contre sa philosophie capitaliste cupide. Sans compter qu'elle y trouverait sa revanche d'avoir été privée de Patrick tant d'années auparavant, de s'être laissé acheter à une époque difficile de sa vie. Patrick ne se rappelait pas vraiment les événements, mais il avait entendu l'histoire si souvent qu'elle était restée gravée dans son esprit comme une légende.

*

* *

Après avoir quitté la maison de Honeycote, Patrick et sa mère étaient rarement venus rendre visite à Mickey. Cependant, un beau jour, celui-ci s'était présenté à Ladbroke Grove pour reprendre son fils et le ramener chez lui, tandis que Carola partait à la recherche d'elle-même, dans une aventure des plus ésotériques. L'appartement dans lequel il avait trouvé son fils avait étonné Mickey, alors qu'il faisait la fierté de Carola. C'était un de ces appartements pour étudiants qu'elle et son compagnon avaient réussi à acquérir à très bas prix parce que la salle de bains était dans la cuisine. Mickey, enragé par ces conditions de vie inadéquates, avait empoigné son fils terrorisé. Patrick, qui avait plus l'habitude des autobus que des automobiles conduites à quatre-vingt-dix à l'heure, se rappelait encore le voyage sur l'autoroute. Arrivé chez lui, Mickey avait servi un bol de céréales à Patrick, puis l'avait bordé dans un lit couvert d'édredons, dans une chambre chauffée par un bon feu dans l'âtre. Pour la première fois depuis des mois, Patrick avait dormi au chaud. Au matin, il s'était retrouvé face à un père plein de bonnes intentions, mais qui ne savait absolument pas comment s'occuper d'un petit garçon.

Mickey vivait seul dans la maison depuis un certain temps déjà. Après le départ de Patrick et de Carola, James n'était resté que six mois à Honeycote, avant d'emménager à Eldenbury dans la taverne rénovée. Il semblait toujours couvert de poussière ou de plâtre. Pendant ce temps, Mickey parvenait tout juste à prendre soin de lui-même. L'arrivée de ce fils le mettait dans l'embarras. Heureusement, la femme de ménage avait eu la bonne idée de leur préparer un gruau que tous deux avaient avalé avec gratitude. Ensuite, Mickey avait emmené Patrick voir les chevaux, puis il avait déposé son fils sur le dos de son étalon favori, un cheval brun, offrant ainsi à Patrick un bonheur immense. À ce moment, une étincelle avait jailli entre eux. Patrick était excité et poussait des cris de bonheur qui remplissaient Mickey de fierté. Ce dernier avait alors décidé qu'il élèverait Patrick à Honeycote.

Il avait téléphoné à James et l'avait distrait de ses corniches en restauration pour l'inviter à la taverne Honeycote Arms célébrer la décision qu'il venait de prendre. Après une matinée harassante avec son père, Lucy Soames était elle aussi allée à la taverne prendre un bol de soupe pour se réchauffer. C'est là qu'elle les avait trouvés tous deux, perplexes devant un Patrick qui ne semblait pas décidé à avaler le steak et le pâté de rognons qu'on lui proposait. À l'insu de James, Mickey connaissait déjà Lucy relativement bien, ayant appelé son père à plusieurs occasions sous prétexte de lui faire examiner quelque cheval malingre.

— Il ne veut pas manger...

Mickey semblait avoir oublié que Carola était végétarienne et que Patrick n'avait probablement jamais goûté à de la viande. Lucy était venue à la rescousse.

— Bien sûr que non. Il n'a probablement même pas encore toutes ses dents. Du steak, Mickey, à quoi penses-tu !

— Je n'ai pas l'habitude.

— C'est une question de bon sens.

Aussitôt, elle avait pris les choses en main, mélangeant à de la purée qu'elle avait fait venir de la cuisine un peu de la sauce de la viande et la présentant à Patrick cuillerée par cuillerée, sans aucun souci pour la nappe qui se maculait progressivement. Sans hésiter, Mickey lui avait offert un emploi de nounou à domicile avec pension gratuite pour son cheval. L'offre ne pouvait être refusée. Elle savait déjà qu'elle ne ferait pas les mêmes études de vétérinaire que son père et s'était résignée à chercher un emploi de gardienne d'enfants. C'était l'occasion rêvée de faire un essai.

Le monde de Patrick fut bouleversé, pour le mieux, par l'arrivée de Lucy. Elle l'emmena ramasser des marrons, recouvrit la table de la cuisine de papier afin de laisser l'enfant peindre avec ses doigts sans crainte des éclaboussures, entreprit de confectionner de la gelée, des bonshommes en pain d'épices et de dessiner des soldats sur la coquille des œufs durs. Entretemps, la bataille juridique faisait rage entre les parents, mais elle ne dura pas longtemps. Entre les taudis de Londres et une demeure dans les Cotswolds, c'était gagné d'avance. Carola, ayant blessé Mickey à l'arcade sourcilière en lui jetant un guide de yoga à la tête, n'avait pas fait progresser sa cause. Mickey eut la garde de l'enfant. Patrick, installé à Honeycote, finit par souhaiter que personne ne vienne le réclamer et que Lucy ne trouve pas un autre emploi ailleurs, pour s'occuper d'un petit garçon plus gentil que lui. Lorsqu'un beau jour il surprit Lucy et son père s'embrassant dans le couloir, il sut que ses prières avaient été exaucées. Il ne se fit pas prier lorsque, cinq mois plus tard, il dut marcher vers l'autel derrière ses parents vêtu de sa plus belle veste bleu marine à boutons dorés. Patrick ne se sentit absolument pas trahi lorsque Lucy, qu'il adorait, mit au monde quelques années plus tard Sophie, puis Georgina. Au contraire, il se sentit investi d'une responsabilité qu'il voulait assumer honorablement, d'où la mission dont il se chargeait aujourd'hui.

Il trouva Kay occupée à disposer sur une étagère de boulanger diverses assiettes décoratives et des bols peints à la main. Il admira un moment son talent alors qu'elle créait un tableau rustique en plaçant avec un goût sûr des fruits de plastique plus vrais que nature dans des coupes et faisait alterner pots de confiture et chutneys. Patrick aborda Kay.

— Ils vont se vendre comme des petits pains.

— Je suis sûre qu'il n'en restera plus ce week-end. Veux-tu que je te mette une de ces coupes de côté pour Lucy ? Je suis sûre que c'est un cadeau de Noël qui lui plairait.

— Je crois que ce qui lui plairait, pour Noël, ce serait que vous cessiez de baiser son mari.

Kay se rappela instantanément les conseils de Mickey : nier, nier, nier. Elle regarda Patrick droit dans les yeux.

— Je ne sais même pas de quoi vous parlez.

— Mon œil !

Il soutint son regard. Elle détourna les yeux. Elle n'avait jamais eu assez de cran.

— En avez-vous parlé à Lucy ?

— Bien sûr que non. À quoi cela servirait-il ?

— Alors ce n'est qu'un avertissement ?

— Plutôt un conseil d'ami.

Kay soupira.

— Je ne m'attends pas à ce que vous compreniez, Patrick. C'est un peu compliqué.

— Non, ça ne l'est pas. Je suis sûr que vous ne l'aimez pas, de toute façon. Vous ne seriez pas capable de tout laisser tomber pour vivre avec lui. Ce n'est qu'une aventure qui vous change tous les deux du train-train quotidien.

— Ne soyez pas si méprisant.

— C'est un peu de sexe à la fin de la journée ; en tout cas, je suis sûr que c'est comme ça pour mon père.

Kay prit une grande inspiration. Elle n'était pas du tout certaine de pouvoir manipuler Patrick. Malgré sa jeunesse, il avait une voix autoritaire. Elle y décelait une menace qui la déstabilisait. Mieux valait être prudente. Elle risquait gros. Elle ne voulait pas qu'il parle à Lucy, encore moins à Lawrence. Il fallait qu'elle gagne du temps.

— Nous ne pouvons pas discuter ici.

— Je sais. Retrouvez-moi dans une demi-heure au Fox and Goose.

— Les gens risquent de jaser, non ?

Kay n'avait pas pu résister à l'envie de titiller Patrick, en dépit du danger. Il se contenta de sourire.

— Pas du tout. J'ai l'intention de vous passer une commande pour la décoration de nos tavernes. Apportez des devis.

Sur ces mots, il tourna les talons. Perplexe, Kay le regarda s'éloigner, tout à la fois stupéfaite et amusée. En cherchant les clés de son automobile, elle se disait que le plus étonnant était bien que l'affrontement à venir l'excitait.

Au Fox and Goose, il y avait une « salle de conférences ». En fait, il s'agissait d'une pièce charmante située à l'étage. Autour de la table posée sur un plancher légèrement en pente, vingt personnes pouvaient prendre place. Souvent, les gens y organisaient des célébrations importantes, dix-huitième, vingt et unième ou quarantième anniversaire, qui rassemblaient trop d'invités pour les recevoir à la maison, même avec l'aide d'un traiteur. Patrick avait téléphoné à l'avance pour être certain que la salle était libre. Il avait commandé des sandwichs au saumon fumé et du champagne pour son dîner d'affaires avec Mme Oakley. Patrick insista, dès son arrivée, pour qu'on ne les dérange pas. Il monta lui-même le plateau. Il remarqua qu'il avait été préparé selon les règles de l'art, les ustensiles placés dans l'ordre approprié, un vase de fleurs fraîches agrémentant la présentation. Il déposa le plateau sur la table puis sortit dans le couloir. Le Fox and Goose était aussi une auberge. Pendant que la serveuse était partie chercher un sceau de glace, Patrick avait vérifié dans le livre des réservations qu'il restait deux ou trois chambres libres. Il évita la chambre numéro deux, jeta un coup d'œil aux deux autres et choisit la chambre numéro un. Plus grande, elle comportait une salle de bains et un grand lit, haut sur pieds, en laiton. Il y avait peu de risques que quiconque entre ici par inadvertance. À moins de l'arrivée impromptue d'un client dans l'heure qui suivait, la voie serait libre pour la soirée.

Patrick aurait eu les moyens de payer pour la chambre, mais il préférait la clandestinité. Il aurait même pu avoir la chambre gratuitement étant donné sa position, mais les cachotteries le mettaient de bonne humeur et lui donnaient un sentiment de puissance.

Lorsque Kay arriva, affectant la modestie et tenant sa serviette à la main, il s'enquit de ses prix, jouissant de la perplexité qu'il lisait sur son visage. Il termina les formalités en lui demandant de veiller elle-même aux arrangements floraux, tant dans les paniers suspendus que pour les fleurs des parterres. Il vida la dernière bouteille de champagne.

— Finissez votre verre.

Elle obéit et leva son verre en lui jetant un regard légèrement interrogateur. Dès qu'elle eut fini, il tendit le bras et lui prit la main pour la guider dans le couloir aux senteurs de cire d'abeille et de pot-pourri. Avec courtoisie, il ouvrit la porte de la chambre numéro un et la fit entrer. Elle lui adressa un sourire de connivence qu'il choisit d'ignorer.

La porte refermée, il lui indiqua le lit. Elle croisa les bras.

— Vous êtes bien présomptueux.

Il posa un doigt sur ses lèvres pour la faire taire.

— Je vous explique le marché. Vous cessez de fréquenter mon père et vous pouvez m'avoir moi, à la place.

Kay resta bouche bée. Elle ne savait trop si elle devait rire ou le gifler.

— Ne soyez pas ridicule.

— Je ne le suis certainement pas. Je suppose que vous n'êtes pas réellement attachée à lui et qu'il s'agit d'une simple affaire de sexe. Auquel cas, je peux vous assurer que vous ne perdrez pas au change.

Kay fit un demi-tour sur ses talons aiguilles, comme si elle allait quitter la pièce, mais Patrick s'était déjà dirigé vers la porte et lui bloquait le passage. Elle le toisa.

— Je pourrais crier.

— Certes. Et je pourrais alors expliquer que je m'efforçais de vous convaincre de mettre un terme à l'aventure que vous avez avec mon père. Alors, tout le monde serait au courant. Ce serait vraiment un scandale. En revanche…

Patrick s'approcha d'elle, plaça ses mains fermement sur sa taille et l'attira vers lui.

— … nous pourrions poursuivre avec le plan A.

À peine une heure plus tard, Patrick s'éloignait en voiture, satisfait d'avoir accompli sa mission. Il était intimement persuadé que quoi que fît son père, ses performances resteraient imbattables. Il pouvait en remercier Mayday Perkins, la serveuse du Horse and Groom de Eldenbury, dont le surnom provenait du bruit qu'elle émettait en jouissant... Fréquemment, d'après les racontars de la région. Mayday était une fille sauvage, dont la réputation s'était bâtie sur une soirée de folie durant laquelle elle avait fait le tour de Eldenbury assise à l'arrière d'une moto, simplement vêtue de filets de pêcheur et d'un casque. À seize ans, Patrick avait débuté son apprentissage de l'amour avec elle. Elle lui avait enseigné ce que les filles aiment, jusqu'où il pouvait aller et comment il pouvait les surprendre. Il avait fait bon usage de cet enseignement, à en croire la réaction de Kay. Il était certain de l'avoir accrochée. Il ne lui restait plus qu'à s'assurer qu'elle respecte le marché qu'ils avaient conclu ensemble.

Kay, nue et épuisée, restait alanguie sur le lit de la chambre du Fox and Goose. Elle n'avait aucune envie de s'habiller et de partir, mais il le fallait bien. Son désir n'était pas apaisé. Patrick lui avait procuré plusieurs orgasmes, un, deux, trois peut-être, elle n'était pas vraiment sûre, mais n'avait pas éteint l'incendie. Elle venait de prendre deux décisions. La première était qu'elle voulait goûter encore aux joies que procurait ce petit arrogant. La seconde, qu'il n'était pas question qu'elle respecte leur marché. Elle n'allait pas laisser un Patrick Liddiard lui dicter sa conduite.

Elle s'arracha du lit, flottant encore sur un nuage de pur plaisir. Elle n'en revenait pas de se sentir aussi allumée. Le plaisir montait et descendait dans tout son corps comme les vagues d'une marée. Elle se demandait comment elle avait pu passer les trente-cinq premières années de sa vie en pensant que le sexe n'avait aucune importance.

# 5

L'après-midi du bal, Lucy et les filles avaient pris rendez-vous chez le coiffeur de Eldenbury. Sophie et Georgina voulaient toutes les deux égaliser leur coupe et Lucy voulait un chignon. Mandy aurait souhaité un traitement à l'huile chaude parce que ses cheveux étaient un peu desséchés. Lucy doutait que le Clip Joint offre ce genre de traitement, mais Mandy les accompagna malgré tout.

Le salon était situé dans la partie la plus rustique de la rue principale, juste à côté d'une quincaillerie dont la vitrine débordait d'articles hétéroclites qui semblaient devoir exiger une heure le matin et autant le soir pour être assemblés et désassemblés : seaux de métal, pinces à linge et leurs cordes, mangeoires à oiseaux, poubelles. Mandy ne pouvait imaginer que l'un de ces articles puisse avoir sa place dans une maison, mais le regard de Lucy s'arrêta sur quelque chose et elle se précipita à l'intérieur du magasin.

— Du poison à rats. J'ai vu des traces dans la salle de jeux.

Mandy suivit Sophie et Georgina qui s'étaient engouffrées dans le magasin après leur mère et eut l'impression de faire un saut de cinquante ans en arrière. L'intérieur était sombre, plein d'odeurs. Le sol était constitué de planches grossières et les étagères regorgeaient d'objets mystérieux dangereusement empilés jusqu'à d'improbables hauteurs. Dans l'ombre, deux hommes vêtus de combinaisons brunes s'affairaient. Dès qu'ils aperçurent Lucy, l'un d'eux se précipita pour la servir. Lorsqu'elle eut expliqué ce qu'elle désirait, il sortit un escabeau, grimpa dessus et extirpa triomphalement du fatras une boîte décorée d'une image colorée, celle d'un rat, toutes dents dehors. Mandy n'aurait pas été surprise que le prix soit en shillings.

— Attention à ne pas le mettre à proximité de vos autres animaux...

Avec beaucoup de soins, l'homme enveloppa la boîte dans du papier d'emballage brun.

— Le yorkshire d'un de nos clients en a mangé le mois dernier. Il en est mort.

Il tendit le paquet soigneusement scotché à Lucy et ajouta dans une grimace :

— Remarquez, ces chiens ressemblent à des rats. Ça fera quatre livres quatre-vingt-neuf.

— Pouvez-vous le mettre sur ma note ?

L'homme sortit un grand cahier tout en se grattant la tête. Il le referma précipitamment et adressa à Lucy un regard légèrement inquiet.

— Pourriez-vous payer en liquide ? C'est seulement que nous avons passé le milieu du mois... Nos états de compte ne sont pas encore à jour...

— Pas de problème.

Lucy prit un billet de dix et paya.

Mandy sortit à la suite des autres. L'expérience, bizarrement, la déroutait. Elle n'aurait jamais pensé que des endroits comme celui-ci pouvaient exister. C'était tellement plus efficace que les grands magasins auxquels elle était habituée qui, en dépit de leurs codes barres et de leurs inventaires électroniques, n'avaient jamais ce que vous cherchiez. Le fait de pouvoir avoir une note de crédit était intéressant, aussi.

Après le choc de la quincaillerie, elle eut une autre révélation, le coiffeur. Dans la vitrine, un rideau en filet pendait à mi-hauteur de la vitre. Accrochées de travers, trois photos noir et blanc de modèles de coiffures bouffantes légèrement surannées indiquaient la nature du commerce. À l'intérieur, tout était rose et gris. Le linoléum du sol se décollait par endroits et son motif tacheté permettait de camoufler la récolte de cheveux de la matinée. Le bureau de la réception était en formica ; et le devant, recouvert de faux pin comme un comptoir chinois de plats à emporter. Un collage composé de coiffures des années 1978, recouvert de plastique collant, ornait le mur derrière le comptoir. Trois chaises, recouvertes d'un vinyle gris craquelé, étaient disposées devant des étagères encombrées de peignes, de brosses remplies de cheveux, de bigoudis et de bombes de laque. Une assistante lymphatique, au derrière en goutte d'huile, aux jambes comme des troncs d'arbre et dont la raie capillaire était des plus imprécises, était occupée à rincer une permanente dans un évier couleur crevette, tapotant sans trop y croire le cou de la cliente à l'aide d'une serviette, grise non pas pour s'harmoniser avec les couleurs de l'endroit, mais plutôt parce qu'elle avait été blanche autrefois.

Mandy se dit qu'elle préférerait n'importe quel bain d'huile de friture pour ses cheveux plutôt que ce qu'elle risquait d'obtenir ici. Cependant, avant qu'elle puisse penser à une excuse pour se retirer en hâte, la propriétaire, Wendy, écartant vivement un rideau de bandes de plastique multicolores masquant une petite cuisine, apparut.

— Désolée, je faisais une pause. Ce boulot est fatigant. Il faut écouter les problèmes de tout le monde.

Wendy grimaça, révélant deux rangées de dents tachées de nicotine, qui, par coïncidence, s'accordaient à la couleur de ses cheveux. Elle portait une chemise en coton imitation denim, ornée d'appliqués de perles et nouée à la taille, ainsi qu'un fuseau noir de ski. Aux pieds, elle avait de vieilles tongs. Le vernis de ses orteils allait avec celui de ses ongles seulement parce que les deux étaient écaillés.

— J'espère que vous n'avez pas de problèmes ?

— Non, nous souhaitons seulement quelques miracles. Nous devons assister à une soirée dansante.

Lucy fit avancer Mandy qui n'osa pas protester.

— Mandy voudrait un traitement à l'huile chaude.

— Pas de problème.

Lorsqu'elle ne s'occupait pas de ses clients, Wendy passait la plupart de son temps à regarder des feuilletons australiens dans la cuisine à l'arrière. Elle prit un billet de cinq dans un tiroir et l'agita dans la direction de son assistante.

— File chez le pharmacien s'il te plaît, Trish.

Impressionnée par le service, Mandy se résigna en pensant qu'un traitement prêt à appliquer et un coup de séchoir ne lui feraient pas grand mal et qu'elle pourrait toujours se relaver les cheveux au cours de la soirée, dans le pire des cas.

Une demi-heure plus tard, elle comprit qu'elle avait totalement sous-estimé les talents de Wendy. Les cheveux de Lucy, soigneusement peignés en arrière, lustrés, étaient rassemblés en un chignon élégant dont pas une épingle n'apparaissait. Les boucles folles de Sophie, remontées et gominées, retombaient en cascade, lui donnant l'air de sortir du lit. La coupe au bol de Georgina était taillée à la perfection, et son chic, lui donnant quelque deux années de plus que son âge, la ravissait. La vigoureuse Trish rinça le traitement capillaire de Mandy, puis Wendy sécha les cheveux mèche à mèche jusqu'à ce que la coiffure, lisse et droite, brille comme un dessus de table d'acajou verni.

Au moment de payer, le choc fut plus grand encore : moins de dix livres chacune. Mandy eut une pensée pour le salon où elle se rendait avec sa mère, dans Solihull, décoré de marbre blanc, de plantes en pot et de coûteux éclairages. Le propriétaire, avec ses airs d'avant-garde, son bouc et son sourcil percé, n'aurait pas daigné toucher à ses ciseaux pour moins de cinquante billets.

La vie qu'elle avait menée jusqu'à ce jour lui apparaissait comme une véritable arnaque. Si elle n'était pas venue chez les Liddiard, elle aurait pu croire jusqu'à sa mort qu'il fallait payer pour obtenir ce que l'on désirait.

Le rétroviseur extérieur se déréglait à cause d'un ressort détendu. Lucy ouvrit sa fenêtre pour le réajuster. Les filles hurlèrent. Jusque-là elles n'avaient pas bougé d'un cheveu.

— Ferme la fenêtre, m'man ! cria Georgina.

— Désolée ! répondit Lucy en se retournant pour vérifier. Tout va bien ; vos cheveux sont tous à leur place. Il faut que je m'arrête pour prendre de l'essence.

Même le garage était une antiquité. C'était un libre-service, mais les pompes étaient si vieilles qu'on entendait les chiffres cliqueter lorsqu'ils tournaient dans le cadran.

— Prends du chocolat ! cria Georgina à Lucy lorsque celle-ci se dirigea vers la caisse.

Lucy n'entendit pas.

— Je vais y aller, proposa Mandy en sortant de l'automobile.

Elle alla retrouver Lucy qui attendait au comptoir pendant que la caissière passait en revue les fiches de la clientèle à la recherche de celle des Liddiard. Lorsqu'elle la trouva enfin, elle adressa un sourire gêné à Lucy.

— Je suis réellement désolée, madame Liddiard. Il va vous falloir payer en liquide...

Afin de justifier ses paroles, elle montra la fiche à Lucy. Une note, écrite en rouge sur un papillon adhésif jaune, précisait : « Plus de crédit jusqu'à nouvel ordre ». La caissière était mortifiée ; Lucy semblait abasourdie, mais elle eut un sourire rassurant.

— Oh, mon Dieu ! Je suis désolée, Linda. Mickey doit avoir oublié d'envoyer le chèque. Vraiment…

Linda, peu convaincue, se força à sourire. Elle s'était douté que Lucy n'en ferait pas toute une histoire, mais cela rendait les choses plus difficiles encore. Linda détestait parler d'argent. Elle était réellement soulagée de la réaction de Lucy qui fouillait déjà dans son sac à main à la recherche d'un billet.

— Linda, je ne sais comment m'excuser. Je n'ai que trois billets mais j'en ai pris pour quinze.

Lucy, effarée, semblait chercher une solution dans les yeux de Linda.

— Puis-je vous laisser mon alliance ? C'est bien ce que l'on fait dans les stations-service ?

À l'évidence, il s'agissait d'une plaisanterie, mais Linda se dit que non, mieux valait que Lucy ne laisse pas son alliance ; le patron n'hésiterait pas une seconde à la vendre pour couvrir les dettes Liddiard. La réputation de mauvais payeur de Mickey avait déjà quasiment fait le tour du comté. Elle s'efforça de sourire de nouveau, masquant la panique qui l'habitait. Elle ne savait quelle attitude adopter. Si elle appelait le patron, il n'hésiterait certainement pas à informer Mme Liddiard qu'il avait déjà envoyé quatre rappels à la brasserie. Linda était certaine que Lucy ne se doutait pas une seconde de la situation et serait horrifiée d'apprendre la vérité. Elle voulait la protéger. Tout le monde voulait la protéger. Tout à coup, une voix claire s'éleva.

— Tenez. Prenez ceci. Papa m'a envoyé plein d'argent pour mes vacances. Vous me le rendrez lorsque nous serons rentrées à Honeycote.

Lucy se retourna et vit que Mandy tendait un billet de vingt livres. Ne pensant qu'à éviter à Linda de se sentir gênée, elle prit le billet avec gratitude. Pourquoi aurait-elle eu des scrupules à emprunter de l'argent pour une demi-heure à peine ?

— Mandy, tu es un ange.

Elle remit le billet à Linda qui s'empressa de rendre la monnaie, soulagée d'avoir évité un affrontement. Lucy adressa un sourire à Mandy qui tentait de faire un choix parmi les barres chocolatées.

— N'oublie pas de me rappeler ce que je te dois. Ma tête est une vraie passoire.

— Ne vous inquiétez pas.

Mandy tendit un billet de cinq pour payer les sucreries qu'elle avait sélectionnées. Pendant qu'elle attendait sa monnaie, ses yeux tombèrent en arrêt sur le compte des Liddiard. Contrairement à Lucy, elle étudia les chiffres et les dates. Ils n'avaient pas payé un sou depuis trois mois. Ils devaient au garage presque mille livres. Sans rien en laisser paraître, Mandy ressentit une inquiétude intérieure, la deuxième de la journée. Lucy ne semblait pas consciente de la situation, mais l'esprit aiguisé de Mandy commençait à se poser des questions.

*

* *

Assise dans l'automobile, Sophie priait le ciel de lui donner la volonté de résister au chocolat. Elle s'était montrée brave, ne mangeant qu'une banane au petit-déjeuner, un toast et du bouillon à midi. Le matin même, allongée sur son lit, elle avait senti les os de ses hanches. Elle était bien décidée à ne rien ingurgiter avant le bal, sauf, peut-être, un verre de lait pour protéger son estomac. Ce régime s'imposait si elle voulait entrer dans sa robe.

Sa robe. Des papillons se mettaient à danser dans son estomac dès qu'elle y pensait. En cet instant même, elle n'était pas du tout sûre d'avoir le courage de la porter, mais elle n'avait pas le choix ; elle n'avait absolument rien de mettable et, de plus, Mandy ne tolérerait pas qu'elle se défile. Sophie savait pertinemment que la robe lui seyait parfaitement. Elle s'en était rendu compte en l'essayant. Mandy, peu portée sur les compliments hypocrites, avait exprimé un enthousiasme véritable devant la transformation. Georgina, quant à elle, était restée bouche bée d'admiration scandalisée devant Sophie, timide, gênée d'être ainsi exposée aux regards au milieu du salon d'essayage. Après s'être cachée durant des années sous des vêtements amples, il allait lui falloir des tonnes de confiance pour assumer ce changement d'allure. Que penseraient les autres ? Surtout, que penserait Ned Walsh ?

Il ne faisait aucun doute qu'il serait présent. La veille, sans en avoir l'air, elle s'était renseignée auprès de Patrick. Il serait assis à leur table. Elle n'avait pas osé demander à Patrick de la faire asseoir à côté de Ned. Patrick ne l'aurait certainement pas taquinée, car il tenait Sophie en haute estime et en pensait le plus grand bien, contrairement à la plupart des frères aînés, mais si elle exprimait publiquement son intérêt pour Ned, si discrètement que ce fût, elle ne pourrait plus se mentir à elle-même.

Les événements se déroulaient d'une manière assez étrange. Sophie et Ned avaient grandi ensemble, les terres du père de l'un touchant les limites du domaine Honeycote. Ned était enfant unique et ses parents étaient tous deux très occupés par la ferme. L'arrivée des Liddiard lui avait évité une existence solitaire. Ils l'avaient officieusement adopté comme frère honoraire. Personne n'avait jamais été obligé de plaider pour qu'il reste manger. Lucy le servait comme les autres s'il était présent. Lorsque ses parents ne revenaient pas le prendre après une journée passée à jouer avec les autres, il prenait un bain comme tous les Liddiard et atterrissait dans la partie supérieure du lit gigogne de Patrick. Avec Sophie, il avait fait ses premiers exercices d'équitation sur des poneys pommelés, il avait chahuté dans des piles de feuilles sèches qui crissaient contre leurs anoraks et entre leurs doigts gantés, il avait raflé les cacahuètes lors des réceptions de leurs parents respectifs et il avait ri au fond de l'église durant la messe de minuit, un peu échauffé, comme elle, par le verre de punch auquel ils avaient eu droit, exceptionnellement.

Sophie se rappelait très bien l'instant où ses sentiments pour Ned avaient changé. Elle assistait à la dernière rencontre de rallye de la saison. Il faisait particulièrement froid. Elle avait mis son manteau ciré le plus long et se tenait avec quelques amis à l'entrée de la tente où l'on servait la bière. Ned, trop peu habillé pour ce temps d'une vieille chemise et d'un mince pantalon de velours jaune, était venu se réfugier sous son manteau pour se protéger de la bise mordante. Le geste n'était qu'une facétie qui n'avait même pas offusqué la petite amie de Ned, tout le monde sachant que Sophie et Ned étaient liés, si ce n'est comme un frère et une sœur, du moins comme des cousins.

Cependant, au moment où les bras de Ned s'étaient refermés sur sa taille et que sa poitrine large s'était collée à la sienne, Sophie avait soudain ressenti une vague de chaleur la submerger des pieds à la tête. Leurs yeux s'étaient croisés furtivement et Ned l'avait subitement relâchée, s'empressant de retourner auprès de sa petite amie. Sophie s'était alors sentie vide, triste et désolée.

Ils s'étaient à peine revus durant tout l'été, mais peu avant la rentrée d'automne, Ned était venu avec sa famille partager un repas dominical. Autrefois, tous deux auraient probablement faussé compagnie à la famille pour aller faire un tour de cheval, une promenade, ou observer les va-et-vient de l'omnibus de l'est. Ce jour-là, au contraire, Ned avait semblé vouloir s'éterniser à table, buvant du vin rouge et discutant et riant un peu fort avec son père, Mickey et Patrick. Sophie avait promené son désœuvrement dans la maison, ne sachant pourquoi elle se sentait si triste ni ce qu'elle désirait vraiment, en proie à un tourment indescriptible. Ses pensées torturées par une image obsédante, celle de Ned assis sur le vieux sofa et la câlinant tout en la couvrant de baisers dans le cou, la troublaient particulièrement. Elle avait fini par s'endormir sur ce même sofa, puis s'était éveillée, rouge de honte, ses pensées s'étant transformées en rêve plus explicite. Depuis, elle s'était raisonnée, tentant de se convaincre qu'à cette étape de sa vie Ned était l'objet de ses fantasmes parce qu'il était le seul mâle qu'elle eût connu vraiment. Petit à petit, au fur et à mesure que le trimestre avançait, elle avait fini par étouffer ce souvenir et retrouver l'image de Ned en frère chahuteur.

Ce soir, cependant, plus l'heure du bal approchait, moins Sophie parvenait à se convaincre que la réaction de Ned n'était pas la seule qui lui importât. Quand bien même tous les invités seraient saisis d'admiration et applaudiraient spontanément son arrivée, tous ses efforts auraient été vains si Ned ne réagissait pas. Par moments, son esprit divaguait comme une caméra en marche qui aurait pris des plans surprises et son esprit imaginait le visage de Ned, habituellement joyeux et souriant, figé d'horreur, de dégoût, de mépris ou d'incrédulité.

Cette pensée la rendait malade; suffisamment pour qu'elle n'ait aucune envie de chocolat, ce qui, dans l'immédiat, résolvait au moins un problème. Lorsque

Mandy revint du garage avec une provision de barres chocolatées, Sophie ne ressentit pas l'ombre d'une tentation.

Ned Walsh était la bouée de sauvetage de Patrick, le seul mâle de son âge dans un rayon de cinquante kilomètres vivant encore chez ses parents, autant qu'on en puisse juger. Ses prouesses scolaires étaient moins brillantes encore que celles de Patrick, mais il jouissait d'un certain confort mental, sachant qu'il hériterait d'une bonne partie des terres du comté. Il arrivait que Ned se demandât s'il s'agissait d'une bénédiction ou d'une malédiction. En effet, son futur semblait tout tracé. Il n'avait aucune qualification ni motivation pour faire des études en agriculture, même si son père eût aimé l'envoyer à Cirencester. Ned devait donc apprendre à entretenir son héritage sur le tas.

Cinq cents hectares de fermage mixte exigeaient de Ned de gros efforts physiques de l'aube au crépuscule. Ces nombreuses tâches étaient un don du ciel pour son mètre soixante-dix qui, sans contrainte, aurait pu lui valoir une ressemblance plus que vague avec Humpty Dumpty. Au lieu de quoi, il avait une carrure magnifique et de solides abdominaux, en dépit de gargantuesques agapes d'aliments frits. Ses cheveux, d'un blond vénitien, couronnaient un visage perpétuellement rouge où scintillaient deux yeux bordés de cils étonnamment longs. Un trio de fossettes, une de chaque côté de sa bouche et une au milieu du menton, soulignait son éternel sourire.

Ned, joyeux drille sans soucis, menait sa vie en fonction d'une équation toute simple : travailler très fort puis sortir s'amuser tout aussi fort, ce qui signifiait en gros boire autant de bière que possible, éventuellement séduire une fille et immanquablement terminer la nuit malade. Ce programme semblait devoir durer jusqu'à ce qu'il choisisse de partager son héritage avec une femme qui préparerait ses petits-déjeuners. S'il ne cessait pas alors de boire de la bière, il ne chercherait cependant plus à séduire les filles et serait malade moins fréquemment et plus discrètement.

Ned était particulièrement heureux de participer à la fête ce soir. Les braves dames de la paroisse l'avaient choisi avec Patrick pour faire partie du comité chargé d'animer un peu la soirée. Tous deux s'étaient rendus à l'hôtel Gainsborough en avance pour aider aux décorations de la salle et choisir la place de chaque invité à table. Patrick et lui venaient juste de mettre devant chaque couvert un ballon destiné à s'envoler en sifflant dans la pièce jusqu'à ce qu'il soit complètement dégonflé dans l'espoir que les invités ne se lanceraient pas dans une bataille de nourriture. Ned doutait que les ballons puissent remplacer le plaisir tellement plus satisfaisant de maculer le revers du costume d'un invité avec une bonne cuillerée d'épaisse purée.

L'hôtel Gainsborough acceptait ces jeux turbulents depuis des années. Sa salle de réception était immense, et sa décoration suffisamment abîmée et décolorée pour supporter les comportements les plus extravertis. La nourriture était médiocre mais bon marché et le plancher de danse, vaste, était surmonté d'un immense globe scintillant. Comme il ne s'agissait pas d'une soirée gastronomique, mais bien d'une soirée pour danser jusqu'à tomber à genoux, comme aimait à le répéter le souriant DJ (disque-jockey), l'endroit était idéal.

Patrick se tenait debout devant la table réservée pour les Liddiard. Elle comptait douze places et Patrick fronçait les sourcils en contemplant les cartons sur lesquels les noms des invités avaient été écrits à la main. Déterminer la place de chacun était un vrai casse-tête, d'autant qu'il y avait plus de femmes que d'hommes. Il était tenté de s'asseoir à côté de Kay, mais n'osait pas. Il n'était pas sûr de sa réaction. Persuadé de l'avoir accrochée, il préférait la tenir à bonne distance tant qu'il n'avait pas décidé quelle serait la prochaine étape de son plan. Il valait mieux ne pas prendre de risques, surtout avec son père et Lawrence assis à la même table.

Ned s'approcha tranquillement de Patrick qui faisait des essais avec ses cartons.

— Pourquoi ne pas laisser les gens s'asseoir où ils veulent ?

Patrick secoua la tête.

— Trop dangereux.

— Pourquoi ?

Patrick déposa le carton portant le nom de Ned d'un geste ferme, sans lui répondre. Ned allongea le cou pour voir à côté de qui il se retrouvait assis.

— Kay Oakley ? Elle est terrifiante. Elle risque de me confondre avec les hors-d'œuvre…

— Contente-toi de lui dire qu'elle est belle et elle te mangera dans la main. Que penses-tu de Georgina de l'autre côté ? Il lui faut quelqu'un du même âge mental avec qui parler…

Ned donna une bourrade amicale à son ami sur le bras. Il continua de le regarder déposer les autres cartes. James de l'autre côté de Kay, puis Lucy. Puis Lawrence. Puis

— Qui est Mandy ?

— Une camarade d'école de Sophie.

— Elle doit être craquante.

— Je n'ai pas remarqué.

— Mon œil, Patrick. Pourquoi l'aurais-tu assise à côté de toi ?

Patrick se contenta de sourire. Le choix de la place de Mandy était stratégique. Elle le protégerait des avances de Kay et des soupçons de Lawrence.

D'autre part, puisqu'elle était l'hôte des Liddiard, il était normal qu'elle soit assise à côté de Patrick. Elle serait une couverture idéale. Et quelque part, en effet, au fond de lui, Patrick devait admettre qu'elle était plutôt jolie, mais il n'avait pas beaucoup réfléchi à cet aspect des choses. Il avait déjà suffisamment à faire avec...

— Flûte ! Kelly ! (Frappé de stupeur, il se tourna vers Ned.) Je lui ai promis qu'elle pourrait venir. Zut !

— Où est le problème ? Il y a de la place. Elle peut s'asseoir entre moi et Kay.

Ned s'empressa de changer les cartons, désireux de se protéger.

— Je ne crois pas...

La panique qu'il décelait chez Patrick, habituellement calme, surprit Ned. Patrick réfléchissait aussi vite que possible. Kelly pourrait être assise entre son père et Lawrence. Tous deux seraient ravis de jeter un coup d'œil dans son décolleté, qui serait sans doute spectaculaire et les tiendrait en haleine toute la nuit. Caroline, la petite amie de James, pourrait être assise de l'autre côté de Lawrence pour l'occuper, et Lucy à côté d'elle. Ensuite il serait obligé de mettre Sophie à côté de Georgina parce qu'il n'y avait pas assez d'hommes. Après tout, c'était la table des Liddiard, c'était donc aux Liddiard de se sacrifier, par politesse.

Patrick recula et tenta d'évaluer le potentiel de controverse de la table. Il l'avait réduit au minimum. Son plus grand souci restait que Kelly mentionne le passage de Kay à la brasserie l'autre nuit. Il espérait qu'elle n'en ferait rien ; elle avait peu de mémoire, mais elle parlait parfois plus vite qu'elle ne réfléchissait. Il envisagea un instant de lui demander expressément de ne pas en parler, mais il frémit en pensant aux questions qu'elle ne manquerait pas de lui poser et décida qu'il valait mieux ne pas soulever le sujet. Il fallait courir le risque.

Dans son peignoir de velours blanc, Kay, assise devant sa coiffeuse, alluma les ampoules qui éclairaient le miroir devant elle. Leur éclat cru était aveuglant. Tant mieux. Si elle parvenait à masquer toutes les imperfections dans cette lumière, son maquillage serait plus parfait encore sous des lumières tamisées. Il fallait qu'elle brille de tout son éclat ce soir. Elle voulait que Patrick la désire et comprenne qu'il n'était pas le maître dans leur relation.

Elle tourna la tête de côté pour vérifier son menton : il ne se relâchait pas encore. Les vendeuses de cosmétiques connaissaient vraiment leur affaire de nos jours. Après avoir attendu un peu que sa peau absorbe la crème hydratante, elle commença à appliquer avec soin le fond de teint pour masquer tous les signes de fatigue et donner à sa peau un satiné presque parfait de pêche. Elle appliqua sur ses cils un rimmel épais et noir qui donnait à son regard une intensité dramatique qu'elle aimait. Elle mit ensuite du fard à joues rouge pour accentuer ses pommettes et fixa le tout avec une fine couche de poudre avant de terminer par un rouge à lèvres couleur cerise. Kay admira le résultat en pratiquant dans le miroir le regard brûlant avec lequel elle scruterait la salle comble, puis un dédaigneux et glacial détournement de tête et enfin un petit sourire accrocheur.

— Je suppose qu'il ne m'est pas destiné.

Elle sursauta en apercevant dans le miroir Lawrence qui tendait ses poignets pour qu'elle attache ses boutons de manchette.

— Ce sont des exercices pour mes muscles faciaux. Mon esthéticienne dit que c'est important…

— Niaiseries. Tu n'es qu'une petite garce vaniteuse. Tu l'as toujours été. Tu es magnifique.

Kay le remercia d'un sourire timide. Elle savait ce qui l'attendait. Lawrence fit glisser le peignoir de ses épaules et commença à caresser la soie de son soutien-gorge.

— Ça donne envie de commencer la fête un peu à l'avance.

Il pinça durement le bout de ses seins entre ses deux doigts puis descendit la main vers sa ceinture. Elle n'avait pas le choix et ôta son peignoir avec réticence. Si elle refusait, Lawrence aurait immédiatement des soupçons. Il mit les mains autour de sa taille, la souleva de son siège et la retourna pour la déposer sur le ventre. Elle lui jeta un regard perplexe dans le miroir et vit qu'il souriait, son érection bosselant sa chemise de soirée.

— Tu sais bien que tu prends plaisir à te regarder.

Kay serra les dents, en tentant de se détendre. Les choses iraient plus vite si elle se détendait. Elle aurait besoin d'un peu de temps pour prendre un autre bain.

Un peu plus tard, elle s'aperçut que Lawrence avait laissé l'empreinte de ses doigts sur sa poitrine et qu'elle ne pourrait pas porter la robe très décolletée qu'elle avait choisie. Cela n'avait pas vraiment d'importance. Elle en avait des centaines d'autres.

À six heures, le téléphone sonna, mettant un terme à la rêverie de James. Caroline appelait pour prévenir qu'elle serait en retard; elle avait emmené Demelza au manège et avait oublié l'heure. Elle le retrouverait à l'hôtel.

Caroline avait une notion du temps qui aurait pu irriter James. Elle était toujours en retard parce qu'elle se concentrait tellement sur ce qu'elle faisait qu'elle ne prévoyait pas la durée de son activité. Au contraire, James était un maniaque de la ponctualité. C'était étrange, sur ce sujet, ils étaient aux antipodes.

À dire vrai, tout en enfilant sa chemise parfaitement amidonnée, il se demanda comment leur relation avait pu durer aussi longtemps, il s'étonna même qu'ils ne se soient pas séparés dès après leur première baise. Étrangement, le fait que Caroline ait une carrière, soit indépendante, lui plaisait. Ils étaient deux personnes qui s'entendaient bien, à l'occasion. Caroline n'exigeait pas d'investissement affectif de sa part. Elle semblait quasiment autosuffisante et James appréciait cela ; ses fantasmes mentaux ne lui laissaient pas un goût de culpabilité.

Pour être honnête avec lui-même, il devait reconnaître une vérité peu reluisante : son désir d'une partenaire jetable, quelqu'un dont il pourrait se débarrasser rapidement et facilement si jamais le jour venait où Lucy aurait besoin de lui. Son intuition lui disait que ce moment se rapprochait. Elle s'était un peu trahie l'autre jour ; il avait vu qu'elle était soucieuse et avait besoin de réconfort. Mickey devenait de plus en plus imprudent. James savait que la brasserie avait des ennuis. Non pas que Mickey lui eût fait des confidences, mais n'importe qui possédant un peu de sens des affaires comprendrait que ce genre d'entreprise ne pouvait survivre qu'à l'aide d'investissements considérables et grâce à une gestion sans faille. Mickey ne fournissait ni l'un ni l'autre.

Sa conscience le tourmentait. S'il avait été un frère loyal, il aurait pris Mickey à part et lui aurait proposé une partie de l'argent qu'il avait mis de côté en échange d'une plus grosse part de Honeycote Ales. Cependant, James commençait à être fatigué de toujours faire ce qu'il fallait, en véritable gentleman. Qu'en avait-il retiré ? Non, décidément, il préférait attendre la crise qui lui permettrait de se présenter comme le chevalier à la brillante armure.

Après tout, il avait presque quarante ans et il était toujours célibataire, et la moitié de Eldenbury murmurait sa réprobation à propos de cet homosexuel inavoué qui n'avait pas de femme et achetait des fleurs fraîches chaque semaine. Il était grand temps qu'il veille à ses intérêts. Après tout, Mickey s'était mis dans le pétrin tout seul, sans l'aide de James.

C'était l'heure de récolter les dividendes, pensa James. La patience dont il avait fait preuve durant toutes ces années allait finir par lui rapporter ce qu'il voulait. S'il devait sacrifier son frère, pourquoi pas ? Il en avait assez des faveurs à sens unique. Il ne se rappelait pas que Mickey lui ait rendu ne serait-ce qu'un service. Il n'en avait d'ailleurs jamais demandé.

Tant pis. Il n'avait plus qu'à attendre et à regarder toute l'affaire s'écrouler et tomber à ses pieds. Aucun mariage n'y survivrait, surtout étant donné la manière dont Mickey s'enivrait. Quant à ses infidélités, si elles étaient révélées au bon moment...

Il ressentit une vague nausée à cette pensée. Elle était contraire à sa nature. Il se consola en se rappelant que Lucy ne méritait pas d'être traitée comme elle l'avait été pendant toutes ces années. Elle méritait de l'adoration, qu'on la mette sur un piédestal et qu'on la vénère.

Il s'offrit un fond de whisky au malt en son honneur personnel, ce qui fit taire sa conscience. Il enroula une écharpe de soie blanche autour de son cou et se dirigea vers son Aston Martin.

Il ne restait que dix minutes à Lucy pour se préparer. Il fallait qu'elle prenne un bain ; elle empestait le cheval.

— Est-ce que je peux me baigner dans ton eau, Mickey ?

Mickey, qui se rasait, regarda la couche de mousse dégoûtante qui flottait à la surface.

— Je ne crois pas que ce soit une bonne idée.

Elle se contenterait d'une douche rapide en essayant de ne pas mouiller ses cheveux. Elle ne voulait pas défaire le travail de Wendy. Elle passa rapidement en revue sa garde-robe pour trouver un costume et choisit un pantalon en crêpe noir, des sandales à talons, un caraco noir à baleines et une chemise en organza transparente qu'elle nouerait à la taille. Il était hors de question qu'elle mette une robe, car elle n'avait pas un seul collant présentable et ne s'était pas rasé les jambes depuis trois jours. Elle enleva rapidement son pull et son pantalon de cheval, qu'elle jeta à terre et repoussa du pied, puis fouilla dans son tiroir à la recherche de lingerie.

En vidant son sac à main pour transférer quelques affaires dans son sac du soir, Lucy se rappela ce qui s'était passé au garage dans l'après-midi.

— Au fait, j'ai fait le plein d'essence cet après-midi. Ils m'ont demandé de payer en liquide. Ils m'ont dit que la note n'avait pas été réglée.

— J'ai dû oublier d'envoyer le chèque.

Mickey avait répondu ni trop vite, ni trop lentement. Lucy resta immobile un instant. Elle était tentée de l'interroger un peu plus. L'expression du visage de Linda semblait sous-entendre plus qu'un retard de paiement. Elle se demandait si le trouble de Mickey ces derniers temps était lié à ce problème. Une boîte de Pandore, vraiment. L'ouvrir ou non, là était la question…

Mickey retenait encore sa respiration lorsque Lucy se rua, nue, dans la salle de bains et l'interpella en souriant.

— Dépêche-toi, tu monopolises la baignoire. Je veux prendre une douche.

Immensément soulagé, Mickey attrapa le pommeau de la douche et dirigea le jet sur elle, pour jouer.

Au bout du compte, il ne resta plus que cinq minutes à Lucy pour se préparer pendant que Sophie, Georgina et Mandy attendaient impatiemment dans l'automobile.

# 6

Kay était inquiète. Tenant à la main un verre de ce que la serveuse avait appelé du champagne mais qui n'était en réalité que du vin blanc pétillant, elle fit le tour de la salle, cherchant à occuper son esprit. L'absence des Liddiard l'emplissait de panique. Le sentiment qu'elle éprouvait ressemblait probablement à celui d'un toxicomane en manque. L'idée de passer la soirée sans Mickey ni Patrick la mettait à la torture et elle se sentait totalement incapable de supporter cette situation. Durant toute la journée, elle s'était imaginé le plaisir pervers qu'elle prendrait à les avoir tous deux à la même table qu'elle. Elle s'était même délectée en pensant que Lawrence les tuerait tous les trois s'il apprenait la vérité. Kay imagina pendant un court instant la scène monstrueuse : Lawrence les visant l'un après l'autre et leur faisant sauter la cervelle au-dessus des terrines de saumon fumé. Un chatouillement de peur vint s'ajouter à son excitation.

Elle avait réfléchi à l'ultimatum que lui avait posé Patrick la veille, puis l'avait chassé de ses pensées. La séance de sexe avait été superbe, elle devait bien l'admettre. De plus, il possédait une maîtrise de lui-même qui autorisait à penser qu'il était capable de n'importe quoi. Cependant, après son départ, elle s'était raisonnée. Il n'était qu'un enfant, il n'avait que vingt-trois ans. D'ailleurs, il avait lui-même reconnu qu'il ne voulait pas dénoncer Mickey. Elle le manipulerait, elle les manipulerait tous les deux. Le père et le fils. Jamais elle ne s'était sentie aussi vivante.

La seule ombre au tableau était Lucy. Kay aimait bien Lucy. Tout le monde aimait bien Lucy. Kay se sentait un peu coupable, mais elle se consolait en se disant que Lucy devait mal s'y prendre, d'une façon ou d'une autre, pour que Mickey soit tellement en demande.

Elle décida d'oublier ses scrupules et s'occupa l'esprit en octroyant des prix d'élégance, cérémonie mentale qu'elle pratiquait lorsqu'elle s'ennuyait dans les réceptions. Elle fit le tour de la pièce, en notant sur dix les tenues ; les détails de mauvais goût recevaient des pénalités supplémentaires (des bas dans des chaussures découvertes, les bretelles de soutien-gorge visibles). Elle s'enorgueillissait de pouvoir reconnaître l'origine de la plupart des vêtements. Elle-même ne s'habillait que dans une boutique de luxe de Cheltenham où l'on connaissait très exactement ses goûts, les employés lui téléphonant lorsqu'ils pensaient avoir reçu quelque chose qui lui conviendrait. Néanmoins, elle était très au fait de ce qui se vendait ailleurs. Il lui semblait particulièrement utile de savoir où les gens faisaient leurs emplettes pour avoir une idée de leur personnalité. Malheureusement, dans ce trou, les modèles haute couture étaient assez rares. À croire que *Vogue* n'arrivait pas jusqu'à la poste du village. Son regard fut attiré par la présidente du comité, un cauchemar habillé de froufrous rose bonbon, avec un nœud énorme surmontant son derrière. Vraiment, quelqu'un aurait pu lui dire deux mots. N'avait-elle aucune amie ? Kay ne put s'empêcher de penser qu'elle ressemblait à ces poupées dont les jupes servent à cacher les rouleaux de papier hygiénique. Elle lui décerna le prix spécial de la Pire Tenue de la Soirée. Une élégante robe de satin noir coupée dans le biais (une amie de Londres, probablement) reçut un neuf et une tunique pailletée couleur bronze un huit. Alors qu'elle s'apprêtait à donner un autre huit à un ensemble avec pantalon de crêpe évasé et tunique d'organza argentée, elle s'aperçut que la tenue appartenait à Lucy.

Son estomac en fut instantanément retourné et elle sentit son cœur chavirer. Ne voulant pas chercher trop ostensiblement derrière Lucy son mari et son beau-fils, elle porta son verre à ses lèvres. Tout en buvant une gorgée du vin, maintenant chaud et sans bulles, elle coula imperceptiblement son regard vers la porte.

Adieu le manque; sa dose était arrivée. Tout comme un toxicomane jouit de la montée du narcotique dans ses veines, Kay se laissa transporter par les picotements qui l'envahissaient, depuis son entrejambe jusqu'au bout de ses doigts. Mickey portait son nœud papillon artistiquement de travers, prouvant ainsi qu'il l'avait noué lui-même et qu'il ne se résoudrait jamais à en porter un tout fait, contrairement à la plupart des invités présents. Patrick, superbe dans la veste de smoking de son grand-père, faisait du charme au cache-papier hygiénique tout en acceptant avec désinvolture le verre que lui tendait une serveuse attentive et en adressant un signe de la main à ses amis. Kay remarqua qu'il ne parcourait nullement la pièce des yeux à sa recherche.

Derrière Patrick, elle aperçut deux dix absolus et suffisamment déconcertants pour lui faire froncer les sourcils. Une jeune femme brune dont les cheveux divisés par une raie au milieu tombaient en une soie brillante plus bas que ses épaules était habillée d'un long fourreau de satin crème habilement fendu de chaque côté pour révéler, à chaque mouvement, d'interminables jambes dorées et fermes jusqu'aux cuisses. Pour seul accessoire, la jeune fille arborait un immense cœur d'argent suspendu à un cordon de soie noire qui descendait jusque sous son nombril. La simplicité subtile de la tenue trahissait une maturité bien supérieure au nombre d'années de celle qui la portait.

À ses côtés, l'apparition était beaucoup moins subtile, et même tellement époustouflante qu'elle risquait très vite de faire baver de désir tous les mâles et de jalousie toutes les femmes. Une poitrine opulente remplissait un corsage en brocart d'où partaient de voluptueux pans de velours rouge enveloppant des formes généreuses. Des mules de satin dépassaient timidement du bas de la robe et le cordon d'un petit sac brodé de perles était suspendu au poignet de la jeune fille. Des boucles d'ambre retombant en cascade du haut de sa tête lui donnaient l'air d'une courtisane récemment enlevée. Elle était tout à la fois Moll Flanders, Nell Gwynn et la femme fatale. Kay approuva silencieusement ; cette fille savait vraiment s'habiller pour faire de l'effet ; elle était fière de son corps et mettait en valeur sans fausse honte sa splendeur généreuse plutôt que de s'efforcer de ressembler à un phasme mimant une brindille. Kay lui décerna mentalement le titre de Femme la Mieux Habillée, dix sur dix et plus. Soudain elle se figea. Elle sentit la bile affluer dans sa gorge en voyant Patrick se saisir du bras de la jeune fille pour la conduire dans la salle.

Ce n'est qu'en apercevant Georgina, délicieusement habillée d'un vert tendre seyant à son âge, que Kay comprit que l'apparition de rêve était Sophie. Son soulagement fut plus grand encore que sa surprise. Cette magnifique créature ne la concurrencerait pas auprès des deux hommes de sa vie. Kay termina son verre, le déposa sur le plateau d'un serveur qui passait et traversa la pièce comme sur un nuage pour aller à la rencontre de ses amants.

Deux heures plus tard, Patrick n'était pas de bonne humeur. Dès le commencement de la soirée, il avait eu un choc en voyant Sophie. Il ne l'avait pas reconnue tout de suite dans ses atours et avait eu honte de lui-même en ressentant ce que Ned appelait vulgairement un « battement du bâton ». Elle était renversante mais n'aurait pas dû l'être. Il s'agissait de Sophie, nom d'un petit bonhomme ! De quel droit cette petite garce de Birmingham l'avait-elle transformée en objet sexuel ? Il reconnaissait en effet l'œuvre de Mandy. Jamais Sophie n'aurait choisi de s'attifer de manière aussi incongrue. Quelqu'un avait passé des heures à lui appliquer un faux bronzage, un rouge vif sur les ongles de ses pieds et même de faux ongles aux mains. Patrick ne supportait pas les regards des autres hommes de l'assemblée qui suivaient sa sœur avec des airs affamés. Sophie ne s'en rendait même pas compte. Elle n'avait d'yeux que pour Ned. Lui avait fait marche arrière, terrorisé, lorsqu'il l'avait reconnue. Il s'était rabattu sur Mandy avec qui il parvenait mieux à se détendre et à jouer le fou du roi parce qu'il savait qu'il n'avait aucune chance d'obtenir les faveurs d'une fille comme elle. Il se sentait libre d'être naturel, amusant, turbulent. Mandy était aux anges. Elle le trouvait hilarant et il l'était. Quant à Sophie, la pauvre, troussée comme une poupée, elle s'efforçait de ne pas se montrer offensée.

Ce qui rendait Patrick plus furieux encore était que Kay se moquait de son autorité. Occasionnellement, elle passait tout près de lui, serrait son coude ou touchait sa nuque d'une main taquine et, durant le repas, elle lui avait même adressé un clin d'œil alors que quelqu'un aurait pu les surprendre. En même temps, elle ne quittait pas Mickey d'une semelle. Ils dansaient ensemble en ce moment et même si personne ne risquait de s'en offusquer, une grande tolérance régnant dans ces réceptions, Patrick comprenait bien qu'elle n'avait pas signifié la fin de leur aventure à Mickey et qu'elle n'en avait aucune intention.

Il fallait qu'il reprenne très vite les rênes. Il s'avança sur la piste de danse, retira nonchalamment Kay des bras de son père et l'entraîna au rythme de la musique. Il approcha sa bouche de son oreille et elle frémit en sentant sa chaleur.

— Vous n'avez pas respecté votre part du marché.

— Comment oses-tu ?

— Je vous l'ai dit. Je n'hésiterai pas une seconde à vous dénoncer, vous et mon père. Je pense que ce serait simplement plus sympathique pour tout le monde si nous résolvions cette affaire à ma manière.

— Peut-être faudrait-il que tu me rappelles en quoi consiste exactement le marché.

— Très bien.

Galamment, il la prit par le coude et la dirigea vers la terrasse, lui fit descendre les marches et l'entraîna sur la pelouse puis, dépassant un bosquet d'arbres, il la guida vers un kiosque de pierre. Kay s'appuya contre l'un des piliers lisses, souhaitant soudain avoir une cigarette à fumer ou quelque chose à faire tant elle était déstabilisée. Patrick restait calme et maître de lui-même. Autant d'assurance chez un homme si jeune agaçait Kay. Elle lui sourit dans la pénombre.

— Je te remercie de l'invitation d'hier. J'ai beaucoup apprécié.

— Pourtant vous semblez avoir oublié notre accord.

— Pas du tout, mais il y a un temps pour chaque chose.

— Des prétextes, rien que des prétextes.

Les lèvres de Patrick se retroussèrent en un sourire moqueur. Elle frissonna au souvenir d'autres endroits où s'étaient posées ces lèvres. Attirant Kay vers lui, il fit glisser les bretelles et tira sur la fermeture éclair de la robe qui descendait jusqu'au bas de sa colonne vertébrale. La robe tomba à ses pieds en une flaque de soie cuivrée. Elle l'enjamba. Elle ne portait qu'une paire de bas ajustés, mais aucune lingerie qui risquait d'être visible au travers de la soie. Patrick s'agenouilla devant elle. Il ouvrit un petit paquet que lui avait remis Mayday la dernière fois qu'ils s'étaient vus.

— Qu'est-ce que c'est ?

— De la poudre de perlimpinpin.

Il glissa une main entre ses cuisses, l'invitant à les écarter. Fascinée, elle s'exécuta tout en l'observant qui léchait son majeur puis le trempait dans la poudre avant de l'appliquer très doucement sur son clitoris. Kay en perdit presque la respiration. Son toucher était aussi doux qu'un battement d'ailes de papillon. Trop vite, il enleva sa main et frotta les restes de la cocaïne sur ses gencives. Patrick n'en était pas vraiment un gros consommateur, mais il n'aimait pas gâcher. Il regarda Kay. Ses yeux écarquillés trahissaient son impatience. La cocaïne n'avait pas encore pénétré dans le sang ; elle devait être anesthésiée, mais dans une demi-heure son désir charnel serait exacerbé. Sans aucun doute, elle se précipiterait vers lui pour l'assouvir. Patrick savait que ses prouesses sexuelles étaient à peu près imbattables, Mayday l'avait inscrit au tableau d'honneur, mais pour l'affoler un peu plus, il décida de mettre une cerise sur le gâteau.

— C'est tout ?

— Attendez un peu.

— Combien de temps ?

— Débarrassez-vous de mon père, puis revenez me voir. Retournez-vous.

Elle obéit. Il l'aida à enfiler sa robe et remonta la fermeture. Elle ressentit une décharge électrique la parcourir lorsqu'il appuya son pouce dans la chair de sa nuque et commença à la masser.

— Entre-temps, détendez-vous et profitez-en.

Kay déglutit avec peine. C'était tout ce qu'elle pouvait faire pour ne pas oublier toute prudence et déchirer sa robe. Elle aurait voulu qu'il la bouscule contre le pilier et la baise comme un sauvage, mais leur expérience antérieure l'avait convaincue que Patrick menait le jeu.

— Je vais chercher ton père.

— Brave fille.

Il s'éloigna sur la pelouse à grands pas pour atteindre la terrasse en laissant derrière lui Kay, incrédule, un sourire béat aux lèvres. Brave fille, en vérité. L'insolence de ce garçon était incroyable. Remontant sa jupe pour le suivre, elle s'aperçut que ses jambes la soutenaient à peine. Il lui semblait que deux Alka Seltzer diffusaient dans ses veines une douce sensation, un pétillement qui partait de son entrejambe et se répandait dans tout le reste de son corps.

Caroline fit son apparition à dix heures. Elle portait une robe fuchsia, des escarpins aguicheurs et un boa de plumes. Elle était allée prendre un verre, ou plutôt plusieurs, avec l'un des garçons de l'écurie où Demelza était en pension. Il avait des articles de sellerie à vendre, probablement volés, mais Caroline aimait faire des affaires. James estimait que cela la disculpait des accusations de Mickey qui prétendait qu'elle ne le fréquentait que pour son argent. En fait, Caroline ne lui demandait jamais rien, sauf si elle était en colère, auquel cas elle exigeait soit du champagne, soit du sexe. James était déjà au bar à la recherche d'une coupe. Elle s'approcha de lui en titubant et enroula son boa autour de son cou. Elle ne s'excusa pas d'être arrivée en retard mais l'embrassa à pleine bouche en lui arrachant la bouteille. Elle ne s'encombrait pas d'accessoires tels que des verres lorsqu'elle était déjà un peu ivre.

— Je suppose que j'ai raté le repas. Ce n'est pas grave, la nourriture n'est jamais très bonne dans ce genre de réception. Je vais aller danser.

Elle prit une gorgée de champagne, en renversa la moitié dans son décolleté plongeant, lui rendit la bouteille puis s'éloigna nonchalamment pour rejoindre la foule sur la piste de danse. James savait d'expérience qu'il ne faudrait que quelques verres de plus pour qu'elle monte sur la table. Il allait devoir les compter attentivement pour pouvoir l'emmener avant que ne débute le strip-tease.

Comme il remportait la bouteille et quelques verres à leur table, il aperçut Lucy. Assise au bord de son siège, elle était en grande conversation avec un inconnu. Elle était animée, enjouée; ses yeux brillaient. Elle éclata de rire en penchant sa tête vers l'arrière et James se sentit transpercé d'une douleur affreuse. Il souffrait de tant l'aimer.

Sophie, qui jamais auparavant n'avait bu plus d'un demi-verre de cidre ou un petit verre de vin, venait de découvrir pourquoi les gens buvaient. L'alcool procurait un véritable sentiment de bien-être, vous donnait confiance en vous. La soirée avait été amusante. Plusieurs personnes l'avaient complimentée sur sa tenue ou lui avaient adressé des regards admiratifs, mais elle ne savait pas trop comment se comporter. Elle avait l'éclat d'une photo de magazine à l'extérieur, mais elle n'en demeurait pas moins cette brave Sophie Liddiard à l'intérieur, peu rodée aux conversations brillantes de salon et ne possédant pas de répliques toutes faites à lancer à droite et à gauche. L'attitude de Patrick avait été déconcertante. Il s'était montré d'une courtoisie glaciale envers Sophie et avait absolument ignoré Mandy. Aussi, lorsque Sophie s'était aperçue, après quelques verres de vin pétillant, que la réalité perdait de sa netteté et qu'elle parvenait à discuter joyeusement avec les gens sans ressentir de gêne, elle avait continué d'attraper des verres quand les plateaux passaient près d'elle et avait fini par en boire plus d'une demi-douzaine. Le vin l'aidait aussi à supporter l'éloignement de Ned. Elle s'y était préparée depuis longtemps et elle était parvenue à se convaincre que cela n'avait pas d'importance. Rien de surprenant à ce qu'il trouve Mandy plus excitante, plus intéressante, plus jolie. En ce moment même, elle tentait de lui apprendre des pas de danse sur « Tragedy », ce qui déclenchait beaucoup d'hilarité, Ned n'ayant aucun sens du rythme. Sophie se permit un sourire et se consola avec un autre verre de vin.

Cependant, elle eut soudain un sentiment très particulier. Elle s'entretenait avec Jonty Hobday, le maréchal-ferrant qui, par politesse, venait de remplir à nouveau son verre avec du vin blanc frais. Il faisait chaud, elle avait soif, elle le but d'un trait, car elle s'était habituée au goût. Elle reposa le verre et se retourna pour acquiescer aux paroles de Jonty, mais fut obligée de poser sa main sur son bras pour ne pas perdre l'équilibre. Il n'en fut pas choqué, se contenta de sourire et continua la conversation. Malheureusement, elle ne parvenait plus à comprendre ce qu'il disait. Sa tête s'emplissait de chuintements et de ronronnements déferlant au rythme des pales d'un hélicoptère. Sa tête semblait virer d'un côté et son estomac de l'autre. Elle avait trop chaud et la panique commençait à l'envahir. Elle avait besoin d'air frais et de s'asseoir. Elle s'accrocha à la manche de Jonty, tenta de parler mais ne put qu'articuler une série de syllabes incompréhensibles. Désespérée à l'idée qu'il penserait qu'elle était bizarre, ou mal élevée, elle le quitta sans explications pour se diriger vers une sortie. Son pas était très mal assuré, mais elle parvint à se frayer un chemin dans la foule, en titubant et en se retenant à l'occasion à une personne ou à une autre, murmurant « chcousémoé » pour « excusez-moi ».

Après avoir traversé toute la piste de danse, elle aperçut une sortie au bout d'un couloir et une porte blanche qui devait être celle des toilettes pour dames. Elle pourrait s'y asseoir un moment, s'asperger d'eau froide et attendre que les effets de l'alcool passent. Ça ne devrait pas être long… Après tout, elle allait parfaitement bien cinq minutes auparavant. Dans sa tête, l'hélicoptère mugissait de plus en plus fort.

Lorsqu'elle atteignit le couloir, elle se sentit horriblement malade. Ce devait être la terrine au saumon ; elle sentit la bile remonter dans sa gorge. La porte blanche était devant elle. Elle ne pouvait pas discerner la plaque indiquant s'il s'agissait des toilettes pour hommes ou pour dames, mais elle n'en avait cure. Elle se précipita, ouvrit la porte, entra en titubant, certaine qu'elle ne parviendrait pas à atteindre les toilettes à temps. Devant elle apparurent un mur de céramique blanche immaculée et un évier surmonté d'une mystérieuse pancarte où étaient inscrits les mots RÉSERVÉ AU LAVAGE DES MAINS. Elle n'eut que le temps de s'accrocher à la céramique fraîche de l'évier et de se pencher en avant.

Soulagée, elle releva la tête et aperçut le visage furieux d'un homme coiffé d'un drôle de chapeau blanc. Les lambeaux de conscience qui lui restaient lui permirent de comprendre qu'elle venait de vomir dans la cuisine de l'hôtel, puis elle s'évanouit aux pieds du chef.

Kay, rendue presque insensible par le désir, paniqua lorsqu'elle vit Mickey s'approcher. Il la prit par le coude, tel père, tel fils, et murmura qu'il voulait lui parler. Elle-même s'était efforcée de trouver le courage de l'aborder, mais elle était encore trop déstabilisée. Elle jeta un coup d'œil alentour pour voir si elle apercevait Patrick. Ne le voyant pas, elle se tourna vers Mickey, les yeux brillants.

— Allons au kiosque.

Mickey se dit que l'endroit était aussi indiqué qu'un autre pour signifier son congé à quelqu'un. Il franchit derrière elle les portes-fenêtres. Cinq minutes plus tard, Kay le prit au dépourvu en s'accrochant au revers de soie moirée de sa veste de smoking pour lui murmurer qu'ils ne pouvaient continuer comme cela, que ce n'était pas correct, qu'elle était déchirée à l'idée qu'elle ne pourrait jamais l'avoir complètement à elle et qu'il fallait qu'ils cessent de se voir avant qu'il n'arrive un malheur. Mickey pensa que ce devait être son jour de chance. Pour donner suite à sa résolution, il s'était préparé en buvant au moins une bouteille de chablis et plusieurs whiskys. Il se dit qu'elle avait dû avoir très peur lorsqu'elle avait été surprise à la brasserie l'autre nuit. Il approuva de la tête et tapota l'épaule de Kay pour la rassurer.

— J'en étais au même point dans mes réflexions, mais je ne voulais pas dire quoi que ce soit. Tu as raison. Mieux vaut en finir avant qu'il ne soit trop tard.

Kay fit oui de la tête. Mickey eut un soupir intérieur de soulagement. Il n'allait pas s'en tirer aussi facilement, cependant. Au moment même où il se croyait sauvé, Kay attrapa sa ceinture et s'approcha de lui.

— Faisons-le une dernière fois.

Mickey voyait le bout des seins de Kay pointer à travers le tissu de sa robe. Il se demandait si c'était de froid ou de désir. Le désir, sans doute, à en juger par ses yeux écarquillés et sa respiration saccadée. Il se dit qu'il valait mieux ne pas la repousser. Après tout, il s'en sortait plutôt bien et une fois de plus ne ferait pas une grande différence.

Cependant, la nature en avait décidé autrement. Que ce soit à cause de la nervosité, de l'alcool, du froid ou du fait que Kay paraissait particulièrement vorace, ce qui le terrifiait, pour la première fois de sa vie Mickey fut impuissant.

Sur la piste de danse, le DJ venait de changer l'ambiance. Lorsque Eric Clapton entonna ses premières notes, les personnes de moins de trente ans quittèrent la piste en maugréant, les autres s'accrochant sans discrimination au représentant du sexe opposé le plus proche. James se sentit fondre lorsque Lucy vint se couler entre ses bras.

— Je ne sais pas où est Mickey, dit-elle d'un ton rêveur.

La boisson la rendait languide, terriblement sexy. James la colla contre lui et se mit à suivre le rythme de la musique. Eric lui enlevait les mots de la bouche : « Tu es magnifique ce soir. »

Derrière eux, Caroline avait attrapé avec son boa de plumes une victime qui ne s'y attendait guère. James adressa une prière au ciel pour qu'elle tienne jusqu'à la fin de la chanson avant de se lancer dans l'exécution impromptue d'une danse quelque peu scandaleuse…

Kelly était de mauvaise humeur. Elle ne trouvait Patrick nulle part. Il ne s'était pas intéressé à elle de toute la soirée et maintenant il était introuvable. Quelqu'un ayant mentionné l'avoir vu au kiosque un peu plus tôt, elle s'efforça de traverser la pelouse, comme un flamant hésitant, ses talons aiguilles diamantés s'enfonçant de cinq centimètres à chaque pas. Il y avait effectivement quelqu'un au kiosque. Elle scruta l'obscurité. Ce n'était pas Patrick. La gêne lui fit monter le rose aux joues lorsqu'elle reconnut les personnes qui étaient là, et ce qu'elles faisaient. D'un pas mal assuré, elle reprit le chemin de la terrasse.

# 7

Après que Sophie eut vomi, Patrick, le teint blanc et les lèvres serrées, se débrouilla pour la faire sortir de l'hôtel aussi rapidement et aussi discrètement que possible. Son père prendrait un taxi plus tard et ramènerait Lucy, Mandy et Georgina. Toutes étaient encore en train de danser joyeusement et n'auraient aucune envie de partir. Patrick emporta Sophie jusqu'à son automobile. L'air frais la réveilla pendant qu'il s'efforçait de l'asseoir sur le siège avant. Il dut s'arrêter encore deux fois en route vers la maison parce qu'elle était malade. Cependant, il ne lui fit aucun reproche. Elle pleurait doucement. Lorsqu'ils arrivèrent à Honeycote House, elle semblait avoir retrouvé ses esprits. Elle était dans un triste état, mais elle était redevenue elle-même. Son maquillage avait coulé, ses cheveux étaient aplatis et elle portait la veste de smoking de Patrick sur ses épaules. Ils n'avaient pas eu le temps de chercher son manteau.

Il la fit entrer dans la cuisine et évalua l'étendue des dégâts. Elle était encore soûle mais, à en juger par les spasmes secs du dernier arrêt, elle n'avait plus d'alcool dans l'estomac. Patrick se demandait s'il devait la laisser se coucher directement, ce qui lui vaudrait la pire des gueules de bois le lendemain matin et la dissuaderait probablement de jamais recommencer. Il estima cependant qu'elle avait été suffisamment punie pour quelque chose qui n'était pas entièrement de sa faute; aussi l'obligea-t-il à avaler quatre grands verres d'eau et quelques aspirines avant de l'aider à monter les escaliers qui menaient à sa chambre.

Autrefois, Patrick n'aurait eu aucune hésitation à déshabiller Sophie et à la mettre au lit dans ses sous-vêtements. Ce soir, cependant, le souvenir de l'émotion qui l'avait étreint lorsqu'il s'était rendu compte de qui elle était, un peu plus tôt dans la soirée, le rendait encore malade. Elle était incapable de se déshabiller toute seule, aussi décida-t-il de la fourrer sous le duvet tout habillée. Si la robe n'y survivait pas, tant pis. Il était loin d'avoir envie de la revoir habillée de la sorte.

Il la borda gentiment et resta penché à la regarder. Elle s'était endormie immédiatement et il éprouvait déjà beaucoup de sympathie à l'idée de ce qui l'attendait dans huit heures environ, lorsqu'elle s'éveillerait. Il rangea une mèche de cheveux derrière son oreille et se baissa pour lui donner un baiser sur la joue. Un baiser très fraternel et très doux.

En regardant autour de lui, il aperçut l'attirail féminin qui encombrait la table de maquillage de Sophie. Des tubes de faux bronzage, de la colle pour les faux cils et les faux ongles, des bouteilles de parfum et des dizaines de bâtons de rouge à lèvres, de tampons de coton, des mouchoirs en papier, des bombes de laque. Ces restes ressemblaient tant, à ses yeux, à ce qu'il se serait attendu à voir dans la loge d'une strip-teaseuse qu'il eut envie de tout jeter à la poubelle. Toutefois, il prit vite conscience que sa réaction était ridicule, quasiment victorienne. Cependant, il ne pouvait s'empêcher de ressentir de la colère. Il ne pourrait plus jamais regarder Sophie de la même manière.

Tout en s'installant sur une chaise à côté du lit, il eut une pensée fugace pour Kay, se demandant s'il avait été sage de la laisser au bal dans son état. Toutefois, il était à peu près sûr qu'elle respecterait leur marché. Il sourit en pensant à Lawrence qui aurait peut-être droit à la meilleure séance de baise de sa vie en rentrant chez lui. De toute manière, il n'était pas question qu'il retourne à l'hôtel maintenant. Il fallait qu'il surveille Sophie. Elle ne serait probablement plus malade, mais il ne voulait prendre aucun risque.

James passa sa barrière de bois noir et sortit de son Aston Martin pour la refermer. Souvent, il avait envisagé d'installer un mécanisme d'ouverture à distance, mais c'était contre sa nature. Ce genre de dispositif avait un côté paranoïaque et ringard qui lui déplaisait ; de plus, sortir de la voiture ne prenait que deux minutes, vraiment pas grand-chose, même lorsqu'il gelait. Caroline était quasiment inconsciente, soûle et échevelée, affalée sur le siège avant. En partant, il avait vu son boa de plumes autour du cou du mari de quelqu'un d'autre.

Il la secoua doucement pour la réveiller, en priant le ciel que l'air froid de la nuit ne la stimule pas trop et qu'elle veuille seulement se faufiler dans son lit pour dormir. L'idée qu'elle puisse avoir envie de faire l'amour lui était odieuse. Il sentait encore sur sa chemise le parfum (*Diorissimo*) de Lucy qui lui rappelait qu'il la tenait dans ses bras moins d'une heure auparavant. Elle avait laissé aller sa tête sur son épaule, s'était pelotonnée contre lui comme pour lui demander de la consoler.

James savait qu'il prenait ses rêves pour la réalité. Lucy s'était probablement accrochée à lui parce qu'elle avait bu trop de champagne. Lorsqu'il l'avait vue moins d'une demi-heure plus tard prendre le taxi avec Mickey, tous deux étaient l'image parfaite du couple, Mickey ayant enveloppé Lucy dans sa veste de smoking parce qu'elle n'avait pas emporté de manteau.

Cependant, sauter Caroline désacraliserait le souvenir ; il aurait vaguement l'impression d'être infidèle. Il se débrouilla pour la déposer dans son lit, remonter les couvertures jusqu'à son menton et la border fermement avant qu'elle ait le temps de réagir.

Le bruit des autres membres de la famille qui descendaient du taxi réveilla Patrick. Il entendit Mickey et Lucy papoter et rire dans le couloir, échangeant leurs remarques sur les événements de la soirée. Il aurait pu parier que son père en oubliait une partie.

Patrick se rendit dans la salle de bains où Mandy était en train de se brosser les dents et la regarda droit dans les yeux en gardant une certaine distance.

— Il faudra que tu surveilles un peu Sophie pendant la nuit. Elle a été malade comme un chien, en partie grâce à toi.

Surprise, Mandy reposa sa brosse à dents.

— Moi ?

— Qu'est-ce que tu lui as fait ce soir ?

— Qu'est-ce que tu veux dire ?

— Tu l'avais attifée comme une salope.

— Elle était magnifique.

Patrick était content qu'elle ait choisi cet adjectif qui accentuait son parler de Birmingham et lui enlevait un peu de son pouvoir de séduction.

— Tout le monde l'a trouvée magnifique.

— Et pourquoi flirtais-tu avec Ned de cette manière ?

— Je ne flirtais pas. Nous avons rigolé ensemble, c'est tout. Je n'ai pas d'attirance particulière pour lui.

— Alors tu n'as fait cela que pour agacer Sophie ?

— Qu'est-ce que tu veux dire ?

— Tu sais très bien ce que je veux dire. Sophie est folle de lui. Rien d'étonnant à ce qu'elle se soit soûlée à mort.

— Oh, zut.

Mandy le regardait avec un air angoissé. Il était surpris de l'authenticité apparente de ses regrets.

— Je ne savais pas. Vraiment. Pourquoi ne m'a-t-elle rien dit ?

Patrick ne serait pas dupe. Il connaissait les femmes. De bien bonnes actrices lorsqu'elles le voulaient. Cette petite garce méritait une bonne leçon. Elle n'allait pas s'en tirer aussi facilement.

Ils se regardèrent intensément pendant quelques secondes. Patrick laissa alors son regard descendre le long de la chemise de nuit de Mandy, suivre ses longues jambes légèrement bronzées puis remonter lentement. Ses bouts de sein ressemblaient à deux boutons sous la chemise de coton. Lorsque leurs yeux se rencontrèrent à nouveau, il s'avança et caressa du pouce l'un des boutons. Elle eut un soupir bref mais ne bougea pas. Il savait que, s'il écoutait son cœur, il l'entendrait probablement battre comme celui d'un lapin pris au piège.

Il s'avança encore, si près qu'il pouvait sentir son haleine sur son visage. Elle leva vers lui deux grands yeux étonnés alors qu'il plaçait ses mains derrière sa tête et la rapprochait de lui pour l'embrasser sur les lèvres. Il lui donna un premier baiser très doux, presque imperceptible, et elle ferma les yeux un instant, comme pour en savourer le goût, comme elle le ferait d'un bon vin.

Puis l'instant d'après, elle se jeta sur sa bouche, comme un agneau nouveau-né buvant goulûment au téton de sa mère. Patrick fut surpris de l'intensité de sa propre réaction. Il enroula ses cheveux sombres et soyeux autour de ses doigts. Ils étaient tellement différents de ceux de Kelly, décolorés et couverts de laque et de gel jusqu'à ressembler à du vermicelle. Les cheveux de Kay, eux aussi, étaient un peu rêches d'avoir subi des années de coûteux reflets et de colorations. La peau de Mandy était douce comme celle d'un bébé et Patrick ne craignait pas de se retrouver avec du fond de teint orangé sur sa chemise blanche. Son parfum, où perçait une subtile odeur de citron, flattait ses narines contrairement à ceux de Kelly et de Kay qui les prenaient d'assaut, toutes deux choisissant des parfums plutôt coûteux et capiteux qui laissaient une trace indélébile dans leur sillage. Mandy était délicate, naturelle, belle... Patrick eut soudain très, très envie d'elle.

Il tira sa tête vers l'arrière pour la regarder dans les yeux un instant. Le désir élargissait ses pupilles et il sentait ses petits seins monter et descendre contre sa poitrine au rythme de sa respiration accélérée. Il sourit et elle lui rendit un sourire hésitant. Il posa un doigt sur la jolie fossette qui marquait le coin de sa bouche, dont il fit le tour avec délicatesse. Elle gardait les yeux mi-clos, comme un chat en extase.

Soudain, une vision d'elle flirtant avec Ned s'imposa à l'esprit de Patrick. Mandy n'aurait eu qu'à claquer des doigts pour que Ned lui appartienne, l'adore comme un esclave. Sophie, assise à leurs côtés, n'ayant pas touché à son poulet marengo, souffrait le martyre d'un amour sans espoir qui lui rongeait les tripes. Patrick se dit que Mandy avait probablement toujours obtenu tout ce qu'elle voulait dans la vie. Elle croyait maintenant l'avoir en sa possession. Il s'était laissé séduire par sa belle enveloppe ; son petit cœur de pierre était présenté dans un écrin de papier rose, entouré d'un ruban portant l'étiquette « prends-moi ». Une offre, sans aucun doute, difficile à refuser. Cependant, malheureusement pour Mandy, le cœur de Patrick était plus dur que son pénis. Un tout petit peu.

# 8

Sur le vol de Nice à Birmingham, Keith Sherwyn étendit ses jambes dans l'espace autorisé par le Club de voyage tout en savourant un cordial de brandy et de ginger ale. Il ne toucha pas à la tartelette aux raisins qui lui rappelait trop que Noël n'était plus qu'à une semaine ; de plus, toute cette cuisine française, pour autant qu'il l'ait appréciée, lui avait légèrement dérangé l'estomac. Derek Legge, le régisseur chargé de la décoration du yacht du scheik, lui avait fait faire une véritable tournée gastronomique du sud de la France. Le scheik étant connu pour sa tendance à renvoyer ses employés sur un caprice, Derek avait décidé de tirer avantage des notes de frais pendant qu'il le pouvait. Keith avait profité de cette prodigalité.

Il lui avait fallu beaucoup de temps pour persuader Legge que du granit noir dans toutes les salles de bains ralentirait considérablement le bateau. Le scheik y tenait beaucoup et Derek ne voulait pas être le porteur de mauvaises nouvelles et risquer son emploi. Keith avait eu le sentiment que Derek lui en voulait, d'une certaine manière, mais il ne pouvait en rien changer le fait que le granit est terriblement lourd. Finalement, sous un Picasso et devant du foie gras, à la Colombe d'Or à Saint-Paul-de-Vence (Keith trouvait que le tableau comme le pâté étaient un peu surestimés mais n'en dit rien), il avait fini par convaincre Derek d'utiliser une résine de substitution qui ne ferait pas couler le bateau. Il ne lui avait certainement pas dit qu'il s'agissait de formica de luxe, ni que sa marge de bénéfices serait substantiellement plus élevée car l'installation demandait moins de main-d'œuvre. Miraculeusement, le scheik avait donné son accord, la rapidité d'exécution semblant plus importante que l'authenticité du décor. Après cela, il n'y eut plus qu'à régler les détails des accessoires : robinets, porte-serviettes, porte-brosses à dents, *et cetera*.

Durant ces quatre dernières journées, Keith n'avait pensé qu'à son travail. Le contrat était lucratif et il voulait accorder toute son attention aux détails. Maintenant, cependant, alors que l'avion passait au-dessus de la Manche et se dirigeait vers Solihull, qu'il s'attendait à trouver bien monotone après le chic et l'activité du sud de la France, Keith se retrouvait face au désastre de sa vie personnelle.

Il s'abîma dans la contemplation des nuages qui filaient sous l'avion et laissa enfin ses sentiments faire surface. Il pensait souffrir la douleur de l'abandon, l'agonie de la désertion, mais ni ses viscères ni les cordes de son cœur ne réagissaient. Il ne ressentait même pas un peu d'apitoiement pour lui-même. Il se demanda si le brandy avait gelé ses émotions, mais ç'aurait été ridicule, la quantité qu'on lui avait donnée n'aurait pas ébranlé un petit enfant. Il se laissa aller contre l'appuie-tête rembourré et s'efforça de se concentrer sur ses ennuis. Une hôtesse, impeccable, passa près de lui et lui adressa un sourire.

— Vous avez hâte d'être chez vous, monsieur ?

Décontenancé, Keith se redressa, s'apercevant avec étonnement qu'il souriait aux anges et que le seul sentiment qu'il parvenait à définir était celui d'un écolier ayant échappé à une vague menace de détention éternelle. Il leva son verre en direction de l'hôtesse.

— Très certainement.

En rentrant chez lui, il allait pouvoir enfiler un vieux pantalon, poser ses pieds sur la table basse, boire sa bière à la bouteille qu'il mettrait sur la table sans se soucier des marques qu'elle laisserait, allumer la télévision aussi fort qu'il en avait envie et ignorer totalement le téléphone. Au lieu d'être obligé d'enfiler son survêtement de marque, ses chaussures d'intérieur, de verser sa bière dans la chope rutilante portant son monogramme qu'il poserait sur son dessous-de-verre assorti en argent. Le son de la télé ne serait pas noyé par Barry Manilow ou Garth Brooks. Enfin, il ne serait pas obligé de sursauter pour aller répondre au téléphone au cas où il s'agirait d'une invitation à la réception de l'année. Même s'ils avaient un répondeur, Sandra lui avait expliqué sérieusement à plusieurs reprises que certaines personnes ne laissaient pas de message si elles pensaient que vous étiez sortis, surtout s'il s'agissait d'une invitation de dernière minute.

Il était heureux ! Il était terriblement heureux qu'elle l'ait quitté !

Évidemment, il devait reconnaître qu'il avait été surpris lorsque, le mercredi précédent, Sandra, debout dans l'entrée, entourée de ses quinze valises Samsonite et serrant dans son poing sa ridicule valise de maquillage qui contenait le plus gros de son visage, lui avait annoncé qu'elle le quittait. Deux minutes plus tard, une Mercedes couleur crème aux vitres teintées était arrivée, et Keith, encore sous le choc, l'avait automatiquement aidée à porter ses valises. Incrédule, il avait regardé le petit bonhomme inexpérimenté qui venait de sortir de la voiture pour ouvrir le coffre ; il était impossible qu'elle le quitte pour lui, tout de même… Le cœur à la dérive, il avait finalement compris qu'il ne s'agissait pas de son amant mais du chauffeur.

Derrière ses lunettes de soleil, les yeux de Sandra ne trahissaient rien que Keith puisse interpréter. Le seul renseignement qu'elle voulut bien lui donner fut « il m'emmène en vacances » et Keith comprit que cette accusation serait la seule explication qu'il recevrait jamais.

Il l'avait négligée. Il ne lui avait pas accordé suffisamment d'attention. C'était injuste. Les salles de bains ne se vendaient pas toutes seules, surtout les salles de bains avec des lavabos en onyx et des robinets en or et des jacuzzis assez grands pour une équipe de rugby. À l'évidence, il venait de découvrir une des petites équations de la vie : on ne peut pas à la fois faire des millions et faire le bonheur de sa femme.

Il souhaita mentalement bonne chance à celui avec qui Sandra était partie et, pendant que l'avion descendait en décrivant des cercles au-dessus des petites maisons de Lego familières, Keith commença à envisager son avenir avec un certain contentement.

Mandy l'entoura de ses bras et huma l'odeur chaude et musquée de son cou. Elle sentait ses muscles durs comme le fer frémir sous ses caresses. Elle le caressa avec son nez, puis frotta sa joue contre la sienne. Ces marques d'affection n'impressionnaient nullement celui qui les recevait. Il voulait son avoine. Tout simplement.

Phoenix renifla et tapa du sabot pour montrer son impatience. Mandy fourra ses doigts dans sa crinière et tapota son nez avec son autre main.

— Je suis désolée, mon garçon. Je ne sais pas quoi te donner. Tu vas devoir attendre.

Elle le prit à nouveau dans ses bras, mais cela ne le consola pas. Elle si, un tout petit peu. Phoenix ressemblait à un ours en peluche géant, exactement ce dont elle avait besoin en ce moment, dans l'état de confusion où elle se trouvait. Elle était restée éveillée toute la nuit, ses émotions passant du désespoir à la furie puis à la honte pour retourner à la colère. Dans le lit près du sien, Sophie dormait du sommeil du juste.

L'état d'esprit de Mandy n'était rien à côté de son état physique. Elle repassait sans cesse les événements dans sa tête. Les baisers doux et chauds de Patrick dans son cou, ses lèvres tendres qui caressaient ses seins, sa langue insolente se frayant un chemin sur son estomac, jusqu'à son nombril, et s'arrêtant juste à sa destination, l'avaient amenée au bord de...

Quoi ? Quelque chose, sans aucun doute. Patrick savait pertinemment ce qu'il faisait. Elle, appuyée contre le mur pour se soutenir, gigotait et agrippait son propre corps au fur et à mesure que ces sensations nouvelles l'envahissaient. N'y tenant plus, elle avait poussé un cri sous le choc lorsqu'il avait introduit un doigt à l'intérieur d'elle. Elle avait senti ses muscles se resserrer de plaisir autour du doigt qui continuait son exploration jusqu'à ce qu'elle puisse à peine tenir debout.

Puis, soudain, il s'était arrêté. Elle s'était affalée sur le sol, à bout de souffle, haletante, et l'avait regardé, totalement affolée. Il avait baissé les yeux vers elle et, avec un sourire méprisant qui l'avait rendue furieuse, il avait haussé les épaules et il était parti, l'abandonnant à son humiliation.

Mandy n'avait jamais eu d'orgasme, mais elle savait qu'au-delà des délicieuses vagues qui l'avaient submergée, quelque chose d'encore meilleur l'attendait. Patrick le savait aussi et avait jugé ses réactions en expert pour la laisser ensuite agoniser dans ces limbes. Il avait agi délibérément.

À l'aube, agitée et fiévreuse, les yeux rougis par le manque de sommeil et les larmes brûlantes qu'elle avait versées en dépit d'elle-même lorsqu'elle avait totalement admis la frustration que lui causaient les événements de la soirée, Mandy, lourde de l'envie de dormir des fêtards, s'était glissée hors de la chambre, puis de la maison, et dirigée vers les écuries.

L'air était froid et mordant et promettait une belle journée à venir. Les brouillards matinaux disparaîtraient bientôt sous la caresse d'un soleil éclatant et l'air serait riche des senteurs de feuilles mortes et de fumée de bois. Mandy, dont les sens étaient déjà exacerbés, respira à pleins poumons et ressentit un profond bonheur.

Phoenix n'était pas à l'écoute, il avait ses propres soucis, mais Mandy, en lui racontant les siens, parvenait à mettre un peu d'ordre dans ses idées. Elle désirait Patrick, sans aucun doute. Elle désirait ce qu'il avait failli lui donner, désespérément. Cependant, plus que tout ce qu'elle avait pu désirer dans la vie, plus que le costume de concours hippiques qu'elle voulait lorsqu'elle avait onze ans, elle souhaitait une revanche. Quel bonheur ce serait si elle pouvait trouver un moyen d'obtenir les trois.

Vingt minutes plus tard, Mickey, qui était sorti prendre l'air dans l'espoir de se débarrasser de sa gueule de bois, la trouva recroquevillée dans un coin de l'écurie, dormant à poings fermés. Il la secoua doucement pour l'éveiller.

— Tu aurais pu être piétinée à mort.

— Phoenix ne ferait pas ça.

— Il ne le ferait pas exprès. Mais la cervelle d'un cheval est de la taille d'une noix.

Bizarrement, c'est la taille que lui semblait avoir son propre cerveau ce matin-là, petit, brun et tout ridé. Même les deux litres de jus d'orange qu'il avait déjà bus ne lui avaient pas redonné une forme adéquate. L'air frais, en revanche, le nettoierait ou le tuerait.

Il tendit la main à Mandy et l'aida à se relever.

— Que fais-tu ici de toute façon ?

— Je ne parvenais pas à dormir.

Le léger soupir que poussa Mandy et son air troublé découragèrent Mickey de poser plus de questions. À l'évidence, son insomnie n'avait rien à voir avec le confort de la maison.

— Sais-tu monter à cheval ?

Grâce aux diverses activités que sa mère lui avait imposées, Mandy savait à peu près tout faire.

— Je ne suis pas montée depuis un certain temps, mais je sais reconnaître le devant du derrière.

— Allons-y. Personne ne se lèvera avant un bon bout de temps et j'aimerais dissiper quelques toiles d'araignée.

Mickey alla chercher un magnifique cheval noisette surnommé Monkey, à cause de ses grands yeux bruns et ronds, pas de son comportement, la rassura-t-il. Mandy le caressa sur le nez et souffla dans ses narines pour faire rapidement connaissance puis le sella sans peine. Elle emprunta le chapeau que quelqu'un avait laissé dans la sellerie. Poliment, le petit cheval resta tranquille pendant qu'elle montait sur son dos.

Pendant ce temps, Mickey était allé chercher une magnifique jument baie qui tournait en rond sur les pavés de la cour en faisant claquer ses sabots de manière inquiétante. Mickey jurait. Mandy tendit la main et attrapa la bride de la jument, qu'elle lui tint fermement sous le menton pour que Mickey puisse la monter.

Peu après, ayant quitté la cour et laissé les habitants endormis de Honeycote House derrière eux, ils trottaient sur l'herbe tendre du chemin en direction des bois avoisinants. À défaut d'être une cavalière émérite, Mandy n'avait pas peur, à cheval. Elle s'absorba vite dans la contemplation du paysage. Depuis une branche haute, un écureuil, perplexe, les regarda passer, puis s'enfuit en bondissant. Reniflant d'impatience, les chevaux soufflaient par leurs naseaux des nuages d'air gelé. Les jambes de Monkey faisaient deux pas pour chaque enjambée de la jument.

Petit à petit, le chemin herbeux se transforma en une piste étroite qui sillonnait les bois touffus. À cette époque de l'année, les feuilles étant tombées, on pouvait suivre ses méandres dans le lointain, mais Mandy se dit que durant l'été, ce devait être difficile de pénétrer cette mer de verdure. Il lui fallait parfois se baisser pour éviter des branches ou s'extirper des ronces qui s'accrochaient à ses vêtements. Mickey, assis un peu plus haut, avait encore plus de problèmes et avançait couché sur le cou de son cheval presque en permanence. Après avoir passé la partie la plus dense des bois, ils arrivèrent sur une route étroite. Deux murets de pierres sèches la bordaient, formant une crête qui longeait la pente d'une colline. La route baignait dans la lumière claire du soleil matinal.

— Par ici, dit Mickey.

Il semblait pressé d'arriver quelque part et poussait son cheval au petit trot sur la route, qui était si ancienne et si peu utilisée que l'herbe poussait en son centre comme une fine épine dorsale. Mandy pressait Monkey d'avancer. Sous l'effort, la sueur perlait sur ses petites jambes. L'exercice rendait à Mandy sa bonne humeur. Ils firent une halte.

— Voici Poacher's Hill, indiqua Mickey. C'est le point le plus élevé à des kilomètres à la ronde.

Les villages étaient agglutinés comme des pépites d'or, les plus cachés ne révélant leur existence que par quelques tours et spirales perçant l'horizon. La beauté du paysage emplissait l'esprit de Mandy qui s'efforçait de ne pas penser à Patrick, à ses cheveux noirs contrastant avec le coton blanc de son oreiller, à ses membres fins enroulés dans son duvet. Elle était certaine qu'il n'avait pas passé la nuit à se torturer mentalement et physiquement. Non, il avait probablement dormi aisément, sans un souci, sans plus penser à elle.

Non loin d'elle, Mickey appréciait lui aussi la vue. Elle lui était aussi familière que le dos de sa main. Elle lui appartenait quasiment par héritage. Qu'arrivait-il à ce crétin, dans la Bible, qui vendait son droit d'aînesse ? Rien de bien, il en était sûr. Lui-même était à la veille d'en faire autant. Il ne vendrait pas tout, bien sûr, mais il avait tout de même l'impression de commettre une trahison.

— Tu peux voir toutes nos tavernes d'ici, dit-il à Mandy. Du moins, les villages où elles sont situées. Il faudrait probablement un télescope pour distinguer les bâtiments eux-mêmes.

Il en indiqua quelques-unes qui étaient visibles à l'œil nu, puis il lui montra les terres cultivées qui appartenaient autrefois à son arrière-grand-père avant que celui-ci ne se fatigue d'être à la merci des éléments et ne change de mode d'existence en se lançant dans la brasserie au milieu du siècle précédent.

— La ferme appartient aux Walsh, maintenant. Tu as rencontré Ned hier soir.

Mandy ressentit un pincement bien qu'elle sache qu'elle n'avait pas à se sentir coupable. Patrick lui avait clairement dit qu'il pensait qu'elle courait après Ned. Pauvre Sophie, il faudrait qu'elle mette les choses au point. Elle ne voulait pas perdre son amitié et elle savait que les filles se fâchaient pour bien moins que cela.

Près d'elle, Mickey soupira. Mandy le regarda, inquiète. Il lui adressa un sourire désabusé.

— As-tu déjà pris de grandes résolutions, Mandy ?

— J'en prends souvent. Boire huit verres d'eau par jour. Me démaquiller complètement avant de me coucher, ce genre de choses… Je ne les respecte jamais. (Elle fronça les sourcils.) Que se passe-t-il ?

— Rien que quelques milliers de livres ne pourraient régler. J'imagine que tu n'es pas en mesure de me les prêter ?

— Désolée.

Ils éclatèrent de rire en même temps. Cependant, la question avait éveillé la curiosité de Mandy. Elle confirmait les incidents de la veille et Mandy voulait en savoir plus.

— Vous avez de gros ennuis, n'est-ce pas ?

Mickey s'en voulut d'avoir parlé trop vite. Il ne maîtrisait pas encore sa contrariété.

— Non, pas vraiment, juste des problèmes de liquidités. Bien ennuyeux. Allez viens, faisons la course jusqu'au bout de ce tronçon. Tu peux prendre un peu d'avance.

Pour relever le défi, Mandy fit faire un demi-tour à Monkey puis, tapant du talon dans ses flancs, relâcha la bride sur son cou. Après qu'elle eut parcouru cinquante mètres, Mickey la poursuivit à un galop régulier, la laissant gagner d'une demi-longueur. Mandy exultait. Elle était rose de bonheur. Mickey espérait que toute trace de leur conversation lui était sortie de la tête. Les problèmes d'argent n'avaient pas grand intérêt pour une jeune fille de dix-huit ans, de toute manière.

Puis il se demanda pourquoi il s'inquiétait. L'histoire se répandrait bientôt et tout le monde serait au courant, car il avait pris une décision qui ne plairait à personne.

Dès qu'il fut descendu de l'avion à l'aéroport de Birmingham, Keith retrouva sa motivation. Il alla chercher sa Land Cruiser au stationnement à long terme où il l'avait garée avant de partir, puis appela sa secrétaire à l'aide de son téléphone cellulaire. Il la payait assez généreusement pour se permettre de la déranger un dimanche. Il lui demanda d'abord d'annuler tous ses rendez-vous pour les trois jours à venir. Irène en fut choquée, respectueusement et silencieusement. Il n'avait jamais annulé ne serait-ce qu'une réunion, sauf lorsqu'il avait eu un zona quatre ans auparavant, mais sa secrétaire ne se permit aucune objection. Elle l'informa que Mandy séjournait chez les Liddiard de Honeycote House, quelque part dans les Cotswolds. Irène avait vérifié avec miss Cowper de Redfields, qui l'avait assurée qu'il s'agissait d'une très bonne famille, des brasseurs, apparemment. Keith aimait beaucoup les Cotswolds. Autrefois, il y emmenait ses clients américains qui, époustouflés par la beauté de l'endroit, étaient alors faciles à convaincre de commander de grosses quantités de toilettes traditionnelles avec réservoir suspendu qui leur permettraient de recréer un peu de l'atmosphère britannique pour leurs clients faciles à impressionner.

Il n'était encore que huit heures, mais Keith décida que, plutôt que de rentrer dans sa désespérante demeure désespérément vide, il irait chercher Mandy à Honeycote. Il aurait ainsi l'occasion de salir son 4x4, dont il n'était pas sûr d'avoir jamais enclenché les quatre roues, et il inviterait les Liddiard au restaurant pour les remercier d'avoir hébergé Mandy.

À peine une demi-heure plus tard, il roulait joyeusement sur la pittoresque route « B » dont sa carte AA indiquait qu'elle menait à Honeycote. Il s'émerveilla silencieusement en passant dans des villages de contes de fées, complaisamment endormis dans leur charme, leurs petites spirales de fumée s'élevant en volutes parfaites vers le ciel. Leur attrait venait de leur irrégularité : toits chargés de mousses aux verts argentés se croisant en zigzag, fenêtres à meneaux et à panneaux plombés, tuyaux de cheminée divers, maisons imposantes côtoyant d'humbles habitations, toutes taillées dans une pierre crémeuse et arrangées en lignes tordues, courbes, montantes ou descendantes, convergeant vers des recoins ou des virages, débouchant sur des rives verdoyantes, la devanture d'une taverne, ou un cimetière d'église dont les pierres tombales penchaient dans tous les sens... Keith s'étonnait que des gens puissent vivre dans ces décors irréels tout en se disant que la vie n'y était probablement pas toujours rose. Il fallait supporter les cars de touristes chaque été, l'absence de stationnements, les tavernes emplies d'excursionnistes bruyants et s'arranger avec une économie qui dépendait de ces parasites.

Cependant, Keith se sentait plus détendu dans cet environnement. Il glissa un disque de Mozart dans le lecteur et fredonna pendant le reste du voyage. Il se rappelait avoir proposé une ou deux fois à Sandra de quitter les faubourgs guindés de Solihull pour emménager dans un lieu plus tranquille, plus reposant, mais l'idée lui avait paru aberrante et elle n'avait même pas demandé du temps pour y réfléchir : qu'adviendrait-il de leur vie sociale et du club de golf ? De plus (et cet argument était celui qui avait convaincu Keith que son idée était farfelue), il fallait penser à l'éducation de Mandy. Keith comprenait maintenant que Sandra ne se préoccupait nullement de l'éducation de Mandy ni même de Mandy mais qu'elle avait surtout craint d'être oubliée, déclassée dans l'échelle sociale. Sans doute aussi avait-elle eu peur de perdre l'attention de son amant, quoique Keith ne sache pas s'il s'agissait du premier ou du quarantième.

Trop occupé par ses affaires, il n'avait plus contact avec la réalité. Il ne connaissait ni sa femme ni sa fille. Absorbé par l'obsession de faire de l'argent pour les rendre heureuses, il avait oublié un ingrédient magique et gratuit : l'attention.

Plus encore, il s'était oublié lui-même. Certes, il s'offrait des petits plaisirs et s'autorisait certains luxes mais, au milieu du décor qu'il traversait maintenant, il se rendait compte qu'il avait longtemps étouffé sa sensibilité. Colporteur de monstrueux accessoires de salles de bains, il n'en avait pas moins un sens de l'esthétisme aiguisé qu'il avait volontairement laissé de côté au cours de ces dernières années.

Keith fit soudain marche arrière pour garer sa Land Cruiser sur un bas-côté rudimentaire ménagé à cet endroit pour permettre aux véhicules venant dans l'autre sens de passer. Il estimait qu'en tant qu'étranger c'était à lui de faire marche arrière ; les habitants de la région devaient en avoir assez de laisser, jour après jour, la priorité aux autres. En outre, plus il roulait dans la campagne, plus il lui semblait que ses réflexes agressifs habituels s'évaporaient. En arrivant dans la petite ville de Eldenbury, il jeta un coup d'œil à sa montre et, s'apercevant qu'il était à peine dix heures, c'est-à-dire bien trop tôt pour débarquer chez quelqu'un, un dimanche, sans s'être fait annoncer, il décida de sortir se dégourdir les jambes et profiter du paysage.

Il descendit la petite rue commerçante conscient que son costume et sa cravate étaient déplacés en ces lieux, sans parler du téléphone mobile qu'il avait l'habitude d'avoir sur lui. Il avait l'impression que les mots « gars de la ville » étaient tatoués sur son front. Il finit par apercevoir une petite boutique qui prétendait vendre « les vêtements de campagne du gentleman de bon goût ». Il s'assura que son portefeuille était dans sa poche intérieure et entra. L'heure de la transformation était arrivée.

Il choisit une chemise à carreaux, un foulard, un pantalon de moleskine et un gros chandail en laine bleu-vert. Cinq minutes plus tard, il ressortit entièrement habillé de neuf de la cabine d'essayage, en vérité un placard sous les escaliers dont la porte avait été remplacée par un rideau de vichy, et demanda à l'assistant étonné de plier son costume et de le mettre dans un sac. Il fit ensuite le tour de la boutique à la recherche d'accessoires : une casquette en tweed, une paire de chaussures de marche et un ciré. Sa facture s'éleva bientôt à un montant représentant le chiffre d'affaires hebdomadaire de la boutique.

Il se rendit à la caisse pour payer et, tendant au vendeur ravi sa carte de crédit, il eut douloureusement conscience qu'il se comportait de la même manière qu'il s'était toujours comporté avec Sandra. Lorsqu'ils avaient décidé de jouer au golf, ils étaient allés acheter tous les vêtements, tout l'équipement, tous les accessoires avant même d'avoir mis le pied sur le terrain. Même chose avec le tennis et le ski. Keith se rendait compte maintenant qu'ils avaient dû avoir l'air de deux imbéciles sur les pentes des débutants à Val-d'Isère et se faire remarquer dans leurs tenues flambant neuves alors qu'ils tombaient dès qu'ils bougeaient.

Et voilà qu'il recommençait. Il essayait d'acheter sa place, d'endosser l'habit d'un propriétaire terrien alors qu'il n'était pas chez lui ici. Il aurait fallu que ce soit une seconde nature, sans contrainte. Toutefois, le ciré le plus usé devait bien avoir été neuf un jour, se raisonna-t-il. Il n'allait tout de même pas voler celui de quelqu'un d'autre. Il userait celui-ci.

Keith décida que ce n'était pas un jour à s'apitoyer sur son sort. En fait, c'était plutôt un nouveau départ. À partir de maintenant, il pouvait être ce qu'il voulait. Il n'avait pas à prendre l'avis de sa femme ni à se soucier de ce qu'elle penserait ou souhaiterait. Toutes les ambitions qu'il avait étouffées au cours des années lui revinrent en mémoire, ainsi que les endroits qu'il aurait voulu visiter mais qui ne convenaient pas à Sandra.

Aussi, même s'il se conduisait maintenant comme un enfant découvrant une passion nouvelle, il avait suffisamment attendu pour s'autoriser ce plaisir. Rassuré, Keith choisit joyeusement un couteau suisse parmi ceux qui étaient disposés dans une vitrine. Il ne doutait pas une seconde qu'il pourrait avoir besoin des cinquante astucieux accessoires que l'objet comportait.

Il sortit d'un pas tranquille dans la rue et eut immédiatement le sentiment d'être chez lui, de faire partie du décor. Il aperçut une taverne un peu plus loin, le Horse and Groom. Un panneau indiquait qu'elle était ouverte toute la journée et servait du thé, du café et des collations. Avant de téléphoner aux Liddiard pour leur annoncer son arrivée, Keith se dit qu'il prendrait bien une tasse de café.

Derrière le bar se tenait une créature comme Keith n'en avait jamais vu. Elle n'était pas l'image typique de ce qu'il s'attendait à trouver dans une auberge des Cotswold : elle avait de longs cheveux noirs épais tirés en arrière ; ses yeux étaient à peine visibles sous les couches de kôhl ; elle portait un pantalon de combat et un T-shirt qui proclamait : L'EMBALLAGE CACHE UN DÉCOLLETÉ FANTASTIQUE. Elle parlait avec un accent campagnard grasseyant que l'on rencontrait plutôt habituellement chez une paysanne en train de ramasser ses pois dans les champs.

— Je peux vous servir quelque chose, monsieur ?

— Juste un café, s'il vous plaît.

Il parcourut le bar des yeux et remarqua le logo des bières Honeycote Ales sur les pompes. Sa conversation avec Irène lui revint.

— Sommes-nous dans une taverne Honeycote ? Qui appartient aux Liddiard ?

— Pour l'instant, oui, monsieur.

— Pour l'instant ?

La jeune femme se pencha vers l'avant dans une attitude de confidence. Keith put juger que son T-shirt disait vrai.

— Il paraît qu'ils sont dans le trou. Tout le monde pense qu'ils vont faire faillite très bientôt. Ou être rachetés.

— Vraiment ?

— Ça vous intéresse ?

— Un peu. Ma fille est chez eux en ce moment.

La jeune femme mit une main devant sa bouche, comme si elle regrettait son indiscrétion, mais ses yeux riaient. Ses ongles, rongés, étaient couverts d'un vernis rouge sang, foncé.

— Oh, mon Dieu. J'aurais mieux fait de me taire.

— Cela restera entre nous.

— Si vous voyez le jeune monsieur, dites-lui que Mayday l'embrasse bien fort.

Elle lui adressa un sourire hollywoodien, toutes dents dehors. Keith promit de transmettre le message et s'éloigna avec son café, ayant vaguement l'impression d'être entré dans un film. Il lui fallait bien admettre aussi qu'il avait hâte d'en savoir plus. Il était impatient de rencontrer les Liddiard de Honeycote et d'en apprendre un peu plus long sur leurs affaires.

À deux kilomètres de là, dans une petite chambre exiguë au-dessus du salon de la taverne Honeycote Arms, Kelly n'avait pratiquement pas dormi de la nuit. À neuf heures, elle entreprit de réparer les dégâts de la fête en appliquant sur son visage un masque d'argile qu'elle garderait pendant quinze minutes, pour extirper toutes les toxines. Elle avait bu beaucoup trop de vin, bien qu'elle n'aime pas le vin blanc sec. Patrick avait refusé de lui acheter une bouteille de son vin allemand favori. C'était le premier mauvais signe : normalement, il était plutôt content de lui offrir de l'alcool dans l'espoir de la tripoter. De toute manière, avec Patrick, elle ne rechignait pas. Contrairement à ce que son apparence pouvait suggérer,

Kelly n'avait pas eu beaucoup d'amants et Patrick était le seul qui avait tous les droits.

Elle enleva le masque et appliqua une crème hydratante revitalisante, à laisser s'imprégner pendant cinq minutes. Patrick avait été horrible la nuit précédente et Kelly ne comprenait pas pourquoi. Il lui avait à peine adressé la parole, et lorsqu'il lui avait dit quelques mots, ç'avait été d'un ton sec. Finalement, il avait disparu.

Anticernes, pour se débarrasser de ces ombres noires. Crayon à paupières. Crayon à lèvres. Crayon à sourcils. Toute la soirée avait été vraiment étrange. Elle avait passé le plus clair de son temps à bavarder avec Lawrence Oakley. Il semblait très intéressé par sa thérapie de beauté. Il avait même laissé entendre qu'il pourrait l'aider à ouvrir son propre salon lorsqu'elle aurait réussi ses examens. Mascara. Rouge à lèvres. Terminé.

Convaincue qu'elle était désormais présentable, Kelly décida de descendre prendre un thé avec sa maman. Eileen avait sûrement très envie d'entendre parler du bal de la veille, de savoir ce que portaient les uns et les autres, qui était soûl, qui s'était ridiculisé, et Kelly ne demandait rien d'autre qu'un bon public pour raconter ses commérages. Elle enfila une paire de lapins ébouriffés qui passaient pour des chaussons et descendit par l'escalier arrière qui reliait directement les appartements privés et la taverne. Elle fut surprise d'entendre des voix provenant du bar, car elle était à peu près certaine qu'aucun client n'était resté pour la nuit. Elle regarda par le hublot et fronça les sourcils. Assis à une des tables, son père et Mickey Liddiard étaient en grande conversation. Elle entrouvrit la porte légèrement ; le ton de son père la surprit. Jamais auparavant elle ne l'avait entendu parler à Mickey de cette manière. Habituellement, les deux hommes s'entendaient bien et buvaient même une bière ensemble, à l'occasion, alors que la conversation actuelle n'était pas amicale. Kelly tendit l'oreille.

— Eileen et moi ne tiendrions pas deux minutes au Blue Boar. Ce n'est pas notre genre, tu le sais bien.

— Malheureusement, Ted, je n'ai pas le choix.

Ted regarda Mickey longuement, avec dureté. Le mépris fut douloureux pour ce dernier.

— Eileen affirmait que tu le ferais. Je soutenais le contraire.

— J'aurais bien aimé l'éviter. Vous êtes mes gérants les plus fidèles.

— Eh bien, on peut dire que tu as une drôle de méthode pour remercier la fidélité.

— Si je peux faire quelque chose...

— Rédige-nous une bonne lettre de recommandation. Nous en aurons besoin.

Ted quitta la table et s'éloigna d'un pas raide. Mickey se prit la tête à deux mains. La douleur silencieuse, la dignité de Ted le blessaient plus qu'une altercation. Il alla derrière le bar, prit un verre et y versa trois rasades de whisky.

— J'espère que vous allez le payer.

Il se retourna et découvrit Kelly qui le regardait d'un air accusateur. Elle portait un peignoir en éponge rose, des chaussons en forme de lapins et était entièrement maquillée. Il fouilla dans ses poches, mais avant qu'il ait sorti les quelques pièces qui s'y trouvaient, elle avait tourné les talons et était déjà sortie.

Skipper fixait d'un œil malveillant le tas de carottes râpées de plus en plus tentant au fur et à mesure qu'il grossissait devant lui. Il poussa un cri strident avant de déchiqueter rageusement une grappe de raisin. Il se rendait bien compte que sa maîtresse avait l'esprit ailleurs et qu'il n'avait pas intérêt à protester de manière trop bruyante. Il savait d'expérience que sinon, il serait relégué dans la pièce arrière et passerait la journée devant la télévision, enchaîné à son perchoir. Il préférait la cuisine où un perroquet pouvait trouver son bonheur, mais, pour éviter d'être découvert par les services sanitaires, il devait rester silencieux.

Après avoir déchiqueté le raisin, il pencha la tête de côté pour étudier malicieusement Eileen. Skipper était un cadeau que des clients réguliers avaient offert à Ted pour son cinquantième anniversaire, mais c'était Eileen qui le nourrissait, lui donnait de l'eau et le nettoyait, aussi l'aimait-il beaucoup. Ce matin, il voyait qu'elle était distraite. Sa main allait et venait sur la râpe à son rythme habituel, de haut en bas, produisant des petits tas jaunes et orange qui se transformeraient bientôt en un plein saladier de chou à la mayonnaise destiné au repas du midi. Skipper espérait qu'il aurait sa part du raisin qu'Eileen rajoutait toujours après la mayonnaise, mais elle semblait être ailleurs et l'avoir oublié. Il hésita à lui donner un petit coup de bec sur l'oreille, puis décida que cela n'arrangerait pas ses affaires. Une ride profonde barrait le front de sa maîtresse, entre les deux sourcils, et il savait que cela n'était pas bon signe.

En effet, Eileen était préoccupée et ne s'aperçut qu'elle avait l'esprit ailleurs que lorsqu'elle râpa ses jointures et que quelques gouttes de sang tombèrent sur les carottes. Elle envisageait divers scénarios depuis une demi-heure et aucun ne lui plaisait. Même si elle s'y efforçait, elle ne pouvait trouver aucune explication satisfaisante à l'arrivée de Mickey Liddiard à huit heures et demie un dimanche matin. Pour elle, il n'était qu'un paresseux, peu coutumier des réunions matinales.

Son acceptation passive du rôle d'épouse du gérant plutôt que de gérante signifiait qu'Eileen n'avait pas suivi les hommes au bar lorsque Mickey avait demandé à Ted de s'entretenir avec lui. Il fallait bien que quelqu'un remplisse les petits pains, et Eileen, qui s'occupait de la cuisine à Honeycote Arms depuis vingt ans, savait aussi qu'une demi-heure de retard dans l'emploi du temps pouvait créer la panique un peu plus tard. Elle mit un pansement sur sa blessure puis transféra les petits tas de carottes, de chou et d'oignon dans un saladier et leur ajouta des cuillerées luisantes de mayonnaise. Tout en remuant, elle s'efforçait d'entendre la conversation ou du moins, à défaut du contenu, le ton sur lequel s'échangeaient les paroles non loin d'elle, derrière les portes battantes.

Elle devinait que l'instant qu'elle redoutait depuis trois ans venait d'arriver. Ted s'était souvent moqué d'elle, mais Eileen n'était ni optimiste ni sentimentale. Son sens aigu des affaires, sa perception des détails et la méticulosité avec laquelle elle tenait les livres avaient permis à la taverne de survivre ces dernières années. Sans parler des corvées et du labeur ingrat qu'elle assumait dans l'ombre. Elle avait aussi récolté des bribes d'information de sa clientèle et comprenait qu'une affaire ne pouvait rester à flot, en ces temps difficiles, qu'en étant soumise à un régime strict. Ce n'était pas le cas de la brasserie Honeycote Ales. De plus, elle avait glané suffisamment de commentaires des connaisseurs habitués de la taverne pour savoir que celle-ci avait le potentiel d'une mine d'or. La taverne était assez grande mais pas trop, retirée sans être isolée, en d'autres mots, elle était mûre pour évoluer. Eileen avait l'intuition qu'ils étaient en sursis. Lorsque les portes battantes s'ouvrirent et que Ted apparut, elle eut une bouffée de pitié. Il faisait toujours confiance aux gens et pensait qu'elle était cynique. Ce devait être douloureux de recevoir les mauvaises nouvelles de plein fouet.

Ted mit une main sur son épaule. Elle lui parut aussi lourde que son cœur.

— Assieds-toi, ma chérie.

— Je sais déjà. Il vend la taverne dans notre dos, n'est-ce pas ?

— Il nous laisse la priorité.

Eileen renifla.

— Le bâtiment vaut trois cent mille à lui seul, sans même prendre en compte le chiffre d'affaires.

— Nous pourrions emprunter. Les taux d'intérêt sont bas...

— Ted. Nous avons plus de cinquante ans. Je n'ai pas envie de m'endetter à mon âge !

— Mickey pense que nous pourrions trouver un investisseur. Un associé.

— Tu parles d'une idée !... (Eileen serra les lèvres.) De toute façon, tu sais ce que vaut son opinion en affaires ? Il est en train de tuer la poule aux œufs d'or. Écoute bien ce que je te dis, toute son affaire est condamnée. De toute manière, il ne peut pas vendre la taverne sans nous offrir une alternative.

— Il en a une. Le Blue Boar.

Incrédule, Eileen regarda Ted.

— Ce n'est pas sérieux.

Le Blue Boar était un établissement Honeycote atypique. Construit spécialement pour les besoins d'un lotissement à l'est de Eldenbury, c'était un investissement stratégique qu'avait fait le père de Mickey au début des années 1970. Équipé de la télévision par satellite, il offrait aussi des soirées karaoké. On y consommait énormément, ce qui lui valait des visites régulières de la police locale. L'établissement faisait des bénéfices, mais à quel prix ?

— Tu sais que si nous refusons son offre, il n'a aucune obligation de nous en faire une autre.

Eileen s'assit lourdement et regarda les murs autour d'elle.

— Vingt ans en février.

— Je sais.

Les yeux d'Eileen se remplirent de larmes.

— Je ne comprends pas. Nous n'avons rien fait de mal. Nous avons travaillé chaque heure que Dieu fait et même plus. Nous avons mis notre cœur, notre âme, dans cet endroit. Pendant ce temps-là, il buvait et courait les femmes et dépensait son argent au jeu...

— Tu n'en sais rien.

— Pardi. Il sentait encore le whisky. Pour se donner du courage, sans doute.

Elle crachait les mots avec véhémence. Ted était décontenancé. Eileen, habituellement si tolérante, réservée, toujours prête à envisager les deux aspects d'une situation. C'était plus souvent lui qui s'énervait et qu'il fallait calmer. En vérité, il était encore sous le choc et n'avait pas vraiment digéré la nouvelle, alors que pour Eileen, elle ne faisait que confirmer ses craintes. Maladroitement, il lui tapota l'épaule. Il se demandait s'il devait lui servir un brandy pour la remonter lorsque la porte s'ouvrit et Kelly entra, maintenant habillée d'un pantalon et d'un polo noirs, immaculés.

— Que se passe-t-il, maman ?

Eileen s'essuyait les yeux avec le torchon qu'elle portait sur l'épaule auparavant. Il sentait l'oignon et cela devait augmenter le flot de ses larmes. Elle regarda sa fille.

— Ne travaille jamais pour quelqu'un, ma chérie. Sois toujours ta propre patronne.

Kelly se tourna vers son père pour lire dans ses yeux la confirmation de ce qu'elle redoutait. Il avait vieilli de dix ans en dix minutes.

— Les Liddiard vendent la taverne.

— C'est impossible !

— Hélas, si.

— Mais pourquoi ?

— Il a des ennuis. Tu connais les rumeurs.

Kelly digéra l'énormité de ce qu'elle venait d'entendre. Cela expliquait peut-être l'attitude de Patrick la nuit précédente. Il s'était montré si distant, la repoussant sans cesse. Elle s'approcha de sa mère pour la réconforter en l'embrassant.

— Je suis désolée, maman. Je dois sortir. J'ai promis une manucure à quelqu'un. Est-ce que ça va aller ?

Eileen prit une profonde inspiration, secoua la tête et sourit.

— Bien sûr. Inutile de s'apitoyer. Les choses changeront peut-être et, même si elles ne changent pas, nous sommes encore ici et il faut que je prépare le repas de midi.

— Je serai de retour vers cinq heures.

Kelly déposa un baiser sur le front de sa mère et adressa un sourire à son père. Ted s'efforça de lui rendre timidement son sourire. Dieu la bénisse, pensa-t-il. Elle ne comprend pas toutes les conséquences de ce qui arrive. Même en obtenant une compensation généreuse de Honeycote Ales, à laquelle ils n'auraient pas droit s'ils refusaient le Blue Boar, ils ne pourraient certainement pas trouver un logement aussi confortable que celui de Honeycote Arms. Ils auraient de la chance s'ils parvenaient à se payer une boîte avec trois chambres dans le lotissement où habitaient les clients du Blue Boar. Chaque semaine, le journal relatait des histoires d'horreur, de drogue, de violence, de cambriolages, de vols de voiture… même si l'endroit était niché au creux des pittoresques Cotswolds, que la plupart des gens supposaient protégés des dures réalités de la pègre. Ted ferma les yeux pour éloigner ces images. Il avait toujours voulu ce qu'il y a de mieux pour sa famille. Encore une dizaine d'années et il l'aurait obtenu. Kelly et son frère Rick seraient partis vivre leur vie, et lui et Eileen auraient pu prendre leur retraite dans la pension de la côte du North Devon dont ils avaient toujours rêvé. Il se dit que les rêves s'envolaient toujours, même si vous faisiez des devoirs sans tache. Il lui paraissait vraiment ironique que Mickey, dont la copie devait être la plus tachée à des kilomètres à la ronde, s'en sorte sans une égratignure alors qu'eux assumeraient les conséquences de sa mauvaise conduite.

Contrairement à ce que croyait son père, Kelly était très consciente de ce qui se passait. Elle sauta dans son automobile et conduisit à vive allure sans savoir vraiment où elle allait. Elle avait déjà ressenti de la rage auparavant, mais en de très rares occasions car elle était plutôt une personne de bonne nature. Cette fois-ci, pendant qu'elle conduisait, sa colère, chauffée à blanc, flambait, et de ses cendres émergea une résolution très claire.

Quiconque prenait Kelly pour une fille naïve se trompait. En particulier Patrick, qui l'avait toujours sous-estimée et supposait qu'elle n'avait pas le sens de l'observation. En fait, bien peu de chose échappait à Kelly. Or, ces derniers jours lui avaient révélé quelques petits secrets qui lui en avaient appris long sur ce qui se passait autour d'elle. Son image de minette esthéticienne la servait. La plupart des gens ne prenaient pas de précautions devant elle, ce qui n'avait effectivement pas d'importance, la plupart du temps, car elle n'était ni vindicative ni haineuse, tolérant que les gens mènent leur vie comme bon leur semblait tant que cela ne la concernait pas. Sauf si quelqu'un qu'elle aimait en souffrait.

Kelly était extrêmement protectrice envers ses parents. Malgré les longues heures de travail et leur vie débordante d'activité, ils avaient toujours réussi à faire passer leurs enfants en premier et sacrifié leur peu de temps libre pour Kelly et Rick. Leur soutien dévoué et leurs encouragements avaient permis à leurs enfants de suivre leur chemin en sachant qu'ils trouveraient toujours chaleur et amour au foyer. Les parents avaient toujours réussi à payer les droits de scolarité, et à acheter le matériel dont les enfants avaient besoin. Ted et Eileen, esclaves d'un métier tellement exigeant, savaient que l'indépendance avait une valeur inestimable et souhaitaient que leurs enfants accèdent à une vie meilleure.

Jusqu'à ce jour, Kelly avait choisi d'ignorer ce que les bribes de renseignement qu'elle détenait lui avaient révélé. Elle ne faisait pas de rapprochements. Elle avait toujours bien aimé Mickey et lui accordait le bénéfice du doute. Cependant, le collage qu'elle rassemblait aujourd'hui créait une image très intéressante. La nuit de la brasserie, par exemple, elle était certaine d'avoir vu l'automobile de Kay. Cette dernière savait certainement que Mickey y était et ne s'attendait pas à y trouver Patrick. Pourquoi avait-elle fait demi-tour, remonté la colline comme si les chiens de l'enfer étaient à ses trousses si elle avait la conscience tranquille ? Quant au petit rendez-vous amoureux au kiosque la nuit dernière, il ne faisait que confirmer les soupçons de Kelly.

Donc, puisque Kay et Mickey avaient une aventure, Kelly n'allait pas se gêner pour révéler le scandale. La nuit précédente, elle était assise à côté de Lawrence Oakley et avait pu le jauger. Il n'aimerait pas apprendre qu'il était cocu. Il avait le type du manipulateur dangereux. Kelly avait aussi compris, à la manière dont il avait posé sa main chaude sur sa cuisse, juste assez haut pour sentir la lisière de ses bas à travers sa robe, qu'il était le genre d'homme que pouvaient manipuler aisément les jeunes blondes évaporées. Il avait plaisanté en se proposant comme cobaye pour son examen de massage ; et lui avait demandé de l'appeler si elle avait besoin de pratique. Elle avait sa carte dans sa poche. Dès qu'elle fut suffisamment éloignée de ses parents, elle se gara, sortit son téléphone mobile et composa le numéro.

Il répondit au bout de trois sonneries.

— Lawrence Oakley.

— Monsieur Oakley ?...

Elle parlait en faisant trembler un peu sa voix pour plus d'effet dramatique.

— Qui est à l'appareil ?

— Kelly. De la nuit dernière. (Elle laissa craquer sa voix. Il fallait donner toute la mesure.) Oh, monsieur Oakley, c'est terrible. Je ne savais pas si je devais vous le dire ou non. J'espère que je fais ce qu'il faut...

Lawrence fronça les sourcils et fit tourner son fauteuil de cuir, se demandant ce que cette fille pouvait bien avoir à lui révéler. Il se rappelait la nuit précédente. Une belle petite nana.

— Que se passe-t-il ?

— C'est votre femme. Et Mickey Liddiard.

Kelly avala sa salive. Elle n'avait pas l'habitude de dénoncer les gens, mais c'était la seule manière de punir Mickey. Il était trop tard pour faire marche arrière.

— Que voulez-vous dire ?

Lawrence avait l'impression horrible de savoir ce que Kelly allait dire. Il s'accrocha au fil du téléphone de toutes ses forces en l'entendant.

— Ils ont une aventure ensemble...

Lawrence réussit à garder la maîtrise de sa voix. Il remercia poliment Kelly et raccrocha. Il était surpris de ne pas être bouleversé de colère, comme il s'y serait attendu. Au contraire, il lui sembla qu'une angoisse glaciale lui étreignait le cœur.

Keith arriva à Honeycote peu après midi. Lucy l'accueillit chaudement et lui servit son quatrième café de la journée.

— Je suis désolée à propos de vous et de votre femme. Si nous pouvons faire quelque chose... Mandy est la bienvenue ici n'importe quand...

Keith, un peu surpris par la manière directe dont Lucy abordait le sujet, n'avait pas compris immédiatement de quoi elle parlait. Puis il se rappela qu'il avait été abandonné avec son enfant, même si cette dernière n'était plus un bébé mais une jolie jeune fille de dix-huit ans très capable de s'occuper d'elle-même.

Lucy le regardait avec un sourire amical et il n'était pas très certain de l'attitude à adopter. Apitoiement, autodéfense ou air outragé ? Il se contenta de hausser les épaules.

— Mieux vaut abréger une mauvaise histoire.

Il eut l'impression que cette réflexion était pleine d'amertume et adressa une petite grimace à Lucy tout en prenant une des pastilles digestives qu'elle lui tendait.

— À dire vrai, le voyage jusqu'ici m'avait presque fait oublier cette histoire. Ce doit être quelque chose dans l'air.

— Peut-être, répondit Lucy en souriant. Vous feriez bien de rester manger avec nous dans ce cas, cela vous permettra d'oublier un peu plus longtemps.

— Absolument pas. (Le ton de Keith n'admettait pas de réplique.) C'est moi qui vais vous sortir. Je veux vous remercier de vous être occupée de Mandy...

— Trop tard, protesta Lucy. J'ai déjà mis le plat au four. Je n'ai qu'à ajouter quelques pommes de terre.

Lorsque Mandy descendit, accompagnée de Sophie et Georgina, elle adressa un sourire vague à son père, un peu gênée mais désireuse de lui montrer un peu de sympathie. L'envie de la serrer très fort dans ses bras le submergea mais, comme ils n'avaient jamais été une famille très démonstrative, il se retint, ne voulant pas donner l'image d'un Sicilien émotif qui marie sa fille. Il se dit qu'elle était vraiment très belle, dans ce jean et le pull qu'elle avait empruntés, les cheveux emmêlés par le vent et la peau colorée par l'air vivifiant.

Mandy redoutait un peu que son père ne soit une source de gêne pour elle dans ce havre qu'elle avait trouvé à Honeycote. Ce ne fut pas le cas, loin de là. À peine eut-il passé la porte qu'il se révéla extrêmement détendu et bien décidé à profiter de l'endroit. Il ne se permit aucune de ses fanfaronnades habituelles et ne fit pas de remarques déplacées au sujet du prix des objets. Il ne se lança même pas dans son activité sociale habituelle favorite, évaluer la propriété. Il s'enorgueillissait pourtant de pouvoir donner le prix de n'importe quelle maison des West Midlands à cinq cents livres près. Le charme de Honeycote House semblait avoir agi sur lui et il devait savoir que cette maison n'avait pas de prix, que sa véritable valeur résidait dans le fait que les salles de bains n'avaient pas été redécorées depuis cinquante ans, et pas un instant il n'eut l'intention de sortir son refrain habituel :

— Je peux vous refaire le tout en faux marbre avec baignoire à remous, douche massante et bidet assorti, avec un rabais si vous payez comptant.

À son retour de la promenade à cheval matinale, Mickey semblait s'être débarrassé d'un poids et fut ravi d'accueillir un invité à sa table. Le rôti et le pudding du Yorkshire furent bien accueillis, surtout par ceux qui souffraient d'une gueule de bois. Mickey et Keith se jetèrent dessus et Mickey se lança avec fierté dans la description de la brasserie Honeycote Ales. Keith semblait fasciné par l'entreprise et Mandy se sentit soulagée. Ils n'avaient pas eu un moment à eux pour parler de sa mère, mais son père ne semblait pas souffrir outre mesure. Elle se réjouissait également de l'absence de Patrick qui ne partageait pas leur repas. Elle désirait partir de Honeycote sans le revoir. Elle voulait se sauver, aller lécher ses plaies et non pas qu'il y verse un peu plus de sel. Elle se promit que, la prochaine fois qu'ils se reverraient, il la désirerait autant qu'elle le désirait.

En sortant de table, Mickey emmena Keith visiter la brasserie. Dès le seuil, Keith eut l'impression d'être retourné en arrière de cent ans. Il gravit l'escalier branlant qui menait au haut de la tour, fit le tour des cuves dans lesquelles refroidissaient des litres de bière, inspira les vapeurs de levure et de houblon et ressentit un peu de jalousie.

Il pressa Mickey de questions, non par indiscrétion mais parce qu'il était curieux. Il fut heureux de constater que Mickey était très optimiste quant à ses affaires et ne vit aucun signe des ennuis auxquels avait fait référence la jeune femme du Horse and Groom. La coquine avait dû se moquer de lui.

À la fin de la visite, Mickey lui servit un échantillon de leur meilleure bière brune. Keith n'était pas un grand amateur de bière, mais il apprécia le corps de celle-ci, son arrière-goût de noisette, un peu fumé, compensé par la douceur de miel que suggérait son nom. Mickey lui proposa de revenir un jour de brassage et Keith s'empressa d'accepter. Il y avait bien longtemps qu'il ne s'était pas autant diverti.

Un peu plus tard, lorsque Keith et Mandy furent partis, après moult mercis et promesses de se revoir bientôt, Mickey s'assit dans le calme de son bureau à la brasserie et poussa un soupir de soulagement. Il était satisfait du travail accompli durant les vingt-quatre dernières heures. L'avant-veille, à la même heure, il était assis dans la pizzeria de Cheltenham en proie au désespoir, et maintenant, il se retrouvait ici, ses affaires presque réglées pour le mieux. Pourquoi ne s'en était-il donc pas occupé plus tôt ? Kay s'était montrée très compréhensive la veille. Eileen et Ted, bien sûr, n'étaient pas enchantés, mais il trouverait un moyen de les dédommager.

Il posa son regard sur le verre de whisky qu'il tenait à la main et se remémora ses résolutions.

Deux de tenues, une à tenir.

Tout cela serait peut-être plus facile qu'il ne l'avait cru.

# 9

Après Honeycote House, The Cedars semblaient encore moins accueillants que d'habitude. En franchissant le seuil, Mandy et Keith furent assaillis par l'odeur des produits de nettoyage qu'appliquait consciencieusement la femme de ménage : l'odeur des produits chimiques était à peine couverte par un vague parfum de pin ou de citron. Honeycote sentait le café, les chiens, le pain grillé, les cendriers et les fleurs fraîches. Honeycote sentait la vie, alors que Keith, en rentrant chez lui, avait plutôt l'impression d'entrer dans une morgue, le moindre signe de vie y étant embaumé.

Gênés, le père et la fille se regardaient, souhaitant être ailleurs. Plutôt que de les libérer, l'absence de Sandra semblait les mettre mal à l'aise. Elle laissait un vide que ni l'un ni l'autre ne savaient comment combler. Mandy était épuisée par le manque de sommeil de la nuit précédente et les émotions que Patrick avait suscitées en elle. Keith se sentait soudain inexplicablement vidé. Stimulé par la bière et les deux verres de vin riche et épais qu'il avait bus au repas, il avait fait le chemin du retour en rêvassant à moitié pendant qu'il conduisait et que Mandy somnolait dans le siège à côté de lui. Il avait vaguement imaginé qu'il se créerait un monde nouveau, mais, une fois sur son propre territoire, ce qu'il avait imaginé lui semblait un rêve impossible. Son monde était bien trop éloigné de celui des Liddiard pour qu'il puisse espérer le changer au point qu'ils en viennent à se ressembler. Dans le sien, il y avait des portes de garage avec commande à distance, le chauffage sous le sol, des fours autonettoyants et pas une miette de spontanéité. Tout était réglé, programmé, minuté… Comment pourrait-il modifier les habitudes de toute une vie ?

Déprimé, il entra dans la cuisine immaculée et observa cet environnement stérile dans lequel les appareils ménagers étaient discrètement cachés dans des placards sur mesure, faits à la main, comme s'il était honteux de montrer que les assiettes ont besoin d'être lavées ou la nourriture conservée au frais. Il sortit une petite bouteille de bière française du réfrigérateur et chercha un verre dans un placard. Le bord du verre portait une trace du rouge à lèvres de Sandra qui l'écœura. Il oublia sa déprime, se dirigea vers la poubelle (également astucieusement dissimulée) pour y jeter le verre et écouta avec satisfaction le bruit que celui-ci fit en éclatant sur le fond d'acier inoxydable. Puis il décapsula la bouteille et but au goulot par défi.

Mandy apparut à la porte. Elle semblait troublée, presque au bord des larmes.

— Que se passe-t-il, ma chérie ?

— Regarde ce qu'elle a laissé dans ma chambre.

Elle lança vers lui une enveloppe couverte de l'écriture griffonnée de Sandra : « J'espère que tu comprendras un jour, ma chérie. Entre-temps, achète-toi quelque chose pour Noël. » L'enveloppe contenait un chèque de cinq cents livres.

— Que veut-elle que je m'achète ? Qu'est-ce qui pourrait bien compenser le fait que ma mère soit partie avec quelqu'un qui a la moitié de son âge ?

Le ton de Mandy était inhabituellement haineux ; Keith se sentit désarmé en la regardant cligner des yeux pour retenir ses larmes.

— Je suis désolé, ma chérie.

— Je me moque qu'elle soit partie. C'est son indifférence qui me blesse.

— Je sais.

Keith s'aperçut à sa grande surprise qu'il n'était pas si difficile de consoler une jeune fille de dix-huit ans en larmes. Le départ de Sandra avait créé un lien entre eux. Ils étaient unis. Ils avaient aussi des décisions à prendre, des choix à faire.

— Je crois que je vais vendre mon affaire.

Les mots étaient sortis avant même qu'il se soit rendu compte qu'il y pensait. Mandy s'arrêta au milieu d'un sanglot et le regarda, surprise.

— Depuis quand y songes-tu ?

— Depuis deux secondes à peu près. Je ne suis pas obligé de rester en esclavage maintenant que ta mère est partie. (Il fit une pause brève.) Pourquoi devrais-je continuer à faire quelque chose que je déteste ?

— Je ne savais pas que tu détestais ça.

Les mots étaient presque sacrilèges pour Mandy. Son père avait toujours semblé entièrement dévoué à son travail ; il passait des soirées et des week-ends à travailler sur un marché, incapable de se détacher de son boulot pour passer un peu de temps avec sa famille.

— Une fois qu'on est lancé, il est très difficile de s'arrêter. Et puis il fallait que j'assume le mode de vie auquel ta mère était habituée. Tout ça n'est pas gratuit, tu sais.

Il indiquait de la main la pièce, mais son geste sous-entendait bien d'autres choses. Ça n'avait aucun sens, finalement. Trimer comme un malade pour la satisfaire.

— Bien, et si tu vends, que se passera-t-il ensuite ?

— Je ne sais pas. Je vais faire quelque chose qui me rendra heureux.

Keith savait que sa voix était amère et cynique et qu'il ne devait pas imposer à Mandy ses problèmes en plus du départ de sa mère. Il lui caressa les cheveux et eut le plaisir de la voir se lover contre lui. Pour la première fois depuis des années, il eut une sensation de chaleur humaine. En même temps, il eut un sursaut de colère en comprenant tout ce qu'il avait manqué. Il ne connaissait pas plus sa fille qu'elle ne le connaissait. Il allait falloir qu'il s'explique, autant qu'il le pourrait.

Ils se firent un thé et une pile de toasts au fromage. Tous deux avaient grand faim, malgré le gros repas qu'ils avaient pris à midi. Ils se rendirent dans la pièce que Sandra appelait la tanière et qui ne méritait pas son nom. La pièce était quasiment au garde-à-vous. Elle avait besoin d'un peu de désordre, et Keith décida d'y laisser traîner le journal du dimanche durant toute la semaine, comme une provocation.

Lorsqu'ils eurent fini de manger, Keith se mit à parler, s'efforçant de retracer, aussi fidèlement que possible, les événements qui avaient mené les Sherwyn au point où ils en étaient. Étonnée, Mandy l'écoutait, assise sur le sol, les bras autour des genoux, les yeux grands ouverts. Elle découvrait que son père, cet homme qu'elle avait toujours cru distant et indifférent, était en réalité sensible et incompris.

Il supposait que la plupart des gens vivaient des situations très éloignées de ce qu'ils avaient souhaité. Son père l'avait envoyé en apprentissage dans la plomberie après qu'il eut échoué aux examens pour entrer au lycée. C'était un bon choix, car Keith était méticuleux et ordonné dans son travail, ce qui le rendait populaire auprès de ses clients. Il avait aussi des dons naturels de vendeur ; il parvenait à convaincre les clients qui lui demandaient un devis de choisir des projets beaucoup plus élaborés que ce qu'ils avaient en tête au début. Il n'essayait pas de tricher. Il avait beaucoup d'enthousiasme et proposait des salles de bains qui transformeraient la vie de leur propriétaire, parvenant à convaincre ses clients d'acheter l'accessoire qui donnerait l'accent luxueux indispensable pour créer la différence. Le seul problème était qu'il gagnait beaucoup d'argent pour son patron et non pour lui-même. Jamais il n'atteindrait le million avec le salaire hebdomadaire fixe qu'il touchait. Il s'était donné deux ans pour apprendre tout ce qu'il pouvait du métier aux frais de quelqu'un d'autre tout en mettant suffisamment d'argent de côté pour trouver le courage de démarrer un jour sa propre affaire.

Lorsqu'il le quitta, deux ans plus tard, son patron se mit en colère et jura que Keith ne trouverait aucun travail en ville. Cependant, Keith s'était taillé une telle réputation que les clients affluèrent. Il eut bientôt plus de travail qu'il ne pouvait en effectuer seul et dut engager une équipe qu'il forma lui-même selon ses propres critères et objectifs. Il conclut des marchés avec des entrepreneurs locaux, se chargeant de l'équipement des salles de bains de tous les lotissements qui poussaient comme des champignons autour de Solihull, ce qui se révéla vite lucratif. Il était toujours le premier à proposer le dernier élément à la mode : jacuzzi, baignoire à remous, bidet, douche massante, sauna. Il semblait qu'il n'y ait pas de fin à ce que ses clients pouvaient désirer acheter.

Le jour où son comptable lui conseilla de s'acheter une nouvelle voiture pour ne pas avoir à payer trop d'impôts, Keith comprit qu'il était en train de devenir un homme d'affaires en pleine réussite. Il n'avait jamais pensé à s'acheter une nouvelle voiture. Ses parents s'arrangeaient avec un de leurs amis qui travaillait à Longbridge et s'achetait une nouvelle Rover tous les deux ans avec sa prime. Ils lui rachetaient toujours l'ancienne et revendaient la leur à Keith. Ce qui signifiait que Keith se trouvait tous les deux ans en possession d'une Rover vieille de quatre ans, une affaire qui lui convenait parfaitement, car l'automobile avait toujours été bien entretenue et avait peu de kilomètres au compteur.

Il décida alors qu'il était temps de dépenser sans compter. Il passa une semaine à faire le tour des garages de la région pour savoir ce qu'ils proposaient et le genre de bonne affaire qu'il pouvait trouver, puis finit par jeter son dévolu sur le véhicule le plus frivole : une Scimitar SS I blanche, de sport. C'était une automobile peu pratique, mais elle lui arracha un sourire lorsqu'il mit le pied sur la pédale d'accélération. De plus, elle semblait posséder des avantages complémentaires. Le vendeur lui avait dit en plaisantant que c'était un piège à souris, et elle attirait réellement l'attention des femmes. À peine avait-il signé l'acte de vente que la jeune réceptionniste impeccablement habillée lui avait fait remarquer en lui tendant les clés qu'elle aurait adoré essayer cette voiture et qu'elle n'en aurait plus l'occasion désormais. Keith avait avalé l'hameçon, la ligne et le bouchon. C'était une belle journée de printemps et il avait très envie de faire un tour avec sa nouvelle acquisition. Il avait offert à la jeune femme de venir la chercher après le travail et de l'emmener boire un verre. La jeune fille avait accepté en rougissant et s'était présentée. Elle s'appelait Sandra. Son père était le propriétaire du garage. Elle y travaillait pour acquérir un peu d'expérience, car son père estimait qu'une femme, de nos jours, devait être capable de se débrouiller toute seule.

Ils s'étaient mariés neuf mois plus tard. Keith s'était senti mal à l'aise pour la première fois en constatant que Sandra se donnait des airs de supériorité face à sa famille durant la réception, qui se tenait dans l'un des plus grands hôtels de Solihull. Ses manières l'avaient gêné; la réussite de son père semblait lui être montée à la tête. Keith s'était efforcé de compenser sa maladresse, mais il était évident que Sandra estimait s'être mariée en dessous de sa condition, même si son père n'avait fait fortune que durant les vingt dernières années. Keith avait enfoui le désagrément dans les replis de son esprit. Elle était assez gentille avec lui. Elle le soutenait, l'encourageait et cherchait toujours des façons d'améliorer son affaire. Elle était assez rusée et avait assimilé plusieurs trucs de son père ; comment enlever une affaire, attirer la clientèle et la fidéliser. Keith n'avait sans doute pas besoin de ses enseignements, il avait un don naturel, mais il appréciait le fait de pouvoir discuter de ses idées avec sa compagne, à la fin de la journée.

Cependant, plus ses affaires florissaient, moins Sandra lui donnait d'affection. Elle se montrait toujours plus exigeante, désireuse d'égaler non plus seulement les Jones, mais aussi les Smith, les Brown et, bientôt, tous ceux qui étaient dans l'annuaire. Elle dépensait l'argent aussi vite qu'il le gagnait. Au début, il s'était senti fier d'assurer de cette manière. En l'espace de sept ans, ils étaient passés d'un petit appartement de trois chambres à une grande maison luxueuse de cinq chambres, construite selon leurs directives. Ou, plutôt, celles de Sandra. Il avait remplacé sa Mini Metro par une Mercedes noire avec plaque minéralogique personnalisée. La créature ingénue et sans souci qu'il avait emmenée dans son automobile en cette soirée de printemps était méconnaissable. Elle passait son temps au volant pour aller du gymnase au salon de coiffure ou de l'esthéticienne, se faisant bronzer, polir et manucurer, et dépensant tout son argent.

La relation était à sens unique. Plus il la gâtait, plus Sandra s'éloignait, lui refusait son affection. Que Mandy ait pu être conçue constituait en soi une surprise. Sandra avait d'ailleurs exprimé clairement son dégoût de la grossesse et de l'accouchement et fait comprendre à Keith qu'il était hors de question d'avoir le fils qu'il désirait secrètement et désespérément. Tout comme Midas, Keith transformait en or tout ce qu'il touchait, mais il était loin d'être heureux. Pour compenser l'attitude perpétuellement glaciale et dédaigneuse de Sandra, il se jetait à corps perdu dans le travail où il trouvait, sinon de l'affection, du moins du respect. Il ne pouvait pas non plus s'empêcher de se demander comment Sandra le traiterait si l'argent venait à manquer. Il avait fini par comprendre que c'était tout ce qu'elle voulait de lui. Il n'aimait cependant pas s'attarder à ces pensées.

Il ne savait plus quand elle avait commencé à avoir des aventures, mais il était au courant et avait choisi de les ignorer. Il avait fait tout son possible pour satisfaire Sandra au lit. Il avait même commandé en cachette *The Joy of Sex* de son club du livre dans l'espoir d'y découvrir quelque recette miracle. Malheureusement, à l'évidence, elle cherchait quelque chose qu'il ne pouvait pas lui donner. Ses aventures ne duraient jamais longtemps, comme si, une fois qu'elle avait conquis quelqu'un, il perdait tout intérêt pour elle ; aussi Keith ne s'était-il jamais senti vraiment menacé. En fait, il s'en trouvait plutôt soulagé parce que, lorsqu'elle se lançait dans une nouvelle aventure, elle devenait remarquablement charmante à la maison. L'esprit occupé, elle oubliait ce qui lui déplaisait de sa vie, quels biens matériels elle pourrait encore exiger de Keith.

Ils en étaient là lorsqu'elle l'avait quitté, en dépit de tous ses efforts et de sa tolérance absolue. Il avait passé la moitié de sa vie à travailler comme un forcené pour quelqu'un qui n'avait pas, ou si peu, de considération pour lui. Quel gâchis ! Il se demandait comment les choses auraient tourné si son père ne l'avait pas dirigé vers la plomberie trente ans auparavant. Son rêve à lui était de dessiner, d'inventer son propre super-héros de bandes dessinées. Certes, cette ambition avait disparu depuis longtemps, mais il savait qu'il ne regretterait absolument pas de ne plus jamais avoir affaire à un robinet, à un boulon ou à un trou d'écoulement.

Keith expliqua tout ceci à sa fille, en évitant les petits détails qu'il trouvait trop sordides, même s'il n'avait aucune raison de manifester de la loyauté envers Sandra. À la fin de son récit, Mandy vint le serrer très fort dans ses bras dans un geste d'amour et de réconfort qui faillit faire éclater son cœur de bonheur.

Il étudiait Mandy et se demandait ce que serait sa vie. Était-il équipé pour l'aider à choisir le chemin sur lequel elle voudrait se lancer ? Les parents devaient-ils encourager leurs enfants à trouver leur voie et à la poursuivre, même si elle semblait peu réaliste ? Ou bien devaient-ils, comme son père l'avait fait pour lui, prendre les choses en main et la diriger sur un chemin qu'il choisirait, lui ?

Après tout, son père avait peut-être eu raison. Keith avait réussi dans sa carrière, la carrière qui avait été choisie pour lui. Son malheur était venu de son mariage. Peut-être que s'il avait choisi une autre femme pour partager sa réussite...

En tout cas, Keith n'avait aucune idée de ce que Mandy désirait faire, si elle voulait présenter la météorologie ou devenir archéologue. Elle avait vaguement parlé d'une carrière dans la décoration d'intérieur, ce que Keith approuvait. Tout le monde était intéressé par la décoration intérieure en ces temps où les émissions télévisées présentaient des spécialistes qui vous suggéraient de repeindre votre cuisine en rose éclatant et de conserver vos fruits et vos légumes dans des seaux galvanisés. Ils pourraient peut-être démarrer leur propre compagnie. Il achèterait une petite boutique quelque part dans les

Cotswolds, un lieu à la mode où l'argent ne manquait pas. Ça marcherait forcément, surtout avec son sens des affaires…

Un petit instant ! Il était en train de faire exactement ce que son père avait fait. Il projetait ses propres idées et ses ambitions sur Mandy. Aucune jeune fille saine d'esprit n'aurait envie de démarrer une entreprise avec son père. Il prit la décision de chercher à mieux la connaître dans les jours qui viendraient, de savoir ce qu'elle aimait, ce qu'elle voulait faire.

Entre-temps, il avait une question plus urgente.

— Qu'est-ce que tu aimerais pour Noël ?

Mandy fit une grimace.

— Un cheval ?

Mandy demandait un cheval à chaque Noël depuis qu'elle avait trois ans. C'était à peu près la seule plaisanterie familiale rituelle des Sherwyn.

Keith fit rouler ses yeux dans ses orbites.

— Tu ne vas pas encore réclamer un cheval bai. Nous n'avons nulle part où le garder.

— Il y a tout un tas de pensions dans les environs. Et si nous choisissons un cheval qui vit à l'extérieur, ça ne coûtera presque rien.

— Mais tu es à l'école presque tout le temps.

— Je pourrais revenir les fins de semaine. Tous les week-ends. Tu serais moins seul de cette façon.

Keith se leva et se dirigea vers le bar pour que Mandy ne voie pas les larmes qui menaçaient de jaillir de ses yeux. Ses paroles l'avaient touché plus profondément qu'il ne l'avait jamais été. Elles le rendaient encore plus furieux de ne pas avoir consacré plus de temps à sa fille.

— Nous verrons.

La boule qu'il avait dans la gorge l'empêcha de dire plus que ces deux mots. Keith remarqua que Mandy ne s'obstinait pas, contrairement à sa mère. Sandra aurait pris son refus pour un défi et l'aurait harcelé jusqu'à ce qu'il cède. Deux semaines plus tard, elle aurait perdu tout intérêt pour le cheval et Keith se serait retrouvé avec un animal dont il lui aurait fallu se débarrasser. Mandy se contenta de hausser les épaules et, à la place, demanda des leçons de conduite.

Keith n'avait jamais pris une résolution aussi ferme. Il téléphonerait à Lucy Liddiard dès le lendemain et lui demanderait conseil. Elle saurait s'il y avait des chevaux à vendre. Peut-être irait-il jusqu'à en acheter un pour lui-même. Il n'avait jamais fait d'équitation, mais il n'était jamais trop tard pour commencer.

Il espérait simplement qu'il n'était pas trop tard pour commencer avec Mandy. Commencer à la connaître. Commencer à lui donner un peu de la vie qu'elle méritait avant qu'elle ne s'éloigne sur le chemin caillouteux qu'elle se choisirait. Il contempla le décor autour de lui, sans âme, impersonnel, luxueux et aussi efficace qu'un salon d'attente pour les vols de première classe. Il fallait s'en débarrasser. Il fallait tout changer.

# 10

Trois jours avant Noël, Kay fouillait dans son sac à la recherche de la liste de présents qu'elle avait préparée. Le centre de jardinage organisait une soirée pour les employés le soir même et elle voulait acheter des bijoux fantaisie pour les filles et de la musique pour les garçons. Elle vida son sac et des tampons roulèrent sur le bar. Kay eut l'impression d'entendre une petite sonnette d'alarme quelque part dans sa tête. Il lui semblait qu'elle n'en avait pas utilisé depuis bien des semaines. Elle parcourut son agenda, essayant de se rappeler la dernière fois qu'elle avait eu ses règles. Elle était terriblement irrégulière et ne prenait jamais note des dates, aussi ne put-elle s'en souvenir.

Debout dans la cuisine, elle s'efforçait d'imaginer ce que ce retard signifiait. Devait-elle s'affoler ? Elle se dit que non. Elle avait souvent du retard, parfois des semaines. De plus, elle était à quatre-vingt-dix-neuf pour cent sûre d'être stérile. Enfin, quatre-vingt-dix pour cent. Tout de même, cela faisait un certain temps. Elle ferait aussi bien d'acheter un test de grossesse en rentrant, cela lui éviterait de s'inquiéter. Kay avait toujours aimé savoir à quoi s'en tenir, d'une manière ou d'une autre. Elle remit ses affaires dans son sac et oublia le problème, se concentrant plutôt sur ce qu'elle avait à faire dans l'immédiat.

Dans Cheltenham, elle dut combattre la moitié du Gloucestershire, mais elle parvint à se débarrasser en une heure de ses achats obligatoires. Elle avait gardé les plus agréables pour la fin. À Patrick, elle voulait trouver un présent spécial. Après beaucoup d'hésitation, elle finit par choisir une magnifique écharpe en cachemire d'un vert très doux qui irait parfaitement avec sa veste d'aviateur. Elle ne voulait pas l'envelopper ; elle la lui passerait simplement autour du cou la prochaine fois qu'elle le verrait. Elle frissonna délicieusement à cette idée, se rappelant la chaleur de sa peau sur le bout de ses doigts. Elle marcha rapidement en direction du stationnement, mais elle ralentit le pas à la hauteur de la pharmacie. L'endroit était plein de clients qui, à court d'imagination, voulaient acheter des bains moussants, des parfums ou de l'après-rasage pour leurs parents et amis. Elle ne se sentait pas vraiment le courage de se frayer un chemin jusqu'au comptoir, dans cette foule. Cependant, maintenant que le doute était installé dans son esprit, elle savait qu'elle ne pourrait pas se détendre tant qu'elle n'aurait pas une réponse claire dans un sens ou dans l'autre. Elle entra, examina les divers tests de grossesse, se demandant lequel lui donnerait la réponse qu'elle désirait. Mais elle ne savait pas elle-même ce qu'elle désirait. Finalement, elle choisit le plus cher. C'était forcément le bon choix.

Sur le chemin du retour, elle mit la radio à plein volume. Les vibrations de la basse de Simply Red la traversaient et lui donnaient la nostalgie de Patrick. Ils s'étaient rencontrés de nouveau trois jours auparavant, pour se faire pardonner, avait-il dit, de l'avoir abandonnée à la soirée de Gainsborough. Kay se délectait du souvenir de ce qu'il lui avait fait et avait hâte de pouvoir lui donner l'écharpe. Il était encore trop tôt, cependant, se rappela-t-elle. Elle avait un problème à régler avant de penser à leur prochaine union.

Elle rentra à Barton Court, déposa tous ses paquets sur le sol de la cuisine et monta à la salle de bains avec le test. Elle arracha la cellophane du paquet avec le bout de ses ongles rouges et en extirpa un appareil peu familier. Elle observa le plastique blanc un instant, regardant la petite fenêtre transparente qui révélerait bientôt son destin. Elle essayait d'analyser ses sentiments, mais se sentait surtout emplie d'incertitude. Quel qu'il soit, le résultat remettrait de l'ordre dans ses idées. Jusque-là, elle restait dans les limbes. Elle lut attentivement le mode d'emploi et se sentit un peu ridicule lorsqu'elle dut tenir le bâtonnet sous le jet de son urine. Elle le plaça ensuite avec précaution sur le rebord de la fenêtre. Il ne restait plus qu'à attendre. La petite aiguille de sa montre semblait avancer terriblement lentement. Jusqu'à ce jour, Kay ne savait pas qu'il fallait exactement trente-sept secondes pour parcourir toute la longueur du couloir supérieur de Barton Court et se demanda si ce détail mériterait d'être inclus dans la description de la maison destinée à l'agence immobilière, s'ils voulaient un jour la vendre. Au bout des trois minutes réglementaires, elle retourna chercher le bâtonnet. Deux petites lignes bleues apparaissaient à la fenêtre. Troublée, elle relut le mode d'emploi pour vérifier ce que cela signifiait.

Comme si son corps voulait confirmer le résultat, Kay fut submergée par une nausée. Elle se précipita vers les toilettes, se pencha sur le bol en céramique bleu et blanc et vomit jusqu'à ce que son estomac soit vide. En tremblant, elle se brossa les dents et se lava le visage, puis prit une grande inspiration avant de se regarder dans le miroir. Elle était différente, même par rapport à ce matin. Certes, elle était pâle et avait les traits tirés, mais elle voyait aussi autre chose qu'elle n'avait jamais vu auparavant. La connaissance. Savoir qu'il y avait un petit être à l'intérieur d'elle; un petit groupe de cellules... Les cellules de qui ? Elle n'était sûre que d'une chose : la moitié étaient les siennes.

Elle eut soudain l'impression que sa ceinture la serrait. Ces derniers temps, elle avait cru remarquer que son tour de taille avait épaissi, mais elle pensait que c'était à cause de son âge, que son métabolisme ralentissait. Elle s'était promis de s'inscrire à un gymnase pour le nouvel an. La cause était plus claire maintenant. Kay se fit une tasse de thé, la vomit et se prépara à affronter son mari.

Avec une démarche de propriétaire, Lawrence parcourait le centre de jardinage, remarquant avec plaisir que presque tous les arbres de Noël étaient partis et qu'il restait peu de décorations. La vente des arbres à perte avait été une idée de génie. Le retraité débonnaire qu'il avait engagé comme père Noël faisait sauter les petits enfants sur ses genoux devant sa grotte pendant que leurs parents faisaient sauter la monnaie. Lawrence regarda sa montre et décida de passer à la maison pour manger un morceau. Kay devrait être revenue avec ses emplettes. Il se demanda si elle en avait profité pour rencontrer Liddiard.

Les révélations de Kelly ne l'avaient pas réellement surpris, même s'il était vexé de ne pas avoir compris tout seul. Si Kelly était au courant, d'autres devaient l'être aussi, et Lawrence n'appréciait pas l'humiliation. Cependant, avant d'agir, il voulait des certitudes. Il n'allait pas se mettre dans tous ses états et proférer des accusations sans preuves solides. Après tout, il n'avait que la parole d'une petite évaporée qui, pour autant qu'il sache, pouvait très bien en vouloir à Mickey et avoir inventé cette histoire pour se venger.

Mieux valait attendre le bon moment. Pour l'instant, il allait passer chez lui et suggérer une petite sieste coquine d'après-midi. Si Kay était passée voir Liddiard, l'intermède lui serait très désagréable.

— Chérie, j'ai une nouvelle fantastique !

Dépitée, Kay secoua la tête. Elle essayait depuis une heure de se préparer à annoncer la nouvelle à Lawrence, mais elle se faisait l'impression d'être une andouille dans un film en noir et blanc. Elle s'inquiétait bien inutilement. Lawrence entra dans la cuisine, la regarda et lui demanda aussitôt ce qui n'allait pas.

— Je suis enceinte.

L'expression était dépouillée, mais elle savait qu'avec Lawrence il était inutile de chercher des détours. Mieux valait être directe. Elle ne savait pas trop à quelle réaction s'attendre. Il la regarda fixement et ses yeux s'assombrirent, devinrent noirs comme de l'encre. Il tourna les talons et quitta la pièce. Elle comprit qu'elle avait fait une gaffe. Ils avaient parlé de fonder une famille peu après leur mariage. Au début, Kay s'était montrée réticente, car elle avait à peine dépassé la trentaine, mais Lawrence souhaitait ne pas attendre d'être trop vieux pour devenir parent. Même s'ils n'avaient pas essayé de procréer d'une manière scientifique, leurs rapports étaient suffisamment fréquents pour qu'ils nourrissent des espoirs. Au bout de dix-huit mois sans résultat, Kay avait abordé le sujet d'un traitement pour la fertilité, mais elle avait été plutôt soulagée que Lawrence ne veuille pas en entendre parler. S'ils ne devaient pas avoir d'enfant, ils n'en auraient pas, avait-il dit, inutile de forcer la nature. Kay, qui avait lu suffisamment d'articles sur les fivètes, ne souhaitait pas particulièrement entrer dans la file d'attente, et la réaction de Lawrence lui convenait parfaitement.

Elle n'aurait pas d'enfant, et alors ? Si cela signifiait qu'elle devait se passer de ces petites choses arrogantes et geignardes qu'elle avait croisées ici et là, elle n'avait pas l'impression de manquer grand-chose. Ensuite, Lawrence avait été accaparé par Barton Court et le sujet avait été abandonné, au grand soulagement de Kay.

Cependant, tout au fond de lui, Lawrence était tourmenté par ce qu'il considérait comme leur échec. Il avait voulu s'informer. Il avait cherché le plus grand spécialiste et s'était retrouvé dans une petite cabine à faire une chose innommable dans un tube. Ensuite, un Français à l'air grave lui avait annoncé que son sperme était faible et avait tendance à nager dans le mauvais sens. Sans intervention scientifique, ses spermatozoïdes n'arriveraient jamais à destination. Il était donc stérile. Lawrence avait trouvé légèrement ironique cette nouvelle pour le moins douloureuse. Lui qui fournissait des graines à la moitié du Gloucestershire et de l'Oxfordshire ne pouvait rien faire de sa propre semence.

Il n'en avait pas parlé à Kay. C'était un secret douloureux qu'il gardait tout au fond de lui ; à quoi bon une révélation humiliante puisque Kay ne semblait pas malheureuse de ne pas avoir d'enfant, du moins pour l'instant ? Elle se croyait responsable, bien sûr, et il ne l'avait pas détrompée, mais il ne lui avait rien reproché non plus. Ils en restaient à l'accord tacite qu'il n'y aurait pas d'héritier Oakley.

Et voilà que cette pétasse lui annonçait qu'elle était enceinte. Il la maudit de n'avoir pas été plus clairvoyante, de n'avoir pas deviné la vérité, mais comment l'aurait-elle pu ? Elle n'avait jamais entendu la condamnation : « Il faudrait un miracle. »

Lawrence savait bien qu'il n'y avait pas eu de miracle. Il l'avait su dans la seconde où son regard avait rencontré celui de Kay.

Leur partenariat venait de se terminer. Il était hors de question de continuer. Ce n'était pas une tragédie, mais c'était malcommode. Ils fonctionnaient bien ensemble.

Tandis qu'il sortait son carnet de chèques du tiroir droit de son bureau et ôtait le capuchon de son stylo à plume, quelques larmes inopportunes vinrent lui piquer les yeux. Il les essuya avec colère, tout en débattant intérieurement de la somme qu'il allait inscrire sur la formule. Il signa avec un peu de panache, puis alla déverrouiller son secrétaire.

Il se rendit dans la cuisine et retrouva Kay, assise au bar, la tête reposant sur ses bras. Elle leva les yeux vers lui lorsqu'il lui tendit, sans un mot, la lettre du médecin. L'estomac noué, elle lut le diagnostic puis leva de nouveau les yeux vers Lawrence.

— Pourquoi ne me l'avais-tu pas dit ? demanda-t-elle. Tu m'as laissée penser que c'était de ma faute...

Il haussa les épaules.

— Et toi, tu allais me laisser croire que ce que tu portes dans ton ventre est à moi ? (Sa voix ne trahissait aucune émotion.) Qui doit jeter la pierre ?

Il lui tendit une enveloppe avec le chèque qu'il venait de signer.

— Tu peux garder ta voiture aussi. Je te donne une demi-heure pour faire tes bagages.

— Lawrence...

— Inutile de discuter, Kay. Il n'y a rien à dire. Tu ne peux pas te défendre.

Une demi-heure plus tard, assise dans son automobile, Kay était encore sous le choc. Elle réprima un étrange désir de rire incontrôlablement de l'absurdité du virage que venait de prendre sa vie. À peine deux heures auparavant, inconsciente, elle faisait joyeusement ses emplettes de Noël. Maintenant, enceinte, elle était bannie de son propre foyer, par son propre mari, et avait dans la poche un chèque d'un quart de million de livres.

Elle savait qu'il était inutile de tenter quoi que ce soit pour reprendre la vie avec Lawrence. Les décisions de celui-ci étaient toujours irrémédiables, et elle estimait qu'elle s'en sortait plutôt bien. En prenant le chèque, elle acceptait le marché. Elle sortait de sa vie. Fin de l'histoire. Elle avait fait ses bagages, emportant ses vêtements, ses affaires de toilette et quelques papiers personnels dont elle pourrait avoir besoin. Elle s'était étonnée de voir que sa vie tenait dans le coffre de sa Boxster.

Elle n'avait pas vraiment eu le temps de réfléchir à ce qu'il lui avait avoué. Elle n'était même pas vexée qu'il ne l'ait pas prévenue plus tôt. Elle se sentait seulement soulagée que leur affrontement n'ait pas été plus terrible. Sans doute sa grossesse avait-elle empêché Lawrence de se laisser aller à la violence dont il aurait été capable.

Où aller maintenant ? Que faire ? À trois jours de Noël, que pouvait-elle bien envisager ? Il n'était pas question qu'elle retourne chez ses parents. Le scénario était suffisamment déroutant pour ne pas y ajouter le désespoir. Kay laissait rarement de la place au hasard, mais elle avait du mal à être rationnelle dans cette situation. Elle prit la carte fournie avec son assurance automobile et qu'elle avait rangée dans la pochette arrière du siège du conducteur, la déplia et décida de se rendre au premier endroit qui lui tomberait sous les yeux.

Frome. Somerset.

Il lui fallut un tout petit peu plus d'une heure et demie pour y arriver.

Bizarrement, plus on s'éloignait des Cotswolds et on se rapprochait de Bath, moins la pierre de la région semblait accueillante. Elle prenait même des allures sinistres. Kay se demanda si c'était réellement le cas ou plutôt le résultat de son état d'esprit. Comme l'automobile descendait la route de la colline qui menait dans Frome, elle regarda anxieusement autour d'elle, car elle croyait fermement aux premières impressions. C'était une petite ville peu originale, plus terre à terre que Eldenbury mais assez vivante, comme en témoignait la rue commerçante bordée par les étals d'un marché en pleine activité. Les panneaux indiquant la bibliothèque et les autres bâtiments municipaux étaient plus visibles que ceux destinés aux touristes, ce qui voulait dire que des gens habitaient vraiment ici. Kay fut heureuse d'apercevoir une belle boucherie et une épicerie fine ainsi que quelques élégantes parmi les « bonnes femmes ». Elle aperçut même quelques accoutrements plutôt marginaux, ce qui n'était pas pour lui déplaire ; la communauté n'avait pas l'esprit étroit, détail important étant donné sa condition. De plus, l'endroit n'était qu'à vingt minutes de Bath où l'on pouvait prendre un train qui allait à Londres en moins de deux heures. Elle se dit qu'elle parviendrait probablement à survivre ici.

Elle trouva un agent immobilier indépendant et étudia la liste des propriétés à vendre. Les prix étaient plus bas que dans les Cotswolds, en dépit de la proximité de Bath. C'était un avantage appréciable ; elle aurait besoin d'un peu de monnaie sur ce que Lawrence lui avait donné pour vivre. Toutefois, le choix des maisons la déçut : la plupart étaient situées dans des lotissements modernes, nombreux dans cette localité. D'autres se trouvaient dans des rangées mornes et exiguës, d'autres enfin ressemblaient à ces bâtiments transformés en appartements dont Lawrence s'était fait une spécialité, et Kay savait que leur prix était grossièrement exagéré. L'agent immobilier expliqua à Kay qu'il y avait un quartier de Frome plus recherché que les autres parce qu'il possédait des maisons de caractère, mais généralement elles se vendaient avant même d'être mises sur le marché et, à cette époque de l'année, ils n'en avaient aucune dans leurs registres.

Découragée, elle s'apprêtait à repartir, mais elle aperçut dans la vitrine une annonce qui retint son attention : ON RECHERCHE EXPERT NÉGOCIATEUR.

Elle réfléchit. Elle savait qu'elle pourrait obtenir cet emploi si elle se proposait. Elle savait aussi qu'elle y excellerait. Une fois qu'elle aurait mis le pied dans la porte, elle serait la première à savoir quelle propriété allait être à vendre. Elle n'avait aucune idée du salaire, mais ce serait toujours plus que le rien du tout qu'elle gagnait en ce moment.

Elle avait commencé à décrire son expérience au directeur lorsque la porte s'ouvrit et qu'une grande jeune femme aux cheveux roux entra, interrompant la discussion. Elle avait fait évaluer sa maison un peu plus tôt dans la semaine et voulait la mettre sur le marché immédiatement, malgré les protestations de l'agent qui soulignait qu'une semaine avant Noël n'était pas le meilleur moment. Cependant, la jeune femme insistait. On lui avait offert un emploi à Londres et elle devait déménager la première semaine de la nouvelle année. Quitter Coach House lui brisait le cœur, mais il s'agissait d'un avancement de sa carrière. Elle ne pouvait pas laisser passer l'occasion.

En entendant le nom de Coach House, Kay mobilisa son attention et suivit la conversation. L'agent tentait d'expliquer à la jeune femme qu'il n'y aurait personne durant les deux semaines à venir pour dactylographier les contrats ni pour faire visiter la maison aux acheteurs potentiels. Il lui suggérait de repasser après le nouvel an. Kay était sidérée que l'agent se montre aussi peu professionnel. Elle aurait déjà obtenu la signature et la maison serait en vitrine. Toutefois, elle se dit qu'elle assistait probablement à une anecdote assez typique du rythme de vie à Frome. De plus, la situation allait jouer en sa faveur. Elle se glissa hors du bureau et attendit la jeune femme quelques minutes au coin de la rue.

— Écoutez, je n'ai pas pu m'empêcher d'entendre ce que vous disiez. Votre maison semble être exactement ce que je cherche. Pourrais-je la visiter ?

La jeune femme semblait un peu méfiante.

— Je paierais comptant. Si elle me plaît, je vous donne le montant évalué par l'agence et vous économisez la commission. (Elle eut un sourire vainqueur.) Quelques milliers de livres d'économie seraient les bienvenus, je parie ? Surtout si vous déménagez à Londres.

Les yeux de la jeune femme s'allumèrent à cette idée.

— Où êtes-vous garée ? Je vous montre le chemin.

Kay eut du mal à suivre la jeune femme qui circulait à vive allure dans le labyrinthe des petites rues de Frome, parsemées de boutiques crasseuses qui s'efforçaient de passer pour des magasins d'antiquités. Cependant, on y trouvait probablement des trésors en cherchant bien. Finalement, la jeune fille prit Maddox Street, une petite rue étroite où il y avait à peine l'espace pour se garer. Kay cogna ses roues contre les pavés qui bordaient l'entrée devant l'épaisse porte rouge à heurtoir en fer forgé de Coach House. Pour une fois, l'expression « plus spacieuse qu'il n'y paraît » était véridique. Derrière la façade d'une modeste maison mitoyenne se cachait une habitation aux proportions généreuses. Comme son nom l'indiquait, elle avait servi, autrefois, de remise pour les carrosses des habitants voisins plus fortunés. Elle en avait conservé un charme authentique, fait d'un mélange de murs de pierre, de sols dallés, de portes en pin épaisses et chaleureuses, de poutres noircies et de fer forgé. Immense, le salon occupait deux étages, était chauffé par un poêle à bois et ses magnifiques fenêtres à la française s'ouvraient sur un petit jardin entouré d'un mur. Le reste de la maison était réparti sur différents niveaux avec une grande originalité, quelques marches montant puis redescendant vers une petite salle de bains, exiguë mais confortable, ou un studio empli de lumière, ou un charmant petit balcon tout à fait inutile. La cuisine, chauffée par un appareil au mazout vert foncé, était particulièrement accueillante, ses éléments étant fort simples, fabriqués à la main dans du chêne recyclé. Tous les murs étaient recouverts d'une peinture blanche et fraîche. Les accessoires étaient peu nombreux mais de bon goût. Tout était en parfait état.

Une demi-heure plus tard, contrairement à ses habitudes et en dépit de toutes les stratégies de négociation qu'elle avait apprises, Kay offrait de payer comptant, le prix demandé, pour conclure rapidement l'affaire. Elle espérait emménager aussi vite que possible après le nouvel an. La jeune femme la serra dans ses bras et lui souhaita d'être aussi heureuse à Coach House qu'elle-même l'avait été. Kay l'espérait bien.

À cinq heures du soir, Kay était épuisée. Il n'avait pas été facile de trouver un hôtel à quelques jours de Noël. Elle n'était pas sans remarquer l'ironie de sa situation à cette époque de l'année. Elle avait fini par dénicher une charmante auberge à cinq kilomètres de Frome où une réservation avait été annulée. Lasse, elle monta dans sa chambre et se félicita d'avoir découvert un havre parfait, avec ses planchers de chêne, ses tapisseries et son âtre de pierre où brûlait en craquant un feu de bûches. Elle se laissa tomber sur le lit à baldaquin et étancha sa soif à grandes lampées de la bouteille d'eau minérale pétillante posée sur la table de nuit. Un peu rafraîchie, elle prit le temps de dresser le bilan de la situation.

Elle s'était trouvé un foyer, en espérant qu'elle franchirait tous les obstacles habituels auxquels étaient soumis les acheteurs. Elle avait rendez-vous pour un entretien juste après Noël. Le directeur de l'agence immobilière l'avait appelée sur son téléphone mobile pour confirmer. Si elle obtenait cet emploi, elle secouerait le bureau. Ils ne savaient même pas qu'ils avaient perdu une vente par manque d'énergie.

Il ne lui restait plus qu'un problème à régler, mais elle était encore trop secouée pour franchir cet obstacle-là. Elle s'empara cependant de l'annuaire local du téléphone, mais ses yeux devenaient de plus en plus lourds au fur et à mesure qu'elle parcourait la liste des noms et elle finit par sombrer dans un sommeil profond.

Le lendemain matin, elle se réveilla très reposée. Elle prit un petit-déjeuner copieux parce qu'elle avait sauté le repas la veille au soir. Elle s'offrit ensuite un long bain chaud. Enfin, elle reprit l'annuaire du téléphone. Il fallait qu'elle s'occupe d'une dernière chose avant de pouvoir se détendre. Elle appela le service chirurgical du médecin local, se fit enregistrer comme patient temporaire et prit un rendez-vous d'urgence. Le généraliste qui la reçut était jeune et avait l'air sympathique et grave, attitude appropriée dans une situation comme la sienne : elle était enceinte, elle n'en voulait pas et elle souhaitait un avortement aussi rapidement que possible.

Le médecin lui expliqua qu'il fallait d'abord qu'elle passe un examen de routine avant qu'ils en viennent aux formalités. Il attendit qu'elle se fût rhabillée et l'invita à s'asseoir. À l'expression de son visage, Kay se dit que tous les projets qu'elle avait formés depuis vingt-quatre heures risquaient fort de tomber à l'eau.

— Je crains qu'un avortement ne soit hors de question.

Kay commença à protester.

— Je me moque de ce que ça coûtera. Je suis prête à payer.

— Ce n'est pas une question…

— Écoutez, je suis seule. Je n'ai pas d'emploi. Comment pourrais-je…

Le docteur dut lui couper la parole.

— Madame Oakley, vous êtes enceinte de cinq mois. C'est bien au-delà de la date limite pour un avortement. Je suis désolé.

# 11

Patrick était pleinement conscient qu'il avait négligé Kelly, non seulement pendant mais aussi depuis la soirée-bénéfice. Se sentant coupable, il prit son automobile et se rendit à la taverne Honeycote Arms.

L'accueil qu'il reçut était aussi inattendu qu'une gifle. Il eut même de la chance de ne pas en recevoir une. Kelly marcha vers lui, les mains sur les hanches, avant même qu'il soit sorti de l'automobile.

— Tu ne manques pas de toupet d'oser te montrer ici.

— Écoute, Kells, je suis désolé pour la soirée. Sophie était malade comme un chien et j'ai dû la ramener à la maison. Je n'ai pas eu le temps de te prévenir.

— Tu n'as pas eu le temps de me téléphoner depuis ?

— Il s'est passé un tas de choses à la brasserie.

— Ouais. J'imagine que vous faites des projets avec les bénéfices que vous tirerez de la taverne.

Patrick fronça les sourcils.

— Ne me dis pas que ton père ne t'a pas mis au courant ?

— De quoi ?

— Il vend cet endroit sous notre nez. Imagine un peu le Noël que nous allons passer pendant que vous serez tous assis autour d'un verre à vous congratuler.

— Kelly, Kelly, attends une seconde. Qui t'a raconté tout ça ?

— Ton père a parlé avec le mien.

— Je ne savais rien, je te le jure.

— Oh ! Et aurais-tu fait quelque chose si tu avais su ?

— Bien sûr.

— Merde ! Tu ne peux rien faire, Patrick. Honeycote Ales est en faillite. Tout le monde le sait. Je suppose que nous sommes juste les premiers d'une longue liste de gérants que vous allez renvoyer...

— Renvoyer ?

Patrick regarda autour de lui comme s'il cherchait une preuve qu'il s'agissait d'une farce. Cependant, tout au fond de lui, il savait qu'il n'en était rien. Il posa une main qu'il voulait rassurante sur le bras de Kelly.

— Allons manger quelque part. Nous pourrons en parler. Je suis sûr que ce n'est pas aussi grave que ça en a l'air. Je suis sûr que tu n'as pas tout compris.

— Non, Patrick. Je n'ai pas tout compris. Je me suis surtout trompée en pensant qu'il pouvait y avoir quelque chose entre toi et moi.

Kelly adressa à Patrick un regard de mépris avant de tourner les talons. Elle claqua la porte de la taverne avec une conviction qui le découragea de tenter quoi que ce soit. Un grand froid l'envahit, en même temps qu'une profonde honte. Il avait honte d'en savoir si peu sur ce qui se passait à la brasserie Honeycote Ales. La situation était sérieuse. La vie de plusieurs personnes était en jeu. Il ne s'agissait plus seulement de réduire son train de vie, comme son père l'avait suggéré une fois ou deux. Patrick avait pensé qu'il serait obligé de changer de voiture et de prendre un modèle moins luxueux. N'était-il pas terriblement superficiel ?

Se sentant totalement impuissant, il s'effondra sur le siège du conducteur. Si seulement il avait prêté un peu plus d'attention à ce qui se passait à la brasserie, il serait peut-être en mesure de trouver une solution maintenant. Au lieu de cela, il n'avait aucune idée de la gravité de la situation. Il savait que les frais généraux de la brasserie étaient énormes et que les bénéfices n'étaient pas extraordinaires. Il savait que la concurrence des autres tavernes et des restaurants de la région était sévère, mais ce n'était pas nouveau et la brasserie avait survécu.

Il fallait qu'il se plonge dans la paperasse. Il voulait connaître exactement l'étendue des dégâts pour voir s'il y avait moyen d'y remédier. Son père ne faisait peut-être pas ce qu'il fallait. On pouvait accuser Patrick de glandouiller alors qu'il y avait du travail, mais il en allait de même pour Mickey. Kay en était la preuve. Patrick savait que Mickey choisissait toujours la voie la plus facile.

Patrick passa la première rageusement puis se dirigea vers la brasserie à vive allure.

Un peu triste, Kelly regardait par la fenêtre. Elle ne s'était jamais nourrie d'illusions quant à l'avenir de sa relation avec Patrick, mais elle y avait pris plaisir le temps que cette relation avait duré. Elle haussa les épaules et se détourna de la fenêtre. Tant pis. Les bois sont pleins de gibier. Elle trouverait quelqu'un d'autre pour l'enlever. Les filles avec un tour de poitrine et de hanches de quatre-vingt-quinze centimètres ne restent jamais seules très longtemps. Entre-temps, ses parents avaient besoin de son soutien, ce qui lui interdisait de coucher avec l'ennemi.

Ned avait passé sa matinée à vendre du gui sur le marché fermier d'Eldenbury. On était vendredi et Noël tombait le dimanche ; le monde entier et toutes les épouses affolées s'étaient donné rendez-vous pour acheter à la dernière minute leur dinde élevée en liberté et leurs légumes organiques. La plupart avaient aussi été séduits à l'idée d'accrocher une branche de gui dans l'entrée; aussi, à midi, il avait tout vendu et se retrouvait avec un montant substantiel d'argent. C'était l'un des rares avantages que lui autorisait son père : chaque année, il faisait le tour de la ferme sur son tracteur et ramassait tout le gui qu'il pouvait trouver pour le vendre, à une livre la branche. Il n'en gardait jamais pour lui. Il n'avait envie d'embrasser qu'une seule fille et il savait bien qu'il lui faudrait plus qu'une misérable branche de gui pour gagner ses faveurs.

Il avait la nausée depuis quelques jours. Depuis la soirée-bénéfice. Lui, Ned Walsh, qui pouvait engloutir une demi-douzaine de tranches de lard, plusieurs œufs et presque un pain entier à lui tout seul, avait perdu l'appétit. La foudre venait de lui tomber dessus. Il était totalement, irrémédiablement et désespérément amoureux. Il n'aimait pas cela et il ne savait pas comment s'en sortir. Il n'aurait jamais cru que des sentiments puissent vous anéantir de cette manière, surtout un roc comme lui.

Bien sûr, il avait déjà eu des petites amies. Plusieurs. Il était même tombé amoureux de quelques-unes et aurait été très triste si un tracteur leur était passé dessus, mais il n'avait pas réellement souffert lorsque ces relations s'étaient terminées, d'un accord commun et naturellement. À la suivante, se disait-il. Cette fois, cependant, les choses étaient différentes. Il ne parvenait pas à effacer de ses pensées l'image de cette fille. En outre, il n'avait personne à qui en parler. Se sentir si vulnérable le mettait très mal à l'aise.

Il avait réussi à cacher ses sentiments durant le bal en faisant le pitre, en plaisantant et en apprenant ce pas de danse qu'il connaissait maintenant à la perfection. Personne ne s'était douté de ce qu'il ressentait profondément. Surtout pas Patrick. Patrick l'aurait probablement assommé s'il avait pu deviner les pensées qu'il nourrissait à l'égard de sa sœur, ou plutôt de sa demi-sœur.

Ned avait été estomaqué lorsqu'il l'avait aperçue. Il savait qu'elle venait et il avait hâte de la voir pour s'amuser un peu avec sa vieille copine. Il s'attendait à la voir arriver dans sa robe de velours marron habituelle, un peu rougissante, un peu boulotte. Il l'appelait toujours « sofa » et elle avait horreur de ce surnom parce qu'elle pensait qu'il sous-entendait qu'elle était énorme. Lorsqu'elle était apparue, Ned avait à peine réussi à bredouiller quelques mots de bienvenue et s'était enfui au bar pour se remettre des émotions que lui causait la vue de cette nouvelle Sophie.

Il voulait converser avec elle, désespérément, mais il ne savait comment s'y prendre. Il était terrifié. Il n'arrivait pas à croire qu'il avait pu se pelotonner contre elle dans des tentes de fortune, sans gêne, rigolant et grignotant des collations à minuit. Elle était devenue une déesse inapprochable. La regarder circuler dans la pièce, attirant les hommes comme un pot de miel attire les abeilles, l'avait mis à la torture. Elle semblait avoir une telle confiance en elle, alors qu'autrefois elle restait toujours dans l'ombre lors des réceptions, grimaçant de timidité lorsque quelqu'un lui adressait la parole et pleine de gratitude envers Ned qui lui tenait compagnie et la protégeait des autres. Au bal de la soirée-bénéfice, elle lui avait à peine adressé deux mots. Ensuite, elle avait disparu, comme Cendrillon. La seule chose dont il pouvait se féliciter était qu'elle fût partie avec Patrick. Apparemment, elle avait été malade. Il ne l'avait pas revue depuis. Normalement, durant les vacances, elle lui téléphonait dès qu'elle arrivait, pour faire un tour à cheval ou aller au cinéma ou juste pour l'inviter à venir manger un bol de spaghettis et boire une bière à Honeycote. Cette fois, aucune nouvelle. À l'évidence, il n'avait plus sa place dans la vie de la nouvelle Sophie. Mélancolique, il quitta le marché et se rendit au Horse and Groom. Il avait une furieuse envie de se soûler.

Mayday l'aperçut, assis au bar, qui buvait sa chope de bière Honeycote Ales comme s'il venait de traverser le désert. Il avait l'air très abattu, ce Ned, qui, d'ordinaire, avait le sourire aux lèvres. Elle se faufila derrière lui et lui chatouilla le cou. Une bouffée de parfum vanillé permit à Ned de deviner qui était là. Elle se hissa sur le tabouret de bar près de lui. Par la fente de sa jupe de cuir noir, Ned aperçut sa cuisse laiteuse, de même que son bustier serré lui offrait la vision de deux seins également crémeux.

— Qu'arrive-t-il à mon ouvrier agricole préféré ?

Elle l'appelait toujours ainsi, malgré l'héritage qui lui reviendrait un jour. Ned ne répondit que par un grand soupir puis il finit sa bière.

— Des histoires de cœur, pas vrai ?

Elle pencha la tête de côté et le regarda d'un air entendu. Une grosse frange noire retombait sur ses yeux maquillés de kôhl. Elle avait une préférence marquée pour le style rock des années 1970, associé à tout ce qui lui plaisait des autres modes. Elle aimait beaucoup les tatouages et les piercings, les nattes perlées, les bottes de motard, les gros bijoux d'argent, les grigris et les lanières de cuir. Un accoutrement inattendu pour une serveuse dans une ville de marché, mais les clients appréciaient ses reparties impertinentes et son sourire ouvert.

En guise de réponse, Ned se contenta de faire une grimace à sa chope. Elle insista. Mayday adorait s'occuper des problèmes des autres, peut-être parce qu'elle semblait ne jamais en avoir elle-même.

— Allez, raconte tout à tata Mayday. Je m'y connais dans les affaires de cœur, comme tu le sais. Je pourrai te donner des conseils utiles.

— J'ai le cafard, Mayday. Un amour impossible. C'est une chose affreuse.

Elle baissa la voix et s'appuya contre lui. Une vision appétissante de son décolleté s'offrit à Ned.

— Eh bien, tu as de la chance, je viens de terminer mon travail. Tu n'as qu'à monter avec moi et je te tirerai les cartes. Je te dirai ce que l'avenir te réserve.

Mayday aimait se faire passer pour une sorte de mystique. C'étaient des mensonges, bien sûr, car elle ne savait pas lire les cartes, mais les gens la croyaient parce qu'elle leur disait toujours ce qu'ils voulaient entendre. Elle aimait beaucoup les envoyer dans la bonne direction, surtout en matière de cœur. Elle était vraiment romantique lorsqu'il s'agissait des autres. Elle aimait que les histoires se terminent bien. Elle avait compris que Ned n'avait besoin que d'encouragement. De plus, elle avait envie d'une sieste coquine. Mayday n'avait aucune honte à avouer sa nymphomanie.

Tout en sachant très bien qu'il n'aurait pas dû, Ned suivit Mayday dans la petite chambre sous les toits de l'auberge où elle habitait. Elle avait peint les murs en mauve foncé, ce qui donnait à la pièce un air de fumerie d'opium décadente. Des relents du joint entamé qu'elle avait laissé sur sa table de maquillage ajoutaient à l'illusion. Mayday le prit, le ralluma, se pencha et souffla la fumée douce et tiède dans la bouche de Ned. Il se détendit ; tous ses ennuis et ses soucis semblèrent se dissiper. Elle tapota la pile de coussins en batik qui couvraient le matelas de son lit et il se laissa tomber parmi eux. Mayday mit une cassette de Kula Shaker puis s'effrondra à côté de lui. Ils finirent le joint, bercés par les méandres de la mélodie, en regardant les étoiles dorées qu'elle avait peintes sur le plafond.

Mayday écrasa le mégot dans le pot d'une plante puis roula sur Ned en gloussant. Lorsque ses mains commencèrent leur exploration, Ned protesta faiblement.

— Je croyais que tu devais me lire les cartes.

— Plus tard. Ne me dis pas que tu n'aimes pas ça, je sens quelque chose de dur dans ton pantalon.

Avant que Ned puisse l'arrêter, elle avait plongé la main dans sa poche et en sortait son couteau suisse. Il l'emportait toujours avec lui. On ne savait jamais. Il y avait toujours une corde à couper quelque part. Mayday regarda les divers accessoires l'un après l'autre jusqu'à ce qu'elle trouve la lame la plus longue. Elle la montra à Ned qui ne savait pas trop comment se comporter. Mettant en avant sa magnifique poitrine que retenaient des lacets aussi serrés que ceux d'un corset victorien, elle dit en imitant l'accent du Gloucestershire d'une gardienne de vaches imaginaire :

— Je n'arrive pas à les délacer, monsieur.

Abruti par le stupéfiant, Ned ne se fit pas prier pour couper les lacets de haut en bas et libérer ses tétons de leurs entraves pour qu'ils puissent se balancer librement. Ned déglutit. Mayday fit semblant d'être fâchée.

— Ça m'a coûté quinze sacs au marché.

— Oh, mon Dieu.

— Il va falloir que tu paies.

Ned grimaça, fit rouler ses yeux puis, obéissant, se mit à chercher son portefeuille. Mayday retint sa main.

— Si tu parviens à me faire jouir, je te fais grâce de ta dette, mais je parie que tu n'y arriveras pas.

Généralement, Ned aimait les défis. Il ne rechignait jamais à participer à un match de rugby, ou aux luttes organisées par les jeunes fermiers, ou même aux concours de bras de fer dans les tavernes, mais il ne savait pas trop comment relever le gant que

Mayday venait de lui jeter. Il connaissait sa réputation et Patrick avait souvent évoqué ses dons.

Mayday roula du matelas et se faufila jusqu'à la fenêtre qu'elle ouvrit. Elle appuya ses coudes sur le rebord, couvrant discrètement sa poitrine avec ses bras. Elle se cambra, faisant ressortir son derrière, couvert d'un cuir léger. Ned n'était pas surpris qu'elle ne porte pas de petite culotte.

— Allez. Fais de ton pire. Je vais rester ici à regarder la vie qui passe.

Sa petite chambre donnait en plein sur la rue commerçante d'Eldenbury où passaient encore beaucoup de clients affolés, chargés des achats qu'ils rapportaient du marché fermier. Un peu plus tard, Ned eut un peu honte. Il se consola en se disant qu'on ne pouvait pas être infidèle à quelqu'un avec qui on ne sortait pas vraiment. Avec qui on avait même très peu de chances de sortir un jour. Toutefois, il n'aurait pas voulu que Sophie apprenne que les cris de plaisir de Mayday avaient fait se retourner quelques têtes vers la fenêtre. Les gens se demandaient ce qui se passait, qui on assassinait. Mortifié, Ned avait tiré Mayday en arrière pour la ramener dans la chambre. Toute rouge, elle s'était écrasée sur lui en gloussant.

— À ton tour maintenant.

— Non.

Ned s'était débattu sans conviction, s'efforçant de remettre son jean. Il pouvait se trouver des excuses pour une fois, mais deux fois lui semblaient impliquer un certain engagement. Cependant, Mayday était encore excitée de son exhibitionnisme et l'herbe la rendait lubrique. Elle le renversa sur un fauteuil poire en cuir et se débrouilla pour le déculotter et se déshabiller elle-même en un tournemain. Joyeusement, elle s'assit ensuite à califourchon sur lui. Il fut étonné de bander de nouveau si peu de temps après la première fois. Il se sentit même plutôt fier de lui lorsque Mayday, notoirement insatiable, atteignit son deuxième orgasme en dix minutes et traduisit son contentement en lui griffant le dos de ses ongles peints en noir.

Ensuite, elle lui tira les cartes. Elle le rassura en lui disant que l'objet de son affection serait à lui avant que ne soient écoulés les douze jours du congé de Noël.

— Je ne crois pas être assez bien pour elle, Mayday.

— Sottises. N'importe quelle fille sur cette planète aurait de la chance de t'avoir. Tu es un vrai gentleman et tu es gentil. De plus, tu es drôle et tu baises plutôt bien, pour un paysan.

Ned s'efforça de paraître convaincu. Mayday le poussa du coude pour l'encourager.

— Il faut que tu lui fasses un cadeau. Cela te donnera une excuse pour lui parler.

— Elle ne voudra pas d'un cadeau de ma part.

Mayday émit un son désapprobateur.

— Tu peux me contredire, moi, mais tu ne peux pas contredire les cartes. Ce qui doit arriver arrivera. Allez viens, allons chercher ce cadeau.

Elle enfila un amas de velours mauve froufroutant et ses bottes de motard pendant que Ned, un peu hagard, renfilait son jean. Ils sortirent du Horse and Groom, Ned à la suite de Mayday, et se mêlèrent aux badauds, Ned s'efforçant d'oublier que son père l'attendait à la maison pour la traite.

Un peu plus tôt dans la matinée, Keith était allé fouiller dans le grenier et avait redescendu le sapin de Noël qui décorait le salon depuis quatre ans. Il mesurait deux mètres et était décoré d'ampoules multicolores qui s'allumaient et s'éteignaient tour à tour. Avant même de le brancher, il se rendit compte que cet arbre était le summum du mauvais goût, même s'il lui avait coûté une fortune. Il allait en acheter un vrai. Et il le mettrait dans le salon tanière, qui commençait à être un peu plus accueillant depuis qu'il y avait laissé traîner deux tasses à café vides et ses chaussons. Il jeta un œil à la boîte de stalactites et autres colifichets décorés de fausse neige et jeta le tout à la poubelle.

Il donna à Mandy une liste de présents qu'il voulait offrir à certains membres de son personnel et l'envoya en ville. Il avait confiance en son goût. La liste était plus longue que nécessaire parce qu'il avait beaucoup à faire avant qu'elle revienne. Dès qu'elle eut passé la porte, il se précipita sur le téléphone.

Il donna trois coups de fil. Le premier à un ami qui arrangeait des affaires inexplicables avec le capital-risque à Birmingham.

— Ray ? Keith. J'ai pris une décision. Une semaine trop tôt, tu vas me dire, mais pourquoi attendre ? Je veux me débarrasser de mon affaire. Renseigne-toi, s'il te plaît. Vois si elle intéresse quelqu'un. Je prendrai en considération toute offre raisonnable et je n'oublierai pas de t'offrir l'apéro.

Après un silence surpris, Ray acquiesça, ce qui indiqua à Keith que les clients ne manqueraient probablement pas.

Keith appela ensuite l'agent immobilier de la région pour lui demander de venir évaluer The Cedars. Il voulait mettre la maison sur le marché la première semaine de la nouvelle année. Ensuite, il appela Honeycote House. Le téléphone sonna longtemps avant que Mickey finisse par répondre. Pendant qu'il expliquait ce qu'il voulait, Keith se sentit un peu stupide.

— Mandy veut un cheval depuis qu'elle a trois ans. Je crois que je vais enfin céder. Le problème, c'est que je ne sais absolument pas quoi acheter, ni quoi chercher, ni même combien ça coûte.

Fantastique, pensa Mickey. Il n'était peut-être pas capable de gérer sa brasserie mais il pouvait reconnaître une occasion de gagner de l'argent lorsqu'il en voyait passer une.

— Aucun problème. Mieux vaut connaître son affaire lorsqu'on achète un cheval. Même des gens très respectables vous vendront une vieille bête tout juste bonne pour l'équarrisseur et il est difficile d'exiger un rendu… Je suis sûr que nous pourrons vous aider.

— Excellent. Vous aurez votre commission si vous me trouvez ce qu'il me faut.

Mickey fit entendre son rire le plus enjôleur.

— Il n'en est pas question. Combien pensiez-vous dépenser ?

Il y eut un silence gêné.

— Je ne sais pas vraiment. Combien coûte un cheval ?

— Quelle est la longueur d'une ficelle ? C'est comme tout, vous en avez pour votre argent.

— Je dirai que j'en veux un qui ait belle allure et soit sans danger.

— Il lui faut un bon cheval. C'est une bonne cavalière.

Mickey revit Mandy qui faisait la course sur Monkey. Elle y avait mis tout son cœur ; si elle manquait de style, elle ne manquait pas de courage. Ce souvenir suscita une idée en lui.

— Je viens juste de penser à quelque chose. Nous avons peut-être ce qu'il vous faut ici même.

Cinq minutes plus tard, l'affaire était conclue. Ils tombèrent d'accord pour se rencontrer le soir même, car Keith insistait pour payer en liquide et, bien sûr, Mickey n'avait pas résisté très longtemps. Trois mille livres en billets de cinquante lui rendraient pas mal de services. La seule ombre au tableau était Patrick. Que dirait-il lorsqu'il saurait ?

Lawrence avait patrouillé le centre de jardinage, les lèvres serrées, blanc de rage, tout le restant de l'après-midi. Le personnel, inquiet, ne se risqua pas à demander pourquoi la fête de Noël avait été annulée si soudainement. Personne ne demanda non plus où était passée Kay, car, à l'évidence, elle était la source de cette rage.

Lorsque Kelly lui avait révélé la vérité concernant Mickey et Kay, Lawrence avait été plus bouleversé qu'il ne voulait l'admettre. Il savait bien que leur mariage n'était pas une union paradisiaque conventionnelle et ils ne passaient pas exactement leurs journées à se becqueter et à roucouler, mais il avait eu l'impression que, d'une certaine manière, il fonctionnait bien mieux que d'autres. Lorsqu'il avait compris à quel point il s'était trompé, que ce qu'il avait cru être un front uni n'était qu'un faux-semblant, il avait été secoué. Quelque part au fond de lui, il avait espéré que Kelly se soit trompée. Non qu'il pensât qu'elle ait pu mentir, car elle ne lui semblait pas méchante, mais elle aurait pu être dans l'erreur. Ce n'était pas le cas, il le savait maintenant.

Lawrence se torturait en se demandant ce que Liddiard pouvait bien offrir à sa femme qu'il ne lui donnait pas, lui. Il n'aimait pas beaucoup y penser. Il était sûr que Kay était frigide et n'acceptait les jeux de sexe que pour le calmer. Son plaisir simulé ne le trompait guère. Cela ne le dérangeait pas puisqu'il y trouvait son compte. Mais que cherchait-elle donc dans une aventure ? Lawrence comprit qu'il avait perdu son pouvoir sur elle, pouvoir qu'il avait cru absolu et infini.

Il était doublement écœuré d'apprendre que Mickey lui avait fait un enfant. Ce bâtard lui avait donné ce que lui-même aurait tellement désiré, même s'il ne s'en rendait compte que maintenant. Les hommes ne sont pas sujets au mal d'enfant, normalement ? Il s'aperçut qu'il pressait le pas devant la grotte du père Noël. Il ne voulait pas risquer de s'attendrir bêtement devant une poussette ou se surprendre à caresser gentiment les cheveux d'un petit enfant. Jamais auparavant il n'avait prêté attention aux enfants, sinon pour se demander quel bénéfice il pourrait en tirer. Sa réaction était peut-être normale : on désire souvent quelque chose à partir du moment où on ne peut l'avoir. Surtout lorsque quelqu'un d'autre l'a.

Il avait été obligé de bannir Kay. Il n'aurait pas supporté les questions et encore moins les réponses. Lawrence n'était pas du genre à discuter. Il aurait été le cauchemar d'un conseiller. Pourtant, soudainement, sa vie était vide, d'un vide absolu qui ne serait jamais comblé. Il ne se mentait pas en regrettant leur union parfaite. Il savait que leur mariage était basé sur des règles non écrites plutôt cyniques, mais il avait fonctionné. Du moins pour lui. À l'évidence, pas pour elle.

En entendant les caisses enregistreuses résonner, il eut l'impression qu'elles se moquaient de lui en se remplissant d'un argent dont il n'avait que faire. À quoi allait-il le dépenser ? Que pourrait-il bien acheter pour remplir le vide de sa vie ? Ou pour le masquer temporairement ?

Du sexe. C'était peut-être ce dont il avait besoin. Se concentrer sur le physique ; le plaisir total ; quelque chose qui lui ferait oublier les réflexions amères qui se bousculaient dans sa tête ; mais il ne voulait pas payer. Il avait déjà acheté du plaisir autrefois, mais seulement parce que c'était plus pratique. Cette fois, il s'agissait de soigner une plaie ouverte.

Il prit le téléphone et appela Kelly à la taverne.

— Kelly ?
— Oui.
— Lawrence Oakley au téléphone.

Il y eut un instant de silence. Lawrence l'imaginait clignant de surprise ses yeux lourds de mascara. Elle finit par répondre, d'un ton un peu méfiant :

— Bonjour.

— Je sais que c'est un peu soudain, mais je veux aller faire des achats à Londres. J'aurais besoin de quelqu'un pour m'aider à choisir. J'ai pensé à vous, si vous êtes libre.

Lawrence voulait que Kelly soit rassurée en ayant une bonne raison d'accepter leur petit voyage. Il fallait qu'elle puisse le justifier aux yeux des autres aussi bien qu'à ses propres yeux. Lorsqu'elle avait dénoncé Kay et Mickey, il avait entendu, à l'émotion dans sa voix, que cette fille avait un sens moral plus strict que ne le laissait paraître sa manière de s'habiller.

Il lui semblait entendre les rouages dans la tête de Kelly. Elle se demandait où était l'astuce et s'il y avait un piège quelconque. Il l'appâta un peu plus.

— Nous pourrions aller au restaurant.

Il fut joyeusement surpris lorsqu'elle accepta.

— D'accord.

— Pouvez-vous être prête dans une demi-heure ? Je viendrai vous chercher.

Elle eut une légère hésitation.

— Pouvez-vous m'attendre à l'arrêt du bus, au village ?

Délicieux. Elle ne voulait pas que ses parents la voient monter avec un homme plus âgé. Elle savait ce qu'ils en penseraient.

— Aucun problème.

Il prit sa Jaguar pour la conduire en ville. Elle était impressionnée par son automobile mais apparemment pas par sa collection de disques compacts. Elle choisit une station de radio qui passait des chansons romantiques les unes après les autres. Elle était très détendue et babillait sans cesse. Il se dit que cela devait faire partie de son métier. Une esthéticienne était un peu comme un coiffeur. Elle devait être capable de parler de tout et de rien. Ni l'un ni l'autre ne firent allusion à Kay. Apparemment, ils savaient tous deux que ce chapitre de sa vie était terminé. Il fallait passer à autre chose.

Il emmena Kelly faire un tour éclair de Londres qui la laissa sans voix. Ils visitèrent toutes les boutiques qu'elle avait vues dans les magazines qu'elle adorait. Après avoir bavé devant leurs vêtements, elle acheta des imitations dans les grands magasins de Knightsbridge ; elle était suffisamment jeune et suffisamment mince pour pouvoir se le permettre. Sa silhouette n'avait pas encore besoin de la coupe professionnelle des couturiers ni de la qualité de leurs tissus. Un peu plus tard, elle aida Lawrence à choisir des cadeaux pour ses principaux assistants. Généralement, Kay s'en chargeait, mais c'était son excuse pour son escapade d'aujourd'hui. De plus, son assistant personnel et le directeur du centre avaient travaillé très dur ces derniers jours et ne lui avaient posé aucune question. Il désirait leur montrer sa gratitude sans être obligé de les remercier verbalement. Un cadeau généreux conviendrait. Ils comprendraient. Ils savaient comment Lawrence fonctionnait, sinon ils n'auraient pas conservé leur emploi aussi longtemps.

Lawrence ne proposa pas d'acheter quelque chose à Kelly. Il ne voulait pas risquer d'altérer la dynamique de la journée. Il ne voulait pas non plus avancer trop rapidement, ni que Kelly se sente compromise. Il n'avait absolument aucune envie de jouer les papas-gâteaux.

Par contre, le restaurant faisait partie du marché. Lawrence commanda des Bellini pour Kelly, des cocktails délicieux mais peu alcoolisés. Il ne voulait pas qu'elle boive trop. Juste assez pour être coopérative mais pas soûle, c'était très important. Lui-même buvait du Bollinger qu'il lui fit goûter à même son verre. Son nez frémit ; elle aimait les bulles, mais la boisson n'était pas assez sucrée à son goût.

Il avait choisi le restaurant avec soin et l'observait, amusé. Elle admirait le décor et la clientèle sophistiquée dont Lawrence savait qu'ils étaient juste des gens comme elle avec à peine un peu plus d'argent et qu'ils s'étaient mis sur leur trente et un pour s'impressionner les uns les autres. Kelly pensait qu'ils étaient tous des célébrités mineures. Elle s'extasia lorsqu'elle aperçut une actrice de série B qui dînait à une table voisine avec son petit ami. Lawrence choisit ce moment pour jouer son atout.

— Vous savez, nous pourrions rester.

Kelly le regardait avec des yeux ronds comme des soucoupes.

— Ce serait dommage de rentrer alors que vous vous amusez tellement. Nous pourrions retenir des chambres d'hôtel et aller prendre un verre quelque part.

Il avança les noms de quelques bars fréquentés par des célébrités et elle avala l'hameçon.

— Je vais voir si je peux trouver des chambres. Ça risque d'être difficile si près de Noël, mais qui ne tente rien n'a rien.

Il disparut pour aller téléphoner discrètement. Il ne voulait pas qu'elle sache qu'il avait déjà réservé une chambre des mois auparavant. Il venait toujours en ville peu avant Noël avec Kay pour leurs emplettes. Ils en profitaient pour aller au spectacle. Il revint, tout sourires.

— J'ai réussi à me débrouiller. Il leur restait une suite. Je prendrai le divan…

Kelly le regarda d'un air entendu mais sourit. Elle était prête à jouer le jeu.

Deux heures, plusieurs cocktails et quelques centaines de billets plus tard, Kelly entraînait Lawrence dans le couloir qui menait à leur suite.

— À mon tour de vous gâter. Je vais vous faire un massage.

Elle se précipita dans la magnifique salle de bains et en ressortit avec une pile de serviettes blanches et douces. Très efficace, elle disposa rapidement deux serviettes sur le lit et lui dit de se déshabiller, lui tendant une autre serviette pour qu'il puisse se couvrir. Elle retourna dans la salle de bains pendant qu'il enlevait ses vêtements.

Lawrence ne s'attendait pas à ce qu'elle s'affirme de la sorte, mais cela ne lui déplaisait pas. Il plia soigneusement ses vêtements, enroula la serviette autour de sa taille et s'allongea sur le ventre. Kelly réapparut vêtue de l'inévitable peignoir blanc d'hôtel et portant un panier rempli de petites bouteilles de lotions et de potions. Elle fouilla dans le panier jusqu'à ce qu'elle trouve une bouteille d'huile. Elle la renifla avant d'en verser un peu dans ses mains et attendit qu'elle se réchauffe au contact de sa peau avant de commencer son travail. Lawrence poussait des grognements de douleur et d'extase pendant que Kelly massait son dos de ses doigts experts. Plaçant ses pouces de chaque côté de sa colonne, elle remonta jusqu'aux nœuds derrière son cou puis redescendit. Elle s'y prenait bien. Il se rendit compte qu'il était entre les mains d'une professionnelle en sentant ses muscles commencer à se relâcher et les tensions des derniers jours s'évaporer. C'était presque meilleur que le sexe. Il commençait tout juste à somnoler, emporté par les premières vagues du sommeil, lorsqu'elle tapota son derrière fermement en lui demandant de se retourner.

Il reprit ses esprits et se retourna, heureux d'avoir été tellement occupé à se détendre qu'il n'avait pas d'érection. Il s'assura discrètement que la serviette le recouvrait, car il n'était pas encore très sûr de la suite : s'agissait-il de prémices sexuelles ou le massage était-il terminé ? Il chercha les yeux de Kelly pour essayer de deviner ce qu'elle désirait. Elle lui adressa un sourire coquet tout en défaisant la ceinture du peignoir. Il déglutit lorsque le peignoir blanc tomba au sol. En dessous, elle portait un corset de satin d'un rose violent ; sa taille était tellement serrée qu'elle paraissait ridiculement petite alors que sa poitrine débordait du haut du corset, les aréoles à peine visibles. Lawrence s'étonnait d'être surpris. C'était bien le genre de lingerie que l'on pouvait s'attendre à voir sur Kelly. Sa surprise venait sans doute surtout du fait qu'il ne s'attendait pas à la voir.

Elle leva la bouteille d'huile puis la pencha lascivement, laissant s'échapper un filet de liquide qui lui tombait entre les jambes. Elle entreprit de se masser et Lawrence la regarda, émerveillé, pendant que ses mains allaient et venaient sur ses cuisses fermes et bronzées, se rapprochant petit à petit de son…

Sapristi. Il ne put s'empêcher de regarder fixement. Elle n'avait aucun poil. Il ne voyait que ses deux lèvres roses et un petit bouton qui pointait. Elle devait avoir tout rasé. Lawrence ne se permit pas d'y réfléchir de peur d'exploser.

— Enlève la serviette.

Lawrence n'avait jamais laissé une autre femme diriger sa vie, mais il ne se le fit pas dire deux fois. Il obéit et enleva la serviette. Son pénis était plus gros et plus long que dans son souvenir et il était plutôt fier, mais Kelly l'ignora. Elle se mit à califourchon sur lui au niveau de sa taille puis glissa vers le haut. Il grogna en sentant ses cuisses huilées et sa douceur chaude sur sa poitrine. Il était littéralement cloué, les genoux de Kelly sous ses bras. Bien sûr, s'il l'avait voulu, il aurait pu la renverser, mais pour quoi faire ?

Il leva les mains vers ses seins, mais elle agita un doigt en signe de reproche.

— Les mains le long du corps, s'il vous plaît, jusqu'à ce que j'aie terminé. Les dames d'abord.

Fasciné, il la regarda pendant que ses yeux se troublaient au fur et à mesure qu'augmentait le plaisir qu'elle se donnait. Elle caressait son clitoris du bout du doigt en faisant des cercles et sa respiration devint de plus en plus saccadée, puis elle pencha la tête vers l'arrière. Lawrence ne savait plus que regarder : les magnifiques tétons qu'il avait sous le nez, ou bien son visage déformé par l'extase, ou encore la source de son plaisir, d'où il espérait tirer le sien bientôt.

Comme elle arrivait au bord de l'orgasme, elle se souleva, recula dans un mouvement gracieux et se laissa glisser sur son pénis reconnaissant. Il remarqua à peine qu'elle lui avait mis un préservatif et omit de lui dire que c'était absolument inutile puisqu'il n'y avait aucun danger de grossesse lorsqu'il répandait sa semence inutile.

Un peu plus tard, alors que Kelly était recroquevillée sous le duvet de plume, profondément endormie, Lawrence eut une bouffée d'angoisse. Est-ce que le sexe avait été juste une manière de le remercier de tout l'argent qu'il avait dépensé pour elle ? Avait-elle réellement eu envie de coucher avec lui ? Est-ce qu'elle ne s'était pas sentie obligée de lui en donner pour son argent comme une professionnelle, avec une mise en scène géniale mais dénuée de sens ? L'avait-elle utilisé ?

Lawrence se sentit soudain pris de panique. Qu'attendait-il donc de cette fille ? Il devait être fou ! Lorsque Kay lui avait fait sa révélation, il avait réagi instinctivement. Il n'avait pensé qu'à une seule chose sans prendre le temps de réfléchir à ce qui était arrivé ; il n'avait donné aucune chance à Kay de s'expliquer. Aurait-il dû ? Dans sa tête, une petite voix lui disait qu'une histoire a toujours plusieurs versions. Il savait que le diagnostic du médecin avait tué quelque chose en lui. Avait-il repoussé Kay sans le vouloir ?...

Lawrence se força à sortir de ses réflexions maussades. Kay n'aurait rien pu dire pour changer les choses. Elle l'avait humilié. Plus que tout, il était un homme fier. Cette fierté l'empêchait de s'avouer qu'on lui avait arraché le cœur et l'âme cet après-midi-là. Même s'il ne l'avait jamais exprimé, il avait profondément aimé Kay, à sa manière. Il ne parvenait pas à imaginer qu'il pourrait s'entendre aussi bien avec quelqu'un d'autre. Ils avaient construit un partenariat. Une équipe. Dommage que les événements aient conspiré pour les détruire. Il n'allait cependant pas se laisser submerger par l'apitoiement et les regrets. Il fallait passer à autre chose.

Il se brossa les dents vigoureusement, prit une douche et enfila le peignoir jumeau de celui que Kelly portait un peu plus tôt. Puis il s'assit sur le lit et la regarda dormir. Elle allait l'aider à oublier et il ressentait de la gratitude pour elle. Cependant, il résolut de ne jamais plus s'autoriser à être vulnérable. Il se croyait dur, invincible, sans scrupules. Il venait d'apprendre qu'il ne l'était pas, et douloureusement.

Il avança la main pour caresser les cheveux de Kelly et laissa courir ses doigts dans ses tresses blondes emmêlées. Elle remua et ouvrit des yeux troubles. Elle se força à lui adresser un sourire suggestif.

— Ce n'était pas assez ?

Est-ce qu'elle pensait qu'elle lui devait quelque chose ? Tous ces apéritifs, le repas et l'hôtel coûteux...

Sans doute était-il en droit d'exiger un peu plus d'attention.

— Ce n'est rien. Rendors-toi.

Il remonta le duvet sur elle et elle s'y blottit. Il crut sentir son soulagement. Il était presque aussi grand que le sien. Pour rien au monde il n'aurait voulu baiser de manière froide et calculée. Cela l'aurait rendu plus conscient encore de tout ce qu'il venait de perdre.

# 12

On était à la veille de Noël et Lucy se demandait ce qu'elle faisait parmi la foule des clients de dernière minute. Elle n'avait pas voulu acheter son fromage au supermarché ; elle tenait à avoir les parfums vivants en provenance des fromagers. Des fromages qui sentent si fort qu'on les garde dans l'arrière-cuisine. Tout le monde se plaignait de l'odeur du stilton et du pont-l'évêque. Mieux valait les acheter à la dernière minute.

Devant la vitrine des fromages, elle tomba nez à nez avec Lawrence.

— Que faites-vous avec Kay pour Noël ?

— Je reste chez moi. Je n'ai aucune idée de ce qu'elle fera.

Lawrence avait les lèvres pincées et l'air sombre. Lucy ne savait plus quoi dire. Lawrence jugea qu'il serait pour le moins courtois de la mettre au courant.

— Nous nous sommes séparés.

Il ne prit pas la peine d'élaborer et Lucy ne le souhaitait pas. Elle laissait toujours le temps aux gens. Elle espérait qu'une réconciliation soit possible. Entre-temps, elle ne voulait pas qu'il passe Noël seul chez lui.

— Écoutez, nous sommes déjà presque une douzaine. Une personne de plus ne fera aucune différence. J'ai une dinde de la taille d'une autruche. Soyez gentil de vous joindre à nous.

Personne ne pouvait résister à une invitation de Lucy, même pas un cynique endurci comme Lawrence. Elle était si chaleureuse qu'elle ouvrait tous les cœurs. Il se surprit à accepter. Pourquoi devrait-il passer Noël tout seul, de toute manière ? Pourquoi se punirait-il ? Il n'était pas coupable. La nuit avec Kelly ne comptait pas. Il ne se considérait déjà plus comme marié lors de cette aventure.

Oui, le repas de Noël chez les Liddiard pouvait s'avérer intéressant. Il prendrait plaisir à mettre Mickey dans l'embarras. Il lui ferait passer le goût du dessert, mais discrètement. Il ne voulait surtout pas blesser Lucy. Elle était si gentille. Elle ne méritait pas d'être mariée à un bâtard comme Liddiard.

En rentrant à Barton Court, il fit une halte à la taverne Honeycote Arms et déposa un paquet pour Kelly. Il avait acheté un petit cœur d'ambre et une chaîne en argent qu'elle avait admirés au cours de leur sortie. Il s'était débrouillé pour l'acheter pendant qu'elle examinait les produits du rayon maquillage.

Il repartit, le cœur plein d'espoir, imaginant son visage lorsqu'elle ouvrirait son cadeau le lendemain matin. Bien sûr, elle risquait de croire qu'il voulait l'acheter, mais il fallait bien commencer quelque part. D'ailleurs, ce n'était qu'une babiole.

Une heure plus tard, elle l'appela sur son téléphone mobile pour le remercier.

— Tu ne devais pas l'ouvrir avant demain, coquine.

— Je n'ai jamais été capable d'attendre. Il est magnifique. Merci.

— Que fais-tu demain ?

— Je reste avec ma famille. C'est notre dernier Noël ici.

— Pourquoi ? Où allez-vous ?

Il y eut un silence.

— Je ne devrais pas vous le dire, mais je ne vois pas pourquoi j'en ferais un secret. La situation ne peut pas empirer. Les Liddiard vendent Honeycote Arms. Pour payer toutes leurs dettes. Ils ont de gros ennuis.

Lawrence, rouge d'excitation, serra le téléphone si fort que ses jointures blanchirent.

— Tu aurais dû me dire ça avant.

— Papa m'a demandé de garder le secret.

— Écoute, dis à ton père de ne pas s'inquiéter. Nous trouverons une solution. Dis-lui que je prendrai contact avec lui après Noël, mais n'en parle à personne d'autre.

En reposant le téléphone, Kelly sentit un frisson d'excitation la parcourir. Sa rencontre avec Lawrence était une bonne chose. Elle en était sûre. Il était le genre d'homme grâce à qui tout pouvait arriver ou, plutôt, grâce à qui rien ne pouvait arriver. Elle jouait avec le petit cœur d'ambre à son cou tout en se demandant si elle devait informer son père du coup de téléphone qu'elle venait de recevoir. Peut-être que non ; il y aurait trop d'explications à donner. Ses parents avaient l'esprit large, c'était préférable lorsqu'on tenait une taverne, mais elle avait calculé que Lawrence avait plus de deux fois son âge.

Lorsqu'elle eut fini ses achats d'épicerie, Lucy pensa aux derniers présents qu'il lui fallait encore acheter. Elle avait invité les Sherwyn au repas de Noël et voulait leur offrir un petit quelque chose à chacun. Elle n'avait pas non plus trouvé le cadeau de Mickey.

Elle se faufila dans la galerie de James. Il y avait eu beaucoup de monde la semaine précédente, mais la frénésie s'était calmée. Les gens n'achetaient généralement pas des œuvres d'art de grand prix à la dernière minute. L'élégance de la galerie constituait un décor reposant pour Lucy. La richesse des murs rouges contrastait avec les poutres et les planchers de chêne pâle. On entendait en fond sonore la musique de la chorale du King's College et une délicieuse odeur de vin épicé flottait dans l'air.

James se montra ravi de sa visite.

— Je panique. Je n'ai pas encore trouvé de cadeau pour Mickey. Je n'ai aucune idée, mais je comptais sur toi...

Ironiquement, Lucy avait mis longtemps à trouver un présent pour James, mais elle avait fini par dénicher juste ce qu'il fallait. Pourtant, elle estimait qu'il était plus difficile à contenter que Mickey.

James trouva le cadeau idéal, un petit dessin à l'encre d'un chien qui ressemblait à Pokey. L'œuvre n'étant pas signée, le prix était raisonnable. Lucy fut ravie.

— Tu es un génie.

Elle rangea le dessin soigneusement enveloppé dans l'un de ses sacs d'emplettes.

— Comment ça se passe avec Mickey ? demanda James, l'air de rien, espérait-il.

— Mille fois mieux. Il semble s'être détendu. Je remercie le ciel. Je commençais à me faire du souci.

— C'est bien.

— Au fait, que fait Caroline demain ?

La surprise se peignit sur les traits de James. Lucy s'intéressait rarement à ce que faisait Caroline.

— Elle va chez ses parents.

— J'allais te proposer de l'inviter à Honeycote si tu veux. Pour midi. Ou pour prendre un verre dans la soirée.

James dut se forcer à sourire pour la remercier. Il avait compris le message. Lucy lui disait que tout allait bien. En introduisant Caroline dans leur cercle, elle le repoussait, s'assurait qu'il fasse marche arrière. En d'autres termes, on le congédiait. Ses services n'étaient plus nécessaires.

Dans sa chambre d'hôtel à Frome, Kay composait rageusement le numéro d'une autre clinique privée. Elle avait été secouée, au début, en évaluant son problème. Elle était restée dans sa chambre sans savoir vers qui se tourner et avait passé une nuit d'insomnie très agitée. Depuis, elle avait réagi. Elle n'allait pas se laisser dicter sa conduite par un médecin stupide qui lui affirmait qu'il était trop tard pour un avortement. Avec un peu d'argent, il n'était jamais trop tard pour rien. Il s'agissait seulement de trouver la bonne personne.

Au bout d'une demi-heure, elle lança l'appareil rageusement à travers la pièce. Elle avait eu beau s'emporter et tempêter, téléphoner à toutes les cliniques possibles, la réponse était identique partout. Même s'il existait quelqu'un capable de faire la sale besogne, personne n'était libre avant Noël.

*

* *

Ce soir-là, la petite église de Honeycote était pleine à craquer pour la messe de minuit. Le vicaire était très populaire et le chœur, excellent, attirait les foules. Parce qu'ils vivaient à Honeycote House depuis longtemps, les Liddiard occupaient toujours le premier banc. Trois rangées derrière, de l'autre côté de l'église, Ned osa couler un regard de côté en direction de Sophie. Elle n'avait plus l'air d'un ange doré comme l'autre nuit mais était pareille à elle-même, telle qu'il se la rappelait. Elle avait un peu minci, certes, mais ses cheveux lui tombaient sur les épaules et elle ne portait pas de maquillage. Elle était habillée d'une veste et d'un jean. Elle n'avait plus rien de la créature intimidante dont il était tombé éperdument amoureux, mais Ned était surpris que son cœur fasse des heures supplémentaires. Il était amoureux de Sofa !

Alors qu'il ne pouvait détacher son regard d'elle, elle se retourna et planta ses yeux dans les siens. Il s'immobilisa comme un lapin effrayé, ne sachant quelle attitude adopter. Le sourire qu'elle lui adressa fit fondre son cœur. Ce n'était pas juste un sourire de reconnaissance mais un vrai sourire du cœur. Au moment où l'organiste jouait les premières notes de « Oh Come All ye Faithful », il lui rendit son sourire, puis leva un verre imaginaire vers sa bouche pour lui faire comprendre qu'il l'invitait à boire quelque chose après la messe. Sophie acquiesça et retourna à son livre de prières.

Incapable d'effacer le sourire de son visage, Ned vérifia que le petit paquet était toujours dans sa poche. Rassuré, il rejeta les épaules en arrière et se mit à chanter joyeusement. Ned et Sophie s'éclipsèrent pendant que les fidèles qui sortaient de l'église échangeaient leurs vœux et se transmettaient des invitations dans la nuit claire comme le cristal. Ils allèrent s'asseoir sur une tombe, loin de la foule, se tenant la main et riant d'énervement et d'excitation.

— Je suis content que tu sois redevenue toi-même, Sophie. J'ai gaffé l'autre soir, tu m'effrayais. Je n'osais pas te parler.

— J'ai cru que tu m'ignorais volontairement. (Sophie le regarda timidement.) J'ai cru que tu étais amoureux de Mandy.

— Mon Dieu non. Je veux dire, elle est drôle et tout, mais ce n'est pas mon genre. (Il lui rendit son sourire timidement.) J'ai un cadeau pour toi.

Il lui tendit le petit paquet. Sophie l'ouvrit en hâte. Il contenait une écharpe en gaze légère, de la couleur et de la matière des ailes de fée, brodée de petites perles. Sophie resta sans voix. C'était la plus jolie chose qu'elle ait jamais vue, et dire que Ned avait pensé à elle en la voyant...

Lorsque Ned enroula l'écharpe autour de son cou et, tenant les deux bouts, rapprocha Sophie de lui, elle sentit une bouffée de parfum de vanille. L'odeur lui sembla étrangement familière mais elle pensa que, peut-être, la boutique avait enveloppé l'écharpe dans un papier parfumé. De toute manière, elle n'allait pas s'attarder à ce détail maintenant. Elle ferma les yeux lorsque Ned la prit dans ses bras et déposa le plus doux, le plus chaud des baisers sur ses lèvres.

# 13

Le matin de Noël, Lucy s'éveilla à cinq heures moins le quart, quinze minutes avant que le réveil ne sonne. Elle le bloqua pour qu'il ne réveille pas Mickey, enfila de grosses chaussettes en laine et un chandail, le chauffage n'étant pas encore allumé, et elle sortit de la chambre sur la pointe des pieds.

Dans la cuisine, elle examina la dinde pensivement et passa en revue mentalement les invités. Cinq Liddiard, James, Lawrence, les Sherwyn et les Walsh ; elle devrait être assez grosse. Elle prit un bon morceau de beurre à pleines mains et l'étala soigneusement sur la peau de la bête, emplit la cavité d'herbe et de citron, puis recouvrit la dinde d'une tente d'aluminium avant de la mettre au four. Elle recompta à l'envers sur ses doigts pour être sûre qu'elle avait bien calculé le temps de cuisson. Le repas serait prêt vers quatorze heures.

Et maintenant, ce qu'elle préférait. Elle se glissa dans le corridor et souleva le couvercle d'un immense coffre de chêne sculpté. Il contenait trois gros bas de Noël portant chacun, au point de chaînette, l'initiale de son propriétaire. Elle les sortit l'un après l'autre, s'amusant de leur poids et des mystérieuses bosses qui les déformaient. Elle les emporta à l'étage.

Patrick dormait, beau, impassiblement arrogant comme toujours, un bras négligemment étendu au-dessus de sa tête. Lucy se demanda si elle n'était pas un peu bébête de lui donner encore un bas de Noël.

Une vague de tendresse la submergea au souvenir de son premier Noël à Honeycote. Elle avait rempli le bas de Patrick de jouets traditionnels : une toupie, un kaléidoscope, un sifflet en métal, un train en bois, un sac de billes ; et avait ressenti un réel bonheur en voyant le visage du garçon s'illuminer lorsqu'il l'avait ouvert. Apparemment, sa mère désapprouvait Noël, fête commerciale et matérialiste, et ne lui avait autorisé l'année précédente qu'un jouet éducatif, en guise de compromis. Le contenu était différent maintenant, bien sûr, mais Lucy ne parvenait pas à briser la tradition. Elle se persuadait que Patrick serait déçu de ne pas trouver son bas au pied de son lit. Cette année, elle avait eu plus de mal à lui trouver des cadeaux, quoiqu'elle fût assez contente de la lampe électrique, fine et noire, aussi plate qu'une carte de crédit.

Pour les filles, c'était plus facile. Tout l'art consistait à répartir les cadeaux équitablement. En fait, Lucy leur avait acheté à peu près les mêmes babioles, dépensant une fortune dans leur magasin préféré : faux tatouages, crèmes à paillettes pour le corps, petites culottes pour chaque jour de la semaine, maquillage ainsi qu'un assortiment de livres et de disques compacts et, bien sûr, l'inévitable calendrier qui resterait toute l'année sur le mois de janvier.

Une fois ses livraisons terminées, elle retourna chercher dans le coffre les présents destinés aux invités et alla les placer sous l'arbre dans le salon. La cheminée était décorée de feuillages récoltés dans le jardin et enrubannés de gros nœuds de soie vieil or. Les magazines qui traînaient habituellement sur la table basse avaient été remplacés par un arrangement préparé par Lucy avec des ananas, des grenades et des artichauts. Sur chaque rebord de fenêtre, elle avait mis un énorme vase contenant des roses blanches à peine teintées de corail.

L'arbre offrait un contraste saisissant. Toutes les décorations achetées depuis le premier sapin qu'elle et Mickey avaient préparé pour Patrick y avaient leur place. Chaque année, les décorations que fabriquaient les enfants étaient aussi fièrement exposées. Le résultat était chaotique. Cette profusion donnait un assez bon résultat. Il ne s'agissait certes pas d'une élégante décoration minimaliste. Lucy estimait qu'un arbre de Noël devait être décoré d'éléments criards et brillants. La famille organisait même un concours pour trouver une décoration aussi ringarde que possible. Cette année, Lucy s'était aperçue la veille de Noël que personne n'y avait pensé, aussi avait-elle ressuscité un père Noël à paillettes qui chantait inlassablement « I Saw Mommy Kissing Santa Claus ». L'oubli de cette tradition lui paraissait trahir l'atmosphère actuelle de la maison ; tout le monde avait la tête ailleurs. Elle avait été obligée de stimuler Sophie et Georgina pour les préparations de dernière minute, les tartes aux raisins, les cartes postales à enfiler sur de longs rubans rouges et à accrocher aux murs, le nettoyage de l'argenterie, noire de n'être pas utilisée, et la préparation de la salle à manger en prévision du repas de Noël. Lucy eut un sourire en se remémorant l'état d'excitation dans lequel était Sophie au retour de l'apéritif qu'ils étaient allés prendre chez les Walsh. Elle se demandait si le baiser que Ned avait donné à sa fille à leur départ y était pour quelque chose. Que Ned et Sophie soient amoureux lui paraissait étrange. Ned était presque un deuxième fils pour elle. D'ailleurs, il était devenu rouge comme une pivoine lorsque Lucy, ayant croisé son regard, lui avait adressé un clin d'œil.

Elle déposa les paquets soigneusement enveloppés sous l'arbre. Elle songea qu'elle devrait peut-être placer celui de James ailleurs, en sécurité. C'était un gobelet antique en verre de Murano, très fragile. Elle le mit sur la cheminée pour qu'il ne lui arrive rien. Elle savait que James le trouverait tout à fait à son goût. Elle réfléchit un instant à leur relation. Certaines personnes pensaient probablement qu'ils avaient une aventure ensemble, car ils passaient beaucoup de temps l'un près de l'autre. En vérité, elle passait probablement plus de temps avec James qu'avec Mickey. Seulement, Mickey était au courant et, de toute façon, elle n'avait jamais couché avec James.

Lucy n'avait jamais vraiment envisagé une relation sexuelle avec James bien qu'elle sache qu'il n'y serait pas opposé si elle exprimait un désir dans ce sens. Il ne ferait certainement pas le premier pas ; il était beaucoup trop bien élevé pour cela, mais Lucy savait que James ne s'était jamais marié parce que s'il l'avait fait, leur relation aurait été réduite à néant. Une autre femme n'accepterait jamais leur amitié comme l'acceptait avec confiance et sans aucun soupçon Mickey.

Par bien des côtés, elle aimait James, car il lui offrait l'attention que son mari oubliait souvent de lui donner. De temps en temps, Lucy avait l'impression fugace que Mickey la tenait pour acquise et elle se sentait lasse, parfois, de faire bonne figure. Elle était extrêmement tolérante et acceptait volontiers que Mickey ramène pour manger ou boire un verre à la maison des hordes de gens qu'il rencontrait aux courses. De même, elle se montrait compréhensive s'il acceptait une invitation et rentrait tard et soûl. Elle ne s'en offusquait pas, mais elle devait reconnaître que James était toujours là pour compenser, l'emmener au restaurant à Cheltenham, à un concert en plein air ou visiter un jardin du National Trust. Mickey n'aurait jamais accepté de l'accompagner dans ces sorties.

Elle se demandait si son mariage aurait été aussi heureux, aussi longtemps, sans James pour remplir les lacunes de sa vie. Est-ce que cela signifiait qu'elle l'exploitait ? Qu'en retirait-il à part le plaisir de sa compagnie ? À y réfléchir, conclut Lucy, il y trouvait son compte. Elle s'occupait bien de lui. Il passait la plupart de son temps libre avec la famille et mangeait chez eux. Comme un frère. Ce qu'il était, d'ailleurs, par mariage. Exactement cela. James était un frère pour elle.

Rassurée, Lucy décida de retourner se glisser dans son lit une heure, avant d'aller nourrir les chevaux puis de se mettre à éplucher des tonnes de pommes de terre. Elle se glissa auprès de Mickey qui était réveillé depuis qu'elle s'était levée mais feignait de dormir. Il savait qu'il n'avait plus que quelques heures de répit avant d'être obligé de dire à Patrick qu'il avait vendu Monkey. Dès que les Sherwyn arriveraient, la vérité éclaterait. Il regrettait amèrement ce qui lui avait semblé une bonne idée, peu auparavant, mais il était trop tard pour faire marche arrière. Il avait déjà dépensé l'argent ; la totalité des trois mille. Il se consola en se disant qu'au moins il avait payé ses dettes les plus pressantes, celles qui risquaient de le trahir : au poste d'essence et au maréchal-ferrant et, le fournisseur dont il ne pouvait se passer, au marchand de vin.

Sapristi, pourquoi se faisait-il tant de soucis ? C'était lui qui avait payé Monkey, de toute façon. Il avait bien le droit de le vendre. De plus, Patrick ne le montait plus. Le cheval était trop petit pour lui depuis des années. Il ne s'en plaindrait probablement même pas.

Mickey sursauta en sentant la main chaude de Lucy se glisser sous l'élastique de son pyjama. Oh, mon Dieu ! Il pria pour ne pas se retrouver dans la même situation qu'avec Kay l'autre nuit, et espéra que la culpabilité, la tension et l'alcool n'allaient pas le handicaper à tout jamais. Non, il sentit la raideur familière. Son moral, comme son pénis, remontait. Arborant un sourire confiant, Mickey se tourna.

— Joyeux Noël, ma chérie.

À Solihull, Mandy et Keith échangeaient leurs cadeaux en espérant tous deux secrètement que Sandra ne viendrait pas les ennuyer ni les insulter en leur téléphonant pour leur souhaiter joyeux Noël. Mandy avait acheté à son père des boutons de manchette en argent en forme de tête de renard. Il les mit immédiatement, puis lui tendit une enveloppe contenant des tickets pour une demi-douzaine de leçons de conduite. Il s'excusa de lui offrir un cadeau aussi banal mais elle protesta, déclarant que c'était ce qu'elle désirait.

Elle prépara le petit-déjeuner, des œufs brouillés sur des toasts de pain de blé concassé, du jus d'orange fraîchement pressé et du café. Keith termina ses œufs en exprimant sa satisfaction, puis se rappela quelque chose.

— J'ai oublié. J'ai un autre cadeau pour toi.

Il sortit de la cuisine. Mandy commença à remplir le lave-vaisselle. Il revint avec un paquet de forme bizarre, enveloppé dans du papier écossais. On aurait dit une ceinture. Intriguée, Mandy l'ouvrit.

C'était une bride de cheval. Elle la retourna et vit une petite plaque de bronze qui brillait. Elle lut le nom qui y était gravé : Monkey. Elle regarda Keith qui souriait de toutes ses dents.

— Tu veux rire.

— Pas du tout. Il est à toi. Il t'attend chez les Liddiard, alors va vite t'habiller.

Elle faillit le faire tomber en se jetant dans ses bras pour le serrer très fort. Il ne se rappelait plus qui avait dit qu'il y a plus de plaisir à donner qu'à recevoir, mais c'était absolument vrai.

— Espèce d'enfoiré !

— Allons, Patrick. Quand l'as-tu monté pour la dernière fois, nom d'un chien ? Tu es bien trop lourd.

— C'est mon cheval. On ne vend pas ce qui appartient aux autres. Certainement pas sans demander.

— Je suis désolé. Je pensais vraiment que cela ne te ferait rien.

— Eh bien tu t'es trompé.

Patrick était plus bouleversé qu'il ne l'aurait cru lui-même. Il faillit pleurer.

— Rends-le-moi.

— Désolé. C'est impossible. J'ai dépensé l'argent.

— Pour quoi ? Pas pour ta femme en tout cas. C'est un peu cher pour un pyjama.

— Écoute, Patrick, tu ne comprends pas tout…

— Ne me prends pas de haut. Il y a un tas de choses que je comprends parfaitement. J'étais simplement trop poli pour en parler jusqu'à maintenant. Ne te moque pas de moi.

Mickey déglutit. La situation était pire qu'il ne l'avait imaginée. Patrick avait décidé de retourner le couteau dans la plaie. Il en avait assez de marcher sur des œufs devant son père.

— La brasserie est en faillite totale, n'est-ce pas ?

— Qui dit ça ?

— Tout le monde et même les voisins, si je ne me trompe.

— Commérages.

— Kelly m'a parlé de la vente de Honeycote Arms.

Mickey roula des yeux exaspérés. Il avait clairement dit à Ted qu'il valait mieux ne pas parler de tout cela jusqu'à la nouvelle année. Ça lui apprendrait à être honnête avec les gens. Il n'aurait pas dû leur confier ce qu'il se proposait de faire.

— Nous avons besoin d'investir un capital substantiel. C'est la seule manière.

— Nous avions toujours dit que nous ne nous séparerions jamais des tavernes.

— Dans un monde idéal, mais nous ne vivons pas dans un monde idéal. Soit nous vendons Honeycote

Arms, soit un investisseur étranger vient mettre son nez dans l'affaire et nous dire comment la faire marcher. La première chose qu'il demandera sera probablement qu'on se débarrasse de toi, alors tu ferais mieux de te taire.

Le père et le fils se toisèrent rageusement.

— Tu commences par vendre mon cheval, puis mon héritage...

— Ne sois pas si mélodramatique. C'est une question de survie. Écoute, Patrick. Tu as tout eu sur un plateau jusqu'à aujourd'hui et je ne te l'ai jamais reproché. Tu pourrais au moins ne pas tirer sur l'ambulance. J'ai assez de soucis sans que tu fasses l'enfant gâté.

Patrick se mordit la langue. Il ne voulait pas gâcher le jour de Noël. Il tourna les talons et rentra dans la maison d'un pas martial. Seul dans la cour, Mickey décida qu'il allait goûter le vin qu'il voulait servir au repas. Au cas où il ne serait pas bon, il pourrait toujours mettre une autre bouteille à rafraîchir.

Dans la cuisine, Patrick retrouva Sophie. Elle était rouge et légèrement paniquée. Elle l'aborda en l'appelant par son surnom d'enfance, ce qui signifiait qu'elle voulait quelque chose.

— Patch. Est-ce que tu serais très fâché si je donnais ton cadeau à Ned ?

— Je ne sais pas. J'ignore ce que c'est.

— Je t'en achèterai un autre. Je t'achèterai même quelque chose de mieux puisque tout sera au rabais. Il me faut un présent pour Ned.

Patrick regarda Sophie et sourit.

— Est-ce que tu essaies de me dire quelque chose ?

Sophie était mortifiée. Patrick mit fin à ses taquineries.

— Bien sûr ; tu peux disposer de mon cadeau.

— Tu ne lui diras rien ?

— Mais non. Et au fait, Soph', c'est chouette pour toi. J'ai toujours pensé que vous feriez un très beau couple.

Sophie rougit encore plus et se précipita dans les escaliers pour aller changer l'étiquette sur la bouteille d'après-rasage qu'elle avait achetée. Patrick était ravi. Ned était un chic type. Il prendrait soin de Sophie ; Patrick en était persuadé. D'ailleurs, dans le cas contraire, Patrick serait là pour lui chauffer les oreilles.

Le jour de Noël s'était déroulé à la perfection, comme dans un livre, pensait Lucy. Ils avaient bu du champagne accompagné de blinis au saumon fumé dans le petit salon pendant que les présents s'échangeaient. Sophie était allée de l'un à l'autre avec un crayon et un carnet pour noter les cadeaux que chacun recevait. À la fin de la journée, ils seraient tous si soûls qu'ils risquaient d'oublier. Elle portait autour du cou une écharpe argentée et ne cessait d'échanger avec Ned des petits sourires qui ne passaient inaperçus de personne. Mickey était en grande forme, comme toujours lorsque sa maison était pleine d'invités. Il n'était jamais aussi heureux que lorsqu'il remplissait les verres des gens. Les Walsh étaient ravis, comme chaque fois, d'échapper un moment aux corvées de la ferme. Les Sherwyn étaient parfaitement à leur place. Seul Patrick avait semblé un peu tendu, mais il avait fait de son mieux pour le cacher. Lucy ne s'en était aperçue que parce qu'elle avait remarqué qu'il fumait un grand nombre de cigarettes. Des ennuis avec Kelly, peut-être. James avait adoré son cadeau. Elle le savait parce qu'il l'avait remerciée trois fois. C'était plus que Mickey, qui, lui, après avoir regardé le petit dessin suffisamment longtemps pour être poli, l'avait mis de côté. Elle s'était efforcée de ne pas se sentir blessée. Après tout, elle savait que Mickey n'était pas un grand amateur d'art ; pour lui, les tableaux servaient à cacher les taches sur les murs.

Ce n'est qu'après le repas que l'ambiance s'était dégradée. Ned avait réussi à persuader les autres jeunes gens d'aller se promener. Il avait une furieuse envie de fumer et ses parents étaient farouchement opposés à la cigarette. Les adultes avaient continué à picorer les restes de fromage. Jusqu'à cet instant, personne n'avait abordé le sujet des malheurs de Lawrence, ni demandé où était Kay. Keith Sherwyn avait soudain regardé sa montre et fait un commentaire maussade sur le peu d'envie qu'il avait de rentrer dans une maison vide malgré qu'il soit temps de partir. Lawrence était ivre. En fait, ils l'étaient tous, mais Lawrence était plus sérieusement atteint.

— Pouvez-vous me donner des conseils ? Moi aussi, il va falloir que je m'y habitue.

Il avait ensuite posé un regard de défi sur l'assemblée autour de la table.

— Je suppose que vous vous demandez où cette salope est partie. Je ne vous cacherai rien : je n'en ai aucune idée. Tout ce que je sais, c'est qu'elle ne passera plus le seuil de ma porte.

Il avait pris une gorgée de porto puis reposé son verre avec violence. Lucy avait frémi.

— Elle est partie après s'être fait engrosser. Pas par moi, bien sûr. Alors voilà. Je l'ai bannie. Remarquez bien, elle trouvera sûrement un gynéco qui arrangera tout pour elle. Elle est probablement sur le billard en train de se faire passer l'aspirateur. Je ne peux pas imaginer Kay dans le rôle d'une mère célibataire, et vous ?

Affichant un sourire narquois, il promena son regard autour de la table. Un silence lourd planait.

Mickey s'était versé une bonne rasade de porto et avait passé la bouteille à sa gauche d'une main tremblante.

— Encore un peu de fromage, quelqu'un ? avait murmuré Lucy.

Sophie, Patrick, Mandy, Ned et Georgina avaient quitté la table pour aller se promener avec Pokey qui gambadait joyeusement. Mandy aurait aimé rendre visite à Monkey et même le monter un peu, mais il avait perdu un fer et Lucy ne pensait pas pouvoir faire venir le maréchal-ferrant avant la nouvelle année. Mandy se consolait à l'idée de se promener avec Patrick. Sophie et Ned marchaient en avant, leurs mains gantées entrelacées. Ils s'arrêtaient de temps en temps pour se bécoter et, chaque fois, Georgina exprimait sa gêne par un haut-le-cœur.

Mandy rejoignit Patrick et marcha à son rythme.

— Je suis vraiment désolée à propos de Monkey. Sophie m'a dit qu'il était à toi. Je ne savais pas.

Patrick fit un signe de tête indifférent en réponse à ses excuses.

— Je ne vais pas le prendre tout de suite. Ton père a dit que nous pouvions le laisser chez vous un certain temps. Nous allons probablement déménager bientôt.

— C'est vrai ?

Patrick n'était pas vraiment intéressé.

— Papa va vendre son affaire. Il veut se lancer dans quelque chose de complètement différent. Je crois qu'il aimerait emménager quelque part par ici. Si nous ne sommes pas loin, tu pourras venir voir Monkey tant que tu voudras.

Patrick la regarda.

— C'est une grosse affaire, n'est-ce pas ? Il va en tirer beaucoup d'argent.

— Je crois qu'il veut surtout s'en débarrasser, pas vraiment faire de l'argent. (Elle fit une pause.) Mais il en tirera quelques millions, ça c'est sûr.

Patrick faillit en rester sur place, mais il se reprit. Il était passé maître dans l'art de cacher ses émotions. Il approuva poliment de la tête.

— Dans quoi va-t-il se réorienter ?

— Je ne sais pas. N'importe quoi pourvu que ce ne soit pas des salles de bains. Il veut prendre un nouveau départ, maintenant que ma mère est partie.

Le ton indifférent de Mandy, sans apitoiement, permit à Patrick de ne pas avoir à s'étendre sur le sujet. Il détourna subtilement la conversation.

— Écoute, je suis vraiment désolé de ce qui s'est passé l'autre nuit.

Mandy rougit furieusement.

— Je me suis vraiment mal conduit. Je pensais... (il cherchait un cliché crédible)...je me suis dit que j'étais en train de profiter de l'occasion, que tu avais trop bu, comme Sophie, et que tu allais le regretter.

— Oh non. Je ne bois pas vraiment.

Patrick s'arrêta et la fit se tourner vers lui. Il remit une mèche de ses longs cheveux brillants derrière son oreille et la regarda frémir sous sa main, nerveuse comme un jeune faon. De la pâte à modeler. Comme l'aurait dit Ned dans son langage le plus poétique, elle était aux abois.

Patrick eut à peine le temps d'effleurer ses lèvres avec les siennes. Georgina les rejoignait à grandes enjambées. Il n'aurait pas pu souhaiter une arrivée plus opportune. Ils s'écartèrent l'un de l'autre vivement et reprirent leur marche.

— Vous rentrez chez vous ce soir, n'est-ce pas ?

— Je crois que oui.

— Que faites-vous pour le jour de l'an ?

— Je ne sais pas.

Patrick laissa le silence s'installer tout en passant en revue diverses options dans sa tête. Honeycote House apparut. Patrick s'arrêta et regarda la maison avec fierté. L'idée qu'elle appartienne éventuellement à un autre lui était insupportable. Pourtant, les bribes d'information qu'il avait récoltées ici et là à la brasserie et en discutant avec Kelly et la manière dont son père se comportait lui faisaient craindre que cette possibilité se matérialise. Après tout, chaque jour des gens perdaient leurs droits ancestraux. Toutefois, il n'avait pas l'intention de rester assis pendant que cela se produirait, pas comme Mickey.

— Si tu ne fais rien, tu pourrais venir avec moi à Cheltenham ; un ami organise une soirée qui devrait être très drôle.

— Certainement. C'est une bonne idée.

— Je t'appellerai le moment venu.

— D'accord.

Mandy lui sourit et son visage s'éclaira. Elle est vraiment très belle, se dit Patrick. L'exécution de son plan en serait facilitée. Si elle avait été un laideron, les gens se seraient peut-être posé des questions.

La petite compagnie fit irruption dans le couloir. Les bottes volèrent, les manteaux tombèrent, les écharpes et les gants s'accumulèrent sur le coffre. Ned, qui avait trop chaud, enleva la cravate que sa mère l'avait obligé à mettre le matin et déboutonna son col. Sophie le regarda, horrifiée. Elle étouffa un sanglot et se précipita vers les escaliers qu'elle gravit quatre à quatre.

— Que se passe-t-il ?

Ned était dérouté.

— Tu as une grosse marque de suçon sur le cou.

Patrick laissa échapper un nuage laconique de fumée de cigarette.

Ned se précipita vers le miroir le plus proche et examina son cou. Sapristi ! Patrick avait raison. Dans ses élans de passion, deux jours auparavant, Mayday avait laissé une grosse tache mauve au creux de son cou. Il ne s'en était pas rendu compte. Comment pourrait-il s'expliquer ? Il n'allait quand même pas prétendre se l'être fait tout seul, c'était anatomiquement impossible.

Allongée sur son lit, Sophie se vengeait sur l'écharpe, qu'elle mit rapidement en pièces. Elle la porta à son visage en sanglotant. Le parfum entêtant qu'elle y reniflait lui rappela soudain où elle l'avait déjà senti. C'était le parfum de Mayday Perkins. La taverne du Horse and Groom avait toujours cette odeur. Parfois, la veste d'aviateur de Patrick en était imprégnée lorsqu'ils sortaient ensemble. Et maintenant, le cadeau que lui avait fait Ned puait ce parfum, parce qu'il avait été avec elle. C'est elle qui devait lui avoir fait ce suçon, il n'y avait pas très longtemps de surcroît.

Sophie n'en revenait pas. Elle compta sur ses doigts. Pendant presque dix-huit heures, depuis la messe de minuit, elle avait nagé dans le bonheur. Elle était dans une bulle d'excitation qui faisait chanter la joie dans sa tête, son cœur, ses moindres fibres. Tout à coup, elle venait d'atterrir brutalement.

À vingt et une heures, tout le monde était parti. James voulait s'occuper de ses deux labradors qui étaient restés enfermés toute la journée. Lawrence avait du travail au centre de jardinage qui recevrait un afflux de clients le lendemain de Noël, comme d'habitude. Les Walsh devaient vaquer à leurs occupations de fermiers, le bétail ne tenant pas compte des congés officiels. Keith et Mandy emmenèrent Sophie et Georgina avec eux à Solihull. Keith ayant des tickets pour le spectacle de pantomime donné à Birmingham le lendemain de Noël, il avait invité les deux jeunes filles à se joindre à eux. Sophie était bien contente d'échapper aux regards curieux des autres invités de Honeycote. Elle pleura durant tout le trajet. Mandy, gentiment, fit en sorte que la musique du disque compact couvre ses sanglots pour ne pas mettre son père mal à l'aise. De toute façon, Georgina jacassait comme une pie, assise sur le siège avant, à côté de lui.

Dans la cuisine, les assiettes, les bols et les verres étaient empilés sur la table, encadrés par les plats et les ustensiles de cuisine. La vision était peu séduisante. Mickey, encore raidi par le choc, offrit de les laver. Il espérait que cette corvée occuperait son esprit pendant au moins une demi-heure. Hélas, Lucy, excitée par le champagne et le pouilly fumé, s'échauffait au sujet de cette pauvre Kay. Elle était scandalisée, non par la situation de Kay, mais par le traitement que Lawrence lui infligeait.

— Il n'a pas le droit de la mettre à la rue. Pas si elle est enceinte, même si ce n'est pas le sien.

— Mais si, il en a le droit.

— C'est cruel. Je vais lui téléphoner. Voir si elle va bien.

— Non !

Surprise par le ton agressif de Mickey, Lucy le regarda longuement. Elle fronça les sourcils, perplexe devant sa réaction. Il suait abondamment.

— Pourquoi pas ?

— Parce qu'il vaut mieux ne pas s'en mêler, c'est tout. Écoute, c'est Noël, c'est une journée pour la famille...

— La famille est partie. Il ne reste que nous.

— Kay et Lawrence doivent arranger les choses entre eux. Je suis sûr que si elle veut te parler elle téléphonera.

Lucy n'insista pas. C'était bien les hommes. Jamais ils ne voulaient se mêler des problèmes des autres. Ils n'avaient pas le sens de la solidarité comme les femmes. Lucy savait que si elle était dans la situation de Kay, Dieu l'en préserve, elle apprécierait un coup de téléphone. Elle se sentirait mieux sachant que quelqu'un pensait à elle.

À Barton Court, Lawrence était allongé sur son lit. La tête lui tournait et il se maudissait. Habituellement, il jouait ses cartes avec un peu plus de finesse. Aujourd'hui, il avait trop bu et il en avait trop dit, il le savait, mais il ne parvenait plus à supporter de voir Liddiard assis là, tellement satisfait de lui-même, avec sa vie parfaite, sa femme parfaite, sa famille parfaite. Toutes ces choses que Lawrence ne posséderait jamais. Il avait eu envie de pisser dans le jardin de Mickey. Et il l'avait fait. L'expression sur le visage de Mickey valait son pesant d'or. Il avait failli lâcher le flacon de porto. Le regard horrifié de Lucy lui avait fait un peu honte. Il n'avait eu aucune intention de lui gâcher la soirée. Il s'était excusé et il était parti peu après son éclat. Maintenant, il se retrouvait seul sur son lit, se sentant horriblement mal et consolé seulement par l'idée que Mickey devait être dans un état pire encore.

*

* *

Lucy attendit que Mickey soit parti jeter un coup d'œil aux chevaux et passa derrière la cuisine dans le petit bureau où se trouvait le téléphone. Elle chercha le numéro du portable de Kay dans le carnet d'adresses et le composa. À sa grande surprise, le téléphone eut à peine le temps de sonner. Un flot de paroles la submergea.

— Écoute, Mickey, n'as-tu pas compris ? Je ne veux pas te parler. Oublie que j'existe. Tu n'as pas à te faire de soucis pour moi, ni pour le bébé. Tout est réglé. Tire-toi de ma vie, c'est tout.

On avait raccroché. Lucy regarda l'appareil et appuya sur le bouton qui permettait de retrouver les cinq derniers numéros composés. Celui de Kay. Celui de Kay. Celui de Kay. Celui de Kay. Celui de Kay.

## 14

Kay mit son portable en mode répondeur et se laissa aller contre ses oreillers. Elle avait passé toute la journée de Noël au lit, les épais rideaux fermés ne laissant filtrer qu'un petit rayon de lumière. Elle savait que le personnel de l'hôtel s'inquiétait à son sujet, mais elle s'en moquait. Ils avaient insisté pour lui envoyer un plateau-repas qu'elle avait retourné en l'ayant à peine touché.

Elle se pencha pour se verser un autre verre de vin. Sapristi, la bouteille était vide. Elle téléphona pour qu'on lui en apporte une autre.

Il n'y avait qu'un seul moyen de sortir de sa situation. Elle avait lu suffisamment de livres de Catherine Cooksons pour savoir que tout se règle par une bonne cuite au gin et un bain chaud. Comme elle n'aimait pas le gin, le crozes-hermitage ferait l'affaire.

Lorsque le serveur de l'étage frappa, elle tituba jusqu'à la porte, lui arracha le plateau et lui referma la porte au nez avant même qu'il ait eu le temps de lui demander de signer.

Au moment où il s'engageait sur la route qui menait chez lui, Keith eut un regard attendri pour les trois jeunes filles endormies. Il était heureux à l'idée de les emmener voir la pantomime le lendemain. Il espérait qu'elles ne se considéraient pas comme trop vieilles pour ce genre de spectacle. De toute façon, l'un des comédiens, un Australien baraqué, était leur coqueluche. Keith les inviterait prendre un verre ensuite. Sans alcool, bien sûr, mais il savait qu'elles apprécieraient. Et lui aussi. Il aimait leur compagnie. Elles le faisaient se sentir jeune à nouveau et optimiste. Plein d'espoir pour l'avenir. Le futur lui paraissait plutôt joyeux, finalement.

Il avança la main vers la commande à distance pour ouvrir les grilles et fronça les sourcils en apercevant un taxi garé tout près de l'entrée. Il eut un haut-le-cœur en voyant émerger une blonde platine qui portait des lunettes de soleil et agitait la main gaiement dans leur direction.

— Surprise ! Joyeux Noël !

Oh, mon Dieu. Sandra. Sacrée satanée Sandra.

Comme jour de Noël, réfléchissait Patrick, celui-ci avait été étrange. Autant l'oublier. Il se roula un gros joint qu'il alluma près du feu, dans le salon, par défi. Ni son père ni Lucy n'étaient dans les environs. La fumée âcre pénétra ses poumons, puis son sang, et les contours de la réalité s'estompèrent. Patrick se détendit et passa en revue les événements de la journée.

Keith était très riche. C'était un fait. Il allait bientôt entrer en possession de liquidités importantes qu'il souhaitait, apparemment, dépenser. Mandy avait le béguin pour Patrick, c'était un autre fait. Il en était sûr. Il n'aurait pas plus de mal à la séduire qu'à voler la sucette d'un bébé. Séduire Keith serait peut-être un peu plus difficile. Il avait été enchanté par Honeycote, mais il était aussi un homme d'affaires avisé, quelqu'un qui n'investirait pas simplement par sentimentalité mais qui souhaiterait également faire des bénéfices. Toutefois, si sa fille se fiançait au fils du président-directeur général, il mettrait son honneur à redresser la situation financière de la brasserie.

Patrick n'avait aucun scrupule. Si son plan signifiait le mariage, il en serait ainsi. Il pourrait toujours divorcer plus tard. Il n'allait pas parler de son idée à Mickey pour l'instant. Mickey ne supporterait pas la perspective d'une manigance. Il n'avait jamais de plan, ce qui faisait de lui un très mauvais homme d'affaires. Il se laissait porter par les événements.

Non, il présenterait la chose comme un fait accompli. Patrick estimait être le seul à pouvoir sauver Honeycote Ales, mais il allait falloir agir rapidement.

Il termina son joint et jeta le mégot dans le feu en soupirant. La fumée lui avait permis d'oublier un autre problème : Kay. Toute la journée, il s'était demandé pourquoi Lawrence était venu seul. Puis Lucy, scandalisée, lui avait expliqué, les yeux écarquillés d'indignation, que Kay était enceinte, de quelqu'un d'autre...

Patrick décida qu'il n'était pas encore prêt à s'attaquer à ce sujet. Les autres devaient être partis se coucher. Aucun signe de Mickey ni de Lucy. Il allait se coucher lui-même. Il aurait probablement une vision plus claire après une bonne nuit de sommeil.

Un peu plus tard dans la soirée, la femme de chambre frappa à la porte de Kay pour ranger un peu et préparer le lit. Comme il n'y avait pas de réponse, elle utilisa sa clé pour entrer. La pièce était dans le noir. Elle alluma la lumière.

Elle crut tout d'abord que Kay était morte. Celle-ci était allongée d'un côté du lit, la tête pendante, flasque comme une poupée de chiffon. Des verres et plusieurs bouteilles étaient éparpillés et l'odeur de l'alcool prenait à la gorge. Kay avait laissé tomber un verre de vin rouge qui avait taché la moquette. La jeune femme sortit de la chambre et courut chercher de l'aide.

Keith s'efforçait désespérément de maîtriser sa colère. Sandra réinvestissait les lieux avec ses bagages, dans son anorak neuf bordé de fourrure, comme si rien ne s'était passé. Il ne voulait pas d'affrontement devant les jeunes Liddiard, étonnées de cette arrivée inopinée. Mandy se sentit mortifiée lorsque sa mère la prit dans ses bras, probablement pour la première fois de sa vie.

— Où étiez-vous ? Je voulais vous faire une surprise.

Sandra sourit à la compagnie. Maussade, Keith pensa que pour une surprise, c'était une surprise.

— Nous étions invités chez des amis.

Sandra leva les sourcils, qu'elle avait épilés puis redessinés.

— Comme c'est charmant.

Elle adressa un sourire à Sophie et à Georgina qui se présentèrent poliment en trouvant les mots qu'il fallait. Keith se rendait compte qu'elles étaient dépassées par les événements, même si elles étaient trop bien élevées pour le montrer.

Mandy était extrêmement gênée, mais se sentait aussi coupable parce que ce sentiment n'était pas naturel envers sa propre mère. Keith ne supportait plus la tension, palpable.

— Qui veut un verre ? Moi j'en prendrais bien un, annonça gaiement Sandra en se dirigeant vers le réfrigérateur dans un claquement de talons.

Elle prit un verre de gin et y mit plusieurs glaçons.

— À vrai dire, je crois que les filles devraient être au lit. Cela nous donnera une chance de discuter.

Keith regardait fixement sa femme qui fit la moue.

— Je veux savoir tout ce que vous avez fait.

Keith insista et Mandy ne se le fit pas dire deux fois. Elle se précipita dans les escaliers avec Sophie et Georgina, les laissant seuls tous les deux. Le visage fermé, Keith se retourna vers sa femme.

— Je suppose que tu crois que je vais t'accueillir à bras ouverts ?

— Ne te fâche pas après moi. Pas le jour de Noël.

Sandra lui adressa un battement de cils de coquette.

— Tu pars sans même avoir la politesse de me donner une explication et tu reviens comme si de rien n'était...

Sandra posa la main sur sa poitrine. Keith recula, écœuré.

— J'ai eu tort. Je le reconnais. Tu sais, chéri, j'avais besoin de me retrouver. Ce n'est pas toujours facile d'être une femme... à l'automne de sa vie.

Sandra adorait les euphémismes. Toute sa vie n'était qu'un euphémisme. Elle cachait le laid et l'utilitaire sous des formules qui ne faisaient qu'attirer l'attention.

— Nous avons des crises de panique. L'insécurité nous pousse à partir à la recherche de nous-mêmes. Mais ça va maintenant, je sais qui je suis vraiment.

— Eh bien, je suis très content. Vraiment...

Sandra eut un sourire anodin. Malgré tous ses défauts, Keith était tellement facile à duper.

— Parce que Mandy et moi avons passé une journée merveilleuse. Le premier Noël que j'ai vraiment apprécié. Nous avons fait exactement ce que nous avions envie de faire. Nous n'avions personne pour nous crier aux oreilles. Nous n'étions pas obligés de recevoir des hordes de gens que nous ne supportons pas. C'était... reposant. Nous nous sommes amusés.

Sandra continuait de sourire, même si la conversation prenait un tour inattendu.

— Eh bien, tant mieux, parce que je me sentais un peu coupable.

— Inutile de te sentir coupable, Sandra. Tout à fait inutile. Tu nous as rendu service. Tu as découvert qui tu étais (Keith eut un pauvre sourire) et nous avons découvert qui nous sommes.

— Pardon ?

— Nous sommes des personnes à part entière. Nous n'avons pas besoin de toi pour nous dire quoi faire, qui nous sommes et nous donner des ordres. Nous avons compris que nous étions plus heureux sans toi.

S'efforçant de maîtriser sa panique, Sandra éclata d'un rire aigu qu'elle laissa descendre d'une octave.

— Tu n'es pas sérieux.

— Oh que si ! En gros, je veux que tu partes. Toutefois, j'accepte de te donner une quinzaine de jours pour que tu trouves un endroit où aller. Entre-temps, tu peux occuper l'une des chambres d'amis en haut. Choisis celle que tu préfères. Elles sont toutes entièrement équipées. (Il fit une pause puis lança un dernier trait.) Avec le même confort que ce que l'on trouve à Benidorm.

Sandra tressaillit. Keith n'avait pas pour habitude d'être sarcastique. Elle évita de rétorquer qu'elle était allée à Puerto Banus et que c'était très différent. Flûte, elle allait être obligée de ramer. Elle n'aurait pas cru que son départ l'aurait contrarié autant. Pas grave. Elle le laisserait se calmer pendant quelques jours puis elle s'occuperait de lui. Ça ne devrait pas être long. Elle émit un soupir tremblotant.

— Si c'est ce que tu veux vraiment, chéri.

— Inutile d'user ta salive en m'appelant chéri. Ça ne marchera pas.

Keith avait parlé d'un ton dur et il n'en revenait pas lui-même. Il n'avait jamais osé la contredire auparavant. Ce n'était pas aussi difficile qu'il l'aurait cru. Surtout parce qu'il se moquait bien de ne jamais la revoir. Il avait retrouvé sa fille, son amour de la vie, et cela lui suffisait. Il n'y avait plus de place pour Sandra.

Il la regarda sortir brusquement de la pièce. Dans la mesure où elle pouvait sortir brusquement, habillée comme elle l'était d'un ensemble champagne à ceinture lamée dorée et juchée sur des sandales assorties. La vision de Lucy Liddiard, dans son pull en cachemire d'un gris modeste, lui vint à l'esprit. Keith soupira.

Au service des urgences, les infirmières étaient exaspérées. Un autre lavage d'estomac. Pourquoi les gens se rendaient malades le jour de Noël ? Pourquoi fallait-il qu'ils gâchent les congés des autres ? Toutefois, cette patiente n'était pas typique. Elle était très bien habillée et elle était venue seule. Elle n'était pas accompagnée par toute une famille ivre désireuse de donner son opinion.

Lorsqu'elles eurent fini, elles envoyèrent Kay dormir et se consolèrent en pensant qu'elle aurait probablement la pire des gueules de bois le lendemain.

Lucy débarqua chez James comme l'héroïne traumatisée d'un roman victorien : pâle, crottée et au bord de l'évanouissement. Elle tomba dans ses bras en sanglotant et James la tira à l'intérieur puis referma la porte.

Il ne parvenait pas à la raisonner. Elle ne voulait rien lui dire. Il se contenta de la bercer pendant qu'elle sanglotait puis l'emmena dans la plus belle de ses chambres d'amis, avec son lit en merisier, ses rideaux en toile de Jouy et ses draps de coton égyptien qui sentaient l'eau de lavande. Il dénicha des pilules pour dormir qu'une ancienne petite amie avait dû oublier des années auparavant et s'assit au bord du lit pendant que Lucy s'endormait enfin.

En regagnant sa propre chambre, il souriait en son for intérieur. Il avait attendu ce moment pendant presque vingt ans.

# 15

Caroline sauta dans son automobile et quitta la pension de chevaux sur les chapeaux de roue, malgré le chemin cahoteux. Une fois sortie des limites du domaine, elle ralentit, s'arrêta et s'affaissa sur le volant. Elle n'avait plus de forces. L'adrénaline de sa colère s'était déjà évaporée. L'élan qui l'avait poussée à se battre n'était plus en elle. Elle n'avait plus qu'une envie, se recroqueviller et dormir.

Elle était fatiguée. Fatiguée de travailler toutes ces longues heures et, plus encore, d'aller à des réceptions. Fatiguée de la discipline, de la volonté qu'il lui fallait pour garder Demelza en forme, préserver le désir de gagner, comme si elle avait quelque chose à prouver. Elle avait presque trente ans et elle était en train de se consumer. En vérité, elle n'avait plus l'âge de brûler la chandelle par les deux bouts. Tout va bien tant qu'on a la jeunesse, mais, à l'évidence, ce n'était plus le cas pour elle.

Passant en revue les deux semaines qu'elle venait de vivre, Caroline se dit qu'il n'y avait rien d'étonnant à ce qu'elle soit épuisée. Elle avait dû travailler deux fois plus pour atteindre ses objectifs de décembre, afin de compenser le temps perdu pour les congés. Il y avait eu des réceptions. Les réceptions du bureau. Les réceptions des bureaux des autres. Les repas arrosés avec les clients. Et tous les matins, debout à cinq heures pour faire travailler

Demelza. Elle n'avait que quatre heures de sommeil par nuit. D'où sa ressemblance avec un membre de la famille Adams.

Elle avait besoin de dormir. Elle désirait ardemment pouvoir s'éveiller avec des idées claires. Elle mourait d'envie de manger un vrai repas, qui ne baigne pas dans l'huile d'un carton et ne soit pas entouré de piles de frites. Sans exercice, son tour de taille serait effrayant. Elle n'avait pas une jolie silhouette, elle en était consciente. Sur son mètre quatre-vingts, ses jambes en faisaient un mètre trente. Elle avait une taille très fine et une poitrine abondante. Elle s'habillait pour mettre en valeur ses atouts avec une tendance légèrement sadomasochiste et des tenues plutôt sévères : cuir ajusté, pantalons de daim, talons aiguilles, chandails collants. Sans maquillage, on aurait dit qu'elle n'avait pas de traits, comme c'est souvent le cas pour les rousses, mais elle avait pratiqué l'art de dessiner ses cils et ses sourcils. Sans être belle, elle produisait de l'effet et elle s'appliquait à ne pas passer inaperçue. Aujourd'hui, elle n'avait pas besoin de regarder dans le miroir pour savoir qu'elle était affreuse. Elle avait le teint terreux, des boutons parce qu'elle mangeait mal et des cernes parce qu'elle dormait mal. Il était grand temps pour un changement.

Caroline avait toujours refusé de s'engager. Elle avait horreur qu'on s'occupe d'elle. Recevoir l'attention de quelqu'un d'autre la rendait claustrophobe. Toute petite, déjà, elle protégeait farouchement son indépendance. Le simple fait que sa mère lui demande si elle avait besoin d'un manteau déclenchait un verbiage défensif. Adulte ayant quitté la maison depuis longtemps, elle appréciait toujours sa liberté, choisir ce qu'elle voulait sans avoir à demander l'opinion de quiconque. Elle n'avait de comptes à rendre à personne.

James était un compagnon parfait pour elle. Il s'insérait bien dans sa vie, acceptait qu'elle change d'avis à la dernière minute ou qu'elle ne soit pas d'accord avec lui. Il comprenait parfaitement son besoin d'espace et ne semblait pas chercher à se rapprocher. Cependant, elle changeait. Elle ne ressentait plus ce besoin irrésistible de le tenir à distance et elle commençait à entrevoir pourquoi les gens se marient.

Péniblement, Caroline décolla sa tête du volant puis s'alluma une cigarette. Elle essayait de diminuer, mais elle avait besoin de se calmer et, de toute façon, les cigarettes à la menthe ne comptaient pas vraiment. L'éclat de ce matin l'avait bouleversée, bien plus qu'elle n'aurait voulu l'admettre. Elle avait perdu la maîtrise d'elle-même et s'en blâmait. Elle aurait voulu pouvoir effacer tout et recommencer. C'était une première. Caroline n'avait pas l'habitude de regretter. Elle avait toujours raison.

Lorsqu'elle était arrivée pour sortir Demelza, ce matin-là, elle avait trouvé la jument encore dans son box qui attendait le vétérinaire. Elle avait une vilaine blessure à la jambe postérieure. Au premier coup d'œil, Caroline comprit que la jument devrait rester au moins un mois au repos et que cette blessure allait lui coûter cher; du temps et de l'argent; elle manquait des deux. Furieuse, elle s'en était prise à la fille d'écurie la plus proche qui semblait être encore en proie à la gueule de bois des fêtes. Celle-ci lui avait expliqué que Demelza s'était pris la jambe dans un seau d'eau, avait paniqué et reculé contre un fil de fer barbelé. Caroline était entrée dans une colère abominable. Elle avait accusé la pauvre fille de négligence, d'insouciance et vociféré si bruyamment que le propriétaire était sorti de son bureau douillet pour s'enquérir des raisons de cet éclat.

Ian avait remis Caroline à sa place brutalement. Elle avait six semaines de retard de pension, ce qui suffisait à lui retirer le droit de s'en prendre au personnel. De toute façon, elle n'avait pas à traiter un être humain avec autant de mépris, même si elle avait payé son loyer. Caroline s'était retournée contre lui et avait été surprise par sa réaction laconique :

— Dehors.

— Pardon ?

— Sortez. Je n'ai pas besoin de clients comme vous, colériques et mal embouchés. J'ai une liste d'attente de gens beaucoup mieux éduqués qui seraient ravis de me laisser leur cheval en pension.

— Très bien. Je vais chercher une roulotte et je vais l'emmener dès maintenant.

— Oh que non.

Caroline le regarda, perplexe.

— Vous devez payer votre facture d'abord. Sept cent quarante livres, y compris le traitement contre les vers et le maréchal-ferrant.

— Je vais vous faire un chèque.

Caroline savait qu'il ne pourrait pas le déposer à la banque avant la fin de la semaine, ce qui lui donnait le temps de l'annuler.

— En liquide seulement, désolé. En attendant, je garde le cheval.

Pour une des rares fois de sa vie, Caroline était restée sans voix. Elle avait compris, à la lueur dans les yeux de Ian, qu'il était sérieux. Elle ne voulait pas battre en retraite non plus. Caroline n'était pas du genre à se laisser humilier. Elle tourna les talons et quitta les lieux d'un pas ferme.

Maintenant, assise dans sa voiture au bout du chemin, elle tirait sur sa cigarette qui semblait n'avoir aucun goût et réfléchissait à ce qu'elle venait de faire. Elle savait qu'elle ne pouvait pas payer sa facture. Elle espérait que Ian oublierait jusqu'à la mi-janvier. Elle avait déjà dépensé sa prime de Noël en cadeaux et en vêtements. Elle soupira. Tout allait mal. Ses excès la rattrapaient ; elle était en train d'y perdre sa beauté, sa santé et son argent.

Une autre pensée trottinait dans sa tête. Elle la laissa émerger tout en redémarrant l'automobile. Elle venait de passer le jour de Noël avec sa famille : sa famille ordinaire, ennuyeuse, triste, dans l'appartement ordinaire, ennuyeux, triste d'un lotissement aux abords d'Evesham. Ses deux sœurs étaient présentes. Ni l'une ni l'autre n'avaient d'ambition ni d'imagination, seulement un mari et deux enfants chacune. Caroline avait toujours méprisé leur étroitesse d'esprit, leur acceptation passive de leur destin, leur satisfaction d'être dans la norme. Elles étaient heureuses, assises au milieu du salon encombré de leurs parents, sur des chaises dépareillées, mangeant des choux de Bruxelles trop cuits, des patates qui ne l'étaient pas assez et le tout arrosé d'un vin plus que médiocre. Ce souvenir donna des frissons à Caroline. Elle avait même été obligée d'aller fumer dehors, sur la terrasse, parce que l'une de ses sœurs était enceinte de nouveau.

Cependant, elle avait ressenti un pincement de jalousie devant leur contentement bovin. La joie que leur procuraient leurs enfants était authentique ; elle enviait leur plaisir devant ces visages souriant à leurs cadeaux de Noël. Elles étaient totalement épanouies et n'avaient pas l'impression d'être attachées à une roue de torture, pas plus qu'elles n'avaient besoin de se prouver quelque chose. Elle devait se fourvoyer quelque part…

Il était temps de dresser un bilan. Temps de s'asseoir et d'examiner sa vie. Elle ne pouvait pas continuer de cette manière et, de toute façon, elle savait qu'elle avait atteint son apogée. Elle ne pourrait pas aller plus haut au journal. Elle avait commencé cinq ans auparavant en tant que télévendeuse et elle était passée directrice de la rubrique des petites annonces. Pour améliorer sa situation, il lui faudrait travailler pour un plus grand journal dans une plus grande ville. Ou bien à Londres. Quant à ses activités équestres, elle ne ferait pas mieux si elle n'achetait pas un meilleur cheval, ce qui était trop cher pour sa bourse. Ses yeux s'embrumèrent à la pensée de cette pauvre Demelza ; quelques larmes inattendues commencèrent à rouler sur ses joues. Elle les essuya. Pleurnicher ne la mènerait nulle part. Oui, il fallait absolument qu'elle s'organise, qu'elle change de mode de vie, un changement dramatique.

Elle avait besoin d'un peu de sécurité, au propre comme au figuré. Elle avait besoin de partager les responsabilités de la vie avec quelqu'un, les décisions, les factures, les hauts et les bas. Il était temps qu'elle soit maîtresse chez elle, qu'elle mène une vie plus tranquille. Peut-être même était-il temps, mon Dieu, d'avoir des bébés. Jamais elle n'aurait cru y penser un jour, mais cette éventualité ne lui paraissait plus aussi affreuse qu'autrefois.

Quoi qu'il en soit, elle ne pouvait plus jongler avec ses différentes vies, ses différentes personnalités. Elle avait sa vie professionnelle, dans laquelle elle était impitoyable, exigeante parce qu'il le fallait pour produire les résultats escomptés. Elle avait les concours hippiques, qui l'obligeaient à travailler dur, à faire des sacrifices, à entraîner Demelza quel que soit le temps. Cet aspect de sa vie la satisfaisait énormément, surtout lorsqu'elle remportait une médaille ou une coupe. Même si les compétitions n'étaient qu'au niveau amateur, elles lui donnaient le sentiment de se dépasser et cela lui appartenait en propre. Puis elle avait sa vie avec James, dans laquelle elle se détendait et se laissait choyer. James était un vrai gentleman et s'occupait d'elle avec beaucoup de gentillesse. Elle se demandait même pourquoi elle ne passait pas plus de temps en sa compagnie. Peut-être, pensa-t-elle soudain avec un peu de culpabilité, le tenait-elle pour acquis.

Il était temps de rétablir l'équilibre. Elle mettrait un frein à sa carrière, et peut-être cesserait-elle l'entraînement équestre. Cela ne signifiait pas qu'elle ne remonterait jamais sur un cheval, mais elle n'était pas obligée de participer aussi souvent à des compétitions. Demelza apprécierait sûrement un peu de repos. Caroline savait qu'elle l'avait poussée au bout de ses forces à plus d'une occasion.

Il fallait qu'elle affermisse sa relation avec James. Elle lui suggérerait peut-être qu'ils vivent ensemble. Caroline, qui n'avait jamais voulu entendre parler d'engagement, commençait à trouver l'idée séduisante. Son indépendance avait perdu de son attrait. Elle-même ne se sentait plus aussi forte ; elle se ramollissait, mais cela n'avait pas d'importance. Elle avait James. Elle se reconstruirait une nouvelle vie avec lui, une vie qui leur conviendrait à tous les deux.

À mi-parcours de la rocade, elle se rendit compte qu'elle avait oublié le présent de James. Elle avait eu l'intention de passer chez elle prendre une douche et se changer avant d'aller le retrouver, mais les événements à la pension avaient un peu précipité les choses. Tant pis. Qu'offrir à l'homme qui a tout, de toute manière ? Esquissant un sourire coquin, Caroline imagina plusieurs choses que James apprécierait plus qu'un chandail de chez Benetton.

Lucy s'éveilla vers neuf heures et demie, aux bruits de sabots sur les pavés. Alarmée, elle se redressa. L'un des chevaux s'était-il échappé ? Elle sauta du lit puis remarqua le décor inhabituel. Bien sûr. Elle était dans la chambre d'amis, chez James, et les chevaux qu'elle entendait étaient probablement les premiers arrivants de la rencontre du lendemain de Noël sur la place du marché. Elle se laissa retomber sur le lit en soupirant et en souhaitant pouvoir retourner dans les limbes de l'inconscience. Elle ne voulait vraiment pas retrouver les souvenirs de la journée précédente, mais elle n'avait pas le choix.

Mickey avait eu une aventure avec Kay Oakley.

Lucy ne comprenait pas pourquoi. Kay était certainement jolie, personne n'aurait pu dire le contraire, mais d'une manière exagérée et peu naturelle qui ne semblait pas être le style de Mickey. Elle était toujours agréable, offrant son aide lorsque Lucy se rendait au centre de jardinage pour acheter ses bulbes de printemps ou des roses, mais elle avait un petit air cassant, un professionnalisme exacerbé. Elle manquait de chaleur. Lucy se demandait si c'était parce qu'elle n'avait jamais eu d'enfant. La maternité semblait adoucir les gens.

À quoi pensait-elle donc ? Trouver des excuses à cette femme ! Devenait-elle folle ? Lucy savait qu'elle accordait toujours le bénéfice du doute aux autres et ne pensait pas que ce soit un défaut, généralement. De toute manière, si elle faisait du mal à quelqu'un, c'était à elle, surtout dans ce cas. Il était hors de question qu'elle commence à trouver des excuses à Kay.

Elle continua à réfléchir. Elle était certaine d'une chose, Mickey avait ce qu'il fallait à la maison. Elle fit le calcul et parvint à un total très sain de cinq fois et demie par semaine. Peut-être n'était-ce pour lui que des séances de culpabilité… Mickey essayait de cacher son infidélité. Cela expliquerait peut-être pourquoi il avait toujours l'air abattu.

Kay acceptait peut-être de faire des choses qu'elle-même ne faisait pas. Lucy s'efforça de se rappeler si Mickey lui avait jamais suggéré des activités inhabituelles. Ce n'était pas le cas. Elle n'était pas non plus difficile quant à l'heure ou à l'endroit : dehors, dedans, le matin, à midi ou la nuit, elle était à peu près toujours consentante. Les préférences de Mickey lui semblaient passablement catholiques. Il était sensuel, légèrement aventureux mais sans aucune trace de perversion, elle en était certaine. À moins qu'il n'ait eu le désir secret de la voir se promener nue dans ses bottes d'équitation et qu'elle le fouette de sa badine mais qu'il n'ait jamais osé le demander. Cependant, Lucy avait du mal à imaginer que Kay, elle, aurait accepté et, surtout, elle savait que la raison de l'infidélité de Mickey avait des causes plus profondes qu'une simple déviation sexuelle. Elle n'avait pas envie de creuser au-delà du superficiel, car cela risquait de secouer les bases mêmes de son mariage.

Elle ferma les yeux un instant pour évaluer son état d'esprit. À part l'impression d'avoir un poids entre l'estomac et le cœur, elle ne ressentait rien. Elle n'était pas sûre de ce qu'elle aurait dû ressentir. Rien ne l'avait préparée à cette éventualité. Si quelqu'un lui avait dit qu'elle allait devoir faire face à l'infidélité de son mari, elle aurait éclaté de rire. Ces choses n'arrivent qu'aux autres, pas à Lucy. Jusqu'à ce jour, elle avait eu une vie protégée. Fille du vétérinaire local, elle avait eu une enfance idyllique, adorait ses parents (qui se portaient encore bien et vivaient une retraite heureuse sur la côte du Sussex) ; ses fiançailles et son mariage avec Mickey avaient tout du conte de fées et, à part les nausées matinales, la maternité lui avait apporté de grandes joies, sans aucun drame.

Oh, mon Dieu ! Les filles. Lucy se redressa de nouveau, alarmée, avant de se rappeler qu'elles étaient en sécurité à Solihull avec Keith et Mandy et ne devaient pas revenir avant le lendemain. Elle se laissa de nouveau aller contre l'oreiller, soulagée de ne pas avoir à leur donner d'explications tout de suite. Elle se demanda si elle ne pourrait pas avoir un sursis supplémentaire. Elle pourrait téléphoner à Keith, lui dire qu'elle avait attrapé une bactérie quelconque et qu'elle ne voulait pas les contaminer. Elle était sûre qu'il serait ravi de lui rendre service. Il avait montré beaucoup de gratitude pour leur hospitalité. Lucy décida d'éloigner de son esprit, pour l'instant, le problème de Sophie et de Georgina. Elle ne voulait pas imaginer leurs réactions, pas encore, ni quels sentiments les assailliraient devant ces événements.

Elle venait de reléguer au tréfonds de son esprit l'éventualité d'une explication aux filles du comportement de leur père lorsqu'elle entendit frapper légèrement à la porte. Elle soupira. Il faudrait qu'elle parle à James tôt ou tard. Elle ne pouvait pas y échapper, étant donné l'état dans lequel elle était arrivée. Elle espérait être capable de parler sans craquer de nouveau. Elle craignait de ne pouvoir s'arrêter de pleurer si elle se laissait aller. Elle s'éclaircit la gorge. Sa voix sortit un peu rauque.

— Entrez.

James ouvrit la porte et jeta un regard anxieux à l'intérieur.

— Je ne t'ai pas réveillée ?

— Non.

Il entra en portant un plateau avec du thé, des brioches et de la confiture d'abricot.

— Comment te sens-tu ?

— Je ne sens rien, Dieu merci. Je ne me laisse pas sentir.

James s'assit sur le lit à côté d'elle et déposa le plateau sur la table de toilette.

— Est-ce que tu veux en parler ?

— Je suppose qu'il vaut mieux. Il est inutile de faire comme si rien n'était arrivé.

James choisit ses mots très prudemment.

— Alors, il a avoué ? Je me demandais quand il se déciderait. Quoiqu'il n'ait peut-être pas choisi le meilleur moment.

Il adressa un sourire désolé à Lucy. Elle cligna des yeux, surprise.

— Tu veux dire que tu savais ?

— Oui. Graham Cowley m'a mis au courant. C'est probablement contraire au serment d'Hippocrate d'un directeur de banque, mais il était inquiet...

— Comment Graham Cowley pouvait-il être au courant ?

— Il est le directeur de votre banque et je suis un actionnaire, mineur, certes, mais c'est dans mon intérêt de savoir.

Lucy était sidérée comme James s'y attendait. Il feignit d'être étonné.

— Est-ce qu'il y a un malentendu ici ?

— On dirait. De quoi parles-tu ?

James enfonça son frère en sachant pertinemment ce qu'il faisait.

— La brasserie. Elle a des ennuis. C'est la faillite, à moins que Mickey ne trouve une solution. Ce qui ne semble pas être le cas. Il est à bout.

James regarda Lucy qui semblait tomber des nues.

— Mon Dieu. Tu n'en avais pas la moindre idée, n'est-ce pas ?

James se faisait l'impression d'être un traître en disant ces mots, mais elle avait le droit de savoir. Il aurait été injuste de la laisser dans l'ignorance et il pouvait y trouver son avantage s'il jouait finement.

Lucy se prit la tête à deux mains. Ses boucles retombèrent sur son visage. James eut envie pour la millionième fois de sa vie de la prendre dans ses bras, mais il savait qu'il valait mieux qu'il se retienne jusqu'à ce que l'heure sonne. Qui va lentement va sûrement. Il s'inquiéta gentiment.

— Alors, si tu n'étais pas au courant pour la brasserie... pourquoi es-tu ici ? Qu'est-il arrivé ?

Lucy releva la tête et le regarda. Elle était terriblement pâle.

— Mickey m'a trompée avec Kay Oakley.

— Oh, non !

James prit l'expression choquée de rigueur bien qu'il se soit douté, depuis un certain temps déjà, de l'infidélité de son frère.

— Oh, Lucy...

— Je sais.

Lucy avait l'air très malheureuse. Il la prit dans ses bras. Elle ne pleurait pas, mais elle cacha sa tête contre son épaule. Il caressa ses cheveux doucement, comme il l'aurait fait à un animal familier.

— Je ne sais pas pourquoi et je ne sais pas comment réagir. J'aurais voulu continuer d'ignorer.

— Non. Il vaut mieux que tu saches la vérité. Il ne peut pas persister à vivre dans un mensonge, Lucy.

Lucy retint un sanglot. L'idée que son mariage était basé sur un mensonge la rendait malade. Il lui semblait qu'elle venait de s'apercevoir que le parachute avec lequel elle avait sauté de l'avion ne fonctionnait pas. Elle aurait voulu retourner en arrière, se blottir dans la sécurité où elle vivait auparavant. Elle ressentait une angoisse terrible de ce qui allait arriver, sachant qu'elle souffrirait, inévitablement. Si seulement elle n'avait pas pris le téléphone. Si seulement elle avait écouté Mickey et n'avait pas tenté de se mêler des affaires de Kay. Elle se demanda combien de gens étaient au courant. C'était un classique : la femme fidèle était toujours la dernière à apprendre l'infidélité de son mari. Est-ce que tout le monde à Honeycote la regardait vivre en se demandant quand elle finirait par s'en rendre compte ? Elle avait l'impression d'être l'héroïne d'un feuilleton, sauf qu'elle n'avait pas le scénario et ne connaissait pas ses répliques. Elle ne savait pas quoi dire. Elle se tourna vers James et demanda sur un ton vaguement accusateur :

— Le savais-tu ?

— Non. Je te jure que non.

James n'avait pas l'impression de mentir parce qu'il n'avait pas vraiment de preuves que Kay était la maîtresse de Mickey, quoiqu'il ait pu le parier. Il ne voulait pas que Lucy se sente encore plus stupide de son ignorance. Il venait de l'informer de l'état des finances des Liddiard, il n'allait pas l'humilier. Son rôle consistait plutôt à lui apporter son soutien, une épaule sur laquelle se laisser aller et dont elle ne pourrait plus se passer. En gros, il était là pour compenser les lacunes de son mari. Ce qui ne serait pas difficile...

Il fallait maintenant qu'il lui redonne l'énergie de se battre. Il fallait lui fournir des forces pour qu'elle mène son combat. Il fallait stimuler sa colère. Il savait que Lucy se fâchait rarement. Elle était extraordinairement paisible. Elle supportait beaucoup de choses. Durant des années, Mickey s'en était bien tiré. Une autre femme l'aurait probablement harcelé à propos de ses excès d'alcool, de ses bottes boueuses qu'il oubliait d'enlever, de son habitude d'ignorer les invitations qui ne l'intéressaient pas, alors que Lucy se contentait de sourire ou d'exprimer un peu d'exaspération en claquant la langue. Elle payait cher sa tolérance et James se promit que Mickey ne s'en tirerait pas aussi facilement cette fois-ci. Lucy méritait quelqu'un qui l'apprécie, pas quelqu'un qui profite de sa bonne nature. James était certain que Mickey l'aimait, mais qui a besoin d'un amour de cette nature ? Lui mettrait Lucy sur un piédestal, la respecterait, l'apprécierait.

James se leva résolument.

— Je vais te faire couler un bain. Prends le temps de te détendre. Nous aborderons les problèmes plus tard.

Lucy approuva sans enthousiasme. Elle regardait la robe que James avait soigneusement pendue au portemanteau la veille. Il l'avait trouvée en amas sur le sol lorsqu'il était venu vérifier que tout allait bien. La robe avait été parfaite pour le jour de Noël, mais Lucy avait maintenant besoin de quelque chose de plus chaud pour compenser le grand froid qu'elle ressentait à l'intérieur. Elle avait besoin de vêtements douillets, pas d'une robe procurant grâce et élégance.

— Je n'ai rien pour me vêtir. Je ne peux pas remettre ça.

— Je vais te trouver quelque chose.

— Je suppose que je vais devoir retourner à Honeycote chercher des vêtements.

Elle soupira profondément. Elle aurait voulu se cacher. Tant qu'elle n'avait pas à affronter Mickey, elle pouvait faire semblant que rien n'était arrivé.

Dix minutes plus tard, Lucy s'enfonçait dans un bain moussant bouillant. Elle s'efforçait d'absorber ce que James venait de lui expliquer à propos de Honeycote Ales. Elle se sentait terriblement coupable. Quoi d'étonnant à ce que Mickey soit allé chercher une consolation chez une autre femme ? Tout au fond d'elle-même, Lucy savait depuis un certain temps que quelque chose n'allait pas à la brasserie, mais elle avait choisi d'ignorer le problème et n'avait posé aucune question parce qu'elle ne voulait pas réellement savoir. Elle n'aimait pas les choses laides ou difficiles. Elle aimait que tout se passe bien, soit plaisant à regarder, que tout le monde soit heureux et elle s'était persuadée que, quel que soit le problème, il n'était que passager. Ils avaient déjà eu des soucis, occasionnellement, et s'en étaient toujours sortis. De plus, elle se disait que si les choses allaient réellement mal, Mickey lui en aurait parlé...

L'aurait-il fait ? Il avait voulu la protéger, à l'évidence, en ne lui disant pas la vérité. L'angoisse, la pression l'avaient conduit dans les bras d'une autre femme. Une femme comme Kay, qui avait le sens des affaires et des réalités et comprendrait ce qu'il éprouvait et pourrait le rassurer. Kay vivait de plain-pied dans la réalité, contrairement à Lucy.

Lucy se laissa glisser dans les bulles, comme si elles pouvaient la protéger de la vérité. Elle se sentait soudain horriblement inadaptée et responsable de la situation. Si seulement elle avait insisté un peu plus lorsqu'elle interrogeait Mickey au lieu d'accepter ses réponses toutes faites. Elle aurait pu le soutenir et lui proposer des solutions. Elle aurait même pu travailler à la brasserie si cela avait été nécessaire. Beaucoup de femmes collaboraient aux affaires de leur mari de nos jours. Kay, par exemple... Mon Dieu, comment avait-elle pu jouer aux petits chevaux et ignorer délibérément les signes des problèmes financiers qui étaient sous son nez : les comptes impayés, les factures qui traînaient ? Superficielle et égoïste, voilà ce qu'elle était. Elle ouvrit le robinet d'eau chaude pour ajouter de l'eau, dans l'espoir de chasser le frisson glacial qui s'était emparé de ses os. Elle se dit que l'infidélité de Mickey était sans doute inévitable et qu'elle avait probablement mérité ce qui lui arrivait aujourd'hui.

Le lendemain de Noël, Kay s'éveilla dans une chambre d'hôpital décorée d'aluminium blafard, un piètre effort pour donner l'illusion des fêtes à ceux qui restaient à l'intérieur pour Noël. La voyant ouvrir un œil, une infirmière vint s'asseoir sur son lit.

— Comment vous sentez-vous ?

— Comme une mourante. Qu'est-ce que je fais ici ?

— Vous avez subi un lavage d'estomac. Vous aviez un peu dépassé la limite hier.

Kay tenta de s'asseoir mais dut se rallonger. La tête lui tournait. Elle s'efforça de comprendre l'information. Est-ce que cela signifiait qu'elle avait perdu le bébé ?

— Le bébé... ?

La surprise s'afficha sur les traits de l'infirmière.

— Le bébé ?

Alors, il était encore là. Si elle avait fait une fausse couche, ils auraient remarqué. Après tout, elle était dans un hôpital. Elle soupira.

— Je suis enceinte.

— De combien ?

— Cinq mois.

L'infirmière fronça les sourcils.

— Je vais aller chercher l'interne pour qu'elle s'entretienne avec vous. Elle regarda sa montre. Elle va commencer sa tournée dans quelques minutes. Voulez-vous boire quelque chose ? (Elle lui adressa un coup d'œil complice.) Si j'étais vous, je prendrais le chocolat chaud. Le reste est imbuvable. Voulez-vous quelque chose à manger ? Vous avez raté le petit-déjeuner, mais je peux vous préparer des toasts dans la cuisine si vous en avez envie.

Kay accepta. Elle s'aperçut qu'elle mourait de faim. Comme elle finissait son déjeuner, l'interne arriva. La jeune femme, fatiguée, avait de grands cernes sous les yeux, probablement dus à de trop longues heures de service. Elle s'assit sur le bord du lit de Kay et la regarda d'un air sévère. Il y avait bien longtemps que personne n'avait regardé Kay de la sorte.

— Alors, qu'est-ce que vous mijotiez ?

Kay s'efforça de se défendre.

— Il y a à peine quelques jours que j'ai appris que j'étais enceinte.

L'interne garda un silence théâtral. Kay s'efforça d'expliquer.

— Je croyais que j'étais stérile. Mes règles n'étaient pas du tout régulières, alors je n'aurais jamais pensé... Je voulais un avortement, mais apparemment ce n'est pas possible. C'est trop tard.

— Eh bien, se soûler à mort n'aidera personne. Surtout pas le bébé. Vous devriez le savoir.

— Avez-vous seulement une idée de ce que l'on ressent ? Quand on croit que l'on n'aura jamais d'enfant et que l'on découvre soudain qu'on est enceinte de cinq mois ? Et qu'en plus il s'agit d'un accident ?

Kay sentit que l'hystérie haussait sa voix dans les aigus. Du coin de l'œil, elle apercevait d'autres patients intrigués par la conversation. Ils devaient s'ennuyer. Elle ne pouvait pas leur en vouloir. Quoi qu'il en soit, il fallait qu'elle sorte d'ici le plus vite possible.

— Et le père ? Qu'en pense-t-il ?

Kay savait que cette question allait arriver, mais elle ne s'attendait pas au choc qu'elle lui causerait. Il fallait qu'elle regarde le problème en face. Les révélations de Lawrence, qu'elle n'avait pas encore digérées, signifiaient une chose : le bébé était celui de Mickey.

Non ! C'était son bébé, à elle seule. C'était l'unique manière de s'en sortir. Elle allait devoir faire face seule et ne voulait reconnaître de droits à personne d'autre. Il n'était pas question qu'un autre ait une influence sur elle ou sur les décisions qu'elle allait prendre. Kay avait compris qu'elle devait vivre sa grossesse, maintenant. Elle allait avoir cet enfant, quelle que soit la décision qu'elle prendrait plus tard. Soudain, elle sentit la panique l'envahir.

— Mon Dieu, est-ce qu'il aura des séquelles ?

L'interne choisit ses mots soigneusement.

— Nous ne savons rien des effets qu'une cuite peut avoir sur un fœtus. Les dommages les plus graves semblent se produire au début du développement. Cependant, je vous déconseille de recommencer. Je suppose que votre bébé s'en remettra.

Des larmes de soulagement montèrent aux yeux de Kay. L'interne s'adoucit.

— Aimeriez-vous le voir ? À l'écran ? Cela pourrait vous rassurer.

Kay fixait le plateau d'aluminium, les dernières traces de beurre et les miettes blanches du pain.

— Oui. Cela me ferait vraiment plaisir.

Les jambes tremblantes, Kay suivit l'interne le long des couloirs jusqu'au service prénatal. On la conduisit dans une pièce sombre, comme un ventre. Elle était très angoissée.

Elle s'allongea sur le lit. Une main souleva sa chemise et une autre étala une gelée transparente sur son estomac pour permettre au détecteur d'ultrasons de glisser plus facilement. L'infirmière s'assit devant un écran. Kay allongea le cou et aperçut des tourbillons gris et flous, comme des signaux radar. Pendant que l'infirmière passait le détecteur sur son ventre, Kay était perplexe. L'infirmière sourit. Elle indiqua du doigt un battement à l'écran.

— C'est le cœur.

L'infirmière indiqua ensuite les bras, les jambes et la colonne vertébrale, parfaite. Kay était incapable de parler tant l'émotion la chavirait. Une toute petite créature pleine de vie grandissait à l'intérieur d'elle. Elle la regardait bouger, presque au ralenti, indépendante, un être avec ses propres besoins et ses propres réactions. L'infirmière était occupée à mesurer la taille et l'âge approximatif du bébé.

— Je dirais que c'est un fœtus d'environ vingt-deux semaines. Il semble que tout aille bien.

L'infirmière la regarda. Des larmes ruisselaient le long des joues de Kay.

— Tout va bien. Ne vous inquiétez pas. (Elle lui tapota la main pour la rassurer.) Vous avez là un joli bébé en pleine santé. Tout va très bien se passer.

*

* *

Caroline restait toujours sans voix d'admiration devant Denham House. C'était une image tout droit sortie d'un livre, une décoration de boîte à gâteaux. Heureusement, la propriété était suffisamment éloignée du centre d'Eldenbury pour échapper aux regards inquisiteurs des touristes, à part quelques Américains énergiques. Elle avait des proportions masculines, carrées, solides, plaisamment symétriques, de profondes fenêtres à guillotine, et une vieille glycine qui adoucissait les contours déjà arrondis de l'édifice. Quelle que soit l'heure de la journée ou l'époque de l'année, la maison semblait toujours baigner dans une aura dorée de soleil. Pour symboliser les fêtes, James avait accroché une sobre couronne sur la porte et noué deux rubans de soie rouge autour des troncs de chacun des deux lauriers qui l'encadraient.

Elle arrêta son automobile près des deux grandes grilles d'entrée noires, sauta de son siège pour aller les ouvrir, puis alla se garer dans la cour sur le côté de la maison. Après être passée sous l'arche couverte de lierre, elle entra par la porte de la cuisine. Elle n'avait pas envie d'emprunter le corridor d'entrée. Il était trop solennel avec ses chandeliers français, son horloge comtoise, sa table en noyer poli et un vase dans lequel les fleurs semblaient ne jamais se faner et conserver leur fraîcheur jusqu'au jour où on les changeait. James était tellement obsessif, tellement attaché aux détails, tellement désireux que tout soit parfait, qu'on aurait pu penser qu'il était gay. Caroline savait pourtant qu'il ne l'était pas. Le sexe était ce qu'il y avait de plus réussi dans leur relation.

Elle entra dans la cuisine et s'arrêta net. Devant elle, Lucy Liddiard était assise à la table, habillée de ce qui ressemblait étrangement à l'une des chemises de James et d'un caleçon long dont le bas était rentré dans d'épaisses chaussettes de laine. Elle avait l'air si délicate, si fragile, merveilleuse. Caroline fut immédiatement sur ses gardes. Lucy la mettait toujours mal à l'aise; auprès d'elle, elle se sentait rousse et maladroite, honteuse d'elle-même.

— Joyeux Noël, lança Caroline d'un ton qui sous-entendait « qu'est-ce que vous foutez ici »?

— Joyeux Noël, répondit Lucy sur un ton tout à fait neutre.

Elle s'accrochait à sa tasse de thé. Une vraie tasse, en porcelaine, avec une soucoupe. James ne servait pas le thé dans des chopes. Caroline se dit qu'elle introduirait l'usage des chopes dès qu'elle prendrait possession de l'endroit.

— James est-il ici ?

La question de Caroline en appelait cent autres, mais Lucy s'obstinait à ne pas expliquer sa présence dans la maison.

— Il est en train de s'habiller.

Caroline eut du mal à maîtriser sa colère. Que se passait-il donc ? Lucy Liddiard traînassait dans la cuisine de James; elle avait impudemment fouillé dans sa garde-robe; elle était dans un piteux état, avait les yeux écarquillés et paraissait détestablement vulnérable. À l'évidence, elle venait de prendre un bain, le bout de ses cheveux était encore humide, et Caroline sentait le parfum du bain moussant de James.

Elle hésita, ne sachant trop comment reprendre l'avantage, puis marcha vers la cuisinière pour remettre la bouilloire à chauffer. Près de l'évier, le plateau intouché d'un petit-déjeuner avec brioches et confiture d'abricot la rendit furieuse. James prenait toujours du gruau ou du lard fumé. Que se passait-il ? Elle se tourna vers Lucy et lui sourit.

— C'est l'heure d'un café, pas vrai ? Avez-vous passé un joyeux Noël ?

— Magnifique, merci.

Le ton de Lucy était peu convaincant. Elle n'avait manifestement aucune intention d'expliquer sa présence. Elle était dans un autre monde. Caroline se sentit déstabilisée. Elle qui fonctionnait si bien dans des situations d'affrontement était incapable de sortir son artillerie. Avant qu'elle ait eu le temps de se reprendre, James entra, habillé d'un vieux jean et d'un chandail marin gris.

— Caroline.

C'était une constatation plutôt qu'une salutation. Il n'y avait aucune chaleur dans sa voix. Malgré tout, Caroline s'approcha pour le serrer dans ses bras, comme pour affirmer sa propriété, mais à son grand étonnement il tendit la main pour l'en empêcher.

— Tu aurais dû téléphoner. Ce n'est pas le bon moment.

Caroline en laissa tomber sa mâchoire.

— Téléphoner ? Je ne savais pas qu'il fallait que je prenne un rendez-vous.

Réduite à quia, elle observa tour à tour James et Lucy. Toujours accrochée à sa tasse, Lucy avait les yeux dans le vague. Caroline se demanda si elle était dans une rêverie post-coïtale, s'ils y avaient passé la nuit. Si c'était le cas, ils n'avaient pas l'air d'en avoir honte. Se sentant minoritaire, elle mit les mains sur ses hanches.

— Est-ce que quelqu'un daignerait me dire ce qui se passe ?

James la prit gentiment par le coude pour l'emmener hors de la pièce. Il lui parla d'un ton confidentiel que Caroline trouva un peu condescendant.

— Lucy est en pleine crise.

— Eh bien moi aussi. Et même de plusieurs crises. Demelza…

Indifférent, James lui coupa la parole.

— Il faut que nous parlions.

Interdite, Caroline le suivit dans son bureau. Celui-ci sentait la cire d'abeille et il était encombré de piles de papier, de catalogues de ventes aux enchères, de vieux numéros de *Country Life*. De la musique classique s'échappait d'un transistor nasillard. James l'éteignit et se tourna vers Caroline. Elle comprit que l'heure était grave.

— Je crois que nous devrions faire une pause.

— Pourquoi ?

— Lucy éprouve quelques problèmes. Elle va rester ici le temps d'y voir clair. Je pense qu'elle a besoin d'espace.

Caroline inspira profondément. Si elle avait eu des ongles, elle les aurait enfoncés dans ses paumes, mais elle les avait déjà rongés pendant le voyage. Elle adressa un sourire glacial à James.

— Je vois. Lucy Liddiard a eu une petite querelle avec son mari et tu penses que tu as ta chance. C'est ça ?

— Ne sois pas ridicule.

— C'est ce que je conclus.

— Caroline, elle fait partie de la famille.

Caroline se contenta de lever un sourcil.

— Pourquoi ne veux-tu pas de moi ici, s'il ne se passe rien ?

— Écoute. Il est peut-être temps que nous cessions de nous voir. Nous n'avions pas l'intention de marcher vers l'autel, de toute manière. Regardons les choses en face.

Caroline n'en revenait pas. James était à mille lieues de se douter des projets qu'elle avait concoctés pour lui.

— Tu m'apprends la nouvelle. Je croyais que nous étions plutôt heureux ! Bien sûr, nous ne vivons pas sur le dos l'un de l'autre, mais n'est-ce pas ce que nous voulions tous les deux ?...

Elle laissa la question en suspens. James paraissait mal à l'aise. Caroline le savait faible. Il ne lui tiendrait pas tête. Il suffisait qu'elle insiste. Elle se félicita une fois de plus de sa formation en vente, très utile aussi pour mener sa vie de tous les jours. Et elle n'avait pas encore joué son atout. Elle ferait de lui ce qu'elle voulait. Elle sourit intérieurement tout en marchant vers James. Elle attrapa la boucle de laiton de sa ceinture. Elle tira d'un doigt sur le cuir. À son grand étonnement, James prit son poignet et rejeta sa main.

— Va-t'en, s'il te plaît. Lucy a besoin de moi.

Caroline hésita. Elle ne savait si elle devait rire ou le gifler. Elle était outrée. Lucy Liddiard lui volait sa place. Quelle ironie !

La première fois qu'elle avait rencontré Mickey Liddiard, elle avait su que c'était le genre à aller voir ailleurs. Il était une cible facile. Certes, il n'avait jamais essayé avec elle, mais uniquement par loyauté envers son frère. Si elle en avait eu l'occasion, elle aurait pu avoir Mickey Liddiard n'importe quand. Cependant, elle avait admis qu'il était intouchable ; elle aurait été bien mal élevée de coucher avec le frère de James alors qu'elle n'en avait même pas vraiment envie. Par respect de l'étiquette, elle l'avait laissé tranquille.

À l'évidence, Lucy ne jouait pas selon les mêmes règles. Ces filles à papa de la campagne étaient un vrai problème. Elles changeaient sans arrêt les règles du jeu. Elle était là, assise à moitié habillée dans la cuisine de James, et ne semblait pas gênée le moins du monde.

Caroline fut tentée d'entrer dans une de ses rages légendaires. Elle savait qu'en tant que rouquine elle avait cet avantage d'effrayer les gens lorsqu'elle se mettait en colère. Ils cédaient plus facilement. C'était le cas avec James. Il avait horreur des scènes et faisait toujours marche arrière si elle devenait hystérique. Toutefois, l'idée ne lui parut pas opportune. Le contraste serait trop saisissant entre elle et le modèle de vertu assis dans la cuisine, qui, sans aucun doute, ne perdait jamais son calme. Non,

Caroline était consciente qu'il valait mieux se retirer avec dignité si elle voulait conserver une chance de gagner la bataille. De toute façon, elle avait besoin de temps pour réfléchir. Elle n'avait plus le vent en poupe. Manifestement la loyauté de James était du côté de Lucy, et Caroline n'allait pas s'abaisser à en discuter. Il valait mieux qu'elle se retire avec grâce et prenne le temps de mettre au point une stratégie.

— Très bien. Bordel de joyeux Noël ! Heureusement que j'ai gardé le reçu de ton cadeau.

James hésita. Il avait enveloppé une charmante paire de chaussons marocains et une robe de chambre en soie pour Caroline. Lorsqu'il la vit quitter son bureau d'un pas ferme et sortir de la maison sans se retourner, il décida qu'il valait mieux ne pas risquer de mettre de l'huile sur le feu en les lui offrant sur-le-champ. Tant pis. Il avait gardé son reçu lui aussi.

Pour la deuxième fois de la journée, Caroline, furieuse, sauta dans sa voiture et partit en trombe. Elle attrapa son paquet de cigarettes et s'efforça d'en faire tomber une en le secouant. Vide. Elle savait qu'il était inutile qu'elle essaie de se garer pour aller en acheter. Il était déjà impossible de stationner dans Eldenbury. La place était remplie des remorques à chevaux et des voitures des badauds venus assister à la chasse. Elle klaxonna avec impatience à l'intention de quelqu'un qui venait de décharger au milieu de la route un cheval très nerveux. Elle reçut une bordée d'insultes en retour. Caroline appuya sur le champignon et les doubla, indifférente.

Elle mit le pilote automatique en direction de la maison qu'elle avait achetée trois ans auparavant, sans trop y croire, simplement parce qu'elle s'était dit que l'argent qu'elle dépensait pour le loyer lui reviendrait en partie si elle achetait quelque chose. C'était une maison sans âme. Elle n'avait aucune envie d'y refléter sa personnalité quoique, d'une certaine manière, elle représentait bien son mode de vie. En pensant aux collants, aux cotons de démaquillage qui encombraient le plancher, aux tasses à café vides et aux disques compacts en désordre hors de leurs boîtiers, elle sentit son estomac se nouer. Elle avait si ardemment souhaité passer quelques jours avec James. Denham House était tellement confortable et luxueuse ; elle aurait traîné auprès du feu, à lire un roman de gare en buvant du champagne. Maintenant, elle se sentait emplie de tristesse. Elle n'avait même pas laissé le chauffage chez elle. Il faudrait des heures pour réchauffer la maison.

Les bâtiments dorés qui bordaient la route d'Eldenbury s'éloignèrent. Ils furent bientôt remplacés par des murs de pierre et des arbres. Caroline sentit soudain la faim. Il y avait un petit restaurant non loin où elle s'arrêterait pour manger une friture et boire deux litres de café. Tant pis pour les boutons. Il ne restait plus qu'à espérer qu'il soit ouvert le lendemain de Noël.

Cette pensée lui avait redonné le moral et elle accéléra. En passant devant le panneau qui indiquait « Honeycote 3 km », elle se demanda de nouveau ce qui avait bien pu se produire chez les Liddiard la veille. James ne lui avait pas donné de détails. Il avait été discret au point d'en être agaçant.

Elle freina brutalement. À quoi pensait-elle donc en battant en retraite de la sorte, obéissante ? Elle n'abandonnerait pas sans se battre. Elle avait certainement le droit de savoir. Elle fit demi-tour, mit son clignotant à droite et s'engagea sur le chemin qui menait à Honeycote House.

Après le départ de Caroline, James resta assis dans son bureau quelques minutes pour retrouver ses esprits. Il avait besoin d'avoir les idées claires et un plan précis en tête. La situation lui était favorable, mais la plus petite erreur de jugement pouvait faire pencher la balance de l'autre côté. Il contempla son jardin à travers la fenêtre à petits carreaux. Le verre était si vieux qu'il déformait le paysage ; mais James appréciait tout autant cette vision, même à cette époque de l'année où il y avait peu de fleurs et où le givre maculait les coins ombragés que le soleil ne parvenait pas à atteindre. Deux magnifiques urnes couvertes de mousse trônaient de chaque côté d'un sentier qui coupait la pelouse en deux, menant à un jardin topiaire qu'il avait conçu et fait pousser lui-même à partir de semences. Il avait fallu sept ans, mais sa patience était récompensée. C'était sa plus grande fierté.

La contemplation l'aida à se calmer. Il fallait qu'il redescende. Il avait l'impression d'être un marchand d'art qui venait de découvrir un tableau de prix oublié dans le coin d'une salle de vente. Il fallait qu'il garde le secret sur sa découverte et qu'il joue ses cartes finement. Il devait feindre l'indifférence jusqu'au moment des enchères, puis conserver son calme jusqu'à ce qu'il emporte l'encan, puis son trésor chez lui, le dépoussière et le déclare sa propriété, dans toute sa gloire. Pour lui, Lucy avait toujours été un trésor sans prix tombé par hasard dans des mains étrangères. Très bientôt, son propriétaire légitime, celui qui saurait apprécier sa beauté, sa classe, allait pouvoir la réclamer…

James pensa à toutes ces années durant lesquelles il l'avait attendue. Tout ce temps, il l'avait passé à s'entourer d'objets magnifiques qu'il achetait en l'honneur de Lucy. Soit un objet lui rappelait Lucy, soit il pensait qu'elle l'aimerait. Une gracieuse pièce de Lalique, femme aux bras tendus vers le ciel. Une esquisse attribuée à Augustus John. (James se doutait un peu qu'il s'était fait avoir, le dessin étant probablement une copie par un prétendant à Bloomsbury, mais il s'en moquait parce que les cheveux du modèle étaient rassemblés sur sa tête et retombaient autour de son cou comme ceux de la femme qu'il avait tellement envie d'embrasser dans le cou… Poser ses lèvres sur cette peau laiteuse et sentir le pouls de Lucy, sa force vitale…) Un service à café en porcelaine de Limoges. Une adorable chaise berçante victorienne. Un tapis d'Aubusson dont les tons pastel, très doux, lui rappelaient une robe de Lucy… Toute sa maison était un temple en son honneur. Et elle venait enfin d'y entrer pour s'y laisser adorer.

James savait qu'il avait encore un sale boulot à effectuer, et cela le rendait un peu nerveux. Il avait réussi à garder les mains propres jusqu'à ce jour. Il se sentait vaguement coupable. Après tout, Mickey était son frère. Cependant, il éloigna bien vite ces remords. Il était certainement de son devoir de venir au secours de Lucy. De toute manière, à la fin de la journée, c'est elle qui prendrait la décision. Il n'allait pas lui mettre un revolver sur la tempe. Si elle ne voulait pas de lui, elle n'aurait qu'à le dire.

## 16

L'automobile de Caroline crissa sur le gravier de Honeycote House. Elle eut l'impression que la maison était particulièrement peu accueillante, puis se dit qu'elle se faisait des idées. Elle cogna fermement du marteau sur la porte, mais elle ne reçut aucune réponse. Il devait pourtant bien y avoir quelqu'un ?

Elle fit le tour de la maison et trouva la porte arrière entrouverte. Celle-ci donnait sur une arrière-cuisine où s'entassaient pêle-mêle des bottes, des bottes et encore des bottes, des chapeaux, des colliers de chien, des gamelles de chien, des longes, des impers, des jumelles, des écharpes, des parapluies, des cirés, des nappes de pique-nique et des paniers... Les murs blanchis à la chaux et les tuiles de céramique étaient à peine visibles sous le fatras familial. Des cartons de bouteilles vides étaient empilés près de la porte. Un énorme panier en osier pour chien était abandonné à côté de gamelles vides. Une épaisse porte en chêne masquait quelques marches conduisant à la cave à vin, une autre menait à un cabinet de toilette, une autre enfin donnait sur la cuisine. Elle l'ouvrit timidement et entra.

On aurait dit qu'une bombe était tombée dans la pièce. Rien n'avait été touché depuis le repas de Noël de la veille. La dinde était toujours sortie, entourée de quelques cuillerées de farce néolithique. Les plats contenaient encore des légumes figés dans le beurre froid. Des piles d'assiettes et des verres graisseux s'entassaient près de l'évier. Des tranches de fromage séchaient à l'air libre. L'air sentait la nourriture froide, l'alcool et les cendriers pleins.

Pourtant, au-delà de ce tableau peu appétissant, Caroline imaginait sans peine la splendeur de la fête. Le sens de l'hospitalité de Lucy était proverbial. Elle avait le don d'accueillir la moindre connaissance comme un membre de la famille. Caroline eut un vague regret de n'avoir pas participé à cette soirée. Le succès d'une réception peut toujours être mesuré au nombre de bouteilles vides et il y avait là un véritable bataillon de cadavres qui rejoindraient bientôt les cartons, à l'extérieur.

Pokey faisait la sieste sur un divan, mais elle se laissa glisser au sol pour renifler ce nouvel arrivant relativement étranger sur son territoire. Caroline arracha quelques morceaux de dinde peu appétissants pour les offrir à la chienne. Puis elle traversa la cuisine au son de ses talons aiguilles qui raclaient les dalles et s'aventura dans le corridor qui menait vers l'entrée. Les lumières du sapin de Noël étaient toujours allumées, s'efforçant en vain d'attirer l'attention. Pourquoi n'avaient-elles pas été éteintes ?

Caroline entra sur la pointe des pieds dans le petit salon et sursauta. Mickey était allongé sur un grand divan et elle crut pendant un instant affreux qu'il était mort avant de s'apercevoir que sa poitrine montait et descendait doucement. Elle ressentit un soulagement. Elle se serait crue obligée de tenter le bouche-à-bouche, or, Mickey était plutôt repoussant. Soûl, échevelé et non rasé, il ressemblait peu à la personne vivante et vibrante sur laquelle Caroline avait parfois laissé s'attarder son regard. Elle fit une grimace en apercevant la bouteille de porto vide près de son coude. Elle savait d'expérience que cela lui vaudrait la pire des gueules de bois. Mentalement, elle lui prescrivit du paracétamol et du thé fort et sucré suivi à intervalles réguliers de toasts au miel. Elle s'était trouvée dans cet état suffisamment souvent pour savoir que ce remède soulageait les pires maux, ou presque.

Avant de réveiller Mickey, elle regarda autour d'elle pour tenter de repérer des indices qui éclairciraient le mystère. Près de la cheminée, un seau en laiton contenait les papiers d'emballage hâtivement arrachés, seulement vingt-quatre heures auparavant, de cadeaux dont certains étaient restés éparpillés dans la pièce. Une petite pile semblait être celle de Lucy : une paire de gants en cuir bordés de fourrure, un petit album de photos relié en daim, des boucles d'oreilles en argent en forme de cœur. Exactement le genre de cadeaux que Caroline aurait aimé recevoir. Elle eut une pensée désabusée pour les cadeaux pratiques que sa propre famille lui avait remis. Le dernier Delia Smith de la part de sa mère qui espérait secrètement que sa fille se mette un jour à la cuisine sinon elle ne trouverait jamais de mari. Un range-CD de la part d'une de ses sœurs (qui serait probablement très utile, mais qui avait envie de recevoir des cadeaux utiles ?), un panier de produits Body Shop de son autre sœur. Caroline se demanda ce que James lui avait acheté tout en ayant le sentiment qu'elle ne le saurait jamais. On ne lui avait rien offert qui l'aurait fait se sentir spéciale, désirée ou féminine, alors que les cadeaux de Lucy étaient exactement ce qu'elle aimerait recevoir mais ne penserait jamais à s'acheter pour elle-même. L'envie de les jeter au feu lui traversa l'esprit, mais elle se retint.

Apercevant sur la cheminée un verre qu'elle reconnut être en cristal de Murano, que James collectionnait, elle le prit pour lire l'étiquette attachée à son pied : « Pour James, avec tout notre amour, Lucy XXX ». Caroline eut un sourire désabusé en remarquant que Mickey avait ajouté sa signature, comme on le lui avait demandé. Elle savait, cependant, que le verre avait été choisi par Lucy pour James et elle était certaine qu'en écrivant « notre amour », elle disait, en fait, « mon ». Il y avait bien d'autres cadeaux dans la pièce, tous soigneusement choisis et emballés et tous reçus avec des murmures et des exclamations de joie. Aux yeux de Caroline, Honeycote sortait tout droit d'un magazine ; tout y était toujours parfait, sans efforts. Elle était bien consciente que le mépris qu'elle affichait était, à dire vrai, de la jalousie. Sa vie à elle lui paraissait beaucoup plus commune.

Soudain, l'image n'était plus parfaite. Dans la maison, une lumière manquait. Ce n'était pas seulement le feu éteint, le silence trop présent, ni le décor que personne n'avait pris la peine de nettoyer. Il s'agissait de quelque chose de plus profond qui fit frissonner Caroline en même temps qu'elle comprenait pourquoi Lucy occupait ses pénates ce matin. Il était temps qu'elle comprenne ce qui arrivait. Elle avait passé suffisamment de temps à fouiner, à chercher des indices. Maintenant, il lui fallait des preuves.

Elle secoua l'épaule de Mickey sans tendresse. Il se réveilla dans un ronflement très peu élégant et propre à tuer dans l'œuf tous les fantasmes qu'elle aurait pu nourrir à son sujet. En l'apercevant, il parut troublé.

— Caroline ? Tu viens manger ? James n'est pas ici…

— Non, je le sais. Personne n'est ici. James est à Denham, avec ta femme.

Caroline s'efforçait de cacher son impatience pendant que Mickey se grattait stupidement la tête, se demandant s'il rêvait.

— Alors que fais-tu ici ?

— Je voudrais savoir ce qui se passe. Je suis arrivée chez mon petit ami en espérant prendre du bon temps comme il se doit un lendemain de Noël et il m'a donné congé. Ce n'est pas exactement ce que je m'attendais à trouver dans mon bas de Noël.

— Merde.

— Merde totale. Il ne m'a même pas donné de cadeau ; il m'a mise dehors. Pendant ce temps, ta femme était assise dans sa cuisine et portait son caleçon. Que se passe-t-il, Mickey ?

Mickey expliqua ce qui était arrivé. Lucy avait découvert son aventure avec Kay et s'était enfuie chez James. Lui, qui n'avait déjà pas assez d'équilibre pour rester debout, avait bu pour s'achever.

Caroline avait du mal à y croire.

— Kay Oakley !

Pourquoi Mickey aurait-il voulu avoir une aventure avec elle ? Elle était tellement différente de Lucy. Kay était une personne dure, un peu effrayante, même pour Caroline, qui pourtant ne s'en laissait pas compter par grand monde. Kay ne pensait qu'à l'argent, sinon pourquoi aurait-elle épousé Lawrence, ce maniaque froid et calculateur, et moche, en plus de cela ? En outre, Caroline était certaine que Kay n'avait aucun sens de l'humour : elle se prenait très au sérieux, de même qu'elle prenait son statut social très au sérieux. Qu'est-ce qui avait bien pu attirer Mickey ?

— Pour l'amour de Dieu, Mickey. Kay Oakley ? Pourquoi ?

Mickey la regarda d'un œil vide. Une blague qu'il avait entendue autrefois lui revint à l'esprit.

— Pourquoi un chien se lèche-t-il les boules ?

Caroline parut interloquée. Mickey eut un sourire ironique.

— Parce qu'il peut le faire.

Caroline croyait avoir entendu le pire lorsque Mickey lui annonça que Kay était enceinte. Il s'efforça de lui expliquer qu'il ne fallait pas s'inquiéter, qu'elle allait s'en débarrasser, mais comme bien des femmes qui prennent conscience de leur horloge interne, Caroline était sceptique et n'approuvait pas les avortements. Estimant qu'elle n'était pas réaliste, Mickey lui demanda dans quel siècle elle se croyait. Elle rétorqua :

— Ce débat n'aurait pas lieu si tu l'avais gardé dans ton slip, n'est-ce pas ? De toute façon, Kay n'est pas le problème. Il me semble qu'elle ne fait plus partie du décor.

— Alors quel est le problème ? Lawrence ne sait pas que c'est le mien.

Intérieurement, Caroline avait des doutes. Les quelques fois où elle avait rencontré Lawrence, il lui avait paru très lucide, clairvoyant même, arborant un calme digne d'un mafioso et un air rusé qui lui paraissait pouvoir être fatal. Elle songea que Mickey aurait de la chance de ne pas retrouver ses chevaux décapités et leurs membres dispersés dans son lit. Elle ne dit rien à ce propos, cependant, car la vraie menace n'était qu'à trois kilomètres et c'était la seule qui l'intéressait.

— Ton frère. Elle est en son pouvoir maintenant, tu vois ? Il la retient prisonnière dans sa maison. Il pourrait lui faire un lavage de cerveau en quelques heures, s'il ne l'a pas déjà fait.

— Pourquoi ferait-il cela ?

— Pour l'amour de Dieu, Mickey. Ouvre les yeux. Ne me dis pas que tu n'as rien remarqué.

— Quoi ?

— Que ton frère est... (Elle cherchait ses mots.) Obsédé. C'est le terme exact. Il est obsédé par ta femme.

— James ?

Mickey faillit tomber du divan tant la surprise était grande.

— Tu veux vraiment me faire croire que tu n'as jamais remarqué la manière dont il la regarde ? Quand il pense que personne d'autre ne le voit ?

Mickey était profondément secoué. Cette nouvelle l'estomaquait.

— Tu te promènes les yeux fermés ou quoi ? Tu n'as jamais prêté attention à son comportement ?

Mickey secoua la tête, déconcerté. Caroline comprit qu'il n'avait aucune idée de la situation. Sans doute son œil à elle était-il exercé grâce à sa formation en vente qui lui avait appris à observer le comportement des gens, de manière à avoir l'avantage au cours de négociations. L'outil était utile, pas seulement au travail. Elle poursuivit sa théorie.

— Crois-moi, Lucy est la seule personne qui compte pour ton frère. Il se moque pas mal de moi. Je sais qu'il pense à elle quand il me saute.

Mickey grimaça.

— Ne t'inquiète pas, ça m'était égal jusqu'à aujourd'hui. Parce que je ne pensais pas que Lucy constituait une véritable menace. J'ai toujours pensé qu'elle était hors de portée de James et je ne voulais pas que James s'attache à moi, de toute façon. Notre relation nous arrangeait tous les deux. Je servais d'alibi à son obsession…

— Et il payait tes factures.

Caroline fixa sur lui un regard furieux.

— Je gagne suffisamment pour payer mon entretien, merci.

— Excuse-moi, excuse-moi.

Mickey n'était pas prêt pour une dispute, surtout pas avec Caroline.

— Et tu ferais bien d'être un peu plus gentil avec moi si tu veux que je t'aide.

— M'aider ?

— T'aider à retrouver Lucy. Nous allons devoir signer un armistice.

— Qu'entends-tu par là ?

— Tu ne vas pas la récupérer en restant ici à te plaindre de ton sort, pendant qu'elle vit dans un décor de luxe, chez James, qui la dorlote et la choie et l'adore. Tu l'as jetée dans ses bras.

— Mais Lucy est quasiment une sœur pour lui.

— Ne sois pas si naïf.

— Crois-tu qu'elle est amoureuse de lui ?

L'idée semblait horrifier Mickey. Caroline réfléchit à cette possibilité.

— Non, je ne crois pas. Elle t'aime, Mickey, du moins elle t'aimait jusqu'à aujourd'hui.

— J'ai tout bousillé, pas vrai ?

— Tu as certainement fait tout ce qu'il fallait pour cela, mais si nous jouons finement, nous pouvons tout arranger.

— Qu'est-ce que ça peut te faire que je récupère Lucy ou non ? Qu'as-tu à y gagner ?

— Je veux épouser James.

Caroline n'en revenait pas de l'avoir dit. Les mots étaient sortis avant même qu'elle ait le temps de les penser. Elle s'en mordit la langue en voyant Mickey éclater d'un rire incrédule.

— Toi, te marier ? Je croyais que tu étais Mlle Indépendante, Mlle Carrière...

— On change...

— Ah bon, d'un seul coup ?

— J'ai beaucoup réfléchi ces derniers temps, j'ai bientôt trente ans. Je suis presque brûlée. Il y a tout un tas de gens plus jeunes et plus affamés et en meilleure forme que moi dans ce monde. Je suis obligée de travailler beaucoup plus fort qu'eux pour faire mes preuves et, franchement, j'en ai marre. Je veux me reposer.

— Alors tu te cherches un mari riche ?

— Pourquoi es-tu tellement cynique à propos de James et moi ?

— Voyons, Caroline, tu ne vas prétendre qu'il est l'amour de ta vie. La manière dont tu le traites...

— Nous nous comprenons, James et moi. De plus, vivre dans l'ombre de Lucy ne me dérange pas. Je devrai me contenter de la deuxième place, mais ça me convient. Peu de femmes s'en contenteraient, je peux te l'assurer.

Elle défia Mickey du regard.

— Je suis fatiguée. Je veux qu'on s'occupe de moi et je veux m'occuper de quelqu'un. (Elle fit une pause.) Et je veux... des bébés.

Voilà qu'elle recommençait. Elle disait des choses, les admettait devant quelqu'un avant même de les avoir admises pour elle-même.

Mickey regarda Caroline pensivement. Elle n'avait rien d'un symbole maternel. Caroline devina ce qu'il pensait. Elle trouva aussitôt les mots pour se justifier.

— Les hormones sont puissantes. Je suppose que, sans elles, la race humaine aurait disparu. Lorsqu'elles entrent en jeu, on ne peut rien y faire. (Elle soupira.) C'est probablement grâce à elles si nous sommes tous vivants. C'est le sens de la vie.

Une vision fugace de son héritier putatif passa dans l'esprit de Mickey. Il supposait que Kay s'en était débarrassée à l'heure qu'il était. Il souffla et prit sa tête dans ses mains. Caroline se méprit sur son désespoir.

— Je suis désolée si l'idée de m'avoir pour belle-sœur te dérange à ce point...

Mickey allait protester, mais Caroline s'emballait. Elle libérait le ressentiment d'une année entière à avoir été marginalisée par les Liddiard.

— Tu ne m'as jamais aimée, n'est-ce pas ? Tu ne m'as jamais trouvée assez bien pour ton frère ? Je sais ce que vous pensez tous. Que je suis seulement intéressée par l'argent de James, mais je travaille dur et je gagne ma vie. Je paie mes propres factures. Si James décide de me dorloter, c'est son affaire. Je ne lui demande jamais rien. Ce n'est pas de ma faute s'il a les moyens. Ce n'est pas pour cette raison que je suis avec lui. J'ai ma fierté, tu sais. J'ai un peu de respect de moi-même.

Mickey regarda Caroline et comprit qu'elle était au bord des larmes. Il paniqua un peu. Il avait horreur de voir pleurer une femme, n'importe quelle femme, et l'idée de Caroline en larmes était plus troublante encore. Il lui tapota maladroitement la main... et elle se jeta alors contre son épaule en laissant couler des torrents de larmes. Les tensions de la matinée la rattrapaient. Elle, d'habitude si fière de sa force, venait de trouver ses limites. La dispute à la pension pour chevaux, l'affrontement avec James, la découverte qu'elle était insatisfaite de sa vie... Mickey s'efforça de la consoler de son mieux. Elle finit par cesser de sangloter et lui adressa des excuses humides.

— Je suis désolée. La journée a été mauvaise, c'est tout.

Elle lui raconta ce qui s'était passé avec Demelza. Ses problèmes d'argent qui étaient vraiment de sa faute parce qu'elle ne préparait jamais de budget.

— Tu sais, je pourrais ravaler ma fierté et demander à James de me tirer d'embarras. Il le ferait, mais je ne veux pas.

Mickey eut un sourire désabusé.

— Il me semble que nous sommes dans le même bateau.

Il lui raconta les problèmes de la brasserie, l'urgence de la situation et sa propre incapacité à trouver une solution. Il lui raconta qu'il avait vendu le cheval de Patrick dans l'espoir de limiter les dégâts mais qu'il s'était rendu compte que c'était seulement une goutte d'eau dans l'océan. Sans doute, ses dettes étaient-elles un problème mineur par rapport à l'état de son mariage, mais c'était un problème qui ne disparaîtrait pas par magie.

À sept kilomètres de là, Ned et Patrick, emmitouflés contre les éléments, fonçaient avec l'Austin dans une descente tortueuse. Ils participaient à une chasse au trésor du lendemain de Noël, organisée pour les amateurs locaux de course automobile par une extraordinaire vieille dame du nom de Agnes Porter-Wright, habituée à conduire sa magnifique vieille Bentley à toute allure sur les routes, sans le moindre respect pour ses freins. Patrick la trouvait fantastique et aurait aimé croiser plus souvent des femmes comme elle, de ces forces excentriques avec lesquelles il fallait compter. Ces gueulardes s'entendaient à cent kilomètres à la ronde. Elles s'habillaient de fourrure de renard et de pantalons de jardinage, accompagnés ou non des diamants de famille, selon l'heure de la journée ou l'occasion. Pour la chasse au trésor, elle ne les portait pas, mais elle avait mis des lunettes de protection, pour compenser.

Cette année, les conditions météorologiques étaient glorieuses. La journée, claire et ensoleillée, était juste assez chaude pour faire disparaître le givre qui aurait rendu dangereuse la conduite sur la plupart des routes de l'arrière-pays. Le temps permettait aussi à ceux qui possédaient une décapotable de se passer de toit et d'abandonner gaiement leurs cheveux, ceux qui en avaient encore, aux caprices du vent. Les concurrents constituaient un groupe hétéroclite. Ned et Patrick étaient de loin les plus jeunes, ce qui leur valait beaucoup d'attention. Cet événement était devenu une tradition pour les deux amis qui s'amusaient énormément et se nettoyaient, par la même occasion, des excès de Noël.

Cette fois, cependant, Patrick ne parvenait pas à apprécier le paysage. Il était furieux contre Ned. L'imbécile avait déjà raté trois indices et ils n'avaient encore parcouru qu'une dizaine de kilomètres. À ce rythme, ils n'avaient aucune chance de remporter le trophée. Patrick était mordu de compétition. Ils avaient gagné les trois années précédentes. Il y mettait son point d'honneur. Certes, le trophée n'était qu'une pierre des Cotswolds sans intérêt particulier, collée sur un morceau de bois, mais l'important était ailleurs.

Patrick jeta de nouveau un coup d'œil vers Ned. Celui-ci ne s'intéressait absolument pas à la feuille des indices. Son regard se perdait lugubrement au-delà de l'horizon. Il était un peu ridicule avec son chapeau d'aviateur en cuir qu'il s'obstinait à porter pour l'occasion. Patrick lança un juron. Il fallait ouvrir l'œil durant toute la course, ne jamais quitter la balle des yeux. Agnes pouvait avoir caché la réponse n'importe où. Il freina brusquement et, avec colère, fit un tête-à-queue qui sortit violemment Ned de sa rêverie.

— Qu'est-ce que tu fabriques ?

— Je retourne à la taverne. Inutile de continuer, nous ne gagnerons jamais à ce rythme…

— L'important n'est pas de gagner, mais de participer.

— Des clous !

Il reprit le chemin d'Eldenbury. Ned ne put s'empêcher de le taquiner.

— Personne n'aime les mauvais perdants.

— Je ne serai pas un mauvais perdant. Je ne participe pas si tu ne fais pas attention.

Ned soupira et rangea la feuille d'indices dans la boîte à gants. Il n'était pas d'humeur à discuter. Il n'était pas d'humeur à quoi que ce soit. En vérité, la taverne semblait une bonne idée. Il était frigorifié, en dépit des oreillettes. À la vitesse à laquelle Patrick conduisait, le vent vous transperçait comme un couteau et Patrick refusait de remonter le toit. Damné frimeur !

Au bout d'une heure durant laquelle ils s'étaient révélé leurs secrets et leurs peurs les plus noires et les plus intimes, Mickey et Caroline n'eurent aucun mal à se sentir alliés. Ils oublièrent leurs réticences mutuelles pour s'accorder un peu de confiance. Toutefois, Mickey était un peu déconcerté par la rapidité avec laquelle Caroline avait repris ses esprits. L'instant d'avant, elle était en sanglots comme un bébé dans ses bras et, maintenant, elle se montrait énergique et efficace. Il se demandait quel aspect il préférait, surtout à cet instant où la triste réalité d'un mal de tête lancinant commençait à percer les lambeaux de son ivresse. Selon son expérience, il y avait un seul antidote. Il se leva, vacillant.

— Veux-tu boire quelque chose ?

Caroline sourit gentiment.

— Un thé me ferait plaisir.

— Je voulais dire...

— Je sais, mais je veux que tu fasses un thé et que tu m'apportes un carnet et un crayon.

— Pardon ?

— Nous allons établir un plan.

Mickey comprit qu'il était inutile de discuter. Il fit ce qu'on lui disait, prépara un feu, l'alluma et découvrit, à sa grande surprise, que le thé lui faisait plutôt du bien. Caroline se mit au travail sans perdre une minute. Mickey comprit pourquoi elle réussissait dans sa carrière.

— Bien. Quelle est ta stratégie de marketing ?

Le regard de Mickey restait vide.

— Je n'en ai pas vraiment.

— Ne sois pas ridicule. Bien sûr que tu en as une. Comment vends-tu ta bière ?

— Je fournis mes propres tavernes. Je travaille sur un marché captif. Je n'ai pas à chercher de clients.

— Eh bien, ça ne fonctionne pas merveilleusement bien, de toute évidence. Sinon tu ne serais pas au bord de la faillite.

— Les frais généraux. As-tu une idée de ce que coûte une entreprise de brasserie ?

Caroline fit signe à Mickey de se taire.

— Il faut répandre le nom. Il faut que Honeycote Ales soit sur les lèvres de tous les buveurs de bière. Elle est bonne, pas vrai ?

— Superbe.

— Alors il faut que le monde le sache. Par tous les diables, Mickey, le marketing est partout à l'ordre du jour. Avec une bonne campagne derrière toi, tu pourrais pisser dans une bouteille et avoir du succès. Tu as un avantage supplémentaire : ton produit est bon. Le rêve ! C'est un symbole de la vie rustique anglaise ; il n'est pas soumis aux modes. Tu n'as besoin que d'un peu de matraquage publicitaire : un chef célèbre qui utilise Honeycote Ales pour son bœuf à la bière ; le jeune marié qui l'exige à la place du champagne pour ses noces. (Prenant à peine le temps de respirer, elle continua.) Combien de fois es-tu apparu dans le journal local ? Tu devrais y être chaque semaine, pour une chose ou une autre. Et les parrainages ? Le nom de ta bière devrait se trouver sur les poteaux de la moindre course en sac ou sur ceux des matchs de rugby. N'importe quoi pour faire connaître le nom. C'est une question de bon sens.

Elle le scruta avec curiosité.

— Juste pour mon information, qu'as-tu fait pendant tout ce temps ?

— J'ai travaillé très dur. La brasserie tourne parfois vingt-quatre heures sur vingt-quatre, tu sais…

— Et tu y es toujours, n'est-ce pas ? Tu charges le houblon ou je ne sais quoi à la pelle ; tu y mets de l'huile de coude ?

— Parfois, oui. J'aime participer.

— Des clous. Tu es un fumiste. Tu as hérité de la poule aux œufs d'or…

— En vérité, l'argent n'est pas le plus important.

Caroline rit de bon cœur.

— Les seuls qui peuvent se permettre cette réflexion sont ceux qui en ont plein les poches. Tu es né avec un couteau, une fourchette et une cuiller en argent dans la bouche. Tu aurais intérêt à revenir sur terre, Mickey. Les gens se battront pour prendre ta place quand tu vas te retrouver le ventre en l'air.

Elle répétait exactement ce que Cowley avait dit à Mickey quelques jours plus tôt. Comment pouvait-elle être aussi bien informée ? Mickey eut un accès de ressentiment. Comment était-il possible que tout le monde en sache plus sur son affaire que lui-même ?

— Comment en sais-tu si long ? Je veux dire, de quel droit critiques-tu la façon dont je gère mes affaires ?

— C'est mon boulot. Je ne suis peut-être que responsable de la publicité d'un journal local, mais ça me donne une bonne indication sur les affaires qui marchent et les raisons derrière leur succès. Les journalistes me renseignent, me disent dans quelle direction chercher, lesquelles sont prospères. Ça ne prend pas longtemps pour avoir une idée générale.

Les lèvres serrées, Mickey se rendit d'une démarche hautaine jusqu'à la fenêtre et regarda vers l'extérieur. Si on lui avait dit qu'il se retrouverait à boire du thé avec Caroline Masson et à préparer un plan de marketing pour Honeycote Ales, il ne l'aurait jamais cru, mais il n'avait plus vraiment le choix. Il n'avait personne d'autre vers qui se tourner.

En fin d'après-midi, il eut la plaisante surprise d'admettre qu'elle avait raison. Certes, elle était têtue et mordante, ne cédait pas d'un pouce, mais elle offrait des solutions positives. Et elle abattait du travail. Elle était allée chercher son ordinateur dans la voiture et Mickey l'avait regardée, fasciné, pendant qu'elle élaborait une stratégie et l'illustrait de graphiques, de diagrammes et d'objectifs symbolisés. Elle l'avait imprimée sur son imprimante portative. Mickey était très impressionné.

— Bien sûr, c'est tout du pipeau, mais les banques et les investisseurs adorent les plans d'action. Même si les chiffres sont totalement à côté de la réalité, ils aiment voir qu'on y a réfléchi. À défaut d'autre chose, tu obtiendras peut-être un sursis de la banque.

Mickey faillit répondre qu'il avait quarante-trois ans, qu'il s'était occupé de ses affaires pendant plus de vingt ans et qu'il savait exactement ce qu'était un plan d'action. Mais il décida de se taire, parce que, en comparant, il devait admettre qu'il avait réussi à enfoncer une affaire qui marchait parfaitement bien alors que Caroline avait dépassé ses objectifs trois mois de suite. De plus, ce plan rendrait Cowley extatique. Il le déposa sur la table basse et sourit.

— Bon, après tout ce travail, je pense que nous avons droit à un verre, pas toi ?

— Non.

Le ton était sans réplique. Mickey cligna les yeux de surprise.

— Pardon ?

— Quand pour la dernière fois as-tu passé une journée sans boire ?

— Je ne me rappelle pas, mais je peux facilement m'arrêter.

— C'est ce qu'ils disent tous.

Mickey fronça les sourcils. Que sous-entendait-elle ?

— Tu ne récupéreras jamais Lucy si tu es rond comme un boudin lorsqu'elle revient. Imagine qu'elle se soit pointée ce matin, au lieu de moi ? Tu n'avais vraiment rien de séduisant, je peux te l'affirmer, à ronfler et à baver sur le divan...

— Parle sans détour, Caroline. Dis ce que tu penses.

Elle sourit gentiment.

— Je dis toujours la vérité. Tu ne peux pas continuer à noyer tes soucis, Mickey. Tu dois dessoûler, prendre les choses en main, affronter tes problèmes...

Mickey soupira. Il savait trop bien qu'elle avait raison. Il s'était promis d'en venir là, d'ailleurs, jusqu'à ce que tout s'écroule, la veille.

— Ce n'est pas si facile.

— Non. Certainement pas. Atteindre un but qui en vaut la peine n'est jamais facile. Mais tu peux y arriver, avec moi sur tes talons. Regarde les choses en face, Mickey. Tu n'as pas le choix. Tu nages ou tu te noies.

Caroline elle-même avait une folle envie d'un gin sans trop de tonique, mais elle voulait lui faire comprendre quelque chose. Elle devait montrer l'exemple.

— Tu as besoin d'avoir les idées claires pour mettre ce plan à exécution. Tu ne veux pas avoir les idées embrouillées par l'alcool ? Tu crois peut-être que ça te rend la vie plus facile à court terme, mais ça ne te rend pas service. J'oserais même dire que tu as un problème.

— Comment ?

Mickey était furieux. Caroline leva un sourcil en réponse à ses protestations.

— Écoute, si tu n'as pas de problème avec l'alcool, tu ne devrais pas avoir de mal à t'en passer, ajouta-t-elle gentiment en se levant.

Le regard de Mickey se rétrécit.

— D'accord. Quoi d'autre ?

— Tu as vu la cuisine ?

Mickey grimaça.

— Je vais commencer à laver. Toi, monte te redonner une allure humaine. Prends une douche et rase-toi avant que quelqu'un te voie.

Caroline entreprit de rassembler la vaisselle. Mickey la regardait, la bouche grande ouverte. Personne ne lui avait jamais parlé de la sorte. Elle lui adressa un sourire moqueur.

— Allez. Je vérifierai que tu n'as pas oublié derrière les oreilles quand tu redescendras.

En montant les escaliers, Mickey se rendit compte qu'il avait le cœur léger. Plus léger qu'il ne l'avait eu durant les vingt-quatre dernières heures. Tout allait s'arranger. Il allait se reprendre, arrêter de boire, montrer à Lucy comme il avait changé. Elle lui pardonnerait, il en était sûr. Tout le monde a droit à l'erreur, non ?

À Eldenbury, Patrick avait réussi à garer sa voiture à la place d'une autre qui venait de partir. Le marché grouillait d'activité. Après le début de la course, les badauds, assoiffés, se précipitaient vers la taverne du Horse and Groom. C'était habituellement un excellent terrain de chasse où rencontrer de jeunes talents : des jeunes femmes drapées de fausse fourrure et arborant des chapeaux à rayures y montraient leurs longues jambes chaussées de hautes bottes tout en sirotant des Bloody Mary et en fumant. Toutefois, cette année, ni Ned ni Patrick n'étaient intéressés. Ils avaient chacun leurs problèmes qui les empêchaient d'apprécier le fait qu'ils étaient le centre d'attention, Ned avec ses bouffonneries et Patrick parce qu'il était tellement beau. À eux deux, ils formaient une paire irrésistible.

Aujourd'hui, les traits de Patrick étaient marqués par la colère, ce qui le rendait presque insignifiant, et Ned était loin de plaisanter. Tous deux rôdaient aux abords de la foule d'amis qui se retrouvaient pour la première fois depuis longtemps. Patrick se sentit soudain déprimé en remarquant combien les gens changeaient, prenaient du poids en même temps que de la confiance en eux. Il n'avait pas envie d'échanger des paroles de circonstance. Ned ne voyait rien, noyé dans sa mélancolie, ses deux épais sourcils blonds se rejoignant au milieu de son front.

— Autant aller se soûler un bon coup.

Ils entrèrent d'un pas traînant dans la taverne du Horse and Groom et rejoignirent la queue au bar. Mayday était occupée à tirer vaillamment bock après bock, comme si sa vie en dépendait. Elle s'étonna que ni Patrick ni Ned ne la regardent. Ils avaient un air revêche inhabituel. Elle se mordit la lèvre inférieure et rejeta ses cheveux en arrière, blessée. Elle n'avait jamais eu d'exigences envers eux. Pourquoi l'ignoraient-ils ?

Protégeant leur chope de bière de Noël Honeycote, aussi riche et nourrissante qu'un repas complet, Ned et Patrick se frayèrent un chemin jusqu'à une encoignure de fenêtre pour aller noyer leur tristesse. Ned avait un peu d'avance sur Patrick, car il avait avalé en cachette quelques gorgées de sa flasque pendant la chasse au trésor, pour se préserver autant du froid que de sa conscience. Il ne tarda pas à tomber dans l'apitoiement.

Patrick ne lui offrit aucune compassion. *Comme on fait son lit, on se couche.* Ned protesta en prétendant que Mayday ne comptait pas, qu'elle était un rituel de passage, une proie facile. Patrick se contenta de soulever un sourcil et lui suggéra d'aller dire cela à Sophie. Ned se mit à bouder. Patrick n'avait aucune intention de le prendre en pitié ni de l'aider à résoudre son problème.

Patrick ne se moquait pas des problèmes de son ami, mais il avait les siens dont il ne pouvait parler. La révélation de Lucy à propos de la grossesse de Kay, la nuit précédente, l'avait profondément choqué. Il était certain que le bébé de Kay n'était pas le sien. Si la vie lui avait appris une chose, c'était de toujours sortir couvert. Patrick aimait les risques, mais pas celui-là. Par contre, il était à peu près sûr que son père ne pensait jamais à se protéger. Il était de la vieille école qui estimait que la contraception était la responsabilité de la femme, si même il y avait jamais pensé. De plus, Mickey n'apprenait jamais de ses erreurs et Patrick était une de ses plus grosses erreurs. Kay, quant à elle, n'était pas de la génération qui transporte un condom dans son sac à main. Rien de surprenant à ce qui était arrivé. Apparemment, Lawrence savait que ce n'était pas le sien ; peut-être n'avait-il plus de rapports avec sa femme. Patrick se retrouvait donc avec un demi-frère ou une demi-sœur promis à l'incinérateur, s'il n'y était pas déjà. Il avait un goût amer dans la bouche, surtout parce qu'il savait que si l'enfant avait été le sien, il se serait battu de toutes ses forces pour sa survie. Patrick était tellement conscient qu'il aurait pu finir aspiré lui-même, si sa mère n'avait pas été aussi attachée à la vie. Mickey n'avait probablement pas été enchanté d'apprendre que Carola était enceinte, mais elle avait tenu bon et il avait dû accepter. C'était une des rares choses pour lesquelles Patrick ressentait de la gratitude envers sa mère.

Il ne pouvait s'empêcher d'avoir pitié de Kay. Il avait essayé de l'appeler le matin même, mais elle avait débranché son téléphone. Il voulait juste lui apporter un peu de soutien, lui glisser un mot gentil. Kay était une solitaire. Il savait intuitivement qu'elle n'irait pas chercher du réconfort en prenant le thé avec une vieille amie. Il ne se sentait pas responsable de ses ennuis. Ceux de son père le concernaient plus. Mickey devait savoir que le bébé était le sien et la pression s'ajoutait à ses autres soucis. Patrick espérait parvenir à aider son père durant les semaines à venir pour qu'il ne craque pas... Il se dirigea vers la machine à cigarettes pour refaire le plein et se retrouva coincé par Mayday, indignée, les mains sur les hanches, rejetant en arrière sa crinière de cheveux avec un air de défi.

— Alors, que vous arrive-t-il à vous deux ? Pourquoi m'ignorez-vous ? Qu'est-ce que j'ai fait ?

Patrick la remit à sa place sans hésiter.

— Pourquoi as-tu fait un suçon à Ned ? Tu savais bien qu'il courait après Sophie...

Mayday resta interdite.

— Je ne me suis pas rendu compte...

— Oh, à d'autres...

— Je ne l'ai pas fait exprès ! J'ai dû me laisser emporter dans le feu de l'action. Tu sais bien comment je suis, une fois partie.

Patrick fit rouler ses yeux. Il ne le savait que trop bien. Mayday était abasourdie.

— Sacrebleu, je suis désolée. Mais pourquoi aussi n'a-t-il pas mis un pull à col roulé ? Est-ce qu'il ne sait pas pourquoi on les a inventés ?

— Tu aurais pu te maîtriser un peu pour une fois, Mayday. Tout ce qui porte un pantalon est une proie facile pour toi, mais...

Mayday eut un rire de gorge profond, un grondement de cigarette et de whisky qui ressemblait au bruit d'un moteur de Harley Davidson qui démarre.

— Ou une jupe.

Des rumeurs circulaient qui prétendaient qu'elle était bisexuelle. Les yeux de Patrick rétrécirent.

— En gros, tout ce qui est chaud et qui bouge.

— Et toi, bien sûr, tu es exemplaire, un modèle à suivre pour nous tous.

Elle sourit gentiment à Patrick. Elle n'aimait pas qu'on lui fasse la morale. Elle avait la promiscuité pathologique et ne s'en cachait pas. Pourquoi le lui reprocher ? Patrick insista.

— Moi, du moins, je réfléchis aux conséquences possibles. Pour ne blesser personne. Sophie était bouleversée.

— Écoute. Je n'ai pas mis un revolver sur la tempe de Ned, tu sais.

— Tu l'as fait fumer. Il me l'a dit. Et tu sais que ça l'allume.

Mayday eut une moue défensive.

— Elle sait bien que coucher avec moi ne compte pas.

— Elle ne sait rien du tout. Sophie est une innocente. Une romantique. Elle croit au coup de foudre et au bonheur pour toute la vie.

— Il serait peut-être temps qu'elle se réveille, non ?

Même s'il ne l'admettait pas, Patrick savait que Mayday avait raison. Il n'y avait pas beaucoup d'espoir pour les filles comme Sophie dans ce monde. Toutefois, il ne souhaitait pas qu'elle change ni qu'elle se durcisse ou devienne cynique. Il voulait qu'elle continue à croire aux contes de fées. Il était certain que Ned, même si parfois celui-ci se comportait comme un vrai plouc, pouvait être son prince charmant. Ned était l'une des rares personnes sur la terre que Patrick respectait et en qui il avait confiance. Il l'estimait digne de sa petite sœur. Il désirait que tout aille bien pour eux.

Il regarda Mayday et eut un choc en voyant que ses yeux brillaient de larmes. Il se sentit coupable, tout à coup. Il avait été dur avec elle. Elle s'était trouvée dans la ligne de mire, mais on ne pouvait pas lui tenir rigueur de tous les problèmes. Elle n'était responsable que de celui qui était en train de se soûler dans le coin. Un problème de cent kilos.

— Hep, écoute…

Il attrapa une larme du bout de son doigt. Il n'avait jamais pensé que Mayday pleurait parfois.

— Je ne suis pas insensible, tu sais. On ne peut pas juste m'utiliser et me jeter…

Patrick l'enveloppa dans une embrassade pour la consoler. Elle avait toujours été une bonne amie. Avec Ned, elle faisait même partie de ces rares personnes en lesquelles il avait une entière confiance. Malheureusement, Mayday était parfois sa propre ennemie. Elle était l'archétype de l'idiote au grand cœur ; elle allait chercher elle-même les verges pour se faire fouetter. Sapristi, pensa Patrick. Est-ce qu'elle aussi, il allait devoir la protéger d'elle-même ?

Mentalement, il passa en revue ses tâches herculéennes. Se frayer un chemin jusqu'au lit de Mandy et récupérer l'argent de son père pour la brasserie. S'assurer que Kay allait bien. Régler le problème de Ned et de Sophie. Calmer Kelly ; il se sentait encore un peu coupable lorsqu'il pensait à elle. Protéger Mayday d'elle-même. Nom de nom, il ne lui resterait pas beaucoup de temps pour se détendre et s'amuser.

Il rapporta deux chopes à leur table. Ned vida la sienne d'un trait. Son humeur s'aggrava et Patrick commença à craindre qu'il ne s'attire des ennuis. Ned n'était pas agressif, mais il était maladroit, ce qui pouvait déclencher une bagarre lorsque tout le monde était un peu ivre.

— Allez viens, Ned. Rentrons. Tu as besoin de dormir.

Patrick estimait qu'il était temps de retourner à la maison de toute façon. Généralement, le lendemain de Noël était jour de réception à Honeycote House. Lucy faisait cuire un énorme jambon et un rôti de bœuf épicé qu'elle plaçait sur la table de la salle à manger au milieu de salades, de sauces et de condiments multicolores. Il y avait toujours beaucoup de desserts aussi, des puddings, des sabayons, des gelées au porto dans les moules traditionnels. Des gens entraient, grignotaient et ressortaient toute la soirée, jusqu'aux petites heures du matin : des amis, des parents, le vicaire, les filles qui aidaient à prendre soin des chevaux. Patrick se dit qu'il était grand temps qu'il aille mettre la main à la pâte. Il avait quitté la maison très tôt dans la matinée, avant même que Lucy ou Mickey soient levés, et il s'était senti un peu coupable en traversant la cuisine en désordre. Il compenserait en faisant toute la vaisselle ce soir et en s'assurant que Lucy ait le temps de se reposer. Elle méritait qu'on la dorlote un peu, même si elle ne s'en doutait pas.

Dès que Mickey eut disparu dans les escaliers, Caroline commença à ranger. Elle vida dans l'évier toutes les bouteilles entamées qu'elle trouva dans le salon. Tant pis si certaines avaient coûté une fortune. Il était temps de prendre des mesures draconiennes. Elle rassembla ensuite le peu de bouteilles qui n'avaient pas été bues et les redescendit à la cave. Elle referma la porte à double tour et mit la clé dans son soutien-gorge. Elle vérifia le réfrigérateur. Elle décapsula et vida dans l'évier les quelques bières qu'elle y trouva.

Après avoir fini sa première tâche, elle s'attaqua au lavage. Elle regarda désespérément autour d'elle, mais elle ne découvrit pas de lave-vaisselle. Pourquoi fallait-il que les Liddiard aient si peur de se faciliter la vie ? Même ses parents, qui ne possédaient pas grand-chose à eux deux, avaient un lave-vaisselle depuis toujours. Tant pis. Caroline, qui ne lavait jamais rien si elle pouvait l'éviter, à part une tasse de café le matin et un verre de vin le soir, prit son courage à deux mains, enfila des gants de caoutchouc et remplit l'évier d'eau chaude savonneuse.

À quinze heures, lorsque Patrick entra, il ne cacha pas sa surprise de trouver Caroline dans la cuisine, entourée de piles de vaisselle brillante, les bras plongés dans les bulles jusqu'aux coudes et prête à s'attaquer aux verres. Il lui adressa un regard méfiant.

— Qu'est-ce que tu fiches ici ?

— Ravie de te voir Patrick, joyeux Noël.

Caroline tendit la joue pour un baiser. Patrick l'ignora. Il n'avait jamais fait confiance à Caroline.

— Où est Lucy ?

Caroline lui lança un torchon.

— Je lave, tu essuies.

Patrick le lui renvoya.

— Où est papa ?

— En haut. Il lave ses péchés.

— Quoi ?

Caroline soupira. Patrick finirait par apprendre la vérité un jour ou l'autre. De plus, il pourrait aider à limiter les dégâts. Elle s'inquiétait au sujet de Sophie et de Georgina et de leur réaction à la situation. Patrick saurait probablement comment leur cacher le plus grave. S'ils réagissaient vite, ils pourraient minimiser les conséquences.

— Ton père a eu une aventure. Avec Kay Oakley. Lucy a tout découvert et elle s'est réfugiée chez James.

— Stupide, stupide pétasse !

— Qui ? Lucy ?

— Non. Kay. Comment Lucy l'a-t-elle appris ? Est-ce Kay qui le lui a dit ?

Il se promettait de la tuer si c'était le cas. Il mettrait ses mains autour de sa gorge et lui ferait rendre son dernier souffle. Caroline secoua la tête.

— Un des grands classiques de la vie moderne. Elle a vérifié le dernier numéro composé.

Patrick poussa un gémissement. Il s'en voulut d'avoir bu, parce qu'il ne parvenait pas à penser clairement. Tous ses plans étaient fichus. Caroline interrompit ses pensées.

— Écoute, si tu ne veux pas essuyer, rends-toi utile tout de même. Téléphone à tous les gens qui étaient supposés passer ce soir et trouve une excuse. Dis-leur que tout le monde a attrapé le choléra ou la tuberculose ou quelque chose de ce genre. Nous n'avons vraiment pas besoin d'interventions extérieures.

— Juste par curiosité, et la tienne ?

— Pardon ?

— D'intervention ?

— Crois-le ou non, cette famille me tient à cœur.

Le regard qu'elle lui adressa avait l'éclat de l'acier. Patrick, qui avait l'âme particulièrement malveillante, lança une méchanceté qu'il aurait dû retenir.

— N'espère pas en faire partie un jour.

Caroline inspira profondément. Patrick avait visé sous la ceinture sans même s'en rendre compte. Elle tourna vers lui des yeux furibonds.

— Que se passe-t-il, c'est un complot ? Qu'y a-t-il de si horrible à l'idée que j'épouse James ? Ton père semblait trouver ça absurde, lui aussi. C'est tout juste s'il ne m'a pas accusée de lui courir après pour son argent. Si c'était le cas, je peux t'affirmer que je chercherais quelqu'un de bien plus vieux et bien plus riche. (Caroline le regarda d'un air entendu.) Vous ne m'avez jamais aimée, aucun d'entre vous. Serait-ce parce que ma mère était une cantinière ?

Elle fit une mimique horrifiée.

— Je ne savais pas que ta mère était une femme de service. Si je l'avais su, ça n'aurait fait aucune différence. Tu es paranoïaque.

— Pas du tout.

Caroline voulait entendre Patrick avouer que sa famille ne l'aimait pas parce qu'ils pensaient qu'elle n'était pas assez bien pour James.

— Caroline, ce n'est pas à cause de tes parents que tu ne lui conviens pas. C'est la manière dont tu le traites. Tu lui tiens tête, tu le promènes pour le montrer. Tu t'énerves en public et tu l'humilies…

— Moi ?

— James n'aime pas jouer le rôle du chien savant.

Bien sûr que non, se dit Caroline, parce que Lucy non plus ne ferait pas le chien savant. Elle n'avait jamais ressenti le besoin d'attirer l'attention sur elle, puisqu'elle était toujours le centre d'intérêt. Tous les yeux convergeaient vers elle. Caroline soupira. Fallait-il qu'elle change pour plaire à James ? Elle ne s'en croyait pas vraiment capable. Comment brider une forte personnalité extravertie et qui s'affirme pour devenir douce et soumise ? D'ailleurs, quelque chose en elle devait lui avoir plu au départ. Après tout, ils étaient ensemble depuis plus d'un an et ils ne se disputaient jamais.

Était-elle réellement si terrible ? un parti aussi détestable que Patrick semblait le suggérer ? Elle gagnait sa vie, après tout. S'il fallait parler de chercheuses d'or, autant désigner Kay Oakley. Et à bien y réfléchir, qu'en était-il de Lucy ? James lui avait raconté qu'elle avait été nourrice, ou fille au pair, ou quelque chose comme ça, pour Mickey, autrefois.

Caroline se sentit vexée. Elle qui était en train d'essayer de sortir Mickey de son bourbier. Mickey était totalement dépassé par les événements et elle s'efforçait de l'aider à regarder les choses objectivement et avec un minimum de bon sens pour redresser la barre. De quel droit Patrick venait-il la juger ?

— Alors, d'accord. Je ne suis peut-être pas la prétendante de premier choix pour ton précieux oncle. Mais regardons les choses sous un autre angle, Patrick. Qui préfères-tu avoir pour tante ? Moi ou ta belle-mère ?

Patrick se crispa. Il avait horreur que l'on parle de Lucy en l'appelant sa belle-mère. Il trouvait le mot laid.

— Parce qu'elle s'est réfugiée chez James, et je peux te dire qu'il l'a accueillie à bras grands ouverts.

Patrick lui coupa brutalement la parole.

— Tire-toi donc, Caroline. Tu n'as rien à faire avec cette famille. Tu ne comprends rien à ce qui se passe. Va-t'en.

— De quel droit ? J'essaie de vous aider…

— Pourquoi ? Qu'espères-tu en retour ?

— Je crois que tu te méprends sur mes intentions.

Patrick émit un ricanement cynique et bref.

— Vraiment ?

— Tu n'es qu'un sale petit arrogant.

— C'est toujours mieux qu'une chercheuse d'or.

Caroline n'avait jamais giflé un homme auparavant, mais elle en ressentit fortement l'envie. Pour ne pas se laisser aller à ce qu'elle considérait comme un signe de faiblesse, elle prit une grande inspiration, déglutit, sourit gracieusement et sortit.

Pour la troisième fois de la journée, débordante de rage, elle sauta dans son automobile. Elle en voulait à tous les Liddiard. Il fallait qu'elle admette qu'ils n'étaient qu'un tas d'égoïstes arrogants. Il fallait qu'elle trouve quelqu'un de normal avec qui sortir.

Mickey redescendit, lavé, brossé, reluisant. Il trouva Patrick dans la cuisine en train d'étudier le plan sur lequel il avait tant sué avec Caroline.

— Où est Caroline ?

— Elle a dû partir, répondit Patrick sur un ton neutre. (Il montra le plan.) Qu'est-ce que c'est ?

— Un plan d'action qu'elle m'a fait élaborer. Plutôt bon, à dire vrai.

Patrick alla au réfrigérateur pour y prendre une bière. Il n'y en avait pas. Il fronça les sourcils et se dirigea vers la cave pour en remonter un carton. La porte était fermée à clé.

— Qui a verrouillé la porte ?

— Ce doit être Caroline. Elle semble penser que je bois trop.

Une fouille plus minutieuse révéla que toutes les bouteilles étaient vides. Mickey en fut impressionné mais ne dit rien. Cette fille ne plaisantait pas. Patrick, lui, était furieux.

— Pétasse. Pour qui se prend-elle ? Je vais aller chercher à boire.

— Non.

— Quoi ?

— Elle a raison. Si je ne peux pas me passer d'alcool pendant vingt-quatre heures, c'est que j'ai un problème...

— C'est elle qui l'a dit ?

— Écoute, Patrick. Si Lucy revient, je veux avoir les idées claires pour me défendre plutôt que de l'empester avec des relents d'alcool.

Il ne parvenait pas tout à fait à regarder Patrick dans les yeux.

— Je suppose qu'elle t'a mis au courant ?

— Oui.

Le père et le fils ne savaient plus trop quoi se dire. Patrick n'avait pas le courage de réprimander son propre père et moins encore celui de lui parler du marché qu'il avait conclu avec Kay. Il n'en revenait pas que le vent ait tourné à ce point et que ses plans soigneusement échafaudés se soient effondrés, si près du but.

— Que vas-tu faire ?

Mickey soupira.

— Je ne sais pas. Je vais parler à Lucy, probablement. Caroline dit...

Il laissa mourir sa voix. Il ne pouvait pas répéter à Patrick ce que Caroline avait dit à propos de son propre frère et de son adoration pour sa femme. À son grand soulagement, Patrick ne lui laissa pas le temps de parler.

— On se moque de ce que Caroline a à dire.

Mickey prit sa défense.

— Pense ce que tu voudras de Caroline, mais c'est une bonne fille au fond. Dommage qu'elle soit partie si soudainement, je voulais la remercier.

Patrick eut une nausée. Il avait peut-être été un peu trop dur avec elle. Cependant, il ne supportait pas qu'elle le traite comme s'il était un petit garçon, avec sa manière autoritaire habituelle, son habitude de donner des ordres, comme s'il n'était pas capable de comprendre les conséquences de ce qui se passait autour de lui. De plus, il était énervé, fatigué et ne savait plus trop où il en était. Il était débordé par ses responsabilités et relégua Caroline au tréfonds de son esprit. Il avait d'autres chats à fouetter.

# 17

Keith croyait avoir expliqué clairement à Sandra, la veille, ce qu'il attendait d'elle. Elle devait se faire aussi humble et discrète que possible. Pourtant, voilà que dès le lendemain matin il fallait qu'elle affirme sa présence alors même qu'on lui avait dit qu'elle était indésirable. Une personne plus respectueuse aurait compris le message, mais elle, à l'annonce qu'il n'y aurait pas de place pour elle au théâtre, venait de laisser éclater sa colère dans la cuisine. Elle s'en prit à Keith qui resta impassible. Il n'était pas question qu'il l'emmène au spectacle de Noël, même si, à l'origine, c'était elle qui avait retenu les places. À son avis à lui, elle avait abandonné son droit à un siège à la minute où elle avait quitté la maison. Évidemment, elle ne le voyait pas de la même manière.

— Écoute, Sandra, Mandy a invité Sophie et Georgina maintenant, un point c'est tout. Il n'y a pas de place pour une personne de plus.

— Mais c'était censé être une sortie de famille.

— Famille.

Keith prononça le mot comme s'il était entièrement nouveau pour lui. Il fronça les sourcils.

— J'ai du mal à dire que nous formions une famille, vraiment, pas toi ? Nous n'avons pas passé Noël en famille. Nous n'avons pas d'amis de la famille. Nous n'avons pas de traditions familiales. Les gens qui ont un sens de la *famille* (il souligna le mot d'un ton ironique) ne s'envolent pas pour l'Espagne sur un caprice sans même un au revoir.

Sandra était profondément choquée. Elle avait cru qu'après une bonne nuit de sommeil Keith se serait calmé et parviendrait à envisager les choses de son point de vue. Après tout, il ne s'était jamais révolté. Durant toute leur vie de couple, il avait cédé à ses caprices, rien que pour préserver sa tranquillité. Elle avait toujours tenu la barre et pris toutes les décisions pendant qu'il gagnait l'argent nécessaire à couvrir les frais. Elle reprit :

— Combien de temps ces *amies* vont-elles rester ?

— Aussi longtemps qu'elles le voudront, parce que Mandy a beaucoup profité de leur hospitalité. Nous avons gentiment été invités chez elles pour passer Noël, alors j'ai pensé que ce serait la moindre des choses de les remercier de leur générosité. Comme j'avais une place supplémentaire pour le spectacle de pantomime, du moins c'était ce que je croyais...

Sandra eut un moment de panique, mais, après avoir respiré profondément, elle se reprit. À quoi bon s'entêter, elle saurait faire bon usage de ce temps libre. Elle adopta une attitude compréhensive.

— Bien sûr. Je suis désolée. Allez-y donc.

Elle attendit que l'automobile soit hors de vue pour commencer à s'affairer. Ensuite, elle fouilla méticuleusement la maison de haut en bas, espérant trouver des preuves de placements financiers. Elle voulait savoir combien pesait Keith, au cas où les choses tourneraient mal. Elle passa une bonne demi-heure dans son bureau, à prendre des photocopies de divers documents. Elle les rangea dans un dossier qu'elle mit ensuite dans la boîte qui avait contenu le bain de pieds qu'il lui avait offert deux Noël auparavant. Elle avait entendu suffisamment d'histoires de maris hypocrites qui s'efforçaient de cacher leurs avoirs ; elle ne se laisserait pas faire. Satisfaite d'avoir accompli son devoir, elle allait se récompenser avec un bon verre de gin-tonic cliquetant lorsqu'elle aperçut le répondeur. Le voyant ne clignotait pas. Il n'y avait pas de message récent, ce qui n'était pas surprenant car les gens respectent généralement l'intimité des familles à Noël. Toutefois, elle se demanda s'il n'y aurait pas quelque chose qui valait la peine d'être écouté. Un ongle verni hésita un moment sur le bouton de rembobinage, puis le doigt appuya sans trembler.

*
* *

Au retour du spectacle, Keith avait pris une résolution. Il n'avait prêté aucune attention à la pièce, ayant passé les deux heures à réfléchir à sa vie. Il avait fini par conclure qu'il fallait officialiser la situation et le dit à Sandra à peine dix minutes après avoir passé la porte.

— Je demande le divorce.

Sandra serra le verre qui contenait son gin. Elle secoua son pied de haut en bas. Son visage était figé dans une grimace amère.

— Je te prendrai jusqu'à ta chemise.

— Ça m'étonnerait.

Elle lui adressa un regard triomphant.

— Je sais que tu vas vendre ton affaire. J'ai droit à la moitié.

Elle eut le plaisir de voir la surprise se peindre sur les traits de Keith. Parfait. Elle voulait qu'il pense qu'elle avait ses espions, qu'elle était au courant de ses moindres agissements. En fait, ayant rembobiné la bande magnétique des messages, elle avait écouté avec un intérêt tout particulier celui que Roy avait laissé quelques jours auparavant pour dire qu'il avait déjà trouvé un acheteur.

Keith recouvra ses esprits et renvoya la balle.

— Si tu sais cela, tu dois connaître mes autres projets également.

Elle hocha la tête affirmativement avec un sourire pincé. Keith savait qu'elle bluffait, car il n'en avait parlé à personne, alors il aurait fallu qu'elle soit clairvoyante... Il l'observa, remarquant au passage les petites lignes verticales que soulignait son rouge à lèvres foncé. Elle lui adressa un regard de défi.

— Alors, que vas-tu dire à Mandy ?

— Moi ?

— Évidemment. C'est toi qui demandes le divorce, alors c'est à toi de le lui annoncer. Où allons-nous vivre ? Tu ne peux pas nous jeter dehors. Nous avons des droits. C'est la maison familiale...

— Je crois que ces droits ne s'appliquent pas nécessairement étant donné qu'elle a plus de dix-huit ans. De toute façon, elle vivra probablement avec moi.

Sandra devint cramoisie.

— Qu'est-ce que tu lui as raconté, sale bâtard ?

— S'il te plaît, Sandra, nous avons des invitées.

— Ah oui. Tes précieuses petites Liddiard pour lesquelles tu sembles avoir tant d'admiration, soudainement. Tes nouveaux meilleurs amis. Je vais te dire une bonne chose, Keith : tu ne leur ressembleras jamais, aussi longtemps que tu vivras.

Keith regarda Sandra. Elle avait ce don de savoir appuyer là où ça faisait mal. Cette fois, cependant, ses insultes le laissèrent froid. Il savait qu'il ne serait jamais comme les Liddiard. Cela ne signifiait pas qu'il devait s'abaisser comme elle. Sa harangue n'avait réussi qu'à renforcer sa résolution. S'il avait un but à atteindre dans les six prochains mois, c'était bien de protéger Mandy de sa mère, qu'elle n'en devienne pas le reflet ni n'adopte ses valeurs et ses aspirations. Ce n'était pas trop tard. Mandy n'avait pas passé beaucoup de temps avec sa mère, de toute façon. Elle n'avait pas subi son influence. Il n'y avait qu'à les regarder. Ce jour-là, Sandra était habillée d'un ensemble en lainage d'un rose soutenu, avec manches bouffantes. Elle portait ses éternelles mules dorées à talons aiguilles et ses cheveux ressemblaient à un casque rigide. Il pouvait voir l'endroit où s'arrêtait son fond de teint qui, au lieu de masquer ses rides, faisait plutôt ressortir les poils de son visage.

Par contraste, Mandy portait un jean crème, un chandail à col roulé noir et des bottes en daim noires. À la base de son cou, elle avait rassemblé ses cheveux à l'aide d'une barrette en écaille de tortue. Certes, sa jeunesse lui permettait de se passer de maquillage, mais elle aurait pu se laisser tenter, comme bien des jeunes, à s'en barbouiller. Au contraire, elle se contentait d'un peu de mascara sur les cils et d'une touche de brillant à lèvres. Keith remarqua que le temps qu'elle avait passé à Honeycote lui avait coloré les joues. Il avait hâte qu'elle puisse monter ce petit cheval régulièrement. En fait, il avait hâte d'emménager à la campagne. Il ne vendrait même pas The Cedars, pour commencer. Il achèterait ailleurs...

Oh, mon Dieu. Voilà qu'il recommençait. Acheter son droit de passage. Mais en fait, pourquoi pas ? Oui, il avait de l'argent, était-ce un défaut ? Une chose était sûre : s'il ne pouvait pas s'en servir pour obtenir ce qu'il désirait, à quoi bon ? Le principal était que cet argent ne tombe pas entre les mains de Sandra. Keith avait pris soin de ne rien laisser dans la maison, à part quelques détails, pour qu'elle n'ait pas de soupçons, même en fouillant dans ses dossiers.

Son actif était tout à fait hors de portée, quasiment sur une autre planète, et ses investissements n'étaient pas faciles à découvrir, car il était rusé. Il avait tout mis de côté en attendant que surgisse une occasion. Ce qui semblait être le cas.

Le lendemain de Noël, Lawrence s'était réveillé très mal en point. Il avait fait appel au whisky malté pour s'envoler dans les bras de Morphée et le regrettait amèrement. Des bribes de souvenirs des événements de la veille lui revenaient et le mettaient mal à l'aise. Le visage sympathique de Lucy l'empêchait de jouir de l'embarras de Mickey. Lawrence n'avait pas l'habitude de se répandre de la sorte. Il accusait l'excellent vin qu'ils avaient bu. Un vin de cette qualité descendait tout seul et déliait la langue.

Il passa sa journée au centre de jardinage, à préparer les soldes qui devaient débuter dès le lendemain. Le soir, il eut envie de sortir. Il ne voulait pas rester chez lui ; la maison ressemblait à un mausolée. Il avait besoin de compagnie pour se changer les idées.

Il téléphona à Kelly pour l'inviter au restaurant, mais elle ne voulait pas quitter sa mère. La taverne était fermée le jour de Noël, mais toute la famille venait y faire la fête parce que Honeycote Arms offrait l'espace et la cuisine. Ils étaient vingt-sept en tout. Eileen affirmait qu'elle adorait cela et que tout le monde participait, mais Kelly trouvait injuste qu'après avoir servi des gens chaque soir de l'année sa mère n'ait pas un jour de congé à Noël. Elle lui offrait donc sa journée du lendemain de Noël. Elle allait lui donner des soins de beauté de la tête aux pieds, le soir même. Elle voulait la dorloter, lui faire oublier ses douleurs et ses soucis. Lawrence ressentit un pincement de jalousie. Il aurait aimé recevoir de Kelly un soin de la tête aux pieds, mais ce n'était pas le jour. Il parvint à la convaincre de venir prendre un verre rapidement, qui ne priverait sa famille de sa présence que pendant quelques heures. Elle accepta. En dépit de son amour pour ses parents, elle avait du mal à réchauffer l'ambiance et à répandre la joie alors que chacun savait qu'il s'agissait du dernier Noël à Honeycote Arms.

Lawrence emmena Kelly au Lygon Arms sur Broadway. Il était impossible de ne pas se détendre dans ce décor effrontément luxueux et douillet. Ils s'assirent dans un énorme divan moelleux en face d'un grand feu qui emplissait la pièce de l'odeur rassurante du bois. Kelly se laissa tomber dans les coussins avec un soupir de contentement. Lawrence essayait de ne pas regarder sa poitrine, recouverte d'une soyeuse laine angora rase. Il se concentra sur le champagne dont il lui servit un verre.

— Allez, Kelly. Raconte-moi tes rêves.

Elle lui parla de son projet. Elle voulait son propre salon de beauté. Elle n'avait plus que six mois à étudier avant de passer ses examens, qu'elle n'aurait aucun mal à réussir, lui prédisaient ses professeurs, pourvu qu'elle se concentre sur la théorie. Intérieurement, Lawrence se dit qu'il pouvait se porter garant de la pratique.

— Tout ça, c'était avant l'histoire de la taverne. Mon rêve maintenant, c'est d'aider maman et papa à la récupérer, même si je sais que c'est impossible.

Elle rit, mais Lawrence pouvait lire la tristesse dans ses yeux, et sa loyauté envers ses parents le touchait. Elle lui tapota le genou.

— Allez, à votre tour de me raconter le vôtre.

— Le mien ? Je n'en ai plus vraiment. Je suppose que j'ai réussi avec le centre de jardinage.

Il ne voulait pas lui dire la vérité. Il ne dirait jamais à personne qu'il rêvait d'une maison pleine d'enfants, glissant sur les rampes, une ribambelle de petits rouquins en rang sur le seuil de la porte, des petites canailles qui se jetteraient dans ses bras à son retour du travail, l'enlaceraient, l'embrasseraient et fouilleraient dans ses poches à la recherche des cadeaux qu'il ne manquerait jamais d'apporter. Des enfants épuisés, enfin, qui s'endormiraient entourés d'ours en peluche, et feraient leurs propres rêves que lui s'efforcerait de réaliser…

Il s'interdit de continuer. À quoi bon un rêve irréalisable ? Un projet devait être alimenté par un minimum d'espoir, une petite chance de survivre.

Cependant, si son rêve à lui était irréalisable, il aiderait Kelly à réaliser le sien. Le rêve de Kelly était peut-être au-delà de ce qu'elle pouvait imaginer, mais il n'était certainement pas au-delà de ses moyens à lui. Il allait réaliser son rêve et se venger un peu, par la même occasion, à travers elle, par procuration.

Il la déposa chez elle à dix-neuf heures trente. Il avait réfléchi que le plus simple consisterait à racheter la taverne de la brasserie en conservant Ted et Eileen comme gérants. Cela lui paraissait cependant trop simpliste et présentait l'inconvénient de fournir à Mickey Liddiard les liquidités dont il avait tant besoin. Lawrence voulait le ruiner, pas l'aider.

Il resta assis au volant de sa voiture dans le stationnement, se demandant si quelqu'un d'autre achèterait la taverne au cas où lui ne le ferait pas. Ted et Eileen parvenaient tout juste à la maintenir hors de l'eau. Il ne s'agissait pas seulement de racheter, il faudrait aussi investir une bonne vingtaine de millions, sinon plus. Le seul attrait qu'elle pourrait avoir serait pour un acheteur désireux d'en faire une maison, or Lawrence savait d'expérience que les autorités n'accordaient pas facilement le permis pour ce genre de transformation. Les tavernes de campagne étaient de plus en plus rares et les municipalités s'efforçaient le plus souvent de préserver la vie du village.

Au beau milieu de ses réflexions, l'inspiration lui vint comme un éclair. S'il n'était pas possible d'obtenir le permis pour transformer les tavernes en habitation, qu'en était-il de la brasserie elle-même ? Elle était plus que mûre pour le changement, et il était l'homme de la situation. Après tout n'avait-il pas commencé à gagner sa vie en retapant de vieilles bâtisses ?

Lawrence ressentit un chatouillement familier qui signifiait qu'il avait gagné le gros lot, d'une certaine manière. Quand il rentra chez lui, il avait un projet en tête. Cela aurait au moins l'avantage de lui changer les idées.

L'interne revint discuter avec Kay avant qu'elle ne s'en aille. Elle voulait vérifier que tout allait bien et l'interroger sur ce qu'elle envisageait de faire. Elle lui fit la leçon gravement. Quoi qu'il arrive, Kay devait être suivie par un médecin et organiser les modalités de son accouchement. Kay n'avait qu'une envie, quitter cet hôpital. Elle en avait assez des regards curieux des autres patients qui, à l'évidence, se posaient des questions sur son état. Elle n'aurait pas été surprise d'apprendre qu'ils faisaient des paris et elle n'aurait pas pu leur en vouloir. Il fallait bien se distraire dans le décor blafard de ce service où les haut-parleurs déversaient sans relâche tout le répertoire des joyeux chants de Noël. Kay décida de rentrer à l'hôtel et d'y rester quelques jours encore pour se reposer, retrouver ses esprits. Il était assez confortable et elle avait été agréablement surprise d'apprendre que le directeur avait téléphoné deux fois pour prendre de ses nouvelles. Elle savait qu'on s'occuperait bien d'elle, le temps qu'elle envisage l'avenir. Les projets qu'elle avait faits seulement quatre jours plus tôt étaient dépassés. Elle n'allait pas prendre un poste à l'agence immobilière en sachant qu'elle devait accoucher trois mois plus tard, même en imaginant qu'elle puisse cacher son état sous des tailleurs astucieusement coupés. Il fallait aussi qu'elle téléphone à la propriétaire de Coach House pour annuler l'affaire, à cause de circonstances imprévues. Elle ne donnerait pas de détails. La jeune femme ne la croirait probablement pas. Elle avait du mal à le croire elle-même.

Elle rassembla ses affaires, remercia l'interne et les infirmières et sortit dans la nuit à la recherche d'un taxi.

Ce soir-là, lorsque Caroline rentra chez elle, elle souhaita aussitôt être ailleurs. L'air froid la prit d'assaut, jusqu'au fond de la gorge. Elle savait qu'il faudrait au moins une heure, même en mettant le chauffage à fond, pour que la maison soit confortable. Peut-être devrait-elle remplir une bouillotte d'eau chaude, brancher sa couverture électrique et se pelotonner dans le lit pour réfléchir à ses ennuis.

Elle repensa à l'optimisme avec lequel elle s'était réveillée le matin même. Elle avait hâte de monter à cheval pour se nettoyer des excès de la fête de Noël et hâte de passer quelques jours à se faire dorloter par James tout en profitant de quelques séances de rigolade à Honeycote House.

Voilà qu'elle se retrouvait sans cheval, sans homme, sans argent, sans rien d'autre qu'un message assez clair des Liddiard qui considéraient que sa place était ailleurs. Pourtant, elle avait voulu se rendre utile, même si elle y trouvait son intérêt, mais leurs propos l'avaient blessée. Leur soupçon qu'elle était après James pour son argent était tout à fait injustifié. Elle l'admirait parce qu'il était tout ce qu'elle n'était pas, maître de lui, patient, organisé, ordonné, et elle croyait fermement à l'attraction des opposés. On ne peut pas vivre avec son reflet. Ce serait bien trop ennuyeux. C'était peut-être ce qui arriverait à James et à Lucy s'ils finissaient par vivre ensemble. Ils s'étoufferaient l'un l'autre avec leur bon goût.

Très bien. Les Liddiard lui avaient clairement signifié qu'elle ne faisait pas partie de leur clan. Ils avaient descendu la herse et remonté le pont-levis. Elle avait parfaitement compris le message. Elle n'allait pas passer le restant de sa vie à subir leur condescendance et leur mépris.

Le mélange des classes ne fonctionnait décidément pas. Elle ferait bien de s'intéresser à quelqu'un d'ordinaire, quelqu'un qui sache s'amuser. Elle pensa à Gerry. Il avait été engagé comme photographe au journal trois mois plus tôt et la poursuivait depuis le premier jour. Il était effronté, comique et avait un sens de l'humour impertinent. Il n'était absolument pas poseur. Ils s'amuseraient bien ensemble.

Elle se dirigea vers le téléphone et composa son numéro. Il le lui avait répété assez souvent. Il répondit après trois sonneries.

— Allô ?

— Gerry ? C'est Caroline.

— Cazza ! Comment vas-tu ?

— Très bien. Je me demandais... si tu serais libre pour que nous prenions ensemble ce verre... que tu m'as si souvent proposé...

Caroline perçut la gêne dans le silence qui suivit.

— Flûte, Cazza. Ça m'aurait plu, mais je sors avec Gemma. Tu m'as trop fait attendre, bébé. Je ne pensais pas que j'aurais une chance.

Caroline reposa lentement le combiné, attrapa une tasse et la jeta contre le mur. La tasse s'écrasa dans une explosion libératrice en laissant des traces de café sur un mètre de rayon. Caroline prit un verre, le lança, et obtint le même résultat : du vin rouge partout. Soudain, elle ne put plus s'arrêter. Elle attrapa tout ce qui lui tombait sous la main et le projeta sur les murs jusqu'à ce qu'elle s'effondre sur le sol et se mette à sangloter. Elle s'était juré de ne pas se laisser intimider. Que lui arrivait-il ? Bon Dieu de merde !

Devant une feuille de papier graphique, Lawrence s'efforçait de calculer combien d'unités d'habitation pourrait offrir la brasserie. Ses mains en tremblaient.

Au début, il ne parvenait pas à se rappeler la forme et la taille des bâtiments. Quelques mètres carrés ici et là pouvaient faire une différence énorme sur la marge des bénéfices. Il avait fouillé l'entrée à la recherche d'une paire de jumelles puis s'était précipité vers son automobile. Non. Trop voyant. Il était retourné chercher les clés de la Fiesta que le personnel du centre de jardinage empruntait parfois. Les cinq minutes qu'il lui fallut pour arriver à Honeycote Ales lui parurent bien longues. Il choisit un endroit favorable et parcourut sa proie avec les jumelles, s'abîmant la vue dans l'obscurité. Finalement, l'agencement des lieux lui revint en mémoire et il put compter les divers bâtiments, chacun représentant une unité qui lui rapporterait beaucoup d'argent.

Maintenant qu'il transposait son projet sur papier, le sentiment d'excitation augmentait encore. Il était mûr pour un nouveau défi. Le centre de jardinage, à Barton Court, tournait tout seul, à son rendement maximal. S'il voulait l'agrandir, il lui faudrait ouvrir une autre branche et rien qu'à cette idée, Lawrence s'ennuyait d'avance. Il avait horreur de faire deux fois la même chose.

Il s'étonnait de ne pas avoir pensé à ce projet plus tôt. Il imaginait déjà les brochures. En papier glacé, luxueuses, invitantes… Les gens feraient la queue pour visiter la maison témoin, pour acheter les appartements sur plan. Ce serait génial ! De l'argent comme s'il en pleuvait ! Le projet s'autofinancerait parfaitement et ruinerait la dernière génération des Liddiard. L'action s'apparentait à un pillage, à une mise à sac.

Honeycote Grange. Des grilles immenses à pointes dorées et ornées d'armoiries protégeraient l'accès au lieu, avec un interphone et un vidéophone à l'entrée. Des réverbères décoratifs. Des fontaines illuminées avec chérubins en train de faire pipi. Lawrence savait bien qu'il n'irait pas jusque-là, mais il ricanait rien que de l'imaginer. Une ultime humiliation pour les Liddiard : l'argent d'un parvenu arrosant leur héritage.

Lawrence préférait des appartements de luxe plutôt que des maisons. Ils lui permettraient de fournir des éléments de sécurité et d'entretien ainsi qu'un tas de petits services qui se payaient une fortune. Il en tirerait aussi un salaire conséquent pour la gestion. Le paysagisme et l'entretien seraient assurés par Barton Court, ce qui lui donnerait l'occasion de se débarrasser de toutes ses fins de série. Il ricana pour lui-même. Il y avait décidément quelque chose de vrai dans le dicton : *L'argent va à ceux qui en ont.*

Et à ceux qui sont dans la merde... Lawrence attrapa le téléphone et composa le numéro personnel de Cowley. Il se moquait absolument de savoir si celui-ci était en train de se préparer à déguster sa dinde du lendemain de Noël. Le projet représentait des fortunes.

Cette nuit-là, à Denham House, Lucy et James ne parvenaient pas à trouver le sommeil. Ils étaient chacun dans leur chambre. Lucy avait passé une grande partie de la journée à dormir, mais James l'avait obligée à l'accompagner pour une promenade vers quinze heures. Il estimait qu'il valait mieux qu'elle cesse de broyer du noir. L'air frais lui avait effectivement fait du bien, suffisamment pour qu'elle pense à appeler Keith Sherwyn pour lui demander de garder les filles encore une journée. Il avait accepté avec plaisir. Il les emmènerait dans les magasins.

Seulement, comme elle avait passé la moitié de la journée au lit, elle n'arrivait plus à dormir. Elle savait qu'il lui faudrait affronter Mickey le lendemain. Il était inutile de repousser ce moment. Cependant, elle ne savait pas ce qu'elle dirait. Pire encore, elle ne savait pas ce qu'il dirait. Par-dessus tout, elle craignait qu'il ne lui dise qu'il ne l'aimait plus. Ou, même, qu'il ne l'avait jamais aimée. Elle se demandait comment elle avait pu vivre sans rien remarquer pendant si longtemps. Elle repassait dans sa tête la semaine, le mois, l'année écoulés, y cherchant des indices d'insatisfaction ou d'infidélité, mais ne parvenait pas à en trouver. Était-ce parce qu'elle était aveugle ou parce qu'il était si rusé qu'il réussissait à les cacher ? L'idée que l'homme qu'elle aimait ait pu être aussi hypocrite la rendait malade. Elle se demandait s'il riait avec Kay, lorsqu'il lui faisait l'amour, en pensant à elle et à sa naïveté qui leur rendait les choses si faciles. Ces images et bien d'autres se bousculaient dans sa tête, nourrissant son insomnie.

Pendant ce temps, dans la pièce adjacente, James se félicitait d'avoir récupéré Lucy dans son filet en toute sécurité. Il se demandait combien de temps il devrait attendre avant de franchir le pas suivant. Valait-il mieux qu'il se déclare pendant que la blessure était encore fraîche ou était-ce trop opportuniste pour un gentleman ?...

À Honeycote House, Mickey était seul dans son lit conjugal, incapable de se réchauffer entre les draps trop froids et surveillant les aiguilles de la pendule qui marquaient les heures. Tout son corps réclamait un verre pour l'aider à s'endormir, mais il était décidé à passer la nuit sans. À trois heures du matin, il faillit céder, mais il se rappela qu'il n'y avait pas une goutte à boire dans la maison, à moins de défoncer à coups de hache la porte de la cave, ce qu'il n'était pas vraiment prêt à expliquer le lendemain. Il s'efforça de fermer les yeux et de compter des moutons, qui se transformèrent vite en barils de bière mousseuse. Il finit par plonger au point du jour dans un sommeil troublé.

## 18

En descendant pour le petit-déjeuner, le lendemain matin, Patrick trouva Mickey particulièrement optimiste et plein d'entrain. Il prétendit ne pas remarquer que les mains de son père tremblaient légèrement pendant que Mickey lui préparait un café. Même si cette belle humeur lui paraissait un peu surfaite, Patrick la préférait aux abîmes d'apitoiement dans lesquels Mickey se complaisait d'habitude. Ils n'abordèrent pas le sujet des révélations de la veille. Mickey proposa à Patrick d'aller chercher les filles chez Keith et Mandy. L'idée convenait parfaitement à Patrick qui n'avait pas envie d'être témoin des explications entre Lucy et Mickey. Rien ne pouvait lui faire plus horreur. Patrick n'aimait pas les conflits, sauf s'il était maître de la situation. Il n'aimait surtout pas être un témoin lorsque d'autres lavaient leur linge sale. En outre, il se serait senti obligé d'intervenir en faveur de Lucy, quoi qu'il arrive, car son père était en tort. Il avait aussi une dette d'honneur envers elle, car il n'oublierait jamais combien chaleureusement elle l'avait accueilli à Honeycote tant d'années auparavant, lui faisant sentir à quel point il était important. Même après les naissances de Sophie et de Georgina, elle ne l'avait jamais marginalisé et ne faisait aucune différence entre ses filles et lui, avec qui elle n'avait pourtant aucun lien de sang. Toutefois, il n'aurait pas voulu avoir à choisir entre son père, qu'il aimait malgré tout, et elle. Sans hésitation, Solihull lui apparut comme le meilleur choix. Il prit les clés de la Defender de son père, ce qui promettait un voyage des plus inconfortables, mais Lucy avait pris la Volvo.

À dix heures et demie environ, Mickey appela chez James. Il avait pris le téléphone et composé le numéro en refusant de réfléchir à l'avance. Il s'adressa à son frère d'un ton jovial.

— James, Lucy est-elle chez toi ? Il faut que je lui parle.

La lucidité de son frère surprit James. Mickey avait un ton guilleret et ne semblait pas soûl du tout. James se serait pourtant attendu à le trouver gelé, même à cette heure de la matinée. Du coup, il ne souleva aucune objection et alla chercher Lucy.

Lucy était méfiante.

— Allô ?

Mickey prit un ton délibérément enjoué.

— Je voulais juste te dire que je me suis occupé des chevaux, tu n'as pas à t'inquiéter.

En vérité, il s'était même amusé. Il envisageait de nettoyer les stalles tous les matins. Transporter des brouettes de paille sale jusqu'au tas de fumier fournissait un bon exercice qui éclaircissait les idées.

— Je ne m'inquiétais pas. J'ai supposé que toi ou Patrick étiez capables de vous en charger.

— Oh.

Mickey était un peu surpris que ses efforts soient dévalués si abruptement.

— Rien d'autre ?

— Je crois que nous devrions… parler.

La pause qui suivit était rien de moins que glaciale.

— Je vais passer dans la matinée. Il faut que je prenne des vêtements, de toute façon.

Prendre des vêtements ? La perspective n'était pas des plus réjouissantes. Elle ne semblait pas envisager un retour dans un futur proche. Mickey se dit qu'une fois qu'ils auraient parlé, qu'il l'aurait rassurée en lui prouvant sa volonté de s'améliorer, elle se radoucirait.

Ils échangèrent des au revoir polis mais sans chaleur. Mickey se précipita ensuite dans toutes les pièces pour vérifier que tout était en ordre. Il passa même l'aspirateur sur les aiguilles, sous le sapin de Noël. Il accrocha avec soin à une place de choix, dans le salon, le dessin que Lucy lui avait offert. Il s'aspergea d'après-rasage, puis alla préparer tout ce qu'il fallait pour faire du café... Il était content de son ouvrage, mais plus encore de la clarté de ses idées. D'habitude, même s'il n'avait pas la gueule de bois parce qu'il n'avait pas dépassé la dose, il se sentait toujours un peu mou le matin.

Finalement, les événements se précipitaient, peut-être pour le mieux. Il était temps qu'il prenne du recul et regarde objectivement sa vie. Ce nouveau régime allait durer : plus d'alcool, de l'air frais, de l'exercice... Et ce n'étaient même pas encore les résolutions du Nouvel An.

En entendant une automobile approcher, Mickey sentit son estomac se nouer. Se pouvait-il que ce soit déjà Lucy ? Non. Pokey aboyait comme une forcenée ; ce devait être un étranger.

Il regarda par la fenêtre et son enthousiasme s'évapora instantanément. Une vague d'angoisse le submergea. C'était Cowley. Il ne passait certainement pas pour déposer une carte de vœux de Noël.

Graham Cowley n'avait pas du tout apprécié l'attitude de Lawrence Oakley. On aurait dit que ce dernier s'attendait à ce que l'on se mette au garde-à-vous dès qu'il ouvrait la bouche. Cowley aimait jouer son rôle de directeur de banque plein de déférence, mais librement. Il avait détesté qu'on le dérange chez lui pour l'obliger à se rendre à une réunion un jour où il aurait dû rester tranquillement avec sa femme. Elle-même avait plissé les yeux, à raison, et lui avait fait comprendre qu'il avait intérêt à être de retour à midi pour manger le faisan.

Il avait retrouvé Lawrence au Little Chef, un peu à l'écart de la route d'Evesham. Cowley, qui était toujours en avance de cinq minutes lorsqu'il avait un rendez-vous, s'était débrouillé pour arriver très tôt afin de choisir sa place et de ne laisser aucun avantage à Lawrence. Lawrence était arrivé comme un ouragan, avait mis cartes sur table et expliqué à Cowley exactement comment les jouer. Il s'était montré, pour le moins, présomptueux. Le plus exaspérant était que son plan soit si approprié, à tous les points de vue. Cependant, Cowley ne l'aurait jamais admis, même sous la torture.

Il se demandait comment Lawrence avait été informé de l'état des affaires de Honeycote Ales, quoiqu'il ne fût pas nécessaire de s'appeler John Harvey-Jones pour évaluer la situation, et Lawrence était un homme d'affaires capable de renifler une occasion avant tout le monde. Il avait quelque chose du vautour s'acharnant sur ses victimes alors qu'elles respiraient encore et leur arrachant les yeux avant qu'elles refroidissent.

Lawrence avait étalé son plan sur la table en formica. Il y avait travaillé toute la nuit, à l'aide d'un programme informatique que les paysagistes utilisaient pour le centre de jardinage. Il avait inclus tous les éléments du décor : arbres, fontaines, bosquets de roses, pour lui donner un aspect très professionnel. Il en était très fier et se vantait d'avoir lui-même envie d'y habiter. Il avait expliqué le projet avec enthousiasme à Cowley, qui gardait les sourcils froncés.

— Si vous vous inquiétez pour les permis de la ville, sachez que le conseil municipal sera ravi de transformer la brasserie en résidences. La circulation déplaît aux citoyens, voyez-vous. Tous ces gros camions de livraison dérangent la tranquillité de Honeycote.

— Mais c'est une source d'emplois.

— Une blague ! Combien y a-t-il d'employés ? Vingt au maximum. Le projet dont je vous parle en créerait autant rien que pour l'entretien. De plus, il attirerait une certaine classe de résidants au village, des gens qui ont de l'argent à dépenser. Cela redonnerait vie à la poste, à la taverne et attirerait d'autres petites entreprises dans la région…

Cowley s'était soudain senti terriblement protecteur. L'idée de perdre la brasserie Honeycote Ales lui était intolérable. Elle faisait partie de l'histoire locale, de l'économie locale, bon sang ! Grâce à elle, le village était resté vivant durant presque cent cinquante ans. Bien sûr, peu avant Noël, il avait secoué Mickey ; il avait voulu l'effrayer en lui peignant un tableau peu reluisant de ce qui arriverait s'il ne réagissait pas. Les menaces n'étaient pas tout à fait innocentes, non plus, mais il ne sacrifierait certainement pas Honeycote Ales au progrès et ne la jetterait pas en pâture à des individus du genre de Lawrence Oakley. Pour lui, c'était une question de fierté.

En outre, Cowley n'approuvait pas la « classe de résidants » que décrivait Lawrence. Il trouvait déjà bien assez triste que les jeunes qui étaient nés et avaient grandi à Honeycote ne puissent y acheter une maison, sauf s'ils avaient les moyens de dépenser un quart de million pour une simple résidence à trois chambres. Les logements à loyer modéré étaient une rareté et la plupart avaient déjà été achetés. Si la brasserie se transformait en appartements de luxe, les prix au village grimperaient encore ; la région deviendrait exclusive et hors de portée, ce que Cowley n'approuvait pas. Il avait vu suffisamment de jeunes hommes et jeunes femmes obligés de se réfugier à Evesham dans des logements en lotissement qui avaient peu à voir avec le décor rural idyllique dans lequel ils avaient été élevés et dont on les chassait.

Avant que Cowley réagisse, la serveuse apporta leurs cafés. Cowley prit le temps d'ajouter de la crème et du sucre, de remuer lentement, puis il en but une gorgée, reposa sa tasse sur sa soucoupe avec précaution et secoua la tête.

— C'est hors de question. Il m'apparaît de la plus haute importance de faire tout ce qui est en mon pouvoir pour empêcher la brasserie Honeycote Ales de sombrer; pour nous, et pour la communauté.

— Regardons les choses différemment, proposa raisonnablement Lawrence. Qu'arriverait-il à la banque si Honeycote Ales faisait faillite et Barton Court déménageait ailleurs ? Vous seriez drôlement dans le pétrin, non ?

Cowley se redressa dignement.

— Si c'est une menace, je prétendrai n'avoir rien entendu. Contrairement à ce que vous semblez penser, notre succursale ne dépend pas entièrement de votre entreprise. Je serais un bien piètre directeur si je laissais un client me dicter ma conduite envers un autre.

Lawrence grinça des dents. Il en avait le souffle coupé. Graham Cowley ne s'en laissait pas conter. Il s'agissait de grosses sommes d'argent. De millions, en fait. Ce n'était pas rien pour une petite succursale comme celle d'Eldenbury. Cependant, il n'avait pas de temps à perdre, aussi changea-t-il de tactique. Selon son expérience, là où les menaces ne fonctionnaient pas, la corruption avait ses chances.

— Laissez-moi vous présenter les choses autrement. (Lawrence fit une pause puis se pencha en avant.) Que pensez-vous de la nouvelle Jaguar ?

— Au revoir, monsieur Oakley.

Cowley repoussa sa tasse de café, se leva et quitta la pièce sans serrer la main de Lawrence, ce qui était la plus grande insulte qu'il connaisse. Lawrence repoussa ses papiers dans un geste d'impatience et renversa son café dessus par la même occasion. Il s'en prit à la serveuse qui venait nettoyer les dégâts, sans succès, avec un chiffon humide. Vexé, il roula le papier en boule et le jeta dans la poubelle avant de sortir.

Cowley monta dans son automobile de directeur de banque sensé et sortit du stationnement. Il riait intérieurement en repensant à la conversation du matin. Lawrence Oakley n'était pas aussi intelligent qu'il paraissait le croire. Comment n'avait-il pas pensé à ce que les gens diraient en voyant un Graham Cowley au volant d'une Jaguar ? Ils penseraient aussitôt qu'il y avait anguille sous roche.

Il désirait s'entretenir de nouveau avec Mickey, s'assurer qu'il n'ignorait pas que les gens jasaient à propos de Honeycote Ales et confirmer qu'il avait le soutien de la banque. L'entretien qu'il avait eu avec Mickey avant Noël avait eu pour but de le galvaniser, de l'obliger à prendre des mesures et à sortir de sa complaisance léthargique. Cowley connaissait Mickey depuis assez longtemps pour savoir que c'était la seule stratégie susceptible de fonctionner. Il avait agi un peu comme un professeur désireux de voir un élève doué, mais récalcitrant, réussir ses examens. Il n'aurait jamais mis à exécution les menaces qu'il avait proférées. Évidemment, si Mickey ne se décarcassait pas un peu, les choses pourraient tourner très mal, mais Cowley estimait qu'il avait compris le message et allait se reprendre. Par contre, la réunion d'aujourd'hui avec Lawrence prouvait que la rumeur se propageait vite, un très mauvais signe. La confiance ne régnait plus.

Il regarda sa montre ; il avait juste le temps d'appeler à Honeycote House et il serait de retour à temps pour son faisan, accompagné de purée fumante et du chou rouge mitonné par sa femme.

Lorsque Sandra ouvrit la porte de The Cedars à Patrick Liddiard, elle le détailla, de haut en bas, avec un regard ravi. Elle l'accueillit avec beaucoup d'effusions aux relents de gin.

— Ils sont partis dans les magasins. Les filles n'en ont jamais assez, vous savez ? Elles en veulent toujours plus.

Le sourire de conspiratrice qu'elle lui adressa, bouche ouverte, dévoila un travail cosmétique dentaire qui avait dû coûter des millions.

— Je suis venu les chercher. J'aurais dû appeler d'abord.

Patrick étudiait Sandra avec curiosité, à la recherche d'un indice du lien génétique qui existait entre elle et Mandy. Certes, elle avait encore une belle silhouette pour son âge, mais quelqu'un devrait lui dire deux mots à part. On ne porte pas un pantalon en faux crocodile lorsqu'on a plus de vingt ans, à moins de ne vraiment pas craindre le ridicule.

— Ce n'est pas grave. Entrez, vous me tiendrez compagnie jusqu'à leur retour. Je commençais à m'ennuyer un peu. Quel est votre poison ? Gin et tonic ?

— Juste une bière, merci.

Patrick hésitait à suivre Sandra dans la maison et l'observa avec inquiétude lorsqu'elle se servit un plein verre, très costaud. Elle lui tendit une bière.

— Vous voulez grignoter quelques amuse-gueule ?

La question semblait si lourde d'allusions que Patrick se sentit soulagé lorsqu'elle ouvrit une boîte de gâteaux salés qu'elle poussa vers lui. Il se demandait à quelle heure les filles étaient parties et si elles reviendraient bientôt. Il espérait qu'elles se lasseraient assez vite, si peu de temps après Noël, mais il savait que James avait donné à Sophie et à Georgina de l'argent de poche dans des porte-monnaie en peau de zèbre pour lesquels elles l'avaient remercié avec une profusion d'embrassades et de baisers.

Une demi-heure plus tard, alors que Sandra lui faisait l'honneur d'un compte rendu de son poids au cours des vingt dernières années, il accepta une troisième bière. Il était en train de dépasser les limites, mais il n'aurait pas à conduire immédiatement. Il la décapsula et s'empressa de la porter à ses lèvres.

— ... Dès que je dépasse cinquante-deux kilos, ça y est. Jus de fruits et légumes à la vapeur jusqu'à ce que je retrouve mon poids. On n'est pas obligé de prendre du poids parce qu'on prend de l'âge.

Elle lui adressa un sourire vorace et Patrick se sentit obligé de faire un commentaire.

— Je constate que vous êtes très en forme.

Elle s'illumina littéralement et posa une main sur son bras.

— Vous êtes un gentil garçon. (Elle tâta ses biceps et leva un sourcil admiratif.) Vous aussi semblez très en forme.

Il contempla ses griffes peintes en rose métallisé et les imagina s'incrustant dans sa chair. Il fit un effort pour ne pas frémir. Les femmes plus vieilles le fascinaient, mais il y avait des limites. Il s'efforça aussi d'enterrer le dicton selon lequel on regarde la mère pour savoir ce que la fille deviendra...

Cowley n'était resté que dix minutes à Honeycote. Il n'avait même pas vraiment envie d'un café, mais Mickey avait insisté et s'était démené pour trouver le sucrier et le pot à crème, comme un chat sur un toit brûlant. Il voulait seulement prévenir Mickey que la rumeur de sa faillite circulait ; et que quelqu'un avait déjà fait une offre pour la brasserie. Mickey s'était inquiété.

— S'agit-il d'une autre brasserie ? Pourquoi ne m'ont-ils pas approché directement ?

Cowley était mal à l'aise.

— Ce n'est pas une autre brasserie. C'est un investisseur privé. Il veut bâtir un lotissement.

Mickey eut l'air consterné.

— Quoi, des appartements ? Un de ces horribles lotissements barricadés ?

— Oui.

— Tremletts ?

Dans la région, Tremletts avait la réputation d'acquérir les grandes propriétés ingérables et de les convertir en habitations qu'aucun amoureux de la campagne digne de ce nom n'accepterait d'occuper, même mort. Ils comportaient des offices, des placards à chaussures et des bibliothèques où n'entrait jamais ni un serviteur, ni une botte, ni un livre.

— Ce n'est pas Tremletts, non. C'est une personne privée. Il souhaite garder l'anonymat. En fait, je ne respecte pas la confidentialité en vous rapportant cela, mais je pensais qu'il serait bon que vous le sachiez.

— Eh bien, vous pouvez lui dire d'aller se faire voir. Il faudrait me passer sur le corps.

— C'est bien mon opinion, mais cela confirme l'ampleur du travail qui nous attend si nous voulons résister à ces pressions hostiles.

Mickey apprécia que Cowley dise « nous » ; cela impliquait un esprit de coopération entre lui et la banque, un changement d'attitude. Cowley réaffirma qu'il ne voulait pas voir Honeycote déclarer faillite, évitant toutefois de donner à Mickey un sentiment de sécurité inadéquat. L'avenir ne paraissait pas brillant, mais rien n'était irrécupérable. Maintenant qu'il avait tiré une sonnette d'alarme, il était temps qu'ils se mettent à travailler de concert. Mickey profita de l'occasion pour parler de son plan de travail qu'il voulut aller chercher, mais Cowley le retint.

— La banque est en congé aujourd'hui. (Il avait appuyé sur le mot banque.) Ma femme m'attend à la maison et je n'ai pas intérêt à être en retard.

Ils prirent rendez-vous pour la semaine suivante, lorsque la banque rouvrirait. Cowley et Mickey passeraient tout au peigne fin.

Après son départ, Mickey repensa à ce qu'il venait d'entendre. Quelqu'un voulait transformer la brasserie. En y réfléchissant, ce n'était pas une si mauvaise idée. Il en tirerait un bon paquet, probablement assez pour couvrir ses dettes. Peut-être faudrait-il s'efforcer de convaincre Cowley. À quoi bon tenter de préserver Honeycote Ales ? Mickey soupçonnait Cowley d'être un vieux fou sentimental. Ils pourraient au moins rencontrer l'entrepreneur qui devrait sortir de son anonymat.

Il sentit soudain une sueur froide le long de sa colonne vertébrale. Il venait de comprendre qui pouvait être l'entrepreneur. Le projet était signé Lawrence Oakley, sans aucun doute possible. Qui d'autre aurait eu l'information, l'argent, l'expérience, l'absence de scrupules et, bien sûr, le motif ?

Ce qui signifiait qu'il était au courant de son aventure avec Kay. Mickey commença à trembler. Le désastre prenait une tout autre couleur. Juste au moment où il croyait avoir repris les rênes…

Kay dormit mieux qu'elle ne l'avait fait depuis des jours et s'éveilla pleine d'excitation. Le monde dans lequel elle vivait venait d'être bouleversé, on avait tiré les tapis, changé les règles, et pourtant elle avait l'impression de partir pour une grande aventure.

Avant de se lever, elle se tint tranquille et se concentra. L'infirmière lui avait dit qu'elle devrait pouvoir sentir le bébé. Elle ne sentit rien durant un long moment et commença à paniquer. Peut-être était-il cuit au Crozes-Hermitage ? Soudain, elle décela un battement, une toute petite oscillation qui aurait pu passer inaperçue, suivi de sensations à peine perceptibles, comme des petites bulles qui éclatent. C'était donc ça ! Son bébé bougeait, cherchait une position confortable. Kay mit ses mains sur son ventre et la sensation disparut. Cependant, elle l'avait sentie et l'infirmière lui avait dit que les mouvements seraient de plus en plus forts dans les quelques semaines à venir jusqu'à ce qu'il n'y ait plus aucun doute possible.

Apercevoir son bébé sur l'écran, la veille, avait été un moment extraordinaire. Si quelqu'un lui avait dit, auparavant, à quel point elle serait submergée de bonheur et se sentirait protectrice et comblée, elle aurait probablement ri. Le voir à l'écran, en noir et blanc, l'obligeait à regarder sa situation en face. Certes, ce ne serait pas facile, Kay en était consciente. Elle allait subir un test énorme, émotionnellement, physiquement et du point de vue pratique. L'exercice monoparental n'est pas une partie de plaisir ; tout le monde le sait. Toutefois, elle avait maintenant quelque chose à quoi se raccrocher, quelque chose qui lui appartenait et que personne ne pourrait lui prendre, quelque chose qui lui offrait de l'espoir, une raison de vivre et lui réservait, avec un peu de chance, de grandes joies.

C'était écrit. L'arrivée de son bébé était écrite. Quelqu'un là-haut s'était organisé pour qu'elle en arrive là, au point de non-retour. Elle n'allait pas faire demi-tour maintenant. Ce bébé était tout ce qu'elle avait. Sa seule raison de vivre…

Toutefois, pour l'instant, entre les bouleversements des derniers jours et les décisions qu'elle aurait bientôt à prendre, elle avait l'impression d'être encore dans les limbes. Néanmoins, Kay était bien décidée à profiter de sa sérénité entre-temps. Elle n'avait qu'à penser à elle-même et au petit être à l'intérieur, qui n'était pas trop gênant pour le moment. Elle s'étonnait de se sentir si bien, maintenant qu'elle était reposée, et se rendit compte soudain qu'elle mourait de faim.

Elle appela le service à l'étage et se régala d'un délicieux petit-déjeuner, composé de céréales accompagnées de morceaux de pommes, de dattes et de crème épaisse, de pâtisseries danoises et d'une énorme tasse de chocolat chaud. Bizarrement, elle n'avait envie ni de thé ni de café. En repoussant le plateau, elle rit intérieurement. Elle n'avait pas pris beaucoup de poids jusqu'à ce jour, mais si elle continuait à dévorer à ce rythme, elle allait avoir de sérieux problèmes. Elle venait d'absorber plus de calories en un repas qu'elle n'en prenait généralement en une journée, mais elle s'en moquait.

Elle ouvrit sa valise et contempla les quelques vêtements qu'elle avait emportés en partant de Barton Court. En quelques minutes, elle conclut qu'aucun ne convenait à une femme enceinte. Ils étaient tous trop chics, sévères, rugueux, collants. Même ses vêtements d'intérieur étaient trop élégants.

Elle décida d'aller faire des emplettes. Bath n'était qu'à une vingtaine de kilomètres avec ses centaines de boutiques regorgeant de trésors mieux adaptés. Elle devait s'habiller pour son nouveau rôle, ce qui l'excitait beaucoup. Elle choisit les moins sévères de ses vêtements : un chandail angora gris à col roulé et un pantalon noir qu'elle ne parvint pas à fermer à la taille. Ravie de cette découverte, elle fouilla dans les tiroirs de l'hôtel jusqu'à ce qu'elle ait trouvé un mini-nécessaire à couture grâce auquel elle put se donner un peu de marge à la taille avec une épingle. Elle ramassa ensuite les clés de son automobile et ses cartes de crédit et sortit remplir sa nouvelle mission.

Avant que Lucy n'aille rencontrer Mickey, James lui fit un discours d'encouragement. Elle marchait de long en large dans la cuisine, comme un cheval nerveux à la parade. Il s'efforça de la calmer, lui assurant qu'il serait toujours là, sans ajouter « pour toi », expression trop américaine à son goût. Peu avant de partir, elle vint s'appuyer contre sa poitrine, y cherchant une consolation, un soutien, un réconfort. Il la serra très fort. Elle prit son geste pour un encouragement, mais pour lui, c'était un geste de possession. Eût-il été adepte du vaudou, il aurait façonné une figurine de cire représentant son frère et l'aurait transpercée avec toutes les aiguilles qui lui seraient tombées sous la main.

Pour l'instant, il ne voulait même pas imaginer les événements à Honeycote House. Il ne voulait pas se torturer avec divers scénarios, le pire étant celui d'une réconciliation douillette. Il lui fallait trouver une tâche pour occuper son esprit, quelque chose qui demande une concentration absolue. Il aligna toutes ses chaussures et ses bottes sur la table de la cuisine et sortit toutes les boîtes de cirage qu'il avait accumulées. Il prit ensuite des chiffons, morceaux de tissu que Mme Titcombe avait découpés dans des draps lorsque ceux-ci n'avaient plus été en parfait état, puis le rituel commença. Il inspecta chaque chaussure, prenant note de celles qui avaient besoin d'une réparation ou de lacets, puis appliqua le cirage. Pendant une heure et demie, James frotta, cracha et frotta encore jusqu'à ce que chacune de ses chaussures luise comme un miroir.

Lucy et Mickey se faisaient face, chacun à un bout du salon, ni l'un ni l'autre n'osant prendre l'initiative de l'affrontement. Fallait-il commencer par des banalités ? Devait-il lui offrir un café ? Ou un baiser ? Elle n'avait pas l'air d'avoir envie d'un contact physique. Elle gardait les bras croisés devant elle et le regardait d'un œil torve. Il avait déjà vu d'autres femmes adopter cette attitude lorsque leurs maris rentraient soûls à la maison, en retard pour le repas du midi ou du soir, mais ce n'était pas le genre de Lucy. Cependant, en la regardant maintenant, il lui semblait être devant une spécialiste ayant passé sa vie à lancer ce regard accusateur qui le mettait tellement mal à l'aise.

— Alors ?

Mickey ne savait absolument pas quoi dire. Il ne s'était pas préparé et il restait sans voix devant la réalité. Il avait honte. Son comportement l'écœurait. Il fit une tentative pour se défendre.

— C'est arrivé comme ça.

Pouvait-on trouver défense plus inepte ?

— Je ne m'attends pas à ce que tu comprennes.

Il n'ajouta pas qu'il ne comprenait pas lui-même, parce qu'il n'était pas trop sûr que ce soit un bon argument. Il avait beau chercher, il ne pouvait se défendre. À moins d'accuser Kay de l'avoir forcé sous la menace d'un revolver, il ne pouvait se disculper.

— Alors, était-elle la première ? Ou la cinquante et unième ?

— Lucy...

Mickey avait le culot d'afficher sa souffrance. Sa mémoire sélective lui permettait d'oublier ses autres infidélités. Il n'avait pas trop de soucis à se faire. La serveuse avait émigré en Australie ; il se rappelait avoir vu à la taverne une carte postale représentant un koala enjôleur ; et l'infirmière était allée chercher fortune, ou du moins un meilleur salaire, à Londres.

Comme il y avait peu de chance qu'il soit découvert, Mickey considérait que ces aventures n'étaient jamais arrivées.

— Depuis combien de temps ? Combien de temps cette aventure a-t-elle duré ?

La question qui tue. Mickey ne savait que répondre. Si Lawrence était au courant, ce qui était fort probable, était-ce parce que Kay le lui avait dit ? Dans ce cas, que lui avait-elle dit ? Quels détails lui avait-elle donnés ? Lawrence prendrait-il la peine de vérifier ses dires auprès de Lucy ? Valait-il mieux dire la vérité pour être sûr de ne pas se trahir plus tard ? Ou bien pouvait-il courir un risque, prétendre qu'il ne s'agissait que d'un coup tiré en passant qui avait eu des conséquences malheureuses ? Un coup tiré en passant était-il préférable à une aventure à long terme ? Plus sordide, semblait-il. Au moins, une aventure avait quelque profondeur... Bien que Lucy risque justement de ne pas l'apprécier. Mon Dieu, pourquoi fallait-il que son pénis réagisse toujours plus vite que sa cervelle ?

Lucy aurait juste voulu qu'il dise quelque chose. N'importe quoi. Qu'il fasse un effort, même pathétique, pour se défendre. Qu'il lui donne une toute petite idée de sa motivation plutôt que ce regard vide, presque catatonique. Elle eut soudain une envie terrible de le gifler ; Lucy, la créature la plus passive du monde, qui n'avait jamais eu la moindre envie de revanche physique, avait tout à coup une furieuse envie de le fouetter à coups de ceinturon. Au lieu de cela, elle éclata.

— Sapristi, Mickey. Je t'ai toujours accordé le bénéfice du doute. Je restais tranquillement à sourire pendant que tu faisais la cour à d'autres femmes durant les réceptions, j'ai choisi d'ignorer tes flirts. Je croyais que tu t'amusais et, d'une certaine manière, j'étais flattée que d'autres femmes te désirent, mais je n'aurais jamais cru que tu irais plus loin. J'avais toujours pensé que tu ne voulais que moi.

— Je ne veux que toi !

— Drôle de manière de me le prouver. (Lucy eut un rire amer ; un son dur, inhabituel venant d'elle.) Je dois être une véritable idiote ; tu as réussi à me tromper tout ce temps. Tu n'es qu'un vieux cochon, qui se rince l'œil dans les décolletés des femmes et fourre ses pattes sous leurs jupes. Je parie qu'elles me plaignent toutes, d'être mariée à une espèce de satyre aux mains baladeuses...

Mickey eut un mouvement de recul sous la morsure de ces mots terribles qui lui perçaient le cœur. Il était horrifié à l'idée que Lucy puisse penser les choses qu'elle était en train de dire. Se pouvait-il qu'elle eût raison ? Était-il la risée des salons, une espèce de débauché qu'il fallait éviter dans les soirées ? Il se faisait de lui-même l'image d'un charmeur, d'un adorable fripon auquel il était difficile de résister ; se cachait-il l'horrible réalité ?

Évidemment, la vérité était quelque part entre les deux. Mickey était l'archétype de l'homme à femmes. La femme la plus banale s'épanouissait lorsqu'il lui prêtait attention ; il les faisait se sentir belles et désirables en les écoutant d'un air passionné, du moins était-ce l'impression qu'il donnait, car il était passé maître dans l'art d'avoir l'air concentré lorsqu'il pensait à autre chose. Il s'intéressait à elles, les taquinait, les touchait d'une main légère qui effleurait leur dos en les escortant vers la table, leur octroyait un doux baiser plein de promesses pour leur dire au revoir. Certes, il était tactile, mais il n'était pas un tripoteur. Il était certain de n'avoir jamais mis la main sous la jupe de quiconque de toute sa vie. Ce genre de comportement ne se voyait que dans les feuilletons de Benny Hill. D'accord, ça l'émoustillait de penser que les femmes repartaient avec le désir de lui, mais c'était certainement normal. Tout le monde désirait être aimé. Mickey soupira. Il souhaitait ardemment se défendre, mais comment l'aurait-il pu ?

Ils étaient dans l'impasse. Mickey restait muet et son silence pouvait passer pour de l'impertinence, ou même de l'agressivité, comme chez un enfant qui a été pris sur le fait et qui boude. En réaction, Lucy semblait dramatiser la situation, invectivant Mickey d'autant plus généreusement qu'il ne dressait aucune barrière pour l'en empêcher. Sans l'alcool, il recevait ses accusations comme autant de flèches cruelles. Elle ne pensait pas réellement tout ce qu'elle disait, même s'il y avait une part de vérité dans ses paroles, car elle n'aurait jamais toléré ces comportements de sa part. Chacun de leur côté, ils étaient vulnérables et sur la défensive, terrifiés par ce qui allait se produire, terriblement conscients que leurs réactions auraient des conséquences sérieuses sur leur avenir. Ni l'un ni l'autre ne savaient que penser, que sentir, que faire.

Mickey s'appuya contre la cheminée, reposant son bras sur le linteau. Maudite Caroline ! De quel droit avait-elle mis hors de portée toutes les bouteilles d'alcool ? Mickey commençait à trembler et craignait qu'elle ne l'accuse de faire du *delirium tremens*. Lui savait que c'était le choc nerveux. Il sentit la sueur perler à son front, pourtant il avait très froid. Il ouvrit la bouche pour parler, mais il n'avait rien à dire. Il ne pouvait pas nier ce qu'il avait fait. Il ne pouvait pas le justifier non plus. Que lui restait-il ? Supplier, plaider, ramper ? Présenter ses excuses ? Ce serait un début.

— Je suis désolé.

Lucy lui jeta un regard méprisant.

— De quoi, Mickey ? De quoi es-tu désolé exactement ? D'avoir baisé quelqu'un d'autre ? Ou que cela se sache ?

Il ne pouvait parler. Il ne pouvait pas lui répondre. Soudain, il était terrifié par sa magnifique femme, qui avait toujours été si gentille, qui ne l'avait jamais jugé. De désespoir, il cacha sa tête dans ses bras en se retenant à la cheminée. Quoi qu'il dise, il aurait l'air d'un geignard servile.

Lucy le regardait avec dégoût. Son silence en disait long. Apparemment, il ne croyait pas nécessaire de se défendre. Son mariage ne valait même pas qu'il se batte. Comment avait-elle pu être dupe si longtemps ? Mickey voulait le beurre et l'argent du beurre. Sale bâtard égoïste. Cela ne pouvait signifier qu'une chose : il aimait Kay ; il la voulait plus que Lucy, Honeycote, Sophie, Georgina et Patrick...

Lucy fit demi-tour et s'enfuit en courant de la pièce, monta les escaliers et se précipita dans leur chambre. Le lit avait été fait, par Mickey, car elle n'aurait pas placé les oreillers de cette manière. Tout paraissait immaculé. Aucun vêtement ne traînait sur le sol, aucune pièce de monnaie ni tasse sale n'encombrait le dessus des meubles, ici et là, mais qu'il ait rangé la maison ne pouvait compenser le mal qu'il lui avait causé. Si son désordre l'avait dérangée, il y a belle lurette qu'elle y aurait remédié.

Elle ouvrit la penderie avec brusquerie, sortit un grand sac en daim dans lequel elle jeta pêle-mêle des vêtements, le contenu de son tiroir à sous-vêtements, quelques chemises de nuit, des chandails, des chaussettes, beaucoup de chaussettes, bizarrement. Elle n'avait pas besoin de vêtements élégants. Lucy pensait qu'elle ne sortirait jamais plus. Sur le lit, elle attrapa sa bouillotte recouverte de peau de mouton. Elle en aurait besoin pour se consoler. Elle la tenait souvent contre elle lorsqu'elle avait ses douleurs menstruelles ; elle la préférait à un ours en peluche. Elle prit aussi la brosse à cheveux spéciale pour démêler ses boucles mais aucun maquillage ni bijou.

Ni même ses articles de toilette. La salle de bains de James était mieux équipée que n'importe quel hôtel et il lui avait déjà donné une brosse à dents toute neuve, encore enveloppée dans la cellophane. Après avoir ajouté encore deux paires de chaussures, elle referma le sac.

Elle redescendit les escaliers quatre à quatre et sortit avec précipitation par la porte principale. Sans dire au revoir. Ses pensées étaient bien au-delà d'un « revoir ». Elle jeta le sac dans le coffre qu'elle allait refermer lorsqu'elle se rappela quelque chose et retourna vers la maison.

— Pokey !

Lucy, debout devant l'entrée, avait hurlé dans la maison. Elle n'eut pas besoin de répéter son appel. Pokey sortit en courant de la cuisine, glissa sur les dalles et suivit sa maîtresse à vive allure, puis sauta dans le coffre de la voiture sans se retourner.

Toute la journée, Sophie avait traîné les pieds derrière Georgina et Mandy qui, s'efforçant de la dérider, l'avaient obligée à essayer des centaines de tenues à des prix imbattables, dans les boutiques qu'elles visitaient. Sophie avait été surprise en s'apercevant qu'elle parvenait à enfiler des vêtements qu'elle n'aurait jamais cru pouvoir porter. Elle avait perdu beaucoup de poids récemment. Depuis Noël, elle avait passé son temps à résister à ses fringales, et avait passablement réussi. Elle venait d'enfiler un pantalon à taille basse à motif de peau de serpent. Une semaine plus tôt, elle aurait été ravie de son reflet.

À quoi bon ?

Elle ne s'épanchait pas auprès des autres sur ses sentiments. À l'école, certaines filles s'apitoyaient sempiternellement sur leurs histoires de cœur, répétant inlassablement comment elles avaient été jetées, trompées, ou décrivant leur amour impossible. Sophie les trouvait pénibles. Personne n'avait envie d'entendre *ad nauseam* ce qu'elles vivaient. Elle n'avait pas envie de partager sa douleur avec quelqu'un. Elle était plus stoïque, elle se contentait de souffrir en silence. Elle s'efforçait de faire contre mauvaise fortune bon cœur, pourtant, à l'intérieur, elle se sentait vidée.

Mandy et Georgina s'inquiétaient. Elles devinaient sa tristesse, même si elle n'en parlait pas. Toutefois, elles ne la harcelèrent pas, ce dont Sophie leur sut gré. Toute cette affaire avait au moins un aspect positif, elle était incapable de manger. Elle n'avait plus à faire d'efforts pour résister à la nourriture. Elle commençait même à apprécier le serrement de son estomac vide. Elle en tirait un sentiment de réussite.

— Allez, achète-le. Il est à moins que moitié prix.

Mandy l'encouragea d'un petit coup de coude.

— Trop vulgaire.

Sophie l'enleva en hâte.

— Pas si tu le portes avec des grosses bottes et un grand pull. Il a vraiment de l'allure.

Sophie secoua la tête en reposant le pantalon sur le portant. Elle venait de comprendre pourquoi elle éprouvait tellement de réticence à l'acheter. C'était exactement le genre de vêtement que Mayday porterait. Jamais Sophie ne s'attiferait de cette manière.

Patrick commençait à paniquer lorsqu'il entendit enfin les filles revenir. Mandy rosit de plaisir en le voyant et lui donna un baiser timide, un peu hésitant. Il le lui rendit, heureux de voir qu'il avait encore du pouvoir sur elle. Cependant, l'heure de lui faire la cour n'était pas encore arrivée. Il voulait plutôt s'attacher Keith, qui semblait reconnaissant d'avoir un peu de compagnie masculine. Patrick avait étudié le plan de

Caroline pendant que Mickey regardait ailleurs et se sentait confiant. Il avait suffisamment d'arguments pour parler affaires au sujet de Honeycote Ales. Il pourrait donner l'impression à un investisseur potentiel qu'il s'agissait d'une affaire prometteuse, lui mettre quelques carottes sous le nez...

Un accès d'activités suivit leur arrivée. On enlevait les manteaux, on rangeait les sacs et Sandra alla, en boudant, préparer du thé comme le lui avait suggéré Keith. Mandy et Patrick se retrouvèrent seuls dans le salon. Il se rapprocha et planta un baiser sur sa joue, un geste qui n'engageait à rien, un acte d'amitié, pas nécessairement d'intimité.

— Comment vas-tu ?

— Moi ? Je vais bien, mais je m'inquiète beaucoup pour Sophie. Elle est bouleversée à cause de Ned, tu sais. Même si elle ne veut pas l'admettre.

Patrick jura intérieurement, maudissant la faiblesse de son ami. Il savait que Sophie montrait une façade courageuse, parce qu'elle agissait toujours ainsi. Lorsqu'il l'avait embrassée en arrivant, elle s'était accrochée à lui une fraction de seconde qui avait suffi à trahir son émotion. Il soupira.

— Je ne peux pas mettre le temps en marche arrière, hélas. Ned est allé tremper son biscuit où il n'aurait pas dû, fin de l'histoire. Je lui ai passé un savon, tu peux m'en croire.

— J'ai tellement mal pour elle et je ne sais pas quoi faire. Elle a été vraiment courageuse. Elle n'a pas dit un mot, mais je sais qu'elle a le cœur brisé. Elle pleurait dans son lit la nuit dernière.

Mandy regardait Patrick avec ses yeux immenses emplis de sympathie. Il ressentit un pincement de culpabilité en se rendant compte qu'il l'avait probablement mal jugée. Il l'avait jugée frivole et superficielle, mais elle semblait réellement se soucier de Sophie. Elle n'avait rien d'une pétasse sans cœur, comme il l'avait pensé, mais semblait plutôt pleine d'égards et de tendresse. Lui faire la cour valait peut-être la peine au-delà du plan qu'il avait concocté de l'utiliser pour parvenir à mettre la main sur l'argent de son père. En tout cas, il se sentait plus proche d'elle que de Kay ou de Kelly. Il eut soudain la vision plaisante d'une relation normale, sans engagement, dans laquelle les deux personnes seraient sur un pied d'égalité. Plus que tout, il avait envie de s'amuser un peu et Mandy lui apparaissait comme une bonne compagne de jeu. Il pourrait faire du cheval avec elle (après tout elle avait le sien maintenant), l'emmener en voiture, elle aurait fière allure dans la décapotable, les cheveux au vent, et, bien sûr, continuer ce qu'ils avaient commencé. Patrick se rappelait leur rencontre dans la salle de bains à Honeycote et combien il lui avait été difficile de s'éloigner…

Il s'aperçut qu'il la regardait fixement et qu'elle lui rendait son regard, un peu troublée. Avant qu'il puisse réagir, la pièce fut de nouveau envahie. Georgina et Sophie apportaient le thé et Sandra réapparut, après avoir passé dix minutes à retoucher son maquillage. Elle était prête à entrer en scène.

Keith était heureux que sa maison soit pleine de jeunes gens et insista pour commander un repas chinois pour tout le monde. La résidence semblait avoir repris vie, être sortie d'un bain de formol, ce qu'il aurait cru impossible. La musique hurlait et Mandy et Georgina amusaient tout le monde en dansant sur la table basse. Sandra eut soudain une bonne idée et alla chercher son disque compact de salsa. Elle avait pris des cours avant de partir en Espagne. Patrick n'eut pas le temps de protester. Il se retrouva au milieu du salon et dut suivre la démonstration.

Il attrapa le pas immédiatement. *Buena Vista Social Club* était un de ses films préférés et il avait le rythme dans la peau, de toute façon. Malheureusement, Sandra ne l'avait pas et elle n'avait pas non plus suivi suffisamment de cours pour l'attraper. En dansant avec elle, il avait l'impression de passer l'aspirateur. Il profita d'un moment où elle remplissait de nouveau son verre pour attraper Mandy. Le morceau suivant était rapide, échevelé, mais tous deux avaient le rythme dans la peau et leurs pirouettes et déhanchements offraient un spectacle à la limite de l'érotique.

Tout le monde applaudit vivement. Sauf Sandra qui grimaçait affreusement. Si une chose la démontait, c'était bien que sa fille usurpe le devant de la scène.

Patrick s'était résigné au fait qu'il ne pourrait pas parler affaires avec Keith ce soir-là. Ce n'était pas grave. Il s'amusait beaucoup. Georgina réussit à entraîner Keith dans quelques pas de danse simples. Patrick dansa avec Sophie, qui parvint à sourire. À onze heures, Patrick s'aperçut que Sandra n'avait cessé de remplir son verre et qu'il n'était pas en état de conduire. Il accepta l'invitation de Keith qui répétait avec insistance que les chambres d'amis étaient là pour servir.

À l'hôtel, assise sur le lit, Kay buvait de l'eau minérale en jubilant devant le butin qu'elle avait rapporté dans plusieurs sacs et déversé sur le lit. Elle s'émerveillait de la douceur des couleurs qu'elle avait choisies. Le rose pâle, le bleu ciel remplaçaient son noir habituel. Elle ne se rappelait pas avoir jamais porté du rose de sa vie. N'importe qui aurait pu penser qu'elle se déguisait, mais non, Kay le savait bien. La nouvelle Kay avait jeté sa vieille peau en une nuit, comme un serpent, et s'étonnait de se sentir si bien.

Bizarrement, le petit être qu'elle avait vu à l'intérieur d'elle semblait avoir ressuscité le cordon ombilical qui la liait autrefois à sa mère. Elle ressentait un besoin presque incontrôlable de retourner chez ses parents. Elle savait que c'était de la folie, qu'ils la rendraient folle, mais elle avait envie que quelqu'un la prenne dans ses bras et l'aime sans réserve. Comme elle se promettait d'aimer son bébé.

Elle rangea ses nouveaux achats après les avoir pliés et avoir détaché les étiquettes. Elle présenta ses excuses, mentalement, à la petite tache munie de bras et de jambes qu'elle avait discernée la veille à l'écran et dont le battement de cœur était plus rapide que celui des ailes d'un papillon.

— Désolée, chéri, Slough apparaîtra sur ton certificat de naissance, mais ne t'inquiète pas, tu t'en remettras. Comme moi.

En se pelotonnant dans le lit aux draps bien tirés, elle n'accorda pas une pensée à l'autre mention qui figurerait sur le certificat de naissance : « père inconnu ».

Patrick était profondément endormi, emmitouflé dans la splendeur de pêche de l'une des chambres d'amis de The Cedars, lorsqu'il fut tiré de son sommeil soudainement. Il avait fait un rêve des plus extraordinaires. Lucy préparait le petit-déjeuner dans la cuisine de Honeycote, des œufs brouillés comme il les aimait, comme elle les avait toujours préparés depuis qu'il était tout petit. Cependant, lorsqu'elle avait apporté son assiette à la table, il avait levé la tête et avait vu Mandy, plutôt que Lucy, qui le regardait en souriant. Patrick était troublé. Les rêves sont étranges ; notre esprit nous joue de ces tours…

Subitement, la porte se referma en cliquetant doucement. Une silhouette avançait dans la pièce. Ce devait être Mandy. Patrick eut un moment d'affolement, peu habituel chez lui. Il n'était pas prêt. Pourtant, elle se trouvait devant lui et la tentation était énorme. Il inspira profondément lorsqu'elle rejeta le duvet et qu'il sentit sa main explorer son caleçon et en extirper son pénis.

Il fallait qu'il l'arrête. Il ne pouvait pas courir le risque que Keith les surprenne. Il ne fallait pas tout gâcher et, de toute façon, tout allait bien trop vite. Il voulait être celui qui impose le rythme. S'il devait se passer quelque chose entre eux, ce ne serait pas une séance rapide et furtive dans la maison de ses parents. Alors qu'elle commençait à le masser avec des mouvements étonnamment expérimentés, il lui attrapa les poignets pour l'arrêter.

— Allons donc, tu sais bien que tu aimes ça.

Patrick sauta hors du lit en poussant un cri. Il ne s'agissait pas du tout de Mandy. C'était sa satanée mère ! Il alluma la lumière et aperçut Sandra, resplendissante dans du satin bronze, clignant ses yeux de femme soûle. Gardant difficilement son équilibre, elle tituba vers lui et posa son doigt sur ses lèvres. Il l'attrapa par les bras pour l'empêcher de tomber.

— Par pitié, retournez dans votre chambre avant que quelqu'un nous entende.

— Personne n'entendra. Je ne ferai aucun, aucun bruit. Je vous le promets.

Elle sourit et tendit de nouveau la main vers son caleçon. Patrick plongea hors de portée et elle tomba contre le miroir de la penderie. Elle se releva et le poursuivit de nouveau. Ils s'affalèrent tous deux sur le lit.

— Sandra !

Keith était debout à la porte, l'air furieux.

— Bon sang, que se passe-t-il ?

Sandra se releva en hâte. Patrick ferma les yeux, espérant se réveiller d'un cauchemar et priant pour que son caleçon protège encore sa pudeur. Sandra le montra du doigt.

— C'était son idée. Il ne voulait pas me lâcher. Il m'a dit qu'il avait toujours eu envie d'une femme plus vieille…

Patrick ouvrit la bouche pour protester, mais Keith parla le premier.

— N'espère pas me faire croire ça. Retourne dans ta chambre, Sandra. Nous aimerions dormir.

Elle pleurait maintenant doucement. Malgré lui, Patrick eut pitié d'elle en la voyant sortir de la chambre poussée par son mari. Il ressentit une pitié encore plus grande pour Keith lorsque celui-ci se retourna, le visage marqué de honte. Trop, c'est trop. Il fallait qu'il se débarrasse d'elle au plus vite.

Patrick remonta le duvet sous son menton et s'efforça de replonger dans le sommeil. Il était soulagé que la visiteuse n'ait pas été Mandy. Fût-elle venue tester sa volonté, il n'aurait peut-être pas résisté et se serait retrouvé en position de faiblesse. Il ne voulait absolument pas se compromettre avant d'avoir eu une chance de discuter avec Keith. Il commença à repasser mentalement le plan d'action de Caroline et, très vite, s'endormit.

Lorsque Lucy revint à Denham House ce jour-là, elle trouva toutes les paires de chaussures de James reluisantes, soit dans un carton attendant d'être portées chez le cordonnier pour une réparation, soit à leur place dans le placard. Il avait entendu sa voiture arriver au moment où il rangeait les brosses et le cirage à leur place. Il était allé mettre la bouilloire sur la cuisinière en attendant qu'elle paraisse à la porte.

À l'évidence, l'entrevue ne s'était pas bien passée. Plutôt mal, même. Ce qui était plutôt bien pour James. Lucy, s'efforçant désespérément de faire montre de courage, tenait Pokey par le collier. Elle lui dit, sur un ton plein d'excuses :

— Est-ce qu'elle peut dormir dans le garage ou ailleurs ? Je n'ai pas voulu la laisser…

— Elle dormira ici avec les deux miens. J'ai un vieux panier.

Les yeux de Lucy s'emplirent de larmes de gratitude. James rabattit la plaque de la cuisinière. Au diable le thé. Il sortit deux verres ballons et son meilleur cognac. La situation l'exigeait. Pour lui remonter le moral à elle et lui donner du courage à lui.

À dix-huit heures, James ouvrit une bouteille de champagne en affirmant que c'était aussi bon pour consoler que pour célébrer des événements. Ils se pelotonnèrent sur le divan et elle pleura contre son épaule. Il ne parlait pas, n'émettait ni conseil ni jugement. Il se contentait d'écouter.

— Je ne comprends pas. Pourquoi ? Vingt ans, James… Elle le regardait, bouleversée. Comment est-ce que je suis censée réagir ? Est-ce que c'est la fin ? Est-ce que je dois partir ? Ou bien lui doit-il partir ? Et les enfants, comment le leur dire ? Est-ce que je fais semblant de tout ignorer ? Suis-je stupide ou vieux jeu ? Est-ce que j'en demande trop ?…

Les questions sans réponse se bousculaient dans sa tête. Il lui caressa les cheveux pour la rassurer. À bout de questions, elle laissa parler sa colère.

— Je ne mérite pas ça.

— Non.

Surprise, Lucy leva les yeux. C'était la première fois que James exprimait une opinion. Jusque-là, il s'était contenté de murmurer des platitudes.

— Tu ne mérites pas ça, Lucy. Pas du tout.

Il la regardait. C'était maintenant ou jamais. Les dés parlaient en sa faveur comme jamais plus ils ne le feraient, sauf s'il survivait à son frère.

— Je t'aime. Tu le sais, n'est-ce pas ? Je t'ai toujours aimée.

Elle acquiesça de la tête, les yeux écarquillés. Il essuya de son pouce ses dernières larmes, doucement, puis caressa son visage. Petit à petit, ses caresses se firent plus tendres et elle ne résista pas, ce qui lui donna le courage de continuer. Il ne s'agissait plus de la consoler, mais bien de lui donner du plaisir. Elle ne le repoussa pas, semblant reprendre des forces dans ce contact physique, se fondant en lui, s'épanouissant de ses attentions. Il l'attira vers lui et l'embrassa. Pendant tout ce temps, il se répétait qu'au premier signe de résistance il s'arrêterait ; s'il sentait le moindre doute, le moindre frisson de peur, il se comporterait comme un gentleman. Mais elle ne résista pas. Pas même lorsqu'il commença à la déshabiller comme un cadeau précieux, l'effleurant avec respect, couvrant de baisers d'adoration son cou, ses épaules, son dos, jusqu'à ce qu'elle frémisse de plaisir. Ses mains s'attardaient sur les contours de sa poitrine, de ses hanches, de son ventre.

Soudainement, ils se retrouvèrent sur son précieux tapis d'Aubusson, devant le feu qu'il avait préparé un peu plus tôt. James avait imaginé ce moment tant de fois ! Pourtant, la scène était encore plus parfaite que dans ses fantasmes. Il avait toujours présumé que la première fois serait un désastre, car il savait qu'une bonne séance de sexe demande un peu d'apprentissage. Il pensait qu'il serait incapable de se retenir, comme un jeune étudiant, et qu'il viendrait beaucoup trop tôt. Il n'eut cependant aucun mal à se retenir jusqu'à ce qu'elle jouisse et se laisse aller, en bénissant le ciel, la rejoignant dans l'orgasme. Il fut surpris de la force de sa réaction. Elle était presque animale. Elle enfonça ses ongles dans son dos comme si son plaisir la faisait souffrir. Elle l'attira vers elle comme si elle voulait le garder à jamais et, dans ses yeux, il lut quelque chose d'indéfinissable, de presque sauvage qu'il prit pour de la passion.

Un peu plus tard, James endormi auprès d'elle, Lucy, douillettement enveloppée dans un nuage d'alcool et d'endorphines, revoyait par la pensée les événements de l'après-midi. Elle ne pouvait nier qu'elle avait déjà eu envie de coucher avec James auparavant. Elle savait qu'elle avait les cartes en main et qu'il n'aurait jamais franchi le pas si elle ne l'y avait encouragé, ce qu'elle n'avait pas voulu jusqu'à ce jour. Parfois, la manière dont il l'avait regardée l'avait fait frissonner. Elle avait eu l'impression d'être au bord d'un abîme et d'avoir envie de sauter, sachant qu'elle ne le ferait pas. Mais cette fois, elle avait sauté...

Se languir sous les caresses de James plutôt que sous la douleur infligée par Mickey était tellement plus facile, pour ne pas dire agréable. L'affrontement à Honeycote l'avait écorchée vive. Elle avait l'impression qu'on lui avait arraché le cœur et que la plaie était ouverte et saignait abondamment. Lorsque James l'avait embrassée, tout s'était remis en place. Elle n'avait aucun sentiment de remords ni l'impression d'avoir fait quelque chose de mal. C'était un pansement sur ses blessures et elle le méritait. Pourquoi devrait-elle souffrir des frasques d'un autre ?

Elle savait qu'elle aurait dû l'arrêter avant qu'il n'aille trop loin, mais elle avait eu tellement envie de succomber. Elle avait désespérément envie que leur liaison devienne un transport de joie, se transforme en un bain de sueur. Elle voulait que James extirpe d'elle le souvenir de Mickey. Elle voulait un remplacement instantané ; quelqu'un qui guérirait ses blessures, annihilerait sa souffrance.

Elle était consciente de son égoïsme. Elle aurait pu l'arrêter, à un certain moment. Il était sur elle. Il s'appuyait sur ses bras, posés de chaque côté d'elle, et il l'avait regardée dans les yeux.

— Es-tu d'accord ?

Il lui demandait la permission. C'était l'instant fatal : le point de non-retour. Lucy avait haussé les épaules intérieurement. Elle s'était rendue jusque-là, autant aller jusqu'au bout. On ne sait jamais ; elle serait peut-être engloutie dans un tremblement de terre, dans les couleurs d'un feu d'artifice et au son du chœur des anges chantant alléluia. Elle avait souri pour donner son accord.

James était entré en elle doucement et elle l'avait accompagné en bougeant les hanches d'avant en arrière en même temps que lui. Les vagues familières de plaisir s'étaient ensuite transformées en un torrent furieux qui lui avait coupé le souffle jusqu'à l'extase. Ce devait être la raison pour laquelle les gens avaient des aventures. Le sexe était tellement électrique, tellement chargé par l'intensité de l'interdit. Lucy faillit éclater de rire en comprenant ce qu'elle avait perdu durant toutes ces années à être la femme parfaite.

# 19

Après le départ de Lucy, Mickey resta assis dans la cuisine durant des heures, n'osant pas bouger de peur de réveiller ses sentiments. Il savait bien qu'il était le seul à blâmer. Il était seul, abandonné de tous, même Pokey devait être cachée quelque part. Il était surpris que Lucy la lui ait laissée. Elle ne semblait pourtant pas le croire capable de s'occuper ne serait-ce que d'un chien. Il ne l'était pas, d'ailleurs. Il s'efforça de se rappeler s'il l'avait nourrie et quand.

Il finit par rassembler l'énergie qui lui restait pour aller chercher une boîte dans l'arrière-cuisine. Il n'y en avait aucune sur l'étagère. Il fouilla dans un placard où se trouvaient habituellement les réserves et tomba sur un sac de croquettes, qu'il pourrait mélanger à un peu de sauce ou un liquide quelconque. Il irait chercher des boîtes au magasin plus tard. En soulevant le sac, il aperçut une boîte de bouteilles. Il la tira vers lui et inspecta le contenu. Six bouteilles de liqueur de prune de Damas, 1998. Une manne tombée du ciel.

Le grincement du bouchon lui fut agréable à l'oreille. Un filet visqueux d'un rouge pâle glissa bientôt dans son verre. Le nectar épais, sirupeux, doux-amer coula dans la gorge de Mickey. Il eut l'impression que c'était son premier verre depuis des mois, alors qu'il n'y avait que deux jours qu'il n'avait pas bu. Les sarcasmes de Caroline furent vite ensevelis sous les effets anesthésiants du liquide. Il n'avait aucune volonté ? Il était faible ? À quoi bon s'efforcer d'être fort ? Il avait perdu sa femme au profit de son frère et il n'allait pas tarder à perdre ses moyens de subsistance. Il n'avait plus aucun enthousiasme pour le projet qu'il avait préparé avec Caroline, ne parvenait plus à imaginer une coopération avec Cowley. Tout esprit combatif l'avait quitté parce qu'il n'y avait plus de combat à mener. Il était devenu inutile de faire semblant. Autant reconnaître qu'il était un raté. En un sens, il rendrait service à tout le monde en mettant le feu à toute l'entreprise.

Il se dressa sur son séant. Ce n'était pas une si mauvaise idée. En fait, c'était la meilleure solution qu'il ait trouvée à ce jour. Un incendie couvert par les assurances, comment n'y avait-il pas pensé plus tôt ?

Mickey se gratifia de deux doigts de liqueur de prune tout en réfléchissant aux conséquences de son idée. C'était une simple forme d'euthanasie. Il ne faisait que précipiter la chute, en évitant l'agonie des derniers soubresauts, les décisions douloureuses qu'il serait obligé de prendre. C'était une méthode rapide et propre. La brasserie disparaîtrait. La remplacer par un établissement avec les normes du XXIe siècle coûterait bien trop cher, mais la marque Honeycote Ales continuerait de vivre. La bière pourrait être produite sous licence par une brasserie plus importante ; c'était assez fréquent dans cette industrie. Les tavernes continueraient à la vendre en exclusivité. Ni vu ni connu…

Il restait, bien sûr, à régler le cas des quelque vingt employés. Leurs visages lui apparurent et il eut un remords fugace puis se dit qu'aucun d'entre eux n'hésiterait à le quitter si une meilleure situation se présentait. À part un ou deux des plus anciens gérants, peut-être, mais il pourrait toujours leur trouver un emploi satisfaisant ailleurs. Il se servirait de ses relations, fournirait d'excellentes références... De toute façon, le moral était à la baisse. Chaque jour apportait son lot de doutes et d'insatisfactions. Ils seraient probablement tous heureux de partir.

Il n'y avait qu'un seul problème. Il ne savait pas trop comment mettre le feu, du moins sans éveiller les soupçons. Les assurances feraient appel à des experts sans tarder. Comment pouvait-il simuler un accident ? Certes, il existait des professionnels qu'on pouvait payer pour accomplir ce genre de chose, mais dans les quartiers est de Londres, pas à Honeycote. De toute façon, Mickey préférait que personne ne soit au courant. Il ne voulait pas prêter le flanc au chantage. Il voulait recommencer sa vie sans pression, et la conscience à peu près nette.

Il se resservit un doigt de liqueur pour mieux réfléchir aux détails de l'affaire. La solution radicale qu'il avait trouvée lui plaisait énormément. Il entrerait par les entrepôts du bas. Il laisserait traîner quelques bouteilles et mégots. Peut-être même des condoms ou plutôt, non. Il n'avait pas envie d'aller en acheter, mais il laisserait des traces de détritus d'adolescents dans un des entrepôts, ce qui donnerait l'impression que des jeunes s'étaient introduits dans l'endroit pour faire la fête et qu'un incendie aurait suivi. Il irait ramasser quelques rebuts près de l'arrêt d'autobus, au village. Il ferait en sorte que l'on croie à une fête qui avait mal tourné, après laquelle les jeunes se seraient enfuis. Il toucherait ensuite un bon gros chèque et aurait la chance de pouvoir recommencer de zéro sans que personne soit au courant de rien.

Il avait vu suffisamment d'épisodes d'*Inspector Morse* pour ne pas oublier de se constituer un alibi et d'effacer ses traces. Il glissa une cassette vierge dans le magnétoscope pour enregistrer l'émission en cours. Il reviendrait à la maison, rembobinerait et la regarderait pour avoir un alibi. C'était ce qu'il pouvait faire de mieux sans engager quelqu'un d'autre. Il mit une paire de gants et sortit pour monter dans son automobile. Il se souvint que Patrick l'avait empruntée et décida d'utiliser l'Austin. Il aimait bien la conduire, les rares fois où Patrick daignait lui prêter sa précieuse petite voiture.

Mickey alla fouiller dans la chambre de Patrick et trouva les clés dans la poche de sa veste d'aviateur. Il se rendit ensuite au village, se gara derrière la poste et marcha, en se faisant remarquer le moins possible, jusqu'à l'arrêt de l'autobus. Il y avait beaucoup de mégots sur le sol. Miraculeusement, il trouva même un gant qu'il pourrait laisser traîner sur la scène du crime. Il ramassa des mégots qu'il mit dans un sac puis fouilla dans la poubelle. Il en ressortit quelques boîtes de soda, mais il n'y avait aucun contenant d'alcool. Il faudrait qu'il cherche plus loin. Il ne pouvait pas se permettre d'aller dans une de ses tavernes où on le reconnaîtrait.

Il était soûl comme une grive mais parvenait remarquablement bien à effacer les traces de son passage. Mickey but une gorgée de la bouteille presque vide tout en retraversant le village en voiture pour prendre la direction de la brasserie. Il s'aperçut soudain qu'il manquait un détail à son plan. Les allumettes. Les maudites allumettes ! Il se pencha pour regarder dans la boîte à gants et en sortit, triomphant, un briquet oublié.

Il fallut qu'un camion prenne le virage, à grand bruit, pour que Mickey remarque qu'il était du mauvais côté de la route. Il donna un coup de volant.

Le grondement d'un hélicoptère réveilla Lucy peu avant minuit. Elle se dressa sur son séant, le cœur battant. Elle resta un moment sans savoir où elle se trouvait, puis la réalité s'infiltra à travers les brumes de l'alcool et parvint à son esprit. Elle était au lit avec James. Subitement, elle sentit la panique l'envahir. Qu'avait-elle donc fait ? Pendant un instant, elle espéra avoir rêvé, mais, en voyant James endormi auprès d'elle, elle ne put se mentir plus longtemps. De toute façon, la pièce était emplie des parfums de rose et de bergamote, inextricablement mélangés à l'odeur de sueur. Son parfum à elle et son eau de Cologne à lui. Des remords brûlants l'assaillirent.

Lucy sortit du lit et se rendit dans la salle de bains, où elle s'étudia dans le miroir en pensant à ce qu'elle avait fait. Un étranger serait-il capable de voir la différence ? Avait-elle l'aspect d'une femme adultère dévergondée ? Elle avait très certainement le sentiment d'en être une. Elle était rouge de honte, de culpabilité. Il lui semblait que sa trahison brillait comme un phare dans la nuit. Elle ne parvenait même pas à se regarder dans les yeux. Cela la rendait malade. Elle s'agrippa à la porcelaine du lavabo, s'efforçant de calmer sa nausée, mais en vain. Elle vomit le brandy, le champagne et de la bile ; une bile lumineuse et jaune qui prouvait qu'elle était remplie de poison.

Elle se brossa les dents longuement puis se lava le visage et les mains. Elle fut tentée de prendre une douche, mais, ne voulant pas réveiller James, elle rabattit le siège des toilettes et s'assit, la tête dans les mains. Le sang battait à ses tempes, à cause des tensions de la journée ou d'une surdose d'alcool ou un peu des deux, se dit-elle.

L'expression « langueur post-coïtale » était un euphémisme. Lucy se sentait carrément suicidaire. Un court instant, elle avait apprécié le luxe de se faire adorer et choyer. Elle s'était offert une baise de revanche et la seule personne qui en souffrirait, à long terme, serait James. Elle comprenait combien il était facile d'être infidèle, dans un moment d'insécurité, lorsqu'on avait besoin d'être rassuré. C'était une activité de compensation parfaite ; après tout, faire l'amour avec James devant un feu de bois ronronnant avait été nettement plus invitant qu'une analyse minutieuse de son affrontement avec Mickey pour parvenir à prendre une décision au sujet de l'avenir. Oui, vraiment, l'infidélité offrait une distraction agréable. Sur le coup, les émotions qu'elle suscitait étaient plus plaisantes que n'importe quoi et annulaient les angoisses. Cependant, coucher avec James n'avait résolu aucun de ses problèmes. Au contraire, un nouveau problème avait surgi.

En effet, elle ne pourrait pas continuer ce jeu. Elle aimait bien James, elle l'aimait même, comme on aime les membres de sa famille, et elle était surprise d'avoir tant apprécié l'amour avec lui. Toutefois, dans la fraîcheur de la salle de bains, elle comprenait qu'elle avait idéalisé leur accouplement. Elle aurait dû s'en douter, quoi qu'il fasse, James le faisait toujours à la perfection, qu'il s'agisse de décoration, de cuisine, ou de l'amour.

Un instant, elle joua avec l'idée de s'installer auprès de James, loin de sa vie à Honeycote, car elle savait sans qu'il le lui ait dit qu'il l'accueillerait volontiers. Elle pouvait sauter de la poêle à frire dans un lit de plumes. À son avis, James saurait lui donner tout ce dont elle avait besoin, ou presque. Il était beau garçon, riche, c'était un ami ; ils avaient beaucoup de choses en commun, presque plus, en fait, qu'elle avec Mickey. C'est avec James que Lucy feuilletait les catalogues des ventes de campagne qu'ils aimaient tous deux courir ; c'est avec James qu'elle allait souvent au concert à la cathédrale de Gloucester écouter ces musiques qui lui serraient la gorge.

Cependant, elle savait que c'était à Mickey qu'elle appartenait. Mickey était la pierre qui faisait surgir l'étincelle en elle. Bon sang, elle l'avait su tant d'années auparavant, lorsqu'elle avait rencontré les deux frères. Elle avait déjà choisi à cette époque. Elle savait qu'elle aurait pu avoir l'un ou l'autre. C'est Mickey qui l'excitait, la fascinait. Si peu fiable et imprévisible qu'il fût, il était à la fois exaspérant et adorable. Et vulnérable. Soudain, elle comprit quelque chose qui la surprit : James n'était absolument pas vulnérable. Il avait une absence de scrupules qu'elle l'avait déjà vu utiliser en affaires et dont elle ne doutait pas qu'il puisse l'utiliser dans sa vie personnelle. En y réfléchissant, il l'avait fait. Il se débarrassait de ses petites amies lorsqu'elles devenaient trop envahissantes. Elle avait essuyé les larmes de plus d'une en ces occasions. Cette réflexion lui fit penser à Caroline. Il lui avait fait comprendre clairement qu'elle était remplaçable et n'avait pas cherché à l'épargner. Lucy frémit à ce souvenir. Elle n'y avait pas prêté grande attention, sur le moment, tant elle était absorbée par ses propres problèmes. Elle se rendait compte maintenant combien James s'était montré brutal.

Mickey n'était pas brutal. Il était seulement faible.

Comment avait-elle pu tourner le dos à Mickey, à Honeycote, à sa famille et à la brasserie dans un accès de dépit à cause d'une seule infidélité ? Surtout qu'elle n'avait même pas attendu qu'il s'explique. Comment pouvait-elle justifier ses actions alors qu'elle n'avait pas laissé Mickey se défendre ? Elle n'avait pas eu l'intention d'être aussi dure avec lui. Elle ne parvenait plus à effacer l'image de son visage bouleversé au moment où elle avait fui Honeycote. Elle ne lui avait pas laissé une chance de s'expliquer. Non, elle s'était enfuie et s'était jetée dans les bras de l'homme dont elle savait qu'il l'aimait sans réserve, parce qu'elle ne voulait pas connaître la vérité ; elle voulait seulement être protégée. Elle était lâche ; elle n'avait pas la force d'affronter ses démons.

En tant qu'adulte, elle avait des responsabilités et, quelles que soient les cartes qu'elle avait en main, elle devait les jouer et non se sauver. Elle trouverait la force quelque part, elle en était sûre. Il y avait trop en jeu.

Entre-temps, que dire à James ? Elle se maudit. Tout aurait été tellement plus facile si elle n'avait pas couché avec lui. Maintenant, elle s'était compromise. Comment pourrait-elle le quitter en douceur ? L'avait-elle utilisé ? Devait-elle s'excuser ou était-il fautif ? Avait-il profité de sa vulnérabilité ?

Elle tremblait de froid maintenant. Elle retraversa silencieusement la chambre et se glissa sous la chaleur des couvertures. À côté d'elle, James remua dans son sommeil et ouvrit les yeux. Il sourit et l'enlaça avant de repartir dans une rêverie satisfaite. Lucy tressaillit ; son bras, comme du plomb, la clouait, l'emprisonnait. James se redressa et s'assit.

— Que se passe-t-il ?

Lucy se tourna pour le regarder, paniquée.

— James…

Avant qu'elle parvienne à exprimer ses pensées, la sonnerie aiguë du téléphone retentit et l'interrompit. James ne savait plus de quel côté se tourner. Les deux semblaient promettre de mauvaises nouvelles. L'expression sur le visage de Lucy lui donnait une bonne idée de ce qu'elle s'apprêtait à dire, aussi prit-il le téléphone d'une main ferme.

— James Liddiard.

C'était l'hôpital. Mickey Liddiard était aux urgences. Il allait être transféré en chirurgie. Savait-il comment joindre sa femme ?

# 20

James conduisit à vive allure sur les routes sombres du Gloucestershire et de l'Oxfordshire sans desserrer les lèvres. À côté de lui, Lucy était assise, pitoyable et les yeux secs. Il remercia Dieu de ne pas avoir trop bu. Volontairement, il était resté raisonnable avec le champagne, le réservant à Lucy. Le silence était surréaliste. Ils ne parlaient que pour choisir la bonne direction.

Lorsqu'ils arrivèrent à l'hôpital, on les dirigea en hâte vers une salle d'attente après leur avoir fait parcourir des kilomètres de corridors. Un médecin vint expliquer doucement la situation à Lucy pendant que James lui tenait la main. Elle ne comprenait pas tout, mais des mots clés la transperçaient comme des poignards : hémorragie, caillot de sang, coma, inconscient, échographie du cerveau. Il ne s'agissait que de risques théoriques, mais malgré les assurances répétées du médecin que Mickey était dans le meilleur hôpital pour son cas, James se dit intérieurement que les espoirs étaient minces. Apparemment, Mickey était arrivé à l'hôpital en hélicoptère, grâce au chauffeur de camion qui, ayant vu son état, avait compris la nécessité d'un transport aérien et avait insisté, sur son téléphone mobile, pour l'obtenir. Les chances de Mickey en avaient été grandement améliorées. Il avait de graves blessures à la tête qu'il fallait inspecter avant de s'occuper du reste. Sa jambe droite brisée en mille morceaux n'était qu'un problème secondaire. Il devrait subir au moins deux interventions chirurgicales.

On autorisa Lucy à aller voir son mari avant qu'il ne passe en salle d'opération ; l'équipe se préparait. James lui serra la main lorsqu'on vint la chercher. On lui dit que Mickey n'était pas beau à voir, probablement méconnaissable.

Caché par les stores, James regarda dans la chambre et vit Lucy au chevet de Mickey. Elle avait la tête baissée et tenait sa main. Ses lèvres remuaient silencieusement. Elle gardait les yeux fermés. Était-elle en train de prier ? Probablement. À ce moment, il comprit qu'il l'avait perdue. Quoi qu'il se produise, elle lui échappait. Il ne l'avait possédée que pendant quelques moments glorieux, dont il chérirait le souvenir aussi longtemps qu'il vivrait.

Il contempla le corps immobile de son frère, les tuyaux, le goutte-à-goutte et les appareils qui le maintenaient en vie. Peut-être y avait-il une petite chance... James avait beau essayer, il ne parvenait pas à souhaiter la mort de son frère.

Keith s'activa dès qu'il reçut l'appel de James lui expliquant la situation de Mickey. Patrick voulait conduire, mais Keith s'y opposa. Il les emmènerait tous à l'hôpital dans sa Land Cruiser. Ahuries par le choc et parce qu'elles venaient de se réveiller, les filles se tenaient dans le corridor et tremblaient malgré le chauffage central que l'on n'éteignait jamais à The Cedars.

Sandra furetait, en retrait de l'agitation. Les nouvelles constituaient un choc suffisant pour la dessoûler et elle était horrifiée, mais ne savait pas trop quel rôle jouer. D'ailleurs, tout le monde l'ignorait. Juste au moment du départ, Keith se tourna vers elle.

— Je ne pense pas être de retour avant demain. Je vais rester jusqu'à ce qu'on sache exactement de quoi il retourne. Je verrai ce que je peux faire pour aider. Je ramènerai les filles ici, si nécessaire.

Sandra acquiesça de la tête, remerciant silencieusement le ciel que cet accident arrive à point pour effacer le souvenir de l'incident de la nuit.

— Devrais-je faire des courses ?

Keith la regarda froidement.

— Non. Je crois que le mieux serait que tu sois partie quand je reviendrai.

Sandra en resta bouche bée. Keith aperçut toutes les réparations porcelaine qu'il avait payées pour remplacer ses plombages. Il insista en pointant les clés dans sa direction.

— Je suis sérieux.

La porte claqua et Sandra tomba à genoux. Elle avait compris que Keith n'avait aucune intention de plaisanter.

Dans la voiture, Keith brancha les haut-parleurs à l'arrière. Il avait mis une douce musique d'Enya pour les filles, qui étaient assises, pâles et angoissées, incapables de dormir, incapables aussi de parler. Mandy avait insisté pour venir et Keith avait cédé ; il préférait qu'elle soit auprès de Sophie et de Georgina pour les réconforter plutôt que de lui imposer les récriminations hystériques de Sandra.

Keith surveillait Patrick du coin de l'œil. Le choc, au lieu de le faire vieillir, l'avait rajeuni. On aurait dit un jeune garçon, blanc de peur devant l'inconnu. Il s'efforçait de rester calme et de se maîtriser, mais Keith avait remarqué sa mâchoire et ses poings serrés. Il eut un accès protecteur presque paternel. Patrick était encore un grand enfant, même s'il arborait le plus souvent un air de grande confiance en lui-même.

— Ça va ?

Patrick fit oui de la tête.

— J'ai hâte d'être arrivé, de voir papa. (Sa voix tremblait à peine.) Je n'arrive pas à y croire.

— Tu sais, si je peux faire quelque chose...

— Vous le faites ; vous nous emmenez en voiture.

Patrick eut un sourire de gratitude. Keith insista.

— Je voulais dire pour la brasserie.

Il fit une pause. Il fallait faire preuve de tact. Il ne voulait pas avoir l'air de chercher à se renseigner, de mettre son nez dans des affaires qui ne le regardaient pas.

— J'ai cru comprendre que les affaires ne vont pas...

Il laissa mourir sa voix, conscient de son indiscrétion, si subtile soit-elle. Après tout, il réagissait à l'intuition. Aucun des Liddiard ne lui avait laissé entendre quoi que ce soit ; Keith était perspicace, cependant, et Mandy lui avait parlé de problèmes d'argent, par souci de ses amies.

Patrick soupira. Les choses n'auraient pas dû se passer de cette manière. Il aurait voulu être maître de la situation pour appâter Keith. Toutefois, il valait peut-être mieux saisir l'instant, car les événements risquaient de se précipiter et l'opportunité ne se représenterait peut-être plus. Du moins, si la graine était semée dans l'esprit de Keith, les affaires avanceraient rondement. Patrick était certain que, pour sauver la brasserie, il y avait urgence. De plus, il restait encore quelque cinquante kilomètres avant d'arriver à l'hôpital et la discussion occuperait son esprit. Il refusait de penser à ce qui était arrivé à Mickey ou à ce qui allait lui arriver. Au plus profond de lui, il conservait une foi naïve en l'immortalité de son père qui était invincible et sortirait indemne de cet accident. Il s'accrochait à cet espoir de peur de craquer. Il devait rester fort, pour Lucy, pour Sophie et Georgina et pour lui-même.

— Vous avez raison. Papa s'inquiétait depuis des mois.

— Quel est le problème ?

— Un manque de liquidités, principalement. Nous avons besoin de moderniser, mais nos anciennes dettes nous immobilisent.

— Plus d'une bonne affaire a chuté devant cette barrière.

Patrick tressaillit. Il n'avait pas envie d'entendre cela. Il allait falloir qu'il marche sur la corde raide, qu'il tienne un discours légèrement optimiste tout en demandant l'aumône.

— Le pire est que nous avons de grands projets, si seulement nous pouvions sortir du bourbier. C'est très frustrant.

Keith approuva de la tête.

— Vous avez probablement des dizaines d'options. (Il eut un rire gêné.) Même un plombier comme moi est capable d'apprécier le potentiel.

La phrase était encourageante. Patrick en profita pour décrire l'avenir de Honeycote Ales tel qu'il le voyait. Il avait mémorisé les points saillants du graphique de Caroline et il s'estima plutôt convaincant. Le projet avait des allures d'investissement prometteur. Keith écoutait avec intérêt. Patrick termina en soupirant.

— Malheureusement, nous n'avons pas de liquidités. La banque nous en prêtera, bien sûr, mais à des taux inacceptables. Il faudrait que nous vendions une des tavernes, ce qui serait du suicide. À quoi sert d'avoir une brasserie sans débit exclusif ?

— Donc, vous cherchez un… Comment les appelle-t-on de nos jours ? Un commanditaire ?

— Sans doute. Mais il faut que ce soit quelqu'un qui comprenne notre manière de fonctionner, sans vouloir s'imposer ni détruire ce qui a été fait pendant cent cinquante ans. Il nous faut une personne sensible, qui ait de la créativité et qui sache apprécier ce qu'est une entreprise familiale. Nous ne voulons pas de quelqu'un qui nous marcherait sur les pieds.

Patrick désirait que ce soit clair dès le début. Keith paraissait enregistrer tout ce qu'il lui disait. Il posa quelques questions pertinentes auxquelles Patrick s'efforça de répondre de son mieux. Il savait qu'il avançait sur des sables mouvants, avec son bluff, mais Keith semblait apprécier ses réponses et montrer un intérêt réel.

— Vous auriez besoin de combien ? Deux ? Trois ?

Patrick hésita. Il n'en avait aucune idée. Jusque-là, il avait baratiné ; il rêvait à voix haute. Il ne voulait pas en venir à des chiffres précis. Il parla avec précaution.

— Je suppose que nous parlons de trois. C'est probablement ce que nous tirerions de la vente d'une des tavernes.

Keith fronça les sourcils.

— Trois cent mille ?

— Oui.

— Oh. Ah bon.

Keith resta silencieux un moment. Patrick s'affola. Avait-il surestimé la profondeur de ses coffres ? Allait-il paraître trop gourmand ? Keith sourit.

— À vrai dire, je pensais plutôt à des millions. Deux ou trois millions. Si vous voulez faire du bon travail, c'est probablement le montant qu'il faut envisager.

Patrick eut un haut-le-corps. Qu'il avait dû paraître naïf ! Keith riait probablement de lui, intérieurement. En sous-estimant à ce point leurs besoins, il venait de lui prouver que tout ce qu'il avait raconté était du bluff. Il avait tout gâché.

Ils arrivèrent à l'hôpital et garèrent la voiture. Un silence inquiet régnait et le doute planait quant à ce qu'ils allaient découvrir à l'intérieur. Keith laissa entrer les Liddiard ; Mandy suivait, l'air anxieux. Patrick se dit que la présence de Keith avait quelque chose de rassurant. Il était sûrement un brave type. Patrick s'en voulait d'avoir si mal défendu la brasserie.

Pendant qu'ils parcouraient des kilomètres de corridors éclaboussés de lumière, Keith réfléchissait à ce que Patrick avait dit. Certes, le garçon n'avait pas beaucoup d'expérience des affaires, mais ses idées étaient bonnes. Honeycote Ales était une affaire prometteuse si la personne adéquate en prenait le gouvernail. L'idée d'être un commanditaire lui plaisait. Il s'imagina en ange gardien planant au-dessus de la brasserie, venu transmettre le message divin, et sourit.

« Une porte se ferme pendant qu'une autre s'ouvre », pensa-t-il en arrivant devant la salle des soins intensifs. Non pas qu'il souhaitât passer sur le corps de Mickey. Il espérait vraiment qu'il s'en sorte. Mickey lui paraissait un chic type, même s'il était un piètre homme d'affaires.

Lorsque les filles furent enfin réunies avec leur mère, dans les embrassades et les larmes, elles apprirent les premières bonnes nouvelles. La première opération s'était bien déroulée. Les chirurgiens ne craignaient plus l'hémorragie interne, et l'état de Mickey, bien qu'encore critique, s'était stabilisé. Suffisamment pour qu'ils envisagent de travailler sur sa jambe, une intervention longue et difficile, mais la panique des premiers instants était passée.

Lucy renvoya les filles à la maison avec James en promettant d'appeler si un problème surgissait. Il était inutile qu'ils restent tous à encombrer les corridors, à spéculer et à boire le café insipide des machines. Mandy et Keith demeureraient un moment en compagnie de Patrick qui retournerait ensuite à Solihull prendre la voiture pour rentrer un peu plus tard à la maison.

Le teint de Lucy était abominable, presque vert sous la lumière brute des néons fluorescents. Le sang battait à ses tempes. Un peu avant dans la soirée, elle avait bu plus qu'elle n'en avait l'habitude, ce qui lui valait une gueule de bois prématurée, sans compter la tension. Elle avait grande envie de son lit, tout en étant bien trop énervée pour espérer dormir. Patrick sortit fumer une cigarette et elle souhaita fumer elle-même. Dans ce genre de situation, on pouvait allumer une cigarette avec le mégot de la précédente.

Keith posa la main sur son épaule pour la réconforter.

— Je sais que c'est ce que tout le monde dit, mais si je peux aider en quoi que ce soit...

Lucy lui adressa un sourire plein de gratitude.

— Merci.

Keith voulut soudain la rassurer.

— Il va s'en sortir, vous savez.

Le menton de Lucy trembla. Keith pensa qu'il valait mieux qu'elle se laisse aller. Il se prépara à des fontaines de larmes, mais elle sembla retrouver la maîtrise d'elle-même. Elle se tourna vers lui avec un air qui ressemblait à du défi.

— En fait, il aurait été préférable pour tout le monde qu'il meure.

Lucy plissa les yeux, s'efforçant de retenir ses larmes, sans trop savoir sur quoi concentrer sa tristesse montante : la trahison de Mickey, sa propre honte de ce qu'elle avait fait ou l'accident. Elle se frotta les yeux de ses poings fermés pour tenter d'arrêter le flot des larmes puis s'aperçut que Keith la regardait, totalement effaré.

— Mickey avait une aventure. Avec la femme de Lawrence Oakley.

Keith repensa au repas du jour de Noël à Honeycote House et aux révélations de Lawrence. Il était choqué. Mickey était donc le coupable ! Il n'avait jamais rencontré Mme Oakley, mais elle devait être assez spéciale pour que Mickey mette ainsi son mariage en danger. Lucy lui adressa un sourire ironique.

— Alors vous êtes en bonne compagnie. Chacune de nos moitiés nous a trahis. Qu'avons-nous bien pu faire pour mériter ça, dites-moi ?

Keith haussa les épaules.

— Je ne crois pas qu'il soit nécessaire de faire quelque chose. Je suis sûr que vous n'avez rien fait et je ne me blâme de rien non plus. C'est un des risques du métier lorsqu'on se marie.

Il s'arrêta un instant puis sourit tristement.

— Sandra était là quand je suis rentré à la maison. Je lui ai demandé de ne plus y être lorsque j'y retournerais. Je lui ai dit que je voulais divorcer.

Lucy se mit à ronger un côté de son doigt. Ses nerfs commençaient à lâcher, elle était à bout ; la tête lui tournait. Elle avait l'impression de ne pas être présente, tout en sachant très bien qu'elle était là.

— Combien de temps dois-je laisser à Mickey avant de demander le divorce ? Jusqu'après l'opération ? Quelques jours ?

Elle eut un rire presque hystérique et se dit qu'elle avait le droit d'être hystérique. Keith cligna des yeux.

— Vous ne voulez pas divorcer, tout de même ?

— Pourquoi pas ? Comme ça, il pourra coucher avec n'importe qui.

Lucy savait qu'elle était en train de dramatiser, mais elle avait besoin d'être rassurée et comptait sur Keith pour le faire. Au fond, il était romantique. En effet, Keith se mit à plaider la cause de Mickey. Il lui paraissait important de préserver le mariage des Liddiard. Son propre couple lui importait bien peu, mais il tenait à sauvegarder la perfection de la vie à Honeycote House, de la brasserie Honeycote Ales. C'était une manière, en quelque sorte, de préserver son propre espoir que cette même perfection existât aussi pour lui, quelque part. C'était aux Liddiard qu'il devait d'avoir conservé l'espoir, d'avoir eu le courage de changer sa propre vie. Il ne voulait pas laisser s'écrouler ses illusions pour une petite erreur, une infidélité mineure de Mickey.

— Je ne veux pas divorcer de Sandra parce qu'elle a été infidèle. Bizarrement, cela ne m'importe pas. Ces choses arrivent tout le temps ; la tentation est trop forte. Je veux divorcer parce qu'elle ne se soucie absolument pas de nous, ni de moi ni de Mandy, ni de nous trois en tant que famille. Elle ne pense qu'à elle. Mickey a peut-être été infidèle, mais il vous aime tous. Ça se voit. À table, le jour de Noël... on pouvait sentir la chaleur. Vous ne pouvez pas imaginer combien j'étais jaloux. Jamais je ne serai capable d'offrir ce genre d'hospitalité.

Lucy allait protester, mais Keith leva la main pour l'en empêcher. Il ne tarissait plus. Les mots qu'il prononçait le surprenaient lui-même.

— Je sais ce que vous allez dire. D'accord, il y a eu comme une grosse secousse. Mais si vous ne lui pardonnez pas, réfléchissez à ce que vous allez perdre. Vous ne connaissez pas votre bonheur.

Lucy leva les sourcils. Son bonheur ? Son traître de mari venait de rentrer dans un mur, était sur la table d'opération pendant qu'ils discutaient et elle était censée nager dans le bonheur ? Elle aurait de la chance si elle n'avait pas à organiser ses funérailles d'ici à la fin de la journée. Elle laissa son imagination flotter un peu plus loin : Kay sur la tombe, son ventre rond portant l'enfant de Mickey, venue exiger sa part d'héritage. Ah oui, là, tout allait bien. Elle n'aurait rien, car il n'y avait rien, que des dettes en héritage.

Oh, mon Dieu, que faire à propos de la brasserie ? Celle-ci devait rouvrir dans deux jours, après un congé mérité, les heures supplémentaires n'ayant pas manqué pour faire face à la demande de Noël. Il lui faudrait prononcer un discours devant tous les employés. Elle les imaginait, alignés, la casquette à la main, attendant avec angoisse des nouvelles du patron. En vérité, en y réfléchissant, elle se dit qu'ils n'en avaient peut-être rien à cirer, surtout s'ils étaient un peu au courant de la situation.

Lucy sursauta en se rendant compte que Keith continuait à la regarder. Elle eut un sourire distrait. Il était si gentil. Il avait des paroles charmantes, mais sa vision de leur existence était bien trop romantique. Qu'était-il en train de dire ?

— Écoutez. J'ai déjà assez parlé, mais je veux ajouter quelques mots. Je sais que la brasserie traverse quelques difficultés en ce moment…

L'euphémisme du siècle !

— Si vous voulez de l'aide… je veux dire… le peu de choses que je sais du métier de brasseur tiendrait sûrement au dos d'un timbre-poste, mais là n'est pas le problème. Par contre, je sais comment faire marcher une affaire…

C'est plus que je ne sais faire, pensa Lucy. Ou James. Lui est très bon pour évaluer un tableau ou un meuble, mais il ne s'est jamais intéressé à la brasserie. Quant à Patrick, il est encore bien trop jeune pour prendre des responsabilités, même s'il commence à s'y intéresser, surtout au moment où son père est gravement malade. Le fardeau qu'un jeune homme peut porter sur ses épaules a ses limites. On ne pourrait pas s'attendre à ce qu'il prenne des décisions rationnelles dans les circonstances.

Lucy adressa un grand sourire à Keith. Elle pensait qu'il ne faisait qu'être poli.

— Merci. Vous êtes très gentil. Vous en avez déjà assez fait…

Keith passa un bras rassurant autour de ses épaules. Elle se montrait si courageuse. Il serait heureux de pouvoir l'aider. Il était plus décidé que jamais à sauver le mariage des Liddiard et leur mode de vie. Il y trouverait l'espoir dont il avait besoin, le courage de continuer et de prendre un nouveau départ lui-même. Il n'avait aucune envie d'essayer de recoller les morceaux de son propre couple, mais s'il parvenait à recoller celui des Liddiard, qui sait ce qu'il récolterait en chemin ?

*

* *

Patrick marchait de long en large dans la petite cour réservée aux maniaques de la nicotine ; les dalles de béton y étaient couvertes de mégots provocateurs. Il se sermonnait lui-même tout en fumant cigarette sur cigarette. Si seulement il avait eu le courage de rester et de faire face à son père ce matin-là ; de lui parler de ses problèmes plutôt que de lui tourner le dos et de s'enfuir pour Solihull. Ils auraient tout mis sur la table, en auraient discuté entre père et fils. Ils auraient pu chercher des solutions ensemble. Au lieu de ça, son père se retrouvait sur la table d'opération. Il ne se le pardonnerait jamais si des complications surgissaient, si son père mourait. Il aurait dû mieux l'aider ; il aurait pu le faire.

Il sentit quelqu'un lui taper sur l'épaule et se retourna. Mandy le fixait, les yeux pleins d'angoisse. Le désarroi qu'elle lisait sur le visage de Patrick la bouleversait ; ce masque de douleur le rendait presque méconnaissable. Elle l'avait vu s'éclipser en pensant que personne ne le surveillait.

— Comment ça va ? (Elle fit rouler ses yeux en le disant.) Désolée. La question est stupide.

— Ça va. Je voulais juste une cigarette. J'ai horreur des hôpitaux…

Sa voix tremblait. Patrick était mortifié. Il allait craquer, devant elle. Plus il s'efforçait de ne pas pleurer, plus il en avait envie. Mandy ne savait trop que faire, le laisser : en paix ou non. Elle se dit que, dans la même situation, elle aurait aimé quelqu'un auprès d'elle, alors elle lui mit une main sur le bras pour lui montrer qu'il n'avait rien à craindre.

— Mer…

Il était en colère de ne pouvoir se maîtriser, mais il n'y pouvait rien. Une énorme vague de terreur le submergeait. Mandy le serra et il laissa couler de gros sanglots de peur, de culpabilité. Le jeune homme arrogant et presque cruel dont elle avait voulu se venger avait disparu. Il semblait loin dans le passé et elle ne tenait plus qu'un petit garçon, un petit garçon vulnérable et effrayé, qui s'accrochait à elle avec désespoir.

— Chut. Il va se remettre. Ton père va s'en sortir.

Il finit par étouffer ses sanglots. Mandy le tenait toujours et lui murmurait des phrases toutes faites, comme une mère rassure son enfant. Elle le berçait dans ses bras et Patrick ressentit une immense vague de chaleur l'envelopper. C'était le même sentiment que durant son enfance, lorsque Lucy, l'ayant découvert en pleurs parce qu'il craignait d'être renvoyé de Honeycote, l'avait pris dans ses bras et consolé. Dans les bras de Mandy, en ce moment, il retrouvait la même sécurité. Il ne s'était jamais rendu compte qu'il était si vulnérable, qu'il avait besoin de quelqu'un chez qui puiser sa force. Ces derniers temps, il avait dépensé son énergie à essayer de faire le point. Il devait être fou de croire qu'il pouvait tout régler tout seul, comme s'il était une sorte de héros surhumain. Il n'en allait pas ainsi. Il avait besoin de quelqu'un pour partager les espoirs, les rêves, les bons et les mauvais moments.

Il agrippa la main de Mandy et il sentit le courage lui revenir lorsque leurs doigts s'entremêlèrent. Elle se pencha pour déposer un baiser sur sa tête, juste pour le rassurer, mais il releva son visage et, à travers les larmes, leurs lèvres se rencontrèrent.

Le lendemain matin, lorsque Mickey se réveilla après ses opérations, il eut du mal à distinguer la réalité du rêve. Il avait eu un autre de ses horribles cauchemars dans lequel il allait mettre le feu à la brasserie, puis il avait eu un accident d'automobile. Dieu merci, maintenant, il était éveillé. Il faudrait qu'il prenne des mesures contre ces cauchemars persistants. Peut-être avait-il besoin de comprimés pour mieux dormir... Il tenta d'ouvrir les yeux ; ses paupières semblaient particulièrement lourdes, mais il finit par réussir. Une infirmière, au pied de son lit, consultait une feuille de température.

Mer... Ce n'était pas un cauchemar.

Mickey referma rapidement les yeux avant que l'infirmière ne remarque qu'il avait repris conscience. Il fouilla dans son cerveau embrumé à la recherche d'indices, peu satisfait de ce qui y faisait surface. Des bribes de souvenirs émergeaient : un affrontement avec Lucy dont il ne se rappelait plus l'issue. Une rencontre avec Cowley, mais là encore il ne se rappelait plus les détails. Toutefois, il était certain qu'il ne s'agissait que de mauvaises nouvelles.

Mickey grogna intérieurement. Quelle catastrophe monumentale ! Il se demandait dans quel état était son corps. Il avait l'impression de ne pas pouvoir bouger. Il était peut-être paralysé. Ce serait sa punition.

Ses pensées s'accéléraient, nourries par la peur et l'adrénaline. Il s'efforça désespérément d'évaluer sa situation. Qui savait qu'il était ici ? Avait-il emporté ses papiers ? Sans doute avait-il été identifié par l'automobile qu'il conduisait. Il sentit le désespoir l'envahir en se rappelant qu'il conduisait l'Austin de Patrick. Il espérait ne pas l'avoir trop amochée, tout en se doutant que c'était probablement le cas puisqu'il se retrouvait dans un lit d'hôpital. Pour Patrick, l'Austin était la prunelle de ses yeux, et lui, il l'avait prise sans même demander la permission. La voiture n'était probablement même pas assurée. Patrick serait démoli.

En dépit de la montée d'angoisse, Mickey s'efforçait de maîtriser sa respiration pour ne pas attirer l'attention. Il n'avait pas beaucoup de temps pour prendre des décisions. En gros, presque tout le monde allait traîner son nom dans la boue. Sa femme, son fils, son banquier. Oh, mon Dieu, et Lawrence Oakley. Il était à peu près certain que Lawrence lui en voulait. Y avait-il seulement quelqu'un qui ne hurlait pas à la mort après lui ?

Son accident devait avoir été assez sérieux. Il ne sentait rien, donc il devait être bourré de tranquillisants, ce qui n'était pas bon signe. Depuis combien de temps était-il ici ? Quelle était la date ? Combien de temps était-il resté inconscient, des minutes ou des mois ? Ne pas savoir augmentait son angoisse. Il pouvait montrer à l'infirmière qu'il était conscient, mais il avait envie de profiter encore de quelques moments pour reprendre ses esprits.

Malgré la brume des anesthésiants et des analgésiques, il eut soudain une idée de génie. Il pouvait prétendre qu'il avait tout oublié jusqu'à l'accident. Qui irait poursuivre quelqu'un qui n'avait plus de souvenirs ? Ça ne servirait à rien. Il se demandait s'il serait facile de feindre l'amnésie. Combien de temps ? Il pourrait tenir pendant une période puis, lorsque tout le monde aurait oublié ses méfaits, quand le temps aurait accompli son œuvre, la mémoire pourrait lui revenir. Pas toute sa mémoire, juste assez pour être lui-même à nouveau, avec quelques trous pratiques à l'endroit de ses infidélités.

Non. C'était exactement ce comportement qui l'avait mené là où il se trouvait maintenant. La lâcheté et le mensonge. La fuite. L'incapacité à regarder en face ses défauts. Mickey soupira bruyamment et l'infirmière leva la tête. Elle eut un large sourire.

— Monsieur Liddiard.

Elle se précipita à son chevet, la feuille de température à la main.

— Comment vous sentez-vous ?

Aux abois. Persécuté. Terrifié. Paranoïaque. Coupable. Avait-elle le temps ?

— Bien, répondit-il simplement, vu la situation. Depuis combien de temps suis-je ici ?

— Je vais aller chercher votre femme. Je pense qu'elle est à la cantine. Je suis sûre qu'elle sera heureuse de vous voir.

Je n'en mettrais pas ma main au feu, pensa Mickey sombrement. Une vague de confusion le submergea et il se demanda à quelle heure le chariot des boissons passait.

Au moment d'aller voir Mickey, Lucy se demanda comment se comporter. On n'invective pas quelqu'un qui vient d'échapper de justesse à la mort, mais elle n'avait aucune envie de l'embrasser ni même d'exprimer un soulagement qu'il ait survécu. Lorsqu'elle s'assit près de lui, il lui adressa un regard inquiet.

— Comment te sens-tu ?

— Je ne sens rien. Je suis trop bourré de médicaments pour sentir quelque chose.

— Tu as bien de la chance, remarqua sèchement Lucy.

Mickey tressaillit.

— La voiture de Patrick… Dis-lui que je suis désolé.

Lucy fit oui de la tête. Mickey avança la main pour toucher son bras.

— Je suis désolé, répéta-t-il.

Lucy se demanda si les mots s'adressaient à Patrick ou à elle. Cela n'avait pas vraiment d'importance. Être désolé ne changeait rien. Cela ne suffisait pas.

Le médecin arriva. Mickey devrait rester un certain temps en observation à cause de ses blessures à la tête. Pour sa jambe, la convalescence serait très longue. Elle avait dû être vissée à plusieurs endroits et il serait obligé de marcher avec des béquilles durant plusieurs semaines. La physiothérapie prendrait aussi un certain temps. Il fallait s'attendre à quelques mois difficiles, surtout que les traumatismes crâniens pouvaient entraîner des modifications de l'humeur, de la dépression. La jambe serait douloureuse.

À la fin de la litanie, le médecin haussa les épaules plutôt gaiement.

— En résumé, estimez-vous heureux d'être en vie.

Mickey jeta un regard de biais vers Lucy, qui offrit un sourire pincé.

— Tout dépend de la manière dont on voit les choses, n'est-ce pas ? répliqua-t-elle.

Le médecin parut un peu choqué de son ton, mais Mickey ne l'était pas. Que pouvait-il espérer ? La convalescence la plus longue serait sûrement celle de son mariage. Que de temps, de soins et d'attentions faudrait-il pour qu'il s'en remette ! S'il s'en remettait. Était-il irrémédiablement perdu, bon pour la casse, comme l'Austin ?

Patrick apparut, hésitant, dans l'encadrement de la porte.

Lucy se détourna pendant qu'il embrassait son père. Elle-même n'en avait pas été capable. Sans doute l'amour inconditionnel ne pouvait-il jaillir que des liens du sang. Pas de ceux du cœur.

*
* *

Un peu plus tard dans l'après-midi, Patrick assista avec une grande solennité au travail de l'équipe de garagistes venue extirper d'un mur de brique ce qui restait de son automobile. Ils la soulevèrent et la déposèrent sur un camion. Il frémit en voyant l'état du côté du passager et en pensant à son père à l'intérieur. Les mécaniciens s'étonnaient qu'il ait pu détruire la voiture à ce point et survivre.

— C'est une perte sèche, mon gars.

Ils ressentaient de la sympathie pour ce jeune homme qui les regardait.

— Pas grave. Elle était assurée, pas vrai ?

Patrick haussa les épaules. Ils ne pouvaient pas comprendre. Il ne pouvait pas prendre le téléphone pour en commander une autre. Elle était irremplaçable. Il avait passé des mois, des années à restaurer ce véhicule avec amour, à chercher laborieusement les pièces détachées dont il avait besoin. Ces efforts n'avaient pas de prix.

Il aurait voulu prendre Mickey par le bras et le secouer jusqu'à ce que ses dents tombent. Comment pouvait-on aimer quelqu'un autant et le haïr en même temps parce qu'il était tellement destructeur ? Il eut encore la vision de son père-enfant : un de ces gosses gâtés auxquels on pardonne tout, qu'ils cassent leurs jouets, qu'ils gâchent les bons moments, parce que leurs grands yeux sont tellement charmeurs.

Y avait-il quelque chose que Mickey n'ait pas gâché ? Son mariage, la brasserie, l'automobile de son fils… Le faisait-il exprès ? S'agissait-il d'une pulsion destructrice s'attaquant à tout ce qui lui était proche ou cher jusqu'à ce qu'il en vienne à l'autodestruction... qu'il avait ratée, d'ailleurs. Il existait des gens comme ça. Patrick avait connu un garçon à l'école, qui avait tout reçu sur un plateau : la richesse, la beauté, l'intelligence, mais, comme un papillon est attiré par la lumière, il avait été attiré vers la drogue. Désespérés, ses parents avaient dépensé des fortunes en cures de désintoxication, sans succès. Patrick n'avait ressenti aucune pitié pour lui lorsqu'il avait fini par mourir d'une surdose.

Il ne ressentait non plus aucune pitié pour son père aujourd'hui. Seulement une colère froide et silencieuse parce qu'il causait tant de douleurs et de soucis à sa famille. Après avoir jeté un dernier coup d'œil à l'Austin remorquée sur le camion, il se retourna et se retrouva nez à nez avec son oncle habillé de son ciré immaculé dont il avait relevé le col en daim pour se protéger du froid.

— Si tu veux un prêt, pour la remplacer...

Patrick secoua la tête.

— Si quelqu'un doit payer, c'est papa.

— L'offre reste valable; je sais que tu avais beaucoup investi, insista James avec un sourire gauche.

Patrick sourit à son tour faiblement pour le remercier. James lui mit une main sur l'épaule. Patrick avait toujours été un dur à cuire; James savait que le garçon n'admettrait jamais qu'il avait besoin de soutien, mais il voulait qu'il sache que son parrain serait là s'il avait besoin de lui.

— Si tu veux ou si tu as besoin de quoi que ce soit, tu sais que je suis là. N'importe quoi...

Il était persuadé que Patrick s'apprêtait à lui dire que tout allait bien, mais, à sa grande surprise, le jeune homme se tourna vers lui.

— Es-tu déjà tombé amoureux ?

James tressaillit.

— Pardon ?

— D'un seul coup. Quand tu t'y attends le moins. Désespérément amoureux. Au point de ne pouvoir penser à rien d'autre ?

James prit le temps de réfléchir. Il se demandait pourquoi Patrick posait cette question ; ce qu'il savait, ce qu'il supposait ou ce qu'il insinuait. Le garçon était perspicace et James n'avait pas la conscience tranquille. Si Patrick soupçonnait le moindrement ce qui s'était passé entre lui et Lucy...

La question de Patrick semblait authentique. Il ne cherchait ni à provoquer ni à plaisanter. James pouvait lire sur son visage la douleur, la même douleur qu'il avait ressentie tant d'années auparavant, et toutes les autres depuis.

— Oui. Oui, ça m'est arrivé.

— Qu'as-tu fait ? T'es-tu déclaré ?

— Non. Je n'ai rien dit.

James ne parvenait pas à le regarder dans les yeux.

— Je n'ai rien dit et je l'ai regretté toute ma vie.

— Oh !

La réponse avait piqué la curiosité de Patrick qui se demandait laquelle des petites amies de James était concernée. Son parrain ne lui avait jamais semblé particulièrement amoureux de l'une d'entre elles. C'était peut-être quelqu'un d'autre, bien avant.

La réaction de son oncle le laissa perplexe. Celui-ci le prit par le bras et lui conseilla farouchement :

— Quoi que tu décides, Patrick, ne fais pas la même erreur que moi. Ne la laisse pas partir.

Lucy finit par quitter l'hôpital aux environs de dix-neuf heures ce soir-là, après que le médecin l'eut assurée que Mickey était hors de danger, même s'il souffrait encore, ce qui, pour elle, n'était que justice. Elle le quitta en lui promettant sèchement de revenir le lendemain matin. Elle sentit son soulagement avant même d'avoir passé la porte.

Elle rentra chez elle en taxi. Elle eut l'impression qu'elle avait été partie pendant des jours alors qu'il y avait à peine vingt-quatre heures qu'avait eu lieu l'affrontement entre elle et Mickey dans le salon. La maison était au garde-à-vous, rigide. Elle était immaculée en apparence. James et les filles avaient fait de leur mieux pour la ranger. L'effort avait permis à Sophie et à Georgina de s'occuper. Une inspection plus minutieuse révélait cependant une multitude d'imperfections. Les verres et les assiettes avaient été rangés mal lavés. Plusieurs choses n'étaient pas à leur place. Lucy s'identifiait parfaitement au tableau. Calme et posé à l'extérieur, en ruine à l'intérieur.

Les retrouvailles furent merveilleuses. Les filles se jetèrent sur elle pour l'embrasser et, tout en sachant qu'elle aurait dû les rassurer, elle se laissa consoler. Elles lui firent couler un bain, lui apportèrent son pyjama qu'elles avaient réchauffé près du poêle, lui préparèrent des œufs et des tas de toasts. Un instant, elle se demanda si elles l'auraient dorlotée ainsi dans le cas où elles auraient su la vérité : qu'elle avait couché avec leur oncle; elle effaça bien vite de son esprit cette pensée odieuse. Heureusement, James disparut après s'être assuré que Lucy était contente de rester seule chez elle. Il avait ramené Pokey pour monter la garde. Patrick était aussi présent, mais il restait enfermé dans sa chambre. Elle entendait la mélodie mélancolique de Radiohead à travers le plafond : les accords sombres, gothiques, s'accordaient à son état d'esprit.

Sophie lui parut pâle. Elle avait à peine touché à son œuf.

— Est-ce que tout va bien, chérie ?

Le hochement de tête de Sophie était peu convaincant. Georgina adressa un regard à l'une puis à l'autre, ouvrit la bouche comme si elle allait parler puis la referma. Une larme coula le long de la joue de Sophie et atterrit dans son œuf.

— Papa *va* s'en sortir, n'est-ce pas ?

— Oui, ma chérie. Tu le sais bien. Le médecin a dit qu'il était gravement blessé mais hors de danger. Il n'y a vraiment pas de soucis à se faire. Nous irons le voir demain matin.

Cette pensée nous occupera l'esprit, ajouta-t-elle intérieurement. Elle offrit un sourire rassurant à ses filles, tout en se disant qu'elle aurait bien besoin d'un peu de temps à elle pour réfléchir, sans personne dans les parages.

Plus tard dans la soirée, une fois que Sophie et Georgina furent couchées, Lucy et Patrick burent ensemble une bouteille de vin. L'un et l'autre avaient plutôt envie d'aller se coucher et de ressasser leurs ennuis, mais il y avait aussi des problèmes graves à discuter. Celui de la brasserie, entre autres.

Ils considérèrent l'offre de Keith. Lucy avait cru à une simple gentillesse du moment, mais lorsque Patrick réitéra cette offre en en soulignant les avantages, elle comprit qu'il s'agissait bien d'une bouée de sauvetage. Elle-même n'avait aucune idée de ce qu'il fallait faire. À l'évidence, la brasserie était en crise et Mickey n'était pas en état de prendre des décisions ; pas plus maintenant qu'avant l'accident, d'ailleurs, pensa-t-elle amèrement.

Pendant un instant, elle souhaita avoir prêté attention aux affaires durant toutes ces années. Non pas qu'elle se considère comme une héroïne de Danielle Steel, capable de reprendre les rênes. Elle savait bien qu'elle n'était pas venue sur cette terre pour devenir la femme d'affaires de l'année. Toutefois, si elle avait eu quelque notion des besoins de la brasserie, elle aurait su dans quelle direction orienter ses recherches.

Elle passa en revue les options avec Patrick.

— Vois-tu, Keith est plein aux as et il est intéressé. Quand aurons-nous une autre chance d'attirer un investisseur ? C'est le moment idéal pour qu'il se fasse une opinion.

— C'est bien ce qui m'inquiète. Qui sait ce que ton père a encore fourré sous le tapis ?

— Nous n'avons pas le choix. James ne s'intéresse pas vraiment à la brasserie. Il fait déjà un effort pour venir aux assemblées générales.

Lucy hocha la tête. Plus que tout, elle était ravie que James ne soit pas au cœur de l'action. Les limites étaient déjà suffisamment bourbeuses ; la situation suffisamment compliquée.

Un avis objectif, une personne sans préjugés constituait probablement la meilleure solution. Elle accordait toute sa confiance à Keith. Peut-être parviendrait-il à sauver Honeycote Ales. Elle tomba d'accord avec Patrick pour lui demander de monter à bord, ne serait-ce que pendant une courte période, pour les aider à traverser ce passage difficile.

Deux jours plus tard, la chambre d'hôpital de Mickey se transforma en salle de réunion d'urgence, au grand dam de son médecin. Mickey eut l'impression d'être le chef malade d'une sorte de clan de la mafia lorsque Keith, Patrick, Cowley, Lucy et James s'assirent autour de lui sur des chaises en plastique.

On proposa que Keith occupe les fonctions de directeur général en se référant toujours à Mickey et, bien sûr, à Cowley que les procédures peu orthodoxes inquiétaient vaguement, mais qui avait une intuition favorable envers Keith. Il avait effectué quelques recherches ; le type méritait sa confiance. Patrick devenait le directeur de la brasserie, mais sous la férule de Keith. James restait à proximité si l'on avait besoin de ses conseils. Entre-temps, Keith étudierait les livres des cinq dernières années, qu'il passerait sans aucun doute au peigne fin et, à la prochaine réunion, dans un mois, il serait en mesure d'offrir ou non son investissement.

Ils burent un thé dans des tasses en polystyrène pour célébrer leur nouvelle alliance. Mickey n'aurait pas eu droit à une goutte d'alcool, aussi personne ne suggéra le champagne, ce qui aurait manqué de tact.

Après leur départ, Mickey se laissa aller contre ses oreillers avec un soupir de bien-être. Il s'était senti terriblement mal à l'aise durant toute la réunion, il s'était efforcé de se concentrer, mais chacun pouvait voir qu'il n'était pas en état de prendre une décision quelconque pour l'instant. Cependant, il se sentait plein d'allégresse devant le tour que prenaient ses affaires; il s'en tirait : il échappait de justesse à la mort, à la faillite et au divorce, comme sur les ailes d'une brise.

Oui, il atterrissait vraiment le derrière dans le miel. Et il avait appris de ses erreurs. Cette fois, il s'attellerait à la tâche et filerait droit. Il garderait les mains propres. Et tous les autres clichés qui existent.

Il ne se laissa pas aller à se demander si tout cela ne finirait pas par être très ennuyeux.

# 21

Keith Sherwyn ne croyait pas vraiment au destin, ni à toutes les théories de ce genre, qu'il jugeait farfelues ou hippies. À ses yeux, la vie était ce que l'on en faisait. Cependant, il avait du mal à s'expliquer ce qu'il ressentait en se retrouvant à Honeycote Ales. Il s'y sentait à sa place et avait l'impression d'y avoir été guidé par une force mystérieuse. Toutefois, le charme de la brasserie ne l'empêchait pas de voir les signes partout sur les murs ; elle était au bord du désastre et il lui incombait de redresser la situation.

Il ne lui fallut pas longtemps pour décider d'y investir son argent, car il savait qu'avec chaque jour qui passait, la brasserie s'enfonçait plus avant dans le marasme. En outre, Keith était un homme d'action. Il avait confiance en son intuition à un moment où, justement, il était prêt pour un nouveau défi. L'investissement se déroulerait par phases : d'abord grâce aux liquidités disponibles, puis un plus gros morceau lorsqu'il aurait vendu son affaire. Il signa avec Mickey un accord sous seing privé, car il ne doutait pas que Mickey fût un gentleman, même s'il s'était un peu écarté du droit chemin, et parce qu'il avait envie de se mettre au travail immédiatement, sans attendre que des juristes aient fini de mettre les points sur les *i* et les barres aux *t*. Il voulait jouer avec son nouveau jouet tout de suite.

Ainsi, pour la première fois depuis des années, Keith se mit à apprécier la vie.

Sa formation de plombier l'aida à assimiler rapidement les principes du brassage. Il s'entendit immédiatement avec Eric Giles, l'ingénieur-homme à tout faire, qui abandonna très vite sa méfiance initiale lorsqu'il comprit que Keith était, autant que lui-même, fasciné par l'héritage industriel de Honeycote Ales et qu'il n'avait aucune intention de remplacer ses éléments les plus antiques par l'efficace et stérile acier inoxydable. Eric se plaisait à souligner que le moindre changement pourrait transformer la perfection de la recette, dont l'original avait été transmis à Mickey par son arrière-grand-père et se trouvait en sécurité, sous clé. En réalité, ce n'était pas vrai ; la recette était conservée dans une chemise en plastique, dans le bureau, où tout le monde pouvait la voir, mais la légende était charmante.

Keith en vint rapidement à la conclusion qu'il n'était pas nécessaire de toucher quoi que ce soit dans le cœur de la brasserie. Il était adepte de la maxime *Ce qui n'est pas cassé n'a pas besoin d'être réparé.* Le mal venait de ce qui se passait après le brassage. Aucun système de vente, de marketing ni de promotion n'avait été mis en place. Cette complaisance constituait une arrogance intrinsèque qui présumait qu'un produit parfait génère nécessairement des profits. La mise au point d'un plan de marketing serait un procédé long et compliqué. Entre-temps, il fallait réparer les dommages et remonter le moral des troupes.

La première tâche de Keith consista à aller voir Ted et Eileen pour les rassurer, leur garantir qu'ils n'allaient pas perdre leur source de revenus. Keith avait été horrifié d'apprendre par Patrick que Mickey avait l'intention de vendre la taverne Honeycote Arms. À son avis, c'était la dernière taverne à vendre. Elle portait le nom de la compagnie. Elle faisait partie de l'histoire de la brasserie. Il fallait, au contraire, la mettre en valeur, l'exploiter, la transformer en vedette. Les mauvaises décisions de ce type étaient à la racine du mal.

Il avait téléphoné à l'avance pour prévenir Ted et Eileen qu'il arrivait. Il les trouva sur la défensive, inquiets, et s'efforça de les rassurer.

— Je veux vous dire que vous faites partie de l'équipe et que vous en êtes des membres importants. La taverne ne sera pas vendue. Au contraire, nous allons investir dans toutes les tavernes d'ici à deux ans. De grosses sommes. Nous allons établir un plan complet de rénovation. Nous allons créer une nouvelle image de marque avec une certaine continuité mais en conservant l'originalité de chaque taverne.

— C'est très bien, répondit Ted. J'en suis heureux, mais en vérité, Eileen et moi avons décidé que nous en avions assez. Le changement nous fera du bien. Nous avons travaillé ici pendant vingt ans, nous voulons prendre une préretraite. Nous tiendrons une pension de famille quelque part, où je pourrai aller à la pêche et où Eileen aura du temps pour se reposer.

Keith prit le soin de s'assurer qu'il n'y avait pas de rancœur dans leur décision et leur dit qu'il ne serait jamais trop tard pour changer d'avis. Après son départ, Ted et Eileen reconnurent ensemble que cet homme inspirait confiance. Il n'était pas du genre Mickey Liddiard, quelqu'un qui vous jetait lorsque vous vous y attendiez le moins.

Trois jours après son accident, Mickey était au supplice. La grande quantité de calmants qu'il prenait ne l'empêchait pas de souffrir du dédain glacial de Lucy. Il avait espéré que son martyre l'adoucirait, mais, au fur et à mesure que les squelettes sortaient du placard, elle se montrait de plus en plus irascible.

Elle avait été outrée d'apprendre de Keith et de Patrick qu'il avait prévu de vendre Honeycote Arms, et furieuse lorsqu'elle avait découvert à quel point il était soûl lorsqu'il s'était écrasé avec la voiture de Patrick et qu'il risquait de perdre son permis de conduire pendant deux ans. Enfin, lorsque son état ne fut plus critique et lui permit d'être transféré en service de soins, elle découvrit qu'il avait déjà touché l'argent de leur assurance-maladie personnelle. Pendant que les infirmières s'affairaient autour de lui, le bordant dans ses couvertures pour le préparer à être transféré, elle explosa.

— J'abandonne, Mickey. J'abandonne. Que vais-je découvrir encore ? Tu es un menteur !

— Je ne t'ai jamais raconté de mensonges, Lucy.

— Ne coupons pas les cheveux en quatre. Tu m'as caché bien des choses, délibérément. Ce n'est pas comme ça que j'envisage le mariage.

— Je suis désolé.

— Pas tant que moi.

— S'il te plaît, Lucy.

Mickey lui montrait les deux infirmières qui échangeaient des regards scandalisés au-dessus de sa tête.

— Je me fiche que tout le monde soit au courant. Tu m'as couverte de ridicule tant de fois.

Lorsque l'infirmier qui devait le déménager arriva, Lucy ramassa ses affaires et partit.

— Elle vous a servi la grande scène du dernier acte, n'est-ce pas ? lui dit l'infirmier pour tenter de le réconforter.

Mickey ferma les yeux.

— Je le mérite.

— Elle a pourtant l'air bien gentille. Remarquez, c'est souvent les pires. Ma femme, on dirait un rottweiller, mais elle aboie plus fort qu'elle ne mord.

Ces paroles ne réconfortèrent pas vraiment Mickey qui se demandait tristement si la vie reprendrait un jour comme avant. Du moins Sophie et Georgina l'aimaient-elles encore. Évidemment, elles ne savaient pas tout, mais elles venaient aussi souvent que possible et se relayaient pour lui lire des passages du dernier Dick Francis qu'il avait reçu pour Noël. Patrick était trop occupé avec Keith pour lui rendre visite très souvent et Mickey soupçonnait qu'il ne lui avait pas tout à fait pardonné d'avoir détruit sa voiture. Il se demanda s'il pourrait convaincre l'infirmier d'aller lui chercher une bouteille qui apaiserait sa conscience, mais il se rappela l'avertissement du médecin. Pas d'alcool. Son foie n'avait pas très fière allure et son corps avait suffisamment à faire. Il ne lui restait plus qu'à prier ; or, Mickey n'aimait pas demander à Dieu des faveurs, car il craignait toujours d'avoir à donner quelque chose en retour et de ne pas en être capable.

Après la scène, Lucy resta tristement assise dans la voiture un moment, attendant de se calmer avant de prendre le volant pour rentrer à la maison. Elle n'avait pas les idées claires. Bien sûr, Mickey l'avait trahie, mais elle savait, tout au fond d'elle-même, que l'intensité de sa réaction venait de son propre sentiment de culpabilité. Tout était allé trop vite. Elle n'avait pas eu le temps de réfléchir à ce qui s'était passé entre elle et James. Elle s'était débrouillée pour qu'il reste éloigné ces derniers jours, mais cela ne servait qu'à retarder le moment de vérité. On ne peut pas coucher avec quelqu'un qui a été un ami pendant vingt ans et ne pas en parler. Cependant, Lucy ne savait pas quoi dire. Elle ne savait pas quoi penser. Les pensées tournaient dans sa tête à longueur de journée pendant qu'elle accomplissait les gestes nécessaires pour que la maison et la famille continuent de tourner. Dieu merci pour les corvées terre à terre et le fumier de cheval à transporter. Il y avait toujours trop à faire pour trouver le temps de regarder la réalité en face.

Les jours qui suivirent l'accident de Mickey, Patrick vécut sur un nuage d'angoisse et d'adrénaline mêlées. Dès que Keith eut pris la direction des affaires, il se sentit soulagé mais comprit que le travail l'attendait. Keith ne supporterait pas un fainéant, il en était certain. Non qu'il eût envie d'en être un. Il avait même hâte d'apporter sa contribution pour remettre Honeycote Ales sur les rails. Cependant, tant qu'il n'aurait pas vu Mandy, il serait au supplice. Il voulait savoir où ils en étaient depuis qu'il lui avait confié son âme, la nuit de l'hôpital. Il se sentait nu et vulnérable. C'était la première fois qu'il se souciait de l'opinion de quelqu'un d'autre à son sujet, mais il était trop fier pour demander. Il ne parvenait pas à se décider à l'appeler. Que dirait-il ? Il préférait espérer que le destin les réunisse dans peu de temps. Après tout, il travaillait avec son père.

Il n'eut pas à languir longtemps. Mandy arriva à Honeycote House un beau matin en même temps que Keith qui apportait des papiers que Lucy devrait emporter à l'hôpital et signer. Elle voulait voir Monkey qui attendait toujours le maréchal-ferrant. Patrick sauta sur l'occasion.

— Il est dans l'écurie. Nous pouvons aller lui faire faire un tour, si tu veux.

— Super.

Ils se rendirent aux écuries et changèrent le plaid de Monkey. Patrick regardait Mandy s'occuper du petit cheval qui lui appartenait autrefois. Ils sortirent dans l'enclos et le regardèrent trotter en rond puis s'allonger et se rouler dans la poussière.

— Je ferais bien de le curer.

— Ce n'est pas nécessaire. Des jeunes filles du village viennent aider maman pendant que papa est à l'hôpital.

— Non, je veux le faire.

Elle était déterminée et Patrick ressentit de l'admiration pour elle. Elle ne craignait pas de se salir les mains. Elle n'avait rien de la tête folle de Birmingham qu'il avait cru voir en elle. Il la regarda pelleter le fumier et le mettre dans la brouette qu'il se chargea d'aller vider sur le tas. Lorsqu'il revint, elle était en train d'étaler une balle de foin frais. Il prit une grande inspiration.

— Es-tu toujours libre demain soir ?

Mandy le regarda, perplexe.

— Pour la nuit du jour de l'an ? La fête chez mon ami ?

Il se rappelait l'avoir invitée le jour de Noël. Il n'avait pas vraiment prêté attention à sa réponse lorsqu'il ne lui courait après que pour l'argent de son père. Comme les choses avaient changé !

— Oh oui. Hum, je ne sais pas. Ça dépend de ce que papa voudra faire. Je ne veux pas le laisser seul…

Elle semblait hésiter et l'estomac de Patrick faisait déjà des sauts périlleux. Puis elle se reprit.

— À vrai dire, je suis sûre que ça ne le dérangera pas. Le jour de l'an n'est pas si important pour les adultes, pas vrai ?

— Super.

Patrick sourit tout en s'efforçant de masquer sa jubilation lorsqu'elle lui rendit son sourire. Il fut surpris de constater qu'il n'osait même pas l'embrasser. Il n'avait jamais hésité auparavant, choisissant son moment sans peur d'être rejeté, mais, soudainement, il était paralysé.

Finalement, Mandy reposa sa fourche contre le mur de l'écurie, entoura son cou de son bras et l'attira vers elle. Un peu plus tard, ils rentrèrent dans la cuisine, les yeux brillants et les joues roses…

Kay s'engagea dans Merton Drive, consciente que les têtes se tournaient sur son passage. L'endroit, un triste cul-de-sac où se côtoyaient des maisons jumelées dont les propriétaires manquaient autant d'ambition que d'imagination, ne voyait pas souvent passer une Porsche Boxster. Kay ne trouvait pas grand-chose de changé, à part quelques serres ajoutées ici et là et quelques barrières aux croisillons de mélèze hardiment peints en vert au lieu du brun habituel. Elle s'engagea dans l'allée du numéro vingt-sept et arrêta le moteur. Elle n'avait pas besoin de se retourner pour deviner que les rideaux se soulevaient.

Elle se demanda s'ils seraient à la maison. Son père n'aimait pas ouvrir sa boutique entre Noël et le jour de l'an. Il estimait que ses clients pouvaient bien acheter leur viande à l'avance et la conserver au congélateur. Il méritait des vacances autant que n'importe qui.

Il lui avait fallu quelques jours pour trouver le courage. Elle était restée à Frome pour reprendre des forces, émotionnelles plutôt que physiques, et apprivoiser l'avenir qui l'attendait. Les journées étaient passées tranquillement. Elle était retournée à l'hôpital pour demander des conseils, avait acheté des ouvrages sur la naissance et s'était promenée dans les centres de maternité pour se familiariser avec l'attirail bizarre qui allait bientôt faire partie de son quotidien.

Les nuits avaient été plus difficiles; ces heures durant lesquelles les moindres petits détails se transformaient en problèmes insurmontables pour finir en accès de panique. Une peur blanche lui serrait alors l'estomac. Elle avait eu envie d'appeler Lawrence dans ces moments-là. Il n'était pas un monstre et il aurait sûrement pitié. Plus d'une fois elle avait cherché son portable dans l'obscurité. Puis son visage lorsqu'il lui avait montré la lettre lui revenait en mémoire et elle reposait le téléphone, se roulait en boule et attendait que le sommeil s'empare d'elle jusqu'à ce que le jour se lève et qu'elle puisse à nouveau faire face.

Elle sortit de la voiture et s'efforça de prendre une attitude confiante, en remontant l'allée, pour ne pas attiser les commérages des voisins. Cependant, lorsque sa mère ouvrit la porte et que la joie se répandit sur son visage à la vue de sa fille, toutes les résolutions de Kay s'effondrèrent.

— Maman…

Elle se jeta dans les bras de sa mère. Sylvia la reçut, l'attira doucement à l'intérieur et referma la porte. Son père, Charlie, entra, alarmé.

— Que se passe-t-il ? Qu'a-t-il fait ? Je vais le tuer !

Kay continuait de sangloter. Le dévouement de son père était sans bornes. Il était là, prêt à la protéger à tout prix, alors que pendant dix ans elle avait quasiment ignoré son existence.

— Chut, Charlie. Laisse-la tranquille. Va mettre la bouilloire à chauffer.

Le thé était la solution de Sylvia à tous les problèmes.

— Mais que se passe-t-il ?

Charlie ne voulait pas désarmer.

— Ça se voit, non ? Elle est enceinte. N'est-ce pas, ma chérie ?

Kay fit oui de la tête, incapable de parler à travers ses larmes. À partir de ce moment, elle sut que tout allait bien se dérouler. Ses parents l'avaient accueillie à bras ouverts, sans lui reprocher de les avoir négligés ces dernières années, d'avoir si peu téléphoné et de leur avoir encore moins souvent rendu visite. Ils ne posèrent pas non plus de questions indiscrètes. En fin de soirée, elle se réinstalla dans son ancienne chambre, avec son dessus-de-lit en chenille rose, puis alla s'asseoir à la table pour partager avec ses parents un ragoût préparé par sa mère avec le meilleur morceau d'agneau que son père avait mis de côté.

## 22

Le soir du nouvel an, le médecin laissa Mickey rentrer chez lui. Il semblait croire qu'il lui rendait service, mais Mickey appréciait la sécurité de l'hôpital public.

Lucy vint le chercher. Ils firent le trajet du retour dans un silence relatif. Mickey ne s'attendait certainement pas à des bannières de bienvenue et à du champagne, ni à un gâteau. Lorsqu'ils arrivèrent près de la maison, il toussa et s'efforça d'entamer la conversation.

— Est-ce que nous faisons quelque chose de spécial pour le jour de l'an ?

Lucy eut un regard impitoyable.

— Bizarrement, Mickey, je n'ai pas vraiment eu le temps d'organiser la fête. Entre toi qui as failli te tuer et la brasserie dont il fallait éviter la faillite…

Mickey en aurait pleuré. Ce ton sarcastique ne ressemblait pas à Lucy. Que faudrait-il qu'il fasse pour que tout redevienne normal ? Il avait essayé de s'excuser, mais elle ne voulait pas parler. Il espérait qu'en terrain familier l'ambiance s'améliorerait, les hôpitaux n'étant pas le décor idéal pour une conversation intime, ni pour une chirurgie à cœur ouvert sur un mariage de vingt ans.

Ce n'était pas le cas. Loin de là. Mickey fut choqué en entendant Lucy lui dire qu'il était préférable qu'il dorme dans le petit salon.

Il y entra et vit le divan-lit déjà prêt avec des draps et des couvertures et quelques-unes de ses affaires. L'endroit semblait douillet et l'installation très permanente. Lucy refusait de le regarder dans les yeux.

— Cela évitera que tu montes et descendes les escaliers. À cause de ta jambe.

Ils passèrent une soirée du Nouvel An sans joie. Lucy apporta une casserole de pâtes molles accompagnées d'une sauce toute prête et de parmesan prérâpé. Pas de salade. Pas de vin. Patrick était sorti avec Mandy, les filles avaient décidé de passer la nuit chez des amis. Mickey avait été un peu vexé que les enfants ne soient pas là pour l'accueillir à son retour à la maison, jusqu'à ce que Lucy lui avoue qu'elle avait oublié de les prévenir. C'est dire s'il avait de l'importance.

Allongé dans son lit, d'où il contemplait le compte à rebours à la télévision, Mickey se sentait très petit et avait conscience d'être un salaud. Il méritait l'ostracisme qu'il subissait.

À Merton Drive, le frère de Kay, Dan, avait apporté une bouteille d'Asti pour fêter la nouvelle année avec ses parents. Plus jeune de cinq ans que Kay, il travaillait comme infirmier en psychiatrie, un emploi exténuant. Il ne fut pas content de voir sa sœur. Il attendit que sa mère soit sortie de la pièce avant d'attaquer sur un ton méprisant.

— Alors, les choses ont mal tourné dans la grande maison ? On revient voir sa maman ? Tu ne manques pas de toupet. Tu l'as ignorée pendant ces dix dernières années à faire la belle dans ta voiture de luxe...

Kay eut la nausée. Dan exprimait toute la honte qu'elle avait refoulée, mais qui était restée tapie dans un recoin de son esprit. Elle ne trouva même pas le courage de se défendre. Il avait raison. De quel droit espérait-elle que sa mère et son père laissent tout tomber pour venir à son secours ?

Kay essuyait ses larmes dans la cuisine lorsque Sylvia vint la rejoindre.

— Dan ne pensait pas ce qu'il disait. Il a la vie dure en ce moment. Sa femme ne lève pas le petit doigt pour l'aider ; il travaille toutes les heures que Dieu fait et elle se contente de se plaindre de ce qui leur manque.

Kay était inconsolable.

— Écoute, ma chérie. Dan était fâché parce que j'avais promis de garder le petit ce soir. Puis j'ai dit que je ne pouvais pas parce que tu étais là…

— Tu aurais dû y aller, maman. Il est inutile de te préoccuper pour moi.

— Ne t'inquiète pas, je le garde souvent. Pour une fois, ses parents à elle s'en occuperont.

Sylvia la consola du mieux qu'elle put, et Charlie, toujours prêt à protéger sa fille, déclara que Dan mériterait d'être rossé pour avoir parlé sans réfléchir. Plus tard, après avoir bu un tout petit verre d'Asti avec ses parents, à minuit, Kay eut une pensée pour le Dom Pérignon qu'elle aurait bu si elle avait été avec Lawrence et s'efforça de se convaincre qu'elle était mieux ici. C'est alors qu'elle se souvint subitement qu'elle avait oublié d'annuler la réception prévue pour le jour de l'An. Elle eut envie de rire et de pleurer à la fois.

Lawrence ne savait pas trop s'il devait rire ou pleurer lorsqu'il se rappela à dix-huit heures que dix invités allaient arriver à vingt heures. Satanée Kay ; elle l'avait fait exprès, il en était sûr. Comment s'en tirerait-il ? Il était trop tard pour les emmener tous au restaurant ; les meilleurs endroits étaient réservés depuis longtemps. Il téléphona à Kelly qui réussit à le calmer immédiatement. Ses sautes d'humeur ne l'impressionnaient pas, ce qui plaisait à Lawrence. Elle était une bonne ressource en cas de crise.

Elle arriva une heure plus tard avec des provisions tout droit sorties des placards de sa mère. Lawrence la laissa préparer le buffet et alla prendre une douche et se changer. Lorsqu'il redescendit, habillé de sa veste de smoking, il réprima un haut-le-cœur. La cloche venait de sonner. Sur la table s'étalaient des œufs durs, des pâtés de porc, des saladiers de chou à la mayonnaise et de salade de pomme de terre et des tranches de ce que Kelly dut décrire comme étant du pudding noir froid. Il ne manquait même pas les betteraves en condiment, sainte mère !

Lawrence s'en sortit avec les honneurs. À la limite. Ses invités prétendirent que c'était le summum du chic ironique et Lawrence les approuva. Il ne put cependant s'empêcher de penser au délicieux repas que Kay aurait préparé, même sans mettre la main à la pâte. Il n'y aurait eu aucune faute de goût. Il ne pouvait blâmer Kelly, cependant. Elle avait fait de son mieux, Dieu la bénisse. Du moins purent-ils avaler le tout en l'arrosant de Dom Pérignon.

À The Cedars, Keith appréciait sa solitude. Il avait travaillé comme un damné à Honeycote ces derniers jours et il n'avait pas du tout envie de faire la fête. Il était ravi que Mandy soit en sécurité avec Patrick. Lui-même allait s'asseoir avec une assiette de fromage et une bonne bouteille de vin rouge et passer en revue les papiers qu'on lui avait envoyés.

L'agence immobilière n'avait même pas encore préparé les contrats, que quelqu'un voulait déjà acheter The Cedars. Les acheteurs étaient prêts et pouvaient payer comptant. Keith avait accepté sans même chercher à obtenir un meilleur prix tant il était content d'être débarrassé de ce souci. Il avait ensuite téléphoné aux agences immobilières de la région d'Eldenbury.

Il savait ce qu'il voulait : une vieille maison de caractère dans laquelle Mandy et lui pourraient bâtir leur nid, apposer leur marque. Quelque chose qui ne soit pas trop grand, mais avec quelques hectares de terrain pour pouvoir garder Monkey. Il ne fallut pas longtemps pour qu'il trouve l'endroit idéal. Une fermette qui avait besoin de rénovations, mais comportait un petit enclos et une écurie en ruine ainsi que plusieurs bâtiments extérieurs. L'un d'entre eux ferait un bureau parfait. La maison était située à Kiplington, un petit village à environ cinq kilomètres de Honeycote. Elle était idéale et le prix peu élevé parce qu'il y aurait beaucoup à investir en travaux de restauration. Il pourrait la retaper et la revendre avec un gros bénéfice. Il s'arrêta net. Il n'était pas à la recherche d'une occasion de faire de l'argent. Il cherchait un foyer plutôt qu'une maison, ce que The Cedars s'était contenté d'être. Il repensa à Honeycote House. Il voulait recréer la même atmosphère, un environnement chaud, invitant, que l'on n'a pas envie de quitter. Quoique... Même Keith avait pu remarquer un certain refroidissement ces derniers temps...

Lorsqu'à minuit le téléphone sonna, il décrocha, un peu inquiet. C'était Sandra, soûle et qui sanglotait en répétant qu'elle voulait recommencer. Elle était chez une amie et avait probablement déjà abusé de son hospitalité. Il fit un effort pour se durcir. Il n'y avait aucun espoir de réconciliation ; son avocat prendrait contact avec elle bientôt... Il eut un léger pincement de remords à ces mots. Il s'était procuré le meilleur avocat de Birmingham sur la recommandation d'un ami qui en avait été victime parce que son épouse voulait le plumer.

En raccrochant le téléphone, il se demanda s'il aurait dû être moins dur. Lucy était un exemple digne ; elle avait repris Mickey. Il ne pouvait pas se résoudre à donner une seconde chance à Sandra ; cela faisait-il de lui une mauvaise personne ?

Patrick et Mandy décidèrent de ne pas aller à la fête. Ils désiraient seulement être ensemble, seuls. Ils choisirent d'aller manger à Cheltenham et passèrent leur soirée à se dévorer des yeux, sans prêter attention à ce qu'ils avaient dans leurs assiettes. Ils parlaient de tout et de rien. Lui rêvait de faire un rallye dans les Alpes avec sa prochaine Austin, s'il en rachetait une un jour ; elle souhaitait s'entraîner pour devenir une écuyère capable de participer à des compétitions avec Monkey. Ils se promirent de s'aider l'un l'autre à réaliser leurs ambitions. Mandy proposa d'être son copilote, bien qu'elle soit peu douée pour lire une carte. Patrick offrit d'être son entraîneur avec Monkey ; après tout, il connaissait toutes les facéties que pouvait jouer le petit cheval, ses forces et ses faiblesses. À un moment donné, Sophie devint le sujet de conversation. Tous deux avaient eu des remords de la laisser un peu plus tôt dans la soirée, mais elle avait insisté en disant qu'elle allait bien. Elle et Georgina passaient la nuit chez des amis de l'école. Patrick se rendait bien compte que personne n'avait prêté beaucoup d'attention à ce qui s'était déroulé entre elle et Ned à Noël. Comme elle s'était montrée stoïque et n'en parlait à personne, ils avaient tous présumé qu'elle était plus forte qu'elle ne le paraissait, mais Mandy s'inquiétait à son sujet.

— Elle n'a pas l'air d'aller bien, Patrick. Qu'en penses-tu ?

— Crois-tu qu'elle fasse une crise d'anorexie ?

— Je ne sais pas. Elle n'a même pas un appétit d'oiseau, c'est tout ce que je peux dire.

Patrick était fâché, contre lui-même et le reste de sa famille. Ils étaient tous tellement concentrés sur eux-mêmes qu'ils avaient oublié les malheurs de cette pauvre Sophie. À quoi pensait donc Lucy ? Elle était sa mère, sapristi. Elle était censée être là pour la soutenir dans les mauvais moments. Seulement, Lucy avait d'autres problèmes. Les allers-retours entre l'hôpital et la maison, plus l'entretien des chevaux, l'avaient épuisée.

La seule chose qui pourrait guérir Sophie était un imbécile de cent kilos qui habitait à quelques encablures de chez eux. Il était responsable des problèmes de Sophie au départ. À lui de les résoudre. Patrick avait suffisamment confiance en son ami pour penser qu'il pouvait y arriver. Il décida qu'il allait prendre en charge le bonheur de sa sœur parce qu'elle méritait d'être aussi heureuse qu'il l'était lui-même en cet instant où la trotteuse de sa montre se précipitait vers minuit. Lorsque les cloches se mirent à sonner les douze coups, il avança la main pour caresser la joue de Mandy. Elle la retint contre son visage. Ce toucher leur suffisait.

— Bonne année, dit Patrick en espérant qu'elle le serait pour eux tous.

## 23

Quelques semaines plus tard, les filles étant retournées à l'école, Patrick attendait toujours le bon moment pour mettre son plan à exécution. L'occasion se présenta un samedi après-midi. Après l'école, Sophie était partie avec des amies de Cheltenham voir le dernier film mettant en vedette Hugh Grant, et Patrick avait promis d'aller la chercher. Il prit le téléphone.

— Ned. Il faut que tu me rendes un grand service. Personne n'est libre pour récupérer Sophie au cinéma. Maman a emmené papa à l'hôpital pour sa physio, et moi je suis attendu à la brasserie. Pourrais-tu y aller à ma place ?

Dieu lui pardonne : ce mensonge blanc devrait convenir.

Ned ouvrit la porte de sa mini Cooper et émit un grognement. Jamais Sophie n'accepterait de monter là-dedans : il y avait de la boue partout, des poils de chien sur tous les sièges, des mégots débordant du cendrier, de la ficelle, du foin, des emballages de barres Mars, et même, à sa grande honte, deux gommes à mâcher collées sur le tableau de bord. Il tenta un ménage sommaire, puis abandonna. Il alla chercher la plus belle nappe de pique-nique de sa mère et la disposa sur le siège du passager. Il vaporisa ensuite abondamment l'intérieur avec un déodorant et s'en remit au ciel. Il était presque dix-sept heures et Sophie sortait à dix-sept heures quarante-cinq. Il conduisit comme un fou en donnant de grands coups de volant pour éviter les nids-de-poule. On aurait dit un adolescent surexcité au volant d'une auto tamponneuse. Lorsqu'il arriva sur la route principale, il tourna à gauche.

Ce bougre de Patrick ne lui avait pas laissé le temps de réfléchir ni de refuser. Il s'agissait d'une urgence. Ned, toujours prêt à dire oui à son ami, se rendait compte seulement maintenant des conséquences de ce qu'il avait accepté de faire. C'était la première fois qu'il allait se retrouver face à face avec Sophie depuis le terrible faux pas et il n'avait pas la moindre idée de ce qu'il dirait, ni de la façon dont elle réagirait. Il savait seulement qu'il plongeait la tête la première et que le résultat était très important pour lui. Il ne voulait pas rater le coche. Il alluma une cigarette pour se calmer les nerfs, puis, se rappelant que Sophie souffrait du mal des transports, il la jeta par la fenêtre.

Arrivé au cinéma, il la chercha dans la foule. Il ne voulait pas qu'elle croie qu'on l'avait oubliée. Il l'aperçut qui passait les portes battantes mais ne la reconnut pas immédiatement. Elle portait un jean et un chandail en coton d'un rose vif qui arrivait à peine à couvrir son nombril. Sa peau paraissait bleue ; ses yeux immenses et creux étaient soulignés de cernes foncés. En apercevant Ned, elle se figea. Il lui adressa un sourire aussi large que ses nerfs le lui permettaient.

— Patrick m'a demandé de venir te chercher.

— Oh.

On aurait dit une créature sauvage prête à disparaître dans le sous-bois. Ned prit son courage à deux mains et avança vers elle.

— Soph… Je désirais te parler depuis longtemps. J'ai tellement de choses à te dire, mais je ne sais pas par où commencer…

Il hésita. Sophie ne disait rien, ne semblant vouloir ni l'encourager ni le décourager, mais au moins elle ne s'était pas enfuie. Il se lança.

— Il faut que je t'explique à propos… (Il ne parvenait pas à parler du suçon, mais il savait qu'elle savait de quoi il parlait.) Le soir de la réception, quand je t'ai vue, tu m'as paru tellement inaccessible ! Je ne pensais pas avoir une chance. Je pensais que tu t'étais lassée de moi. J'étais déchiré. Alors j'ai perdu la tête et j'ai couché avec Mayday. Jamais je n'aurais dû faire ça, je le sais, mais je suis un imbécile, un véritable imbécile. Je sais que c'est probablement ce que tout le monde dit, mais ça ne compte pas.

Sophie semblait prête à partir en courant, mais sans en avoir la force. Ned s'approcha d'elle et lui prit doucement son sac. Il le déposa sur le sol et mit ses mains sur ses épaules. Elle trembla lorsqu'il la toucha. Il l'attira vers lui ; c'était maintenant ou jamais. Après tout, il n'avait rien à perdre.

— Je me suis conduit comme un imbécile. Je peux seulement dire que je suis désolé. Je te prie de me pardonner. Parce que…

Ned prit une grande inspiration. Il n'avait jamais dit cela auparavant à quiconque.

— Je t'aime.

Elle se raidit un instant, comme si elle allait s'envoler, puis elle se détendit et, soumise, s'abandonna contre sa poitrine. Elle capitulait. Elle enroula ses bras autour de sa taille. Elle n'avait pas besoin de dire quoi que ce soit. Ses actions parlaient mieux que des mots de pardon.

Ned l'enveloppa dans ses grands bras et la serra très fort. Il sentait ses côtes, ses omoplates, à travers son chandail ; elle s'était mal nourrie comme un agneau orphelin qui refuse la nourriture et qui, Ned était bien placé pour le savoir, finissait par ne plus lutter pour la vie et périr. Il n'allait pas la laisser partir ainsi. Il l'aiderait à reprendre des forces, des couleurs, et rallumer la flamme dans ses yeux.

Ils restèrent ainsi quelques instants, Ned, débordant d'amour et de fierté, arborant un large sourire stupide. Sophie finit par lever la tête de son épaule et le regarder timidement. Elle aussi souriait.

Dix minutes plus tard, Ned se garait dans le stationnement d'une taverne.

Il s'assit et commanda des saucisses et de la purée pour tous les deux. Sophie protesta qu'elle voulait une salade, mais Ned s'y opposa.

— Tu as besoin de reprendre du poids. Tu es dans un piteux état. On dirait un sac d'os.

Sophie était choquée. Elle était si fière d'avoir perdu du poids et de pouvoir bientôt enfiler des vêtements de taille trente-six.

— Je suis sérieux, poursuivit Ned. Ça ne te va pas. On dirait que tu es malade. Je veux retrouver la vieille Sophie.

— Tu veux dire la grosse Sophie.

— Tu n'étais pas grosse. Tu étais juste bien. Appétissante. Les hommes aiment avoir quelque chose dans les mains. Du moins c'est mon cas. Si je t'embrassais maintenant, j'aurais peur que tu ne casses.

Sophie posa sur lui ses grands yeux.

— Essaie.

— Quoi ?

— Essaie de m'embrasser. Je ne vais pas casser, je te le jure.

Ned n'avait pas besoin d'une excuse. Il l'entoura de ses bras pour la dixième fois en une demi-heure et elle se blottit contre lui. Ned avait rallumé à l'intérieur d'elle une petite flamme qui commençait à faire fondre la glace dans laquelle elle évoluait depuis quelques semaines, depuis le jour de Noël, depuis l'accident de son père. Elle s'apercevait qu'elle n'avait plus envie de sentir ce grand vide sur lequel elle s'était concentrée ces derniers temps. Penser à perdre du poids en surveillant son alimentation lui avait permis de fuir ses problèmes. Elle venait de s'apercevoir qu'elle mourait de faim. Elle dévora sa saucisse et sa purée. Lorsque la serveuse vint enlever leurs assiettes et demander s'ils souhaitaient un dessert, elle commanda un morceau de pudding.

Ned le recouvrit de crème. Elle protesta par habitude, mais elle éclata de rire lorsqu'il se mit à la nourrir à la cuiller comme un enfant qui refuse de manger. Il comprit qu'il était arrivé juste à temps, avant qu'elle ne dépasse les bornes. Il était venu à son secours au bon moment.

*

* *

James, qui s'était rendu à l'épicerie pour acheter du beurre et un pot de yaourt, y croisa Georgina en train de remplir son chariot. Il la salua.

— Georgie.

— Bonjour, James.

Elle continua à remplir son chariot, sans entrain, ce qui ne lui ressemblait pas du tout.

— Est-ce que tout va bien ?

— Non, certainement pas.

James sursauta. Georgina avait toujours été directe mais jamais cassante.

— Que se passe-t-il ?

Il fut horrifié de la voir éclater en sanglots au milieu de l'allée. Elle pleurait à chaudes larmes, bruyamment, attirant l'attention sur eux deux.

— Georgie, s'il te plaît...

— C'est horrible à la maison. Maman et papa ne se parlent plus. C'est épouvantable. Maman lui fait des remarques sarcastiques et papa reste assis sans rien dire. Maman ne s'occupe même pas des courses. Je suis rentrée de l'école à midi et il n'y avait rien à manger. J'ai été obligée de demander à Patrick de m'amener ici...

Elle continua à pleurer en s'appuyant contre sa poitrine. James s'efforça de la consoler.

— Écoute, Georgie. Tout le monde est sous le choc. Je suppose que ton père est un peu déprimé à cause de son accident et ta mère est tendue.

— Elle se moque de papa. Je le vois bien.

— Bien sûr que non.

— Je vais demander à rester en pension. Je ne serai pas obligée d'être témoin de leur amertume.

James serra les lèvres. Ce n'était pas bon. Georgina devait passer ses examens dans quelques mois. Elle avait besoin d'amour et de soutien, pas d'une famille qui se déchire. Il essuya ses larmes, l'aida à terminer ses achats et à les ranger dans le coffre de l'automobile, puis il attendit Patrick avec elle. Il parla à son neveu *sotto voce*.

— Si je comprends bien, l'humeur n'est pas au beau fixe chez vous ?

Patrick haussa les épaules.

— Pour être honnête, j'y suis rarement. Je sors ou je vais travailler. Ça ne va pas fort, non.

James ne dit rien. Il donna simplement quelques tapes sur le bras de Patrick lorsque celui-ci monta dans la voiture.

James attendit que Patrick soit parti pour appeler à Honeycote à l'aide de son portable. Heureusement pour lui, Lucy répondit.

— Il faut que nous parlions. Tout de suite.

— Je suis en train de préparer le repas.

— Non, ce n'est pas vrai. Je viens de croiser Georgina à l'épicerie. Elle faisait les courses de la semaine, Lucy. Viens me retrouver chez moi dans dix minutes.

Il raccrocha avant que Lucy puisse protester. Elle contempla l'appareil et sentit son estomac se serrer. Elle avait volontairement évité James depuis l'accident de Mickey. Ils s'étaient croisés lorsque d'autres étaient présents, bien sûr, mais ne s'étaient pas retrouvés seuls face à face pour pouvoir discuter de ce qui s'était passé entre eux. Elle ne pouvait plus reculer.

Elle sentit que, quoi qu'il arrive, elle se trouvait à un tournant de sa vie. Elle était à la fois effrayée et soulagée. Elle savait qu'elle ne pouvait pas continuer à vivre comme ces derniers temps. Elle n'était plus elle-même. Plus rien ne l'intéressait ; elle parvenait à peine à mettre un repas sur la table et, s'il n'y avait pas eu les enfants, elle aurait même complètement démissionné. Tout l'ennuyait et elle se sentait constamment fatiguée. De plus, elle était irritable, pas seulement avec Mickey, qui le méritait, mais avec tout le monde. Chaque fois qu'elle s'entendait maugréer, elle se le reprochait intérieurement. Elle ne pouvait pas vivre comme ça le reste de sa vie, mais elle ne parvenait pas à changer de comportement. Elle sortit et monta en voiture sans prendre la peine de dire à Mickey où elle allait.

James n'offrit même pas un verre à Lucy. Il fonça droit au but.

— Pour l'amour du ciel, Lucy, il faut que tu te reprennes. Toute ta famille souffre. Georgina a failli avoir une crise de nerfs à l'épicerie. Elle va rater tous ses examens si ça continue. Réagis. Ça ne sert à rien de nager dans le malheur. Soit tu te réconcilies avec Mickey et vous redevenez heureux. Soit tu viens vivre avec moi.

— Tu n'as pas le droit de me servir un ultimatum pareil.

— Bien sûr que si.

— Ce n'est pas tes affaires.

— Si. Parce que je t'aime, Lucy...

Lucy leva les mains devant elle, comme pour le repousser.

— S'il te plaît, James. Je n'ai vraiment pas besoin de chantage aux émotions en plus du reste.

— Attends un peu. Je n'ai pas terminé. Je t'aime, mais j'aime aussi Patrick, Sophie et Georgina. Je peux même dire que j'aime Mickey. Mais c'est toi qui décides, Lucy. C'est à toi de faire un choix. Je sais que je te mets au pied du mur, mais il y a trop en jeu. Je ne peux pas rester à regarder tout ce bonheur jeté par la fenêtre. Il faut que tu prennes une décision.

C'était la première fois de sa vie que James tenait un discours aussi passionné et il dut garder ses mains dans son dos pour les empêcher de trembler. Il regardait Lucy dans les yeux. Elle lui répondit sur un air de défi.

— Je dois choisir entre toi et Mickey ? Est-ce que c'est ce que tu me dis ?

— Je crois que oui.

Lucy imagina un instant ce que signifierait vivre avec James. Elle compta les gens qui en subiraient les conséquences : Mickey, Sophie, Patrick, Georgina... Et elle ne savait même pas si elle serait heureuse avec lui. Le risque était énorme.

Par contre, elle savait qu'elle pouvait être heureuse à nouveau avec Mickey. Elle l'avait été pendant vingt ans, après tout. Elle allait devoir serrer les dents et lui pardonner. Passer à autre chose. James avait raison. Il était inutile que tout le monde souffre. Elle-même ne voulait pas continuer dans cette atmosphère. La vie était devenue sombre ; elle était en permanence sur les nerfs. À la maison, l'ambiance était si lourde qu'elle ne voulait même pas voir d'invités, elle n'aurait pas pu faire bonne figure. Chaque jour elle se réveillait le cœur lourd et se couchait en appelant désespérément le sommeil, sa seule sortie de secours. Mickey vivait sûrement la même chose.

James serrait les poings pendant qu'elle réfléchissait. Il s'obligeait à rester à distance. S'il la touchait, il était perdu. Il était à deux doigts de tomber à genoux devant elle et de la supplier. Elle finit par se tourner vers lui et souffla :

— Je ne pourrais pas, James. Je dois rester.

Il soupira.

— Bien sûr, je le sais, mais alors, réconciliez-vous.

Lucy s'approcha de lui. Il tressaillit intérieurement : il ne voulait pas de contact physique avec elle. Il ne voulait pas de sa pitié, alors, simplement pour qu'elle n'approche pas plus, il lui dit les mots qu'il s'était promis de ne pas dire :

— Et n'oublie pas, tu es fautive aussi. Tu ne pourrais pas te défendre si Mickey apprenait ce qui s'est passé entre nous.

Lucy lui adressa un regard intense. Était-ce une menace ? Est-ce qu'il avouerait tout à son frère ? Elle en doutait ; il n'avait rien à y gagner, mais son argument tenait debout.

Tristement, James la regarda partir. Il devait bien admettre qu'il avait eu un tout petit espoir qu'elle choisisse de vivre avec lui plutôt qu'à Honeycote, mais il n'était pas surpris de son choix. Il n'avait même aucune envie de protester en la rendant à sa famille ; il ne voulait pas que leur bonheur soit sacrifié au sien. Une fois de plus, il se comportait en gentleman.

Lucy rentra de son affrontement avec James totalement vidée. Lorsqu'elle pénétra dans la cuisine, Sophie se jeta dans ses bras, les yeux brillants.

— Que se passe-t-il ?

— C'est Ned. Nous nous sommes réconciliés. Il m'emmène danser ce soir.

Elle regarda sa mère avec un peu d'inquiétude.

— C'est d'accord ? Patrick et Mandy viennent avec nous.

— Bien sûr que c'est d'accord, ma chérie.

Sophie débordait d'excitation et d'angoisse.

— Qu'est-ce que je vais mettre ?

Lucy passa la demi-heure suivante avec Sophie à fouiller parmi les robes, à les lui faire essayer en riant. Elle s'aperçut qu'elle riait pour la première fois de l'année. Lorsqu'elle vit les quatre jeunes gens partir pour Cheltenham, les filles dans leurs plus beaux atours et les garçons légèrement angoissés qui tentaient de le cacher, elle eut un pincement de honte.

James avait raison. Mickey et elle ne pouvaient pas continuer à faire triste mine le reste de leur vie. Elle se laissa aller à imaginer le mariage de Sophie et Ned, elle et Mickey s'insultant sur le chemin de l'église, trahissant tout ce que le mariage signifie. Le serment du mariage est peut-être un cliché, mais il est vrai.

Elle entra dans le salon. Mickey était en train de regarder un mauvais feuilleton du samedi soir. Il leva les yeux vers elle. Il n'essayait plus de lui sourire ; elle se fermait davantage. À sa grande surprise, elle lui sourit. Un sourire hésitant, qui n'emplissait pas encore ses yeux, mais c'était un début.

— Il faut que nous parlions, dit-elle. Nous ne pouvons pas continuer comme ça. (Des larmes lui montèrent aux yeux.) Il faut…

Les mots ne sortaient plus.

— Je ne veux plus vivre comme ça.

Mickey déglutit. Il n'était pas très sûr de ce qu'elle allait dire. Est-ce qu'elle s'apprêtait à le jeter dehors ? à demander le divorce ? Elle avait des motifs. Comportement déraisonnable. Adultère. Elle avait le choix.

Il avait la bouche sèche, mais il s'efforça de parler dignement, pour une fois.

— Alors que veux-tu ? Si tu veux le divorce…

Elle lui lança un regard horrifié qui le surprit. Une sueur glacée descendit le long de sa colonne vertébrale. Peut-être était-ce là ce que lui désirait. Mickey avait peut-être été malheureux toutes ces années. Elle n'avait peut-être pas le choix ; il souhaitait en finir. Elle demanda dans un murmure :

— Est-ce ce que toi, tu veux ?

— Mon Dieu, non !

Mickey la saisit.

— Je veux que nous nous retrouvions. Toi et moi. Comme avant.

Il la serra tellement fort qu'il lui fit mal. Elle résista un moment, tous ses muscles étaient tendus. Elle ne parvenait pas à capituler après avoir passé tant de temps à élever une barrière entre lui et elle. Cependant, lorsqu'elle sentit la force de ses bras autour d'elle et son odeur familière et chaude, elle comprit que tout ce qu'elle désirait était d'être dans ses bras, que les horreurs des dernières semaines disparaissent et que la guérison commence. Elle se détendit. Il la serra contre lui un peu plus fort et elle se mit à pleurer. Elle avait versé des larmes amères dans la solitude, mais elle ne les avait pas partagées avec lui. Le soulagement était énorme.

Lorsque les larmes se tarirent, elle se blottit contre lui.

— Alors, que faire ? Oublier tout ce qui est arrivé ?

Mickey savait qu'il se montrait un tantinet optimiste.

— Non. Ce n'est pas possible. (Elle s'essuya les yeux.) Nous ne pouvons pas oublier, parce que c'est la seule manière que cela ne se reproduise jamais.

Ils parlèrent. Mickey fut surpris d'apprendre que Lucy avait été blessée plus profondément par le fait qu'il avait gardé secrets ses problèmes que par son adultère. Elle avait été vexée qu'il ne lui ait pas confié ses ennuis. Elle lui dit combien elle s'était sentie stupide en apprenant la vérité, une petite écervelée à qui on ne pouvait pas faire confiance. Mickey rétorqua qu'il avait seulement voulu la protéger, mais Lucy affirma qu'elle ne voulait pas être protégée. Peut-être aurait-il dû être honnête avec elle dès le début ; rien alors ne se serait passé de la même manière.

À la fin de la soirée, ils avaient conclu un pacte. À partir de ce jour, ils n'auraient plus de secrets l'un pour l'autre et, même s'ils savaient tous deux que ce ne serait pas facile, qu'il y aurait des moments délicats, du moins avaient-ils effacé l'ardoise.

Le plus important était qu'ils se fassent à nouveau confiance. Car un mariage n'est rien sans la confiance.

Lorsque Sophie, Patrick, Mandy et Ned revinrent, à deux heures du matin, après avoir fait le tour de tous les clubs de Cheltenham, ils trouvèrent Mickey et Lucy endormis sur le divan devant la télévision encore allumée. La tête de Lucy reposait sur l'épaule de Mickey et Pokey était à leurs pieds. Sophie les borda avec une grosse couverture. Ensuite, ils s'éclipsèrent tous les quatre pour aller partager ailleurs leurs impressions de la soirée. Aucun d'eux ne crut bon d'exprimer son soulagement devant cette scène qui promettait des jours meilleurs.

## 24

Une stratégie définitive pour la brasserie fut adoptée dès la mi-février. Au cours d'une réunion du conseil d'administration, Patrick fit une excellente présentation des projets prévus pour chaque taverne. Il fournit des tonnes de graphiques et d'illustrations indiquant les objectifs de vente, les marges de profits et de pertes, les scénarios dans le meilleur et le pire des cas ; toutes ces projections tirèrent de Cowley un large sourire et Mickey fut surpris de les comprendre.

Patrick s'épanouissait sous la férule de Keith. Il avait accepté tous les défis et s'était aperçu qu'une fois qu'il commençait à chercher les moyens d'augmenter l'efficacité et les profits de la brasserie, l'enthousiasme et l'inspiration ne le quittaient plus. Il était ravi d'y prendre part enfin. Il n'en voulait pas à son père de l'avoir écarté des affaires si longtemps. À l'évidence, celui-ci avait évité de révéler la vérité à Patrick. Cependant, maintenant que tout était mis à plat, Patrick pouvait laisser libre cours à son imagination et Keith était son mentor. Ils avaient rendu visite ensemble à toutes les tavernes et Patrick s'était fait un devoir de fournir un rapport sur chacune, résumant ses forces et ses faiblesses et suggérant les réorientations nécessaires. Parallèlement, Patrick avait visité les concurrents et établi une liste des raisons de leurs succès ou de leurs échecs.

Ce qui étonna le plus Keith fut de constater que la brasserie n'était pas informatisée. Cela ouvrait les portes au chapardage. Patrick fut choqué en entendant ces soupçons, mais Keith affirma qu'il se montrait trop naïf. Il n'accusait personne, mais il y avait probablement de grosses pertes en bière, liqueurs et boissons gazeuses que la brasserie fournissait à ses tavernes exclusives. Les gens ne sont pas des saints et si vous leur présentez des occasions sur un plateau, ils finissent par estimer que c'est un avantage qui vient avec l'emploi. Un système informatisé et un inventaire rigide des stocks rétabliraient rapidement l'ordre. À la fin de la réunion, ils avaient décidé de faire faire un devis pour savoir ce que coûterait l'informatisation de toutes les tavernes et de la brasserie.

Keith insista beaucoup pour mettre en place des équipes de vente afin d'augmenter les profits extérieurs. Même en multipliant par deux leur commerce avec les tavernes exclusives, ce qui ne se ferait pas sans des investissements considérables, pour commencer, ils ne pouvaient se permettre d'ignorer les autres sources de revenus. Vente et marketing. C'était la solution.

Mickey approuva. Il pensait avoir sous la main exactement la personne capable de gérer cet aspect du projet. Il parla à Keith de Caroline.

— Elle est directrice de publicité pour un journal local, mais elle a la tête sur les épaules, je peux vous l'affirmer.

Il montra à Keith le plan de travail que Caroline avait préparé. Il lui sembla que cela faisait une éternité, mais la stratégie était toujours bonne. Keith sourit en reconnaissant plusieurs points clés que Patrick avait soulignés, mais il ne le trahit pas. Mickey insista.

— Elle sait ce qu'est une brasserie. Elle connaît la région. Elle n'a pas peur de travailler dur. James se plaignait toujours qu'elle travaillait trop tard.

— Pensez-vous qu'elle voudra venir travailler pour nous ?

— Je vais lui parler.

Mickey s'efforçait désespérément de participer aux affaires. Il avait rendu visite à la brasserie plusieurs fois, mais chaque fois il en revenait épuisé. Les médecins l'avaient prévenu que sa convalescence serait longue. Cela l'agaçait, car il voulait mettre en pratique ses bonnes résolutions.

Il savait que Caroline serait parfaite pour l'emploi. Il se rappelait avec quelle passion et quel enthousiasme elle avait essayé de l'aider. Si la seule contribution qu'il était en mesure de fournir en ce moment était de l'introduire dans le conseil d'administration, il ferait tout ce qu'il pouvait pour y parvenir.

Caroline était retournée lécher ses plaies à Evesham. La manière dont les Liddiard l'avaient traitée la laissait désemparée. Elle se fit discrète, travailla fort, atteignit ses objectifs. Elle se fit très humble devant Ian, le propriétaire de l'écurie où elle mettait Demelza en pension. Elle commença par lui présenter ses excuses pour son comportement abominable du lendemain de Noël puis proposa de lui vendre Demelza. De cette manière, elle pourrait payer ses dettes, la pension et ses diverses cartes de crédit et il lui en resterait un peu qu'elle placerait sur son compte pour l'Australie. Elle avait besoin de voir du pays, de voyager. À presque trente ans, elle n'avait quasiment rien vu du reste du monde. La vie dans un autre hémisphère l'aiderait peut-être à retrouver sa foi en la nature humaine.

Aussi, lorsqu'elle reçut un appel téléphonique de Mickey, se montra-t-elle extrêmement prudente. Elle l'écouta expliquer ce qu'il attendait d'elle : qu'elle mette en place une stratégie de marketing et recrute une équipe de vente.

— Je sais que tu as le profil de l'emploi.

Caroline renifla.

— Après la manière dont ton frère et ton fils ont agi envers moi ? Je n'en ai aucune envie, Mickey, ils m'ont traitée comme de la merde.

— Fais-le pour moi. S'il te plaît, Caroline. Je suis prisonnier dans ma propre maison. J'ai besoin de quelqu'un comme toi là-bas, quelqu'un dans mon camp, quelqu'un en qui j'ai confiance.

Les fils du téléphone frissonnaient sous le charme et la flatterie Liddiard si typiques. Ils parvinrent à un compromis. Elle avait droit à deux semaines de vacances qu'elle utiliserait pour tâter le terrain. Il n'était pas question qu'elle brûle les ponts derrière elle pour venir travailler à Honeycote Ales. En échange, elle exigeait deux choses : des honoraires confortables, que Mickey se chargerait d'obtenir de Keith et qui lui permettraient de se payer le vol pour Sydney, et des excuses de Patrick. Elle obtint les deux.

À la banque, à certains moments très calmes, Graham Cowley se disait que Dieu savait exactement ce qu'il faisait lorsqu'il avait projeté Mickey Liddiard contre ce mur. Il semblait que tout allait s'arranger pour le mieux à Honeycote Ales. Il était probablement le plus heureux de toute la bande, car cela lui éviterait la tâche déplaisante de faire une demande de prêt. Il avait horreur de demander des prêts, mais la brasserie occupait une place spéciale dans son cœur, et les Liddiard, par moments ingrats et arrogants, étaient aussi charmants, et on leur pardonnait volontiers. La brasserie leur revenait de droit.

La plus belle surprise était venue de Patrick. Cowley, qui le voyait comme un malotru privilégié, un bon garçon sans cervelle qui avait peur de se salir les mains, reconnaissait qu'il s'était trompé. C'était une leçon pour lui et il était heureux de se rendre compte qu'il apprenait encore des choses dans son métier.

Ce qui le surprenait vraiment le plus, cependant, était que Lawrence Oakley ne se soit pas vengé après qu'il eut rejeté son plan. Ce n'était pas son genre. Cowley se serait attendu, au moins, à ce qu'il change de banque, mais il ne l'avait pas fait. Il était même venu demander conseil à Cowley deux ou trois fois. Il n'avait pas reparlé de Honeycote Ales. Une fois de plus, Cowley apprenait à ne pas juger trop hâtivement.

En vérité, la nouvelle de l'accident de Mickey avait refroidi Lawrence. Après sa rencontre avec Cowley, il avait tempêté de rage pendant plusieurs jours, parcourant en tous sens le centre de jardinage et rendant misérable la vie de ses employés. Il avait préparé un plan pour passer par-dessus la tête de Cowley. Si ce dernier n'y perdait pas son emploi, il y perdrait certainement tout espoir de promotion.

Toutefois, après avoir appris l'accident, son désir de revanche s'éteignit. Il ne ressentait plus le besoin de faire du mal à quelqu'un qui était déjà infirme sur un lit d'hôpital et avait failli mourir. Il ne tirerait plus aucune satisfaction de se venger de Mickey. Cela ne servirait qu'à ternir son image.

Il se demanda pourquoi cette idée le gênait soudain. Lawrence s'était toujours moqué de ce que les gens pensaient de lui, tant qu'il faisait ce qu'il voulait. Serait-ce qu'avec l'âge sa conscience bourgeonnait ?

En fait, il savait que prendre sa revanche sur Mickey ne le rendrait pas plus heureux. Il se doutait que Mickey n'était pas totalement coupable. Lawrence n'ignorait pas qu'il s'était très mal comporté envers Kay en ne lui avouant pas la vérité à propos de sa stérilité. Peut-être regrettait-elle de ne pas avoir d'enfant plus qu'elle ne l'admettait. Peut-être avait-elle subi des examens de son côté et découvert que c'était lui le fautif. Comme il refusait d'en parler, elle était allée chercher un père ailleurs. Mickey Liddiard avait peut-être eu pitié d'elle et s'était laissé convaincre…

Lawrence savait qu'il cherchait des excuses. Il se doutait bien que Kay était allée voir Mickey pour le plaisir, pas pour son sperme. Cependant, alors que la douleur de ne pouvoir être père se faisait si aiguë, il reconnaissait avoir été injuste avec sa femme. Ils auraient dû en discuter ensemble et auraient trouvé un moyen de contourner le problème. Chaque jour les journaux relataient des miracles. De plus, il avait les moyens de s'offrir le meilleur traitement.

Il s'était montré lâche et maintenant il était trop tard.

Lawrence se consola donc en profitant de la vie avec Kelly. Ils ne se quittaient plus. Il essayait de ne pas jouer les professeurs Higgings avec Eliza Doolittle, mais il s'amusait à la sortir dans les meilleurs hôtels et restaurants et à lui apprendre ce que la vie réserve de meilleur. Elle se révélait une élève douée. En retour, elle le faisait rire, l'aidait à rester jeune et l'empêchait de se prendre trop au sérieux. Elle lui montrait aussi tous les trucs qu'elle apprenait dans *Cosmo* auxquels il n'avait aucun mal à accrocher.

Lawrence savait bien que sa relation avec Kelly avait quelque chose d'une orgie de barres chocolatées, délicieuses mais peu nourrissantes. De plus, il ne pouvait envisager que la relation dure. Il ne pouvait pas l'épouser. Il n'était qu'une urne vide, il n'allait pas priver une autre femme des joies de la maternité.

Kay passa plusieurs semaines à réfléchir, à dormir et à prendre du poids à cause de sa grossesse et de la cuisine de sa mère. Elle finit par décider qu'elle ne pouvait rester indéfiniment sous le toit de ses parents. La relation douillette qui s'était établie entre eux, si agréable fût-elle, l'étouffait parfois, même si elle appréciait de se faire dorloter, d'autant qu'elle avait de plus en plus mal aux jambes au fur et à mesure qu'elle grossissait.

Elle dressa un bilan de sa situation. Elle savait que, malgré la générosité de Lawrence, un quart de million ne durerait pas longtemps. Il lui fallait un emploi. À mi-temps. Il n'était pas question qu'elle abandonne son bébé de huit heures du matin à six heures du soir cinq jours par semaine. Elle fit des calculs minutieux. Elle se donnait six mois après la naissance pour se remettre en forme et trouver son rythme, puis elle chercherait du travail. D'ici là, elle aurait une bonne idée du marché immobilier de la région. Elle ne doutait pas de pouvoir travailler de nouveau dans ce domaine, elle avait réussi autrefois et l'âge n'entrait pas en ligne de compte. Il suffisait de bien choisir ses tailleurs et d'avoir confiance en soi.

Entre-temps, il lui fallait un endroit où habiter, avant l'arrivée du bébé, sinon elle ne pourrait plus s'échapper. Elle choisirait une maison dans un rayon de quinze minutes en voiture ; pas trop près de celle de ses parents pour ne pas être envahie, mais pas trop loin au cas où elle aurait besoin d'eux. Et vice versa.

Elle dénicha une petite maison idéale. Ridiculement petite pour le prix, mais tout ce qui était à un jet de pierre de la Tamise coûtait les yeux de la tête. De toute façon, elle n'avait pas besoin d'un grand espace. Deux chambres. Une cuisine. Un salon et une salle de bains décente. Elle offrit de payer comptant mais, en échange, exigeait d'emménager avant la fin du mois. Le délai était court, mais elle était en position de force.

Dès qu'elle eut les clés, elle emmena ses parents la visiter. Ils ne comprenaient pas pourquoi elle déménageait, mais ils acceptèrent le fait accompli. Son père se mit immédiatement au travail et installa des étagères. Sylvia l'accompagna dans un entrepôt de tissus bon marché. Elle lui coudrait des rideaux en un rien de temps.

Kay, bizarrement, apprécia de faire les emplettes avec sa mère. Elles choisirent une peinture jaune pâle pour la chambre du bébé. Kay eut du mal à retenir le fou rire qui s'empara d'elle lorsqu'elle se vit en train de dessiner au crayon des petits lapins et des petits canards sur les murs. Son père installa une moquette avec des chutes qu'il avait trouvées et fabriqua lui-même la table à langer, horrifié par le prix de cet article neuf en magasin. Kay dessina des petits lapins et des petits canards également sur la table à langer. Elle ne se reconnaissait plus. En fait, parfois, elle faisait semblant de ne pas être Mme Kay Oakley. Elle ne savait plus très bien qui elle était, mais elle était certaine qu'une fois que le bébé serait né, elle se retrouverait.

# 25

James était passé à la brasserie pour signer d'autres papiers issus du réaménagement. En sortant du bureau, alors qu'il s'apprêtait à descendre les marches, il aperçut Caroline. Elle venait de quitter la construction en préfabriqué qui avait été mise en place en attendant que les rénovations soient terminées dans les anciennes écuries. Il s'arrêta un moment à la porte. Il ne l'avait pas revue depuis le jour où il l'avait renvoyée de Denham House, mais il savait qu'elle travaillait à la brasserie, et qu'elle y accomplissait des merveilles, d'après ce qu'il entendait. Mickey espérait qu'elle allait quitter le journal et venir travailler à plein temps.

James la contempla de loin. Comme elle utilisait surtout le téléphone et qu'il faisait encore froid, elle portait des vêtements sans prétention. Un jean et un chandail serrés et des bottes montantes ; comme d'habitude, elle était habillée pour mettre en valeur ses atouts. Ses boucles étaient tressées en une natte épaisse qui lui retombait dans le dos et elle était en train d'enfiler sa parka en duvet. Il eut le temps d'admirer les rondeurs de ses seins avant qu'ils ne disparaissent sous la veste et frémit au souvenir de leurs caresses sur sa poitrine nue. Elle enfonça son menton dans son col et se dirigea vers l'enclos où Toby attendait son câlin de fin de journée.

James la regarda frotter le museau du vieux cheval, caresser ses oreilles rudement et lui gratter la tête.

Ravi de tant d'attentions, Toby lui donnait des petits coups de museau. Il était en manque de tendresse. Caroline passa ses longs bras autour du cou du cheval et frotta son visage contre lui. James se demanda si Caroline aussi manquait d'affection et, sinon, qui lui en donnait. Il ne se croyait pas irremplaçable et ne pensait pas qu'elle se soit destinée au célibat après son peu courtois renvoi.

Il avait eu le temps de réfléchir durant ces quelques semaines. Lui et Lucy, par un accord tacite, s'évitaient et n'abordaient plus le sujet de ce qui s'était passé entre eux. Elle semblait avoir intégré ce qu'il lui avait dit et il en était soulagé. Il n'aurait pas voulu être responsable de la désagrégation d'une famille entière. Seulement, maintenant, sa vie lui paraissait vide parce qu'il n'avait même plus d'attente. Autrefois, il pouvait toujours s'accrocher à une possibilité à venir.

Il s'était résigné à l'idée que jamais il n'aimerait aussi violemment et aussi passionnément, même en secret, une autre femme que Lucy. Il s'était donné pour mission de remplir le grand vide qu'elle avait laissé dans son cœur. Dernièrement, il était allé passer du temps à Londres pour essayer de l'oublier, mais les blondes platine que ses amis avaient fait défiler devant lui, dans l'espoir de lui trouver une compagne, l'ennuyaient profondément. Elles semblaient toutes s'intéresser principalement à son compte en banque ou à la cocaïne qu'elles allaient sniffer dans la salle de bains. Elles étaient terriblement, terriblement insignifiantes.

Il ne pensait pourtant pas être difficile. La seule condition requise pour devenir candidate à sa compagnie était d'être totalement différente de Lucy afin qu'il ne se rappelle pas ce qu'il avait perdu. En regardant Caroline, il se fit la réflexion qu'elle était vraiment totalement son opposé. Elle était bruyante, extravertie, elle ne savait pas cuisiner et elle était pleine d'ambition. L'antithèse absolue de la femme qu'il aimait. En ajoutant à cela le fait qu'il appréciait beaucoup sa compagnie, son esprit… Elle était parfaite.

Il allait devoir ramer un peu, cependant.

Il s'approcha de Caroline par-derrière, pendant qu'elle donnait à Toby quelques friandises.

— Tu le gâtes.

Elle lui répondit d'un air hautain.

— Il faut bien que quelqu'un le fasse.

— Je te dois des excuses, Caroline. J'ai été méprisable.

Caroline ne put s'empêcher de sourire. Il n'y avait que James pour utiliser une expression comme « méprisable ».

— Tu t'es comporté comme le dernier des connards. Et je n'utilise jamais ce mot, sauf lorsqu'il n'y a que celui-ci qui convienne.

James leva les mains.

— Je le mérite. Tu as raison. J'ai été un véritable…

Il ne parvenait pas à dire le mot.

— Dis-le.

Caroline le défiait, maintenant.

— D'accord. J'ai été un véritable connard.

Caroline eut un sourire de triomphe et tendit d'autres friandises à Toby.

— Accepterais-tu de venir au restaurant avec moi ? Pour faire la paix.

La moitié de Caroline hurlait que non, il n'en était pas question… Elle n'allait pas le laisser s'en tirer aussi facilement… Il l'avait traitée sans aucun égard. Il faudrait qu'il rame beaucoup plus pour obtenir son pardon. L'autre moitié de Caroline imaginait l'alternative : encore une soirée devant la télévision avec un verre, ou trois, de Lambrusco, du pain pita desséché et une demi-tasse de hummus.

Plus tard dans la soirée, ils se retrouvèrent devant une table pour deux au Knowing Pig, un restaurant local promis à une étoile Michelin, qui servait des plats dignes du grand jeu de la séduction et des vins assortis. Caroline était passée chez elle prendre une douche et se changer. Elle avait choisi sa tenue très soigneusement. Elle portait une veste croisée en velours noir avec une jupe à peine visible en peau de zèbre et des bottes montant jusqu'aux genoux et à talons très, très hauts. Les hommes ne pouvaient s'empêcher d'avaler leur salive en les voyant.

Elle attendit qu'ils aient raclé le fond de leur crème brûlée avant de soulever le problème. Elle espérait que les deux bouteilles de vin qu'ils avaient bues ne permettraient pas à James de mentir. *In vino veritas*...

— Alors, est-ce que toi et Lucy... ?

— Est-ce que moi et Lucy quoi ?

Caroline roula les yeux.

— Avez-vous joué au domino ? À quoi penses-tu ?

James n'allait pas lui faciliter la tâche.

— À quoi penses-tu, *toi* ?

— Je pense que vous avez dû baiser comme des bêtes.

James eut un sourire agaçant.

— Faux.

— Évidemment, tu n'avouerais pas. Tu essaies de revenir dans mon lit, n'est-ce pas ? Tu ne vas pas admettre avoir sauté dans le sien.

Caroline se pencha en avant avec un sourire coquin. James entrevit le haut de ses seins, dans la dentelle noire. Il fit tourner les dernières gouttes de vin dans son verre.

— Caroline ! La pauvre femme venait juste d'apprendre que son mari lui était infidèle. Elle était bouleversée. La dernière des choses à laquelle elle pensait était le sexe. Surtout avec son propre beau-frère. Honnêtement, tu as l'imagination trop fertile.

Il lui adressa un sourire suggestif.

— Tu pourrais l'utiliser d'une autre manière.

Caroline se redressa fièrement. Elle n'allait pas le laisser s'en tirer aussi facilement.

— Alors pourquoi m'as-tu virée comme ça le lendemain de Noël, peux-tu me le dire ?

— J'ai toujours été très protecteur envers Lucy. Parce que je connais bien mon frère. Je me sens responsable de lui d'une certaine manière. En apprenant ce qu'il lui avait fait, j'étais bouleversé. Je me sentais obligé de lui tenir la main pendant qu'elle traversait ce moment difficile et je ne pouvais pas vraiment espérer que tu comprennes.

James posa sa main sur celle de Caroline. Indignée, elle s'apprêtait à la retirer, mais il appuya pour la retenir. Il la regarda dans les yeux.

— J'ai commis une grave erreur. J'en suis désolé. Comme tu l'as dit, je me suis comporté comme… une merde. Je ne t'en voudrais pas si tu m'envoyais paître, mais j'aimerais que nous recommencions de zéro.

Caroline avait oublié à quel point un bon repas et un bon vin étaient excitants. Elle avait aussi oublié à quel point la chambre de James était délicieusement séduisante, avec ses bougies, ses draps parfumés, ses centaines de coussins de soie ou de velours et le dessus-de-lit en fourrure qu'il prétendait être du loup mais dont elle savait que c'était de la fausse fourrure, même si elle avait l'impression d'être Julie Christie dans *Le Docteur Jivago*. Quand James laissa tomber goutte à goutte l'huile de massage sur sa poitrine, elle se rappela qu'elle était célibataire depuis avant Noël. Elle ne savait pas si l'absence renforçait les sentiments, mais elle renforçait certainement le plaisir.

Après, alors qu'ils restaient emmêlés, au repos, elle lui raconta qu'elle avait vendu Demelza et pleura, parce que la jument lui manquait. James commença à comprendre que Caroline n'était pas aussi dure qu'elle voulait le paraître. Il sécha ses larmes avec des baisers et lui fit l'amour de nouveau, avec douceur, et elle pleura de nouveau. James se rendit compte alors que, pour la première fois depuis des années, il avait fait l'amour à une femme sans imaginer qu'il s'agissait de Lucy.

Peut-être, peut-être bien qu'il était guéri.

Après avoir donné son préavis au journal, Caroline rejoignit officiellement l'équipe à Honeycote Ales, abandonna sa maison froide et sans âme et emménagea dans Denham House. Un dimanche matin désœuvré, James se pencha pour atteindre la table de nuit du côté de Caroline. Elle pensait qu'il allait allumer la radio et écouter l'émission *The Archers*, mais il farfouilla dans le tiroir. Il finit par trouver ce qu'il cherchait.

Une boîte. À l'intérieur de la boîte, une bague. Et sur la bague, une belle émeraude de la couleur des yeux de Caroline. Pas trop grosse, bien sûr, pour rester de bon goût. Parfaite, comme tout ce que James choisissait. Et elle était à la taille de son doigt. Il avait attendu qu'elle dise oui avant de la lui mettre.

Sapristi. Elle allait être Mme Liddiard. Mme Caroline Liddiard, de Denham House, Eldenbury.

James invita toute la famille à un brunch à Denham House la semaine suivante. Il prépara une énorme pile de crêpes, avec sirop d'érable et lard grillé, accompagnées de champagne et de jus de canneberge.

Lorsque tout le monde eut mangé à satiété, il prit place près du feu et les pria de remplir leurs verres. Il avait une nouvelle à annoncer. Lui et Caroline se marieraient à l'église de Honeycote deux mois plus tard. Caroline, près de lui, rougit joliment. Tout le monde applaudit et les félicita ; une noce tombait bien à propos ; l'événement créerait une ambiance d'anticipation joyeuse. Sophie et Georgina seraient demoiselles d'honneur. Mickey serait le témoin. Lucy pâlit un peu à cette nouvelle, mais personne ne sembla le remarquer.

L'après-midi, après leur retour à la maison, Sophie et Georgina proposèrent de faire du thé. Lucy et Mickey se dirigèrent vers le salon. L'air s'était rafraîchi, aussi Lucy alluma-t-elle un feu. Mickey, appuyé contre la cheminée, gloussa.

— Eh bien, quel retournement, pas vrai ? Ce bon vieux James. Je n'aurais jamais cru qu'il en était capable. Je pensais qu'il resterait célibataire toute sa vie.

Lucy ne répondit pas. Elle tordit un morceau de papier et le fourra sous des bûches. Mickey continua.

— Je suis sûr qu'ils seront très heureux. Tu sais ce qu'on dit, que les opposés s'attirent. Caroline est une brave fille, au fond. Un cœur d'or.

Lucy regardait le foyer, serrant les poings et les dents. Elle dut faire un grand effort pour se maîtriser et ne pas lui jeter à la tête les bûches qu'elle venait de placer. Si seulement il savait ce qu'elle avait sacrifié pour demeurer avec lui ; tout de même, c'était son choix, sa décision, et elle l'avait prise en toute liberté.

Mickey et elle étaient en amnistie ; ils avaient fait la paix, mais cela n'avait pas été facile. Mickey essayait désespérément d'être un bon patient, mais Lucy savait qu'il était déprimé, par la douleur et par la lenteur de sa guérison. Il était frustré de ne pouvoir faire tout ce qu'il aurait aimé faire. Il s'efforçait de montrer un visage joyeux et optimiste que Lucy trouvait parfois pesant. Ils avaient essayé de faire l'amour aussi, et ç'avait été un désastre. Il n'y avait rien là de surprenant, son corps avait subi un tel traumatisme. Mickey, humilié, avait dit qu'il faudrait lui donner le temps. Lucy l'avait rassuré, l'avait embrassé et s'était endormie dans ses bras, mais, au fond, elle était plutôt soulagée.

Lucy alluma une allumette. Sa main tremblait. Elle savait que c'était maintenant ou jamais. Elle pouvait se tourner vers Mickey, tout lui avouer. Lui dire ce qu'elle avait sacrifié pour rester avec lui ; lui dire ce qu'il avait détruit, sa confiance, son respect, avec son aventure sordide ; lui dire qu'elle pouvait prendre le téléphone, appeler James et qu'il oublierait ses fiançailles avec Caroline simplement pour être avec elle.

Bien sûr, elle ne le fit pas. Sa main tremblait et laissa échapper l'allumette.

— Flûte...

— Attends, laisse-moi faire.

Mickey s'approcha. Lucy se détourna rapidement, mais il eut le temps d'apercevoir une larme sur sa joue. Elle l'essuya et il ne dit rien, s'affairant à allumer le feu. Sophie et Georgina entrèrent bruyamment, portant un plateau de thé. Elles riaient.

— Georgina dit qu'elle va être obligée de porter du polyester turquoise...

— Mauve. Probablement mauve.

Lucy se tourna vers elles ; elle avait retrouvé son calme. Elle sourit.

— Ne dites pas de bêtises. Je suis sûre que Caroline vous laissera choisir ce que vous voulez.

— Crois-tu qu'elle soit enceinte ?

Georgina était parfois délicieusement directe.

— Imagine, nous aurons des cousins. Cinq billets de l'heure pour le baby-sitting.

— Ne sois pas si mercantile. Tu dois travailler gratuitement pour la famille, protesta Sophie, qui ne calculait jamais son intérêt.

— Tu pourras venir avec Ned. Vous pourrez vous bécoter sur le divan tant que vous voudrez.

Sophie donna une bourrade amicale à sa sœur. Lucy servit le thé. Patrick arriva et s'assit près du feu à côté de son père. Ils se mirent à parler de la brasserie. Georgina sortit un jeu de Jenga.

Lucy contempla la pièce et se sentit rassurée. Elle avait eu raison de se taire, mais, en passant les tasses, elle se dit que, tout de même, elle aurait mieux aimé que James n'ait pas l'air aussi heureux.

Elle se rendit compte que ses pensées étaient celles d'une vraie garce. Elle se comportait comme une gamine gâtée qui voulait tous les jouets pour elle. Elle ne pouvait pas avoir le beurre et l'argent du beurre. Tout au fond d'elle-même elle aimait Mickey. Il venait de s'approcher pour lui masser les épaules, ayant senti sa nervosité ; elle ne se déroba pas. Elle posa sa main sur la sienne et leva les yeux pour lui adresser un sourire.

Aller vivre avec James aurait constitué un risque. Rester à Honeycote était le choix le plus sage. La sécurité. Lucy se rappela les mots que quelqu'un lui avait dits autrefois : le mariage n'est pas une entreprise de tout repos...

# 26

Sylvia venait d'apporter à Lilac Cottage les rideaux pour la chambre du bébé. La petite chambre baignait dans la lumière du soleil. C'était une oasis de calme. Le vieux nounours de Kay reposait dans le panier en osier. Elle-même était assise dans une berceuse près de la fenêtre et entourée de coussins moelleux. Barton Court, Lawrence, Honeycote et Mickey Liddiard auraient pu se trouver à des millions de kilomètres.

Charlie et Sylvia, debout à la porte, la regardaient fièrement. Kay était dans son monde à elle et souriait. Soudain, elle mit la main sur son ventre et eut un hoquet. Charlie se précipita, inquiet.

— Que se passe-t-il ?

Sylvia roula les yeux.

— C'est le bébé. Très intelligent. Il a attendu jusqu'à ce que tout soit prêt. Va chercher la voiture, Charlie. Est-ce que ton sac est prêt ?

Kay fit oui de la tête. C'était le moment. La prochaine fois qu'elle reviendrait dans cette chambre, elle tiendrait un bébé dans ses bras. Son bébé à elle. Au moment où elle ramassa son sac, des larmes lui piquèrent les yeux.

Dès que Kay arriva à l'hôpital, les douleurs cessèrent. Elle voulait rentrer, mais les infirmières s'inquiétaient de sa tension. Il valait mieux qu'elle reste.

Elles renvoyèrent Sylvia, contre son gré, en lui promettant de l'appeler si le travail commençait. Dès qu'elle eut disparu, Kay informa les infirmières qu'elle ne souhaitait absolument pas la présence de sa mère auprès d'elle pendant qu'elle accoucherait. Elle l'appellerait quand ce serait fini, mais pas avant. Elle se débrouillerait toute seule. La sage-femme hocha la tête d'un air entendu, n'ayant aucune envie de perdre son temps à la contredire. Elle avait assez d'expérience pour savoir que Mme Oakley réclamerait sa mère auprès d'elle dans les minutes qui suivraient les premières contractions. Elle ne se posait aucune question sur M. Oakley. Elle avait vu suffisamment de combinaisons diverses de parents et de compagnons pour ne pas s'étonner de l'absence d'un homme. Cela simplifierait le déroulement des opérations. Les hommes avaient tendance à paniquer ou à vouloir prendre les choses en main, alors que les femmes restaient calmes et savaient être rassurantes.

Elle installa Kay dans une pièce à part. Il y en avait plusieurs de libres ce soir-là et elle avait vu que Kay n'était pas le genre à vouloir discuter avec d'autres futures mamans et partager des histoires d'horreur, d'hémorroïdes, de chevilles enflées, de vergetures ou d'indigestion. Elle la relia au moniteur qui surveillerait le cœur du fœtus puis à une machine pour mesurer ses contractions.

Kay fixa la ligne rouge pendant deux heures. Celle-ci défilait d'une manière constante qui l'irritait. Elle n'accusait aucun soubresaut significatif. La sage-femme lui demanda de sonner si le diagramme changeait, si elle perdait les eaux ou s'il se passait quoi que ce soit d'inattendu. Kay picora un peu dans une salade au jambon peu appétissante tout en essayant de s'habituer à l'idée que le lendemain à la même heure, il y avait de grandes chances pour qu'elle ait un bébé dans les bras. Un tout petit être dont elle serait entièrement responsable. Elle sentit des papillons dans son estomac ; pas l'énervement d'un adulte, mais bien les mêmes papillons que ceux qu'elle sentait, enfant, la veille de son anniversaire ou des grandes vacances. Elle souhaita que la machine commence à donner des signes de changement. Quoi qu'il arrive, elle ne passerait pas une nuit de plus ici, avec ou sans bébé. L'alèze sous le drap lui tenait chaud et la faisait transpirer et le lit était trop étroit pour qu'elle ose bouger. Dans une autre chambre, le travail venait de commencer pour quelqu'un ; la femme meuglait comme une vache et Kay trouvait ce bruit déconcertant.

Elle demanda de quoi lire à l'infirmière qui lui apporta des magazines féminins vieux de deux ans où s'étalaient des problèmes personnels qui donnèrent à Kay l'impression que les siens étaient un don du ciel. Elle s'assoupit, puis se réveilla brutalement lorsque les magazines tombèrent sur le sol. Elle se rendit compte qu'elle venait de rêver de Lawrence et se demanda, juste un instant, ce qu'il faisait, puis, pour se distraire, elle réfléchit à des prénoms. Elle n'avait aucune idée de celui qu'elle choisirait pour son bébé et elle espérait que l'inspiration lui viendrait en le voyant. Tous ceux auxquels elle avait pensé jusqu'à maintenant lui paraissaient trop mièvres ou trop banals. Elle voulait trouver un prénom unique, spécial, mais qui ne soit ni exotique ni prétentieux. Elle savait que le prénom d'un enfant trahit son origine sociale. De plus, l'enfant est marqué à vie. Elle trouvait son propre prénom limite ; plus d'une fois elle avait été tentée d'en changer mais sans savoir par quoi le remplacer. Et puis elle n'aurait pas aimé que quelqu'un de son passé révèle le subterfuge.

L'infirmière finit par lui donner un comprimé pour dormir, car elle aurait besoin de toutes ses forces le jour suivant. Kay supposa qu'il s'agissait d'une pilule de vitamines, d'un placebo qui la dissuaderait de sonner toutes les cinq minutes ; cependant, elle parvint à dormir jusqu'à cinq heures du matin, heure à partir de laquelle elle compta les secondes jusqu'à l'arrivée du chariot du petit-déjeuner. Le diagramme restait désespérément inchangé.

À neuf heures, une interne plutôt joyeuse fit son apparition et l'envoya en salle de travail pour qu'on lui perce les eaux. Une sage-femme munie d'un crochet s'en chargea. Il y eut une petite mare, mais pas grand-chose d'autre. Très peu impressionnée, Kay eut envie de sauter de la table, du lit, du chariot, quel que soit son nom, et de partir au petit trot. Elle ne le pouvait pas. Un des fils du moniteur était relié à une partie innommable de son anatomie et l'autre à une machine qui ne cessait de produire des graphiques indéchiffrables pour Kay, mais qui semblaient constituer une lecture très intéressante pour les sages-femmes qui daignaient venir y jeter un œil à intervalles réguliers.

Après deux heures d'inactivité, l'interne réapparut.

— Nous allons vous poser un goutte-à-goutte. Ça va accélérer le travail.

Dieu merci. Quelqu'un passait enfin à l'action. Kay suivit avec intérêt l'insertion, sur le dos de sa main, d'un tube relié à un sachet de liquide. Elle eut un frisson d'excitation ; la sage-femme lui tapota l'épaule, pensant qu'elle avait peur.

— Ocytocine. Ça déclenche le travail, sans problème. Ça ne sera pas long.

Jamais elle n'avait entendu rien de plus vrai. Baoum ! Kay se retourna en se demandant quel train venait de lui passer sur le dos. Elle ouvrit la bouche pour parler, mais s'aperçut qu'elle n'avait plus de souffle. Un étau de métal semblait exprimer sa force de vie. Elle allait commencer à paniquer lorsque la douleur disparut aussi rapidement qu'elle était arrivée.

— Qu'est-ce que c'était ?

— Bravo. C'était une contraction.

— Ça ne se peut pas. Quelque chose ne va pas...

La sage-femme gloussa.

— Une autre va arriver dans une minute et elles vont augmenter d'intensité, mon chou. N'oubliez pas de respirer.

Les contractions se succédèrent, rapides et violentes. Lorsque Sylvia arriva, Kay jurait comme un charretier, blême de rage, de colère et crachant sur la sage-femme qui ne bronchait pas sous le torrent d'invectives.

— Je veux une épidurale, bordel ! Je me moque de ce que ça coûtera.

— Il n'était plus temps. Vous êtes presque complètement dilatée. Cela vous empêcherait de pousser.

Deux heures plus tard, la douleur atteignait une intensité insupportable. Kay était sûre qu'elle allait mourir. Elle tendit la main, affolée, et attrapa celle de sa mère qu'elle écrasa. Sylvia serra les dents pour ne pas montrer sa douleur. Elle avait du mal à supporter la détresse de sa fille. Kay sanglotait.

— Pour l'amour du ciel, appelle Lawrence au téléphone. Dis-lui de venir ici tout de suite !

Lawrence trouverait une solution. Il ne la laisserait pas souffrir comme cela. Il aurait vite remis à sa place cette sage-femme au sourire pincé. Il avait toujours été là pour elle ; il avait toujours su ce qu'elle voulait. Ils se comprenaient l'un l'autre, Kay et Lawrence. Ils étaient faits l'un pour l'autre. Pourquoi n'était-il pas ici au moment où elle avait le plus besoin de lui ? Elle allait mourir, ne s'en rendait-il pas compte ?

— Tu es sûre ? demanda Sylvia qui hésitait.

Pendant les douleurs de l'accouchement, les femmes disent parfois des choses qui dépassent leur pensée.

— Pour l'amour de Dieu, va le chercher maintenant ! Avant que je meure...

Kay s'épuisait. À ce rythme, Lawrence arriverait juste à temps pour ses funérailles.

Sylvia s'éclipsa pour aller téléphoner d'un appareil public. Elle composa rapidement le numéro de Barton Court. Il était branché sur le portable de Lawrence. Pas de réponse, juste la boîte vocale. Elle hésita, se demandant si elle devait laisser un message, et lequel, lorsque la tête de la sage-femme apparut dans l'entrebâillement de la porte.

— Dépêchez-vous ! La tête du bébé arrive.

Sylvia raccrocha et retourna en hâte auprès de sa fille qui hurlait quasiment à la mort. Quatre minutes plus tard, la sage-femme releva la tête et fit un grand sourire.

— C'est une fille.

Kay, qui s'attendait plutôt à voir apparaître un petit cheval, se laissa retomber contre les oreillers avec un soupir de soulagement. Sylvia essuya une larme. La sage-femme tendit le paquet en souriant.

— Comment allez-vous l'appeler ?

— Flora.

Sylvia n'était pas sûre qu'il soit judicieux d'appeler un enfant comme une marque de mayonnaise, mais elle se dit que Kay retrouverait son bon sens le lendemain. Elle venait de passer douze heures difficiles.

*

* *

Le lendemain matin, Kay était comme sur un nuage, pleine de douceur. Elle était assise et tenait son bébé dans le creux de son bras, un sourire béat sur son visage. Sa mère avait du mal à la reconnaître. Elle pensait que les infirmières lui avaient peut-être administré un médicament qui altérait l'esprit. Kay ne semblait pas s'être rendu compte que ses cheveux partaient dans tous les sens. Elle avait pris une rapide douche de deux minutes pendant que le pédiatre passait Flora en revue, mais elle avait refusé de s'éloigner plus longtemps de sa fille. Sylvia contempla avec une surprise ravie le bébé que Kay approchait de son sein et qui se mit à téter avec contentement. Sylvia avait apporté deux brassières et un chapeau qu'elle avait tricotés en regardant *Emmerdale* durant ces deux derniers mois. Elle fut interloquée en voyant Kay fondre en larmes de gratitude. Elle sanglotait et souriait simultanément. Inquiète, Sylvia s'apprêtait à sonner pour appeler une infirmière, mais Kay secoua la tête.

— Veux-tu que j'appelle Lawrence pour toi ?

Le visage de Kay se durcit.

— Non.

— Mais tu le réclamais de toutes tes forces, hier. Allez, c'est le moment d'enterrer la hache de guerre, à la naissance d'un bébé.

Pour Kay, l'affaire était close, et Sylvia n'apprit rien de plus. Cependant elle était sûre d'une chose, les cris de la veille révélaient que l'armure avait une faiblesse. Kay pourrait protester tant qu'elle voudrait, Sylvia savait que sa fille avait encore des sentiments pour Lawrence. Si seulement elle parvenait à connaître le fond de l'histoire… Il n'y avait pas grand-chance et, de toute façon, pour l'instant, Flora venait en priorité. Sylvia prit sa petite-fille dans ses bras, lui massa le dos et s'efforça de déceler les ressemblances familiales.

Rien. Pour le moment, elle ressemblait à un bébé. Un très joli bébé, voilà tout.

## 27

Le matin des noces de James et Caroline, Lucy trouva Mickey en costume, debout dans la cour des écuries, pâle de nervosité. Tour à tour, il révisait son discours et tâtait ses poches pour vérifier qu'il avait les alliances.

— Je me sens un peu hypocrite. Je ne suis pas vraiment qualifié pour être garçon d'honneur.

— Chut, dit Lucy.

Elle lissa les revers de son veston et tripota son nœud papillon, s'assurant que rien ne clochait dans son apparence. Elle ne dit pas que si quelqu'un devait se sentir hypocrite, c'était bien elle…

Lawrence enfila le costume qu'il mettait pour aller aux courses et fut surpris de constater que la ceinture était trop large. Il savait qu'il avait perdu un peu de poids, mais il n'aurait pas cru en avoir perdu autant. Depuis le départ de Kay, il ne s'intéressait plus à la nourriture, sauf lorsqu'il sortait Kelly et s'efforçait, pour être poli, de feindre l'appétit. Kay n'était pas une grande cuisinière, mais elle faisait un plein hebdomadaire dans les épiceries fines, et le réfrigérateur ainsi que le congélateur étaient toujours pleins de délices à grignoter. Maintenant, Lawrence se contentait de faire quelques courses au marché du garage, dans la rue principale, ou à l'épicerie près de la poste.

Manger était devenu une corvée plutôt qu'un plaisir. Il avalait un toast au petit-déjeuner, une soupe ou une pomme de terre en robe des champs au centre de jardinage, le midi. Parfois, à l'heure du thé, il se laissait tenter par un morceau de gâteau aux carottes ou un brownie, si la gérante insistait. Le plus souvent, cependant, il allait se coucher sans manger.

Il acheva son nœud de cravate avec un geste désinvolte, alla chercher ses jumelles, vérifia qu'il avait de l'argent dans son portefeuille puis se dirigea vers sa voiture. Il emmenait Kelly aux courses. Des amis qui avaient une loge à Cheltenham les avaient invités pour l'après-midi. Un soulagement pour Lawrence qui ne voulait pas être dans les parages de Honeycote pendant les noces de l'année. Il ne voulait pas retourner le couteau dans la plaie. En d'autres circonstances, il était sûr que lui et Kay auraient été invités et qu'ils seraient en train de se préparer ; qu'ils auraient aussi fourni les fleurs...

Il était un peu préoccupé. Son téléphone mobile avait sonné la veille, mais comme il n'avait pas reconnu le numéro il n'avait pas pris la peine de répondre. Il avait horreur des appels non sollicités. Cependant, la curiosité aidant, il avait découvert l'origine du numéro. Slough. Quelqu'un l'avait appelé de Slough. Il n'y avait qu'une seule personne de sa connaissance qui soit en rapport avec Slough.

Il se torturait l'esprit à se demander si c'était elle, et si oui, ce qu'elle pouvait bien vouloir. Il finit par choisir de ne plus y penser ; si c'était important, elle retéléphonerait...

Lorsqu'il arriva non loin de la taverne Honeycote Arms, une scène inhabituelle attira son attention. Une magnifique Lagonda vert foncé était stationnée. Elle était en état de participer à un concours, sa peinture brillait comme du verre, ses cuirs étaient soigneusement polis. Une énorme rosette couleur crème était attachée sur le devant reliée à deux rubans qui traversaient le capot de chaque côté. C'était certainement celle qui allait chercher Caroline, pensa Lawrence. Il ressentit un peu de jalousie en imaginant l'optimisme que les futurs époux devaient ressentir ce matin. Il regarda un homme jeune aux bras musclés ouvrir le capot pour vérifier soigneusement les niveaux d'huile et d'eau. C'était un jeune homme d'une vingtaine d'années, habillé d'un uniforme de chauffeur et portant des bottes reluisantes. Ses cheveux blond cendré étaient soigneusement plaqués derrière ses oreilles. Un homme comme toutes les femmes en rêvaient : asservi et arrogant à la fois. Lawrence lui envia sa jeunesse, sa force, sa beauté, puis se consola en pensant qu'il était probablement gay. Qui d'autre aurait l'idée de s'habiller de cette manière un dimanche matin ?

Il retint sa respiration en voyant Kelly sortir de la taverne, portant avec précaution un broc d'eau. Elle était magnifique dans sa robe de mousseline rose et sa veste assortie. Ses cheveux étaient coiffés en une natte à la française qui lui retombait dans le dos ; ses talons étaient toujours aussi hauts. Elle était l'image même de la joliesse. Lawrence avait hâte de se montrer à son bras.

Elle tendit le broc au jeune homme qui la taquina en menaçant de lui lancer l'eau. Kelly leva les bras au ciel comme si elle était horrifiée et rit avec coquetterie. Lawrence sentit ses entrailles se nouer en regardant ce tableau. Tous deux formaient un contraste parfait. Elle était l'image de la féminité, lui de la masculinité. Lawrence venait de comprendre que ses soupçons antérieurs n'étaient pas fondés. Tous deux étaient jeunes et beaux.

Lawrence sentit une boule dans sa gorge. Il continua à regarder pendant que le jeune homme, l'homme, qu'importe, remplissait le réservoir du moteur et rendait le broc à Kelly. Il referma ensuite le capot. Il eut du mal à ne pas détacher ses yeux de la scène lorsque Kelly repoussa soigneusement du bout de son doigt manucuré une mèche de cheveux qui tombait sur les yeux du jeune homme. Elle était perfectionniste pour tout ce qui touchait à l'apparence. Le geste était intime, presque aimant, certainement familier. Le jeune homme lui fit un clin d'œil pour la remercier, sauta en voiture et attendit que Kelly recule avant de démarrer puis de partir. Kelly lui adressa des signes de la main pendant un moment. Le vent jouait avec quelques boucles qui s'étaient échappées de sa natte. Elle fit ensuite demi-tour et retourna dans la taverne, sans se rendre compte que quelqu'un la regardait.

Lawrence avait la nausée. Qui était ce jeune homme ? À l'évidence, quelqu'un qu'elle connaissait bien et qu'elle aimait bien. Il savait qu'il aurait dû ressentir de la colère, de la jalousie et vouloir la protéger. Il aurait dû courir après le jeune homme avec une pétoire. Or il ne ressentait qu'un peu de tristesse, parce qu'il savait que Kelly appartenait au monde de ce jeune homme, quel qu'il soit. Ou de quelqu'un comme lui, qui avait la même vitalité. Pas un vieux machin comme lui, du mauvais côté de la quarantaine et assez vieux pour être son père, réflexion qu'il pouvait lire sur plus d'un visage lorsqu'ils sortaient ensemble.

Kelly ressortit de la taverne munie de son sac à main et de ses lunettes de soleil. C'était une belle journée claire de printemps. Ravie, elle ouvrit la portière de la voiture et déposa un baiser sur sa joue. Elle ne semblait aucunement gênée. Il inspira comme s'il voulait emplir ses poumons de son odeur pour la dernière fois. Elle lui donna un coup de coude amical.

— Tu sais, Rick conduit la voiture de la mariée.

Lawrence dut réfléchir rapidement. Rick ? Bien sûr ! Le frère de Kelly, Rick, qui travaillait au garage Crossways. Il ne l'avait jamais vu que de loin, auparavant, en salopette et couvert d'huile. Il sourit faiblement.

— Je ne l'avais pas reconnu.

— Il s'est mis sur son trente et un. C'est son nouveau boulot du samedi ; trente billets par mariage.

Bizarrement, l'explication ne rassura nullement Lawrence, même si Rick ne constituait pas une menace pour lui. Il n'en demeurait pas moins que lui, Lawrence, était bien trop âgé pour Kelly.

Pendant que Kelly s'installait sur le siège avant, il décida de garder le silence, pour l'instant. Autant profiter de cette dernière journée ensemble. Elle avait passé la semaine à se faire une fête d'aller aux courses. Toutefois, après, il faudrait tirer sa révérence.

Ils avaient passé de bons moments ensemble, mais Lawrence ne voulait pas se rendre ridicule, ni que les gens aient une mauvaise opinion de Kelly. Il n'était pas difficile de deviner leurs pensées lorsqu'ils suivaient sa voiture des yeux. Qu'elle était avec lui simplement pour son argent. Il lui fallait quelqu'un qui soit sur la même longueur d'ondes qu'elle ; quelqu'un qui saurait de quoi elle parlait lorsqu'elle décrivait la dernière robe de Posh Spice ou les rebondissements du dernier feuilleton télévisé à la mode.

Pendant que Kelly gigotait près de lui, fouillant dans son sac, retouchant son rouge à lèvres, Lawrence se demanda quel serait le meilleur moment pour lui annoncer la nouvelle. Elle ne se fâcherait certainement pas. Surtout lorsqu'il lui révélerait le prix de consolation…

James et Caroline avaient choisi d'organiser un petit mariage campagnard, qui aurait lieu dans l'église de Honeycote, puis à Denham House. Toutefois, il y avait plus d'une centaine de personnes dans la petite église, membres de la famille, amis et associés d'affaires, pour assister au spectacle. Aux premières notes de *L'Arrivée de la reine de Sabbat,* les têtes se tournèrent et les cous se tendirent.

— Dieu du ciel ! murmura Mickey, admiratif devant son frère.

James attendit patiemment que sa promise arrive près de lui avant de l'admirer.

Caroline était époustouflante. Il lui avait fallu des heures pour choisir sa tenue, mais elle ne pensait pas s'être trompée. La toilette convenait à sa personnalité, à l'occasion et au décor.

La robe elle-même n'était qu'un simple fourreau, en satin duchesse de couleur crème à peine nuancé d'or, juste assez pour lui donner de la profondeur sans tomber dans le mauvais goût. Par-dessus, la pièce de résistance était une redingote de la même étoffe, très ajustée et serrée à la taille, avec une traîne si longue et généreuse que l'on aurait cru des vagues ondulantes qui la suivaient dans un satin soyeux et chatoyant. Les revers de la veste et les manchettes étaient ornés de motifs de perles brodés à la main. Elle portait des bottes à bouts pointus, en chevreau crème ; ses cheveux étaient ramassés sur le haut de sa tête, retenus par un peigne en écaille de tortue, et retombaient en une couronne de bouclettes. Elle tenait à la main un bouquet de roses porcelaine astucieusement mêlées à des tiges de houblon. Toute l'assemblée émit un murmure admiratif.

Derrière elle, Sophie et Georgina portaient de la soie verte et des châles en velours, car la brise d'avril était fraîche. Elles étaient suivies de la ribambelle de nièces de Caroline, habillées de robes en dentelle anglaise et portant aux pieds des chaussons de danse. Patrick et Ned, terriblement séduisants dans leurs jaquettes, refermèrent les portes de chêne de la petite église et la cérémonie commença.

Lucy était au premier rang. Elle était vêtue d'une robe bleu pâle et d'un immense chapeau avec des plumes d'autruche, simple mais saisissant; très Audrey Hepburn. Elle eut un sentiment de fierté en regardant ses filles, si adultes et si belles. Elle se sentit fière, aussi, de Mickey, debout près de son frère. Il avait décidé de se passer de sa canne durant tout le mariage. Elle l'observa pendant qu'il cherchait anxieusement dans sa poche le petit écrin en daim des alliances. Elle sourit. Il s'était fait tellement de souci; il voulait que tout soit parfait; rien de ce qu'elle lui disait ne parvenait à le rassurer, mais elle savait que la cérémonie se déroulerait à la perfection.

La voix de James articulant les vœux s'éleva. Lorsqu'il passa la bague au doigt de Caroline, Lucy repensa au jour où Mickey lui avait mis son alliance. Elle regarda sa main comme pour vérifier que l'anneau y était toujours. Elle essuya une larme lorsque le marié et la mariée échangèrent un baiser. Ce n'était pas une larme de regret. Elle pleurait toujours aux mariages.

Denham House avait été transformée pour la réception. Les invités furent conduits vers la salle à manger, dont les portes-fenêtres ouvraient sur la terrasse. Une bâche, tendue au-dessus du jardin muré, donnait l'impression d'un chapiteau. Des chauffages discrets déployaient juste assez de chaleur pour que la fraîcheur printanière n'incommode personne. Des fleurs en pot avaient été ajoutées un peu partout pour accompagner les rares bourgeons déjà sortis de terre. De quelque côté que l'on se tourne, on pouvait voir des narcisses, des jacinthes, des crocus ou des primevères. Les haies et les buissons étaient couverts de guirlandes de petites lumières et des centaines de bougies étaient allumées un peu partout : de grosses bougies d'église, perchées sur des piliers, des votives, placées dans des verres sur les murs, et de longues chandelles plantées au hasard dans les pots de fleurs. Le jardin ressemblait à une grotte magique. Des roses crème à longues tiges, des lys et du lierre avaient été attachés aux troncs des arbres avec de gros nœuds de mousseline, et le chemin dallé était couvert de pétales de rose.

Caroline et James avaient choisi de ne pas offrir un repas de mariage à table. Ils préféraient que leurs invités fassent connaissance et puissent se parler. Le menu était donc constitué essentiellement d'amuse-gueule présentés par un bataillon de jolies serveuses qui avaient pour mission de nourrir tout ce beau monde. James avait tenu à ne servir que des produits locaux. À leur arrivée, les invités recevaient une petite tasse en porcelaine contenant une soupe d'asperge d'Evesham. Ensuite venaient des saucisses de Gloucester à l'ancienne, des côtelettes d'agneau, un carpaccio de viande de gibier, des tartelettes de porc et des œufs de caille à l'écossaise... Un éventail de canapés qui furent engloutis sans tarder. Vinrent ensuite des meringues miniatures en forme de cœur, des profiteroles au chocolat blanc et des tartes au citron. Pour arroser le tout, James et Caroline avaient décidé qu'il n'y aurait que du champagne.

Caroline avait l'impression d'être une princesse, ce que mérite toute jeune fille le jour de son mariage, mais elle ne s'était jamais doutée qu'un tel bonheur puisse exister. Chacun des invités qui venait les féliciter était touché par la grâce et la joie qui émanaient d'elle. James, à ses côtés, souriait, fier et protecteur.

*
* *

Après le gâteau et les discours qui émurent tout le monde, Ned glissa un disque compact de Whitney Houston dans la chaîne stéréo de James. Les haut-parleurs déversèrent les premières notes de *I Will Always Love You* par les portes-fenêtres jusqu'à la terrasse. Les invités, éméchés, encourageaient les époux à ouvrir le bal. James, qui avait habituellement horreur de ce genre de démonstration publique, tendit la main vers son épouse. Elle glissa dans ses bras et posa sa tête sur son épaule; ils commencèrent à danser un slow langoureux pour le plus grand plaisir de leur public.

Petit à petit, d'autres invités se joignirent à eux sur la piste de danse. Ned, qui s'était tenu sur une urne en pierre en prétendant être un sauvage chef d'orchestre, sauta dans la foule à la recherche de Sophie qu'il attira, malgré ses protestations et ses fous rires, dans le cercle des danseurs. Patrick tendit la main à Mandy qui se sentait un peu dépassée par les événements. Elle glissa ses doigts dans les siens et se rappela la toute première fois qu'elle avait pris sa main et s'était juré de lui appartenir un jour. C'était le cas, maintenant, et elle restait étonnée de se sentir si bien, qu'ils ne fassent déjà presque plus qu'un. Elle avait découvert chez Patrick des profondeurs inconnues qu'elle n'aurait jamais imaginées et chaque révélation lui en apprenait un peu plus sur elle-même. Chaque jour lui apportait des surprises. La vie était excitante; un voyage à la découverte de soi qu'elle espérait ne jamais voir finir.

Mickey souffrait le martyre à cause de sa jambe, mais il y allait de son honneur. Il chercha Lucy dans la foule des invités. Elle se tenait dans le salon, en proie à une tristesse rêveuse, comme si elle attendait un partenaire. Il se glissa dans sa ligne de mire et lui sourit en guise d'invitation.

Il crut d'abord qu'elle ne l'avait pas vu, car elle continuait à regarder par-dessus sa tête, dans la direction des nouveaux mariés. Lorsqu'elle rencontra son regard, elle sourit, posa son verre et le rejoignit. Il la prit et la serra dans ses bras, sa femme si belle, dont les cheveux sentaient les freesias, dont les joues étaient douces comme de la peau de pêche, qui l'aidait à oublier les terribles douleurs de ses membres... La musique les réunit.

*

* *

Dans le salon, Keith Sherwyn accepta un autre verre de champagne que lui tendait une serveuse consciencieuse. Il regardait la scène avec un sourire presque paternel. Peu lui importait qu'il n'ait pas de partenaire pour danser sur les pierres moussues. Il n'était pas tout à fait prêt pour cela.

Il s'étonnait encore de penser que quelques mois auparavant seulement il vivait une morne routine et s'efforçait d'entretenir un empire qui étouffait sa spiritualité tout en gonflant ses poches. Il frémit à la pensée que si le destin n'était pas intervenu, il serait encore dans cette routine, triste, exploité, sans espoir de s'épanouir.

Aujourd'hui, le défi de la brasserie le remplissait de bonheur, satisfaisait sa créativité et ses dons d'homme d'affaires. Il avait un nouveau foyer : Mandy et lui faisaient déjà les plans de rénovation de leur maison et, entre-temps, ils avaient loué quelque chose dans les environs de Honeycote. Sa fille était heureuse ; la séparation entre Sandra et lui ne semblait pas l'avoir bouleversée. Patrick lui paraissait un compagnon très convenable. Il laissa flotter son imagination. Il y aurait peut-être un autre mariage dans le futur, qui unirait les intérêts des Liddiard et des Sherwyn. Il se moqua de lui-même. Il n'allait pas comploter une union ; leur romance débutait à peine.

Il se sentait heureux d'être là, simplement, à contempler le spectacle sur la terrasse, mais tout au fond, une petite lueur d'espoir lui disait qu'il y avait bien quelqu'un pour lui quelque part.

Au crépuscule, James et Caroline commencèrent à prendre congé de leurs invités. Patrick savait qu'à ce moment tout le monde serait distrait, aurait l'esprit occupé par l'heure romantique et les souhaits de bonheur aux heureux mariés qui se préparaient à entreprendre leur vie à deux. Il attrapa la main de Mandy.

— Viens.

Elle le suivit, sans poser de questions. Ils se glissèrent dans la maison et ressortirent par la porte de devant. Ils marchèrent dans la rue sans que Patrick révèle quoi que ce soit. Il conduisait Mandy par la main sur la large chaussée. Ils dépassèrent les boutiques d'antiquités, les agences immobilières et les restaurants qui constituaient Eldenbury. Elle le suivait, haletante et les yeux écarquillés d'anticipation.

Ils arrivèrent enfin au Horse and Groom. Patrick évita l'entrée principale, car la taverne était déjà pleine de buveurs. Il dirigea Mandy sur le côté vers un escalier de bois de guingois qui menait au premier étage. Il s'arrêta devant une porte de chêne. Mandy lui adressa un regard perplexe, mais le sourire qui dansait sur ses lèvres disait à Patrick qu'elle savait. Confiant, celui-ci fit jouer la clenche doucement et attira Mandy à l'intérieur.

L'exclamation ravie de Mandy lui prouva que Mayday lui avait fait honneur. Emporté par l'ambiance romantique, il lui avait téléphoné depuis la maison de James et elle s'était rachetée en suivant ses instructions à la lettre. L'heure avait sonné. L'heure qu'ils avaient tous deux tant attendue.

Mayday, dont l'amour du théâtre et le sens dramatique ne se démentaient pas, avait préparé la pièce et créé une atmosphère de conte de fées. La lumière ne provenait que d'un seul candélabre immense et d'un feu qui brûlait doucement dans l'âtre. Un parfum flottait dans l'air, pas de ces encens lourds que Mayday utilisait habituellement, mais une odeur plus subtilement exotique et sensuelle. Des haut-parleurs invisibles produisaient un jazz langoureux qui caressait les sens sans les envahir. Le lit était couvert de draps de velours écarlate et une rose d'un rouge sombre avait été placée sur l'oreiller. Une bouteille de champagne rafraîchissait dans un grand seau d'argent à côté duquel deux lourds gobelets attendaient. Patrick ne put s'empêcher de s'imaginer remontant la rue à cheval avec Mandy, sautant à bas de leurs montures qu'ils confiaient à l'aubergiste. Il l'aurait portée jusqu'à la chambre dans ses bras, lui le bandit de grand chemin et sa dame…

Mandy regardait autour d'elle, émerveillée.

— C'est magnifique, murmura-t-elle dans un souffle.

— Non, dit Patrick. Tu es magnifique.

Il l'attira dans ses bras. L'heure était parfaite, le décor, invite. Ils avaient attendu longtemps ; il fallait que l'instant soit mémorable.

Une parade d'invités, plusieurs passablement éméchés, sans chaussures ou sans chapeau, titubèrent dans la rue où attendait la Lagonda verte qui devait emmener les jeunes mariés à l'aéroport. Quelqu'un avait distribué des centaines de cierges magiques et les invités formèrent une avenue en deux rangées face à face, au milieu de laquelle marchèrent James et Caroline, salués par des exclamations de joie et des vœux de bonheur.

Un peu plus bas sur la route, dans la prairie, Keith était allé donner le signal à quelqu'un. C'était son cadeau aux mariés. Comme il ne savait quoi leur offrir et ne voulait pas choisir un présent sur la liste, ce qu'il trouvait trop banal, il avait décidé de faire de leur départ un moment mémorable. Il savait que le geste était un peu ostentatoire, mais il s'en moquait : il avait un côté m'as-tu-vu et plus d'argent que de goût, mais il était ainsi, le resterait probablement toute sa vie et il en était fier. De toute manière, tout le monde aime les feux d'artifice.

Il leva les pouces en direction des pyrotechniciens juste au moment où James et Caroline faisaient leurs derniers adieux, embrassant Mickey et Lucy devant la portière de la voiture qui les attendait. Lorsque la première fusée s'éleva dans la nuit, des visages étonnés se tournèrent, alertés par le bruit. Lorsque des centaines d'étoiles d'argent et d'or éclatèrent et illuminèrent la rue tout entière, la foule applaudit à tout rompre. Il avait eu raison. Tout le monde aime les feux d'artifice. Ils soulignaient la magie de l'occasion, la célébration. Keith regardait avec bonheur les visages des invités qui s'éclairaient au spectacle. Le bouquet fut constitué des initiales des jeunes mariés enlacées dans un cœur, comme un blason dans le ciel que tout le Gloucestershire et probablement même le Worcestershire et l'Oxfordshire purent admirer.

Parfois, être un peu m'as-tu-vu valait la peine.

Mandy reposait dans les bras de Patrick, riant et pleurant à la fois, pas trop sûre de la réalité de ce qu'elle venait de vivre. Elle n'aurait jamais pu imaginer un plaisir aussi grand. Il étouffa ses cris avec des baisers, en souriant et en s'efforçant de la faire taire. Elle lui adressa un regard langoureux.

— J'ai vu un feu d'artifice, dit-elle, rêveuse.

Patrick répondit en souriant.

— Moi aussi.

Tous deux éclatèrent de rire, roulèrent dans les bras l'un de l'autre et recommencèrent à s'embrasser passionnément. Cette fois, Patrick la pénétra doucement, en contrôlant ses mouvements et en lui montrant comment bouger en même temps que lui. Ils firent l'amour doucement, langoureusement, chacun à l'écoute de l'autre et non uniquement de lui-même.

Lorsqu'il se perdit en elle, Patrick comprit qu'il n'avait jamais fait l'amour auparavant. Il avait baisé, niqué, sauté un tas de filles, mais c'était la première fois qu'il entrait dans l'âme de quelqu'un. Il en resta pantois.

Lawrence venait juste de passer la colline qui redescendait vers Honeycote lorsqu'il aperçut le feu d'artifice. D'abord étonné, il s'arrêta sur le bas-côté pour regarder, puis comprit, en voyant un grand C mêlé à un grand J sur l'horizon, qu'il s'agissait de la célébration du mariage de James et Caroline. Kelly était endormie à côté de lui. Il pensa un instant la réveiller, mais le feu d'artifice l'avait rendu mélancolique, lui rappelant l'échec de son propre mariage.

La journée avait confirmé la justesse de la décision qu'il avait prise. Il avait remarqué les autres femmes qui levaient des sourcils étonnés et soustrayaient sans doute mentalement l'âge de Kelly du sien, échangeant les unes avec les autres des regards entendus. Ses associés en affaires lui avaient donné des petits coups de coude complices et glissé à l'oreille quelques remarques salaces lorsque les femmes n'écoutaient pas. Lawrence s'était senti humilié, pas seulement pour lui mais aussi pour Kelly ; ces attitudes impliquaient qu'elle n'était qu'une aventurière et il savait que ce n'était pas le cas.

Il savait mieux que personne que Kelly, en dépit des apparences, aurait préféré dépenser son argent à elle plutôt que celui d'un autre. Elle avait de l'ambition et une éthique. Elle voulait réussir dans la vie, posséder son propre salon, sa propre Porsche. Un jour. À cause de cela, Lawrence l'admirait beaucoup et, bien qu'il sache qu'elle était férocement indépendante, il était sûr qu'il pourrait la persuader qu'un petit coup de pouce ne lui ferait pas de mal, surtout s'il ne demandait rien en retour.

Kelly s'éveilla au son des dernières explosions du feu d'artifice dans la nuit. Lawrence posa doucement sa main sur son bras.

— Kelly ?

Ses grands yeux interrogateurs se posèrent sur lui.

— Oui ?

— Il faut que nous parlions.

# 28

Kelly était triste que sa relation avec Lawrence prenne fin. Elle l'aimait bien, mais elle était aussi réaliste. Elle savait qu'il était trop vieux pour elle ; elle voulait tomber amoureuse de quelqu'un, elle ne cherchait pas un papa-gâteau.

Par contre, la proposition qu'il lui avait faite l'avait remplie de joie. Il lui avait clairement expliqué qu'il s'agissait d'un contrat d'affaires. Ils seraient partenaires ; lui, fournirait le local, et elle, les heures de travail et son savoir-faire. Ils avaient prévu d'ouvrir l'automne suivant, ce qui leur donnait le temps de trouver un emplacement approprié et, à Kelly, le temps de passer ses examens. Il était inutile d'ouvrir un salon de beauté sans les certificats adéquats.

Elle avait décidé qu'elle décorerait le salon en blanc, lilas et argent. Des couleurs calmes, apaisantes, avec des rideaux en voile ondoyant et de la musique classique en fond sonore. Ce serait très chic. Le projet l'exaltait, même si elle savait qu'elle devrait travailler très fort. Elle ouvrirait tard le soir, pour les femmes qui travaillaient, et le samedi, bien sûr, serait sa journée la plus chargée, mais le travail n'avait jamais effrayé Kelly. Ses parents lui avaient montré l'exemple. Elle les avait aidés à la taverne dès qu'elle avait été en âge de le faire, bien qu'ils aient toujours insisté pour qu'elle choisisse sa carrière et ne suive pas leurs traces. Elle n'oublierait jamais le nom d'une cliente, ni comment elles aimaient leur café, ni la couleur de leur vernis à ongles préféré. C'est l'attention aux détails qui fidélise la clientèle. Les gens aiment être dorlotés et ils aiment qu'on les reconnaisse. Elle commençait à se demander quel nom choisir. Sa mère aurait peut-être une suggestion. Eileen était devenue beaucoup plus joyeuse depuis qu'elle et Ted avaient décidé de quitter la taverne Honeycote Arms. Tout semblait s'arranger.

Lawrence, lui aussi, était ravi de ce projet. Cela l'occuperait à côté du centre de jardinage, même si le défi était loin d'avoir l'envergure de ce qu'il aurait voulu réaliser avec la brasserie. Sans doute était-il préférable d'être motivé par l'altruisme plutôt que par la revanche. Il aimait réellement beaucoup Kelly et se souciait de son avenir. Il savait qu'elle connaissait bien son métier et ne voyait pas l'intérêt de la laisser perdre son temps et se faire exploiter dans le salon de beauté de quelqu'un d'autre alors qu'elle pourrait profiter elle-même des avantages de ses qualités. Il garderait un œil sur ses affaires, même s'il se doutait bien que dans quelques années elle serait tout à fait capable de s'en occuper elle-même. Un jour, elle lui rachèterait probablement sa part. Il lui ferait un prix, puisque de toute façon il faudrait qu'il paie des impôts sur ce qu'elle lui donnerait ; autant que ce soit elle qui en profite. Ou peut-être ouvriraient-ils un autre salon ; démarrer une petite chaîne. Comme d'habitude, Lawrence commençait à voir les choses en grand. Il rit de lui-même. Lawrence Oakley, magnat des salons de beauté ? Non, il allait mettre Kelly sur les rails, puis couper les ponts. Après tout, il avait d'autres plans, plus importants.

Il ne savait pas trop comment il parviendrait à retrouver Kay. Elle avait changé le numéro de son portable et ne lui en avait pas laissé d'autre. Évidemment, il lui avait fait assez clairement comprendre que tout était fini entre eux. Il pensa à engager un détective privé, mais cela lui parut vulgaire, presque abject.

Puis il pensa téléphoner à ses parents. Il savait qu'elle n'en était pas très proche, mais elle n'avait certainement pas coupé totalement les ponts avec eux. Elle n'aurait pas voulu les blesser délibérément.

Une semaine plus tard, lorsqu'il se décida enfin à appeler Sylvia Porter, elle parut soulagée.

— Je ne sais pas ce qui s'est passé entre vous et je ne veux pas le savoir.

J'en doute un peu, pensa Lawrence.

— Tout ce que je sais, c'est qu'elle a besoin de vous.

— Comment le savez-vous ?

— Parce qu'elle hurlait votre nom dans la salle d'accouchement. Vous auriez dû être auprès d'elle, vous savez. Peu importe ce qui s'est passé.

Il y eut un lourd silence.

— La salle d'accouchement ?

— Je suis allée la retrouver à la fin. Elle prétendait qu'elle pouvait se débrouiller, mais je sais ce que c'est. Aucune femme ne devrait accoucher toute seule.

Lawrence déglutit.

— Elle… a eu le bébé, alors ?

— Je ne vous le dis que parce que je pense que ce n'est pas normal qu'elle élève ce bébé toute seule. Par contre, je vous en supplie, ne lui dites pas que je vous l'ai dit.

— Je ne le lui dirai pas, je vous le promets.

Sylvia lui donna l'adresse. Lawrence reconnut le nom du village. Il n'était pas très éloigné de la maison qu'elle lui avait vendue tant d'années auparavant. Il le mémorisa aussitôt, remercia rapidement Sylvia puis remonta dans sa voiture avant de changer d'avis. Sylvia rapprocha ses deux mains et s'autorisa une prière rapide. Sa fille allait bien ; elle était très fière de la manière dont elle s'était débrouillée, mais, quelle que soit la façon dont on envisageait les choses, un bébé avait besoin d'un père, un point c'est tout.

Lilac Cottage était la dernière d'une rangée de maisons mitoyennes qui n'avaient pas encore, grand merci, été saccagées par l'arrivée des fenêtres en PVC et des revêtements en fausse pierre. Lawrence s'arrêta à la petite barrière et suivit des yeux le chemin qui menait jusqu'au joli landau bleu marine garé devant la porte d'entrée. Il était digne de figurer dans Mary Poppins et il devait occuper quasiment toute la largeur de l'entrée dans cette maison si petite. Typique de Kay. Qualité plutôt que quantité. Elle aurait sûrement pu acheter une maison plus grande et plus moderne avec l'argent qu'il lui avait donné, mais elle avait eu raison de choisir celle-ci ; c'était un bien meilleur investissement. Lawrence ressentit une fugace bouffée de fierté. Elle avait appris d'un bon maître.

Il leva la clenche et remonta l'allée, jusqu'au landau auprès duquel il s'arrêta. De l'intérieur, Kay le regardait. Elle aimait mettre le bébé à l'extérieur pour qu'il prenne l'air frais du matin, mais elle ne le quittait pas des yeux, comme un faucon. Lawrence prit une grande inspiration et ferma les yeux un instant avant de se baisser pour regarder. Il aperçut une adorable petite poupée aux couleurs de pêche et de crème. Il contempla, émerveillé, les couvertures qui montaient et descendaient à peine au rythme de son souffle.

Il leva les yeux vers Kay qui se tenait debout dans l'entrée. Il fut surpris de voir combien elle avait changé. La maternité avait adouci ses traits autrefois anguleux. Ses cheveux étaient plus longs, plus foncés et elle les avait attachés sur le dessus de sa tête. Des mèches folles retombaient sur son visage qui n'avait aucun maquillage. Lawrence fut surpris d'apercevoir des taches de rousseur. Même ses vêtements étaient différents. Elle s'était débarrassée des costumes agressifs de maîtresse femme, des vêtements qui affirmaient sa forte personnalité. Elle portait un chandail crème, assez ample pour cacher les quelques kilos qu'elle avait pris, sur une ample jupe en batiste ; aux pieds, elle portait des espadrilles.

— Comment s'appelle-t-elle ?

— Flora.

Flora. La déesse du printemps. Pourquoi avait-elle choisi ce nom ? Il posa sur elle des yeux interrogateurs et fut surpris de rencontrer un regard doux plutôt qu'un air de défi. Kay souriait.

— Vas-y. Prends-la. Elle ne va pas se réveiller. Elle dort à poings fermés.

Elle confirma sa proposition d'un signe de tête. Après quelques hésitations, Lawrence se pencha et ramassa le petit paquet rose si doux. Il ne savait pas trop s'il devait prendre tous les draps et couvertures qui l'entouraient et hésitait.

— C'est bon. Elle est plus dure qu'elle n'en a l'air.

Lorsque Lawrence approcha le bébé de sa poitrine, il fut envahi d'un sentiment de chaleur. Instinctivement, Flora se recroquevilla contre lui pour se mettre à l'aise. Il s'étonnait que cela lui paraisse si juste, si naturel. Il regarda Kay pour qu'elle le rassure. La chaleur de ses yeux, sa fierté lui firent soudainement honte. C'était ce petit paquet qui était important et non pas à qui il appartenait, s'il était à lui, à eux, à Kay. La fierté, les principes, l'*ego*, rien de cela n'était important.

Il se baissa pour caresser du nez le duvet blond blanc de sa tête. Il voulait parler, mais put à peine articuler.

— Elle est belle.

À ce moment, le bébé remua, dérangé, peut-être, par les sons et les odeurs inhabituels, mais elle ne protesta pas. Elle ouvrit les yeux, regarda vers le haut avec curiosité et tendit une petite patte rose. En la voyant, Lawrence sentit son cœur chavirer. Cette vision confirmait la sagesse de ce qu'il envisageait. Les yeux qui le fixaient étaient le reflet parfait de ceux de Kay. Deux billes vertes, cerclées de foncé avec d'étranges reflets roux au centre. On aurait dit un clone de sa mère, comme si la reproduction avait eu lieu sans l'aide d'un autre.

Il s'éclaircit la voix, s'efforçant de dégager la boule qui obstruait sa gorge.

— Si tu mets la maison sur le marché maintenant, tu auras un bon prix. C'est la bonne époque de l'année pour vendre. Il suffirait d'accrocher quelques paniers de fleurs.

— Oh, et où irais-je les chercher ?

Elle avait répondu sur le ton de la plaisanterie. Lawrence grimaça.

— Je te ferai un prix.

La réflexion se voulait légère, pour déguiser le poids du sens caché. Flora agita la main dans les airs, comme un petit arbitre miniature, pendant ce qui parut à Lawrence une interminable attente. En dépit de ses principes de vendeur, il se décida le premier, se rendant vulnérable, probablement pour la première fois de sa vie.

— Reviens.

C'était une prière, pas un ordre, et Kay le regarda intensément. Il y avait tant de non-dits, tous deux le savaient. Ils étaient également coupables, également innocents. Elle sentit une angoisse monter furtivement dans son estomac, dans son cœur, comme s'ils allaient éclater. Pouvaient-ils vraiment recommencer ? Tous deux étaient des cyniques, pas des romantiques, mais, après tout, c'était peut-être un avantage.

Bien sûr que ça pourrait marcher. Ils avaient maintenant un centre d'intérêt commun. Auparavant ils avaient pataugé dans l'autosatisfaction, incapables de communiquer parce qu'il n'y avait pas de liens entre eux, à part le vide de leur succès qui ne leur apportait aucun bonheur.

Lawrence se découvrit un peu plus, dans un effort désespéré pour obtenir une réponse.

— Nous ferions bien de l'inscrire au collège pour jeunes filles de Cheltenham. Il n'y a peut-être déjà plus de place.

Kay devina la détresse sous la moquerie. Elle fit la moue.

— Il n'en est pas question. L'école publique d'Eldenbury. Maintenant que je l'ai, je ne la quitte plus des yeux.

Kay reprit Flora. Lawrence restait désemparé, peu sûr du sens de ce qu'elle venait de dire. Était-ce la fin ? Le renvoyait-elle ? Venait-elle d'affirmer son indépendance et de lui rejeter son offre à la face ?

Kay s'éloigna tout en lui disant par-dessus son épaule :

— Suis-moi. C'est l'heure de son biberon. Elle va commencer à pleurer et tu pourras juger. (Elle ajouta avec une grimace :) Tu changeras peut-être d'avis.

Quelques minutes plus tard, Lawrence tenait dans ses bras un petit paquet furieux et tout rouge qui émettait des cris à rendre sourd pendant que Kay essayait de refroidir le biberon tout en riant. Tous deux, experts manipulateurs, se faisaient manipuler par une toute petite créature. Kay secoua quelques gouttes de lait sur son poignet pour s'assurer qu'il n'était pas trop chaud et ne lui vaudrait pas une colère plus grande encore, et passa le biberon à Lawrence.

— Allez. Tu es un nouvel homme, n'est-ce pas ? Tu pourras aussi changer sa couche après.

Lawrence regarda Flora téter avec une ténacité étonnante ; le niveau du lait passa rapidement de vingt centimètres à quinze, à dix… Kay s'était assise. Il la regarda.

— Alors ?

— Avec quelle agence mettrons-nous la maison sur le marché ?

# 29

Alors qu'elle enfournait un grand plat de pommes de terre, Lucy eut soudain le sentiment d'avoir le cœur joyeux, ce qui ne lui était pas arrivé depuis des mois. Elle était occupée à ce qu'elle faisait avec le plus de bonheur : préparer des montagnes de nourriture et des litres de vin pour ses amis et sa famille, qui allaient se réunir autour de sa table... James et Caroline revenaient de leur voyage de noces cet après-midi-là. Mickey ne pouvant toujours pas conduire sur de longues distances, Patrick s'était proposé pour aller les chercher à l'aéroport. Ils revenaient partager le repas dominical à Honeycote House, ce qui leur donnerait l'occasion de raconter en détail leur séjour en Toscane. Pour compenser l'ennui des jours qui suivent les grands événements, Lucy avait organisé une réunion. Elle avait invité Keith et Mandy, qui faisaient maintenant un peu partie de la famille. Ned aussi. De toute façon, il en avait toujours fait partie.

Elle inspecta sa cuisine, tout en repassant dans sa tête son menu du dimanche. La lumière du soleil éclaboussait les murs jaunes de la cuisine, leur donnant un reflet doré. L'air était empli de l'odeur riche d'un rôti de porc dont les jus se mêlaient à des oignons fondants. La sauce aux pommes réduisait dans une casserole. Des carottes et des petits légumes verts de printemps attendaient, préparés et coupés en morceaux.

Lucy se sentait heureuse. Tout était en ordre. Elle s'assit pour prendre le temps de profiter de la paix. L'atmosphère des jours anciens était de retour, chaude, accueillante. Il semblait qu'un fantôme ait été enterré. C'était le cas, dans un sens.

Elle était allée faire une promenade à cheval avec Mickey le matin, au pas seulement. Elle voulait lui montrer à quel point Phoenix avait changé grâce aux heures de patience qu'elle avait passées avec le cheval. Il n'était plus capricieux du tout et se comportait en parfait gentleman. En atteignant le flanc de la colline qui donnait sur Honeycote, ils avaient contemplé dans un silence amical leur maison, le village et la brasserie.

En considérant ensemble ce qu'ils auraient pu perdre, ils avaient compris sans se le dire que la vie avait dépassé les récriminations, le désir de revanche. Il était temps de se tourner vers l'avenir. De profiter de tout ce qui leur appartenait. Ils venaient de passer un tournant de leur vie. Ils rentrèrent à la maison le cœur plus léger.

Quiconque aurait observé les Liddiard pendant le repas aurait pensé voir une famille normale, ordinaire, dont les membres partageaient leurs expériences. Personne n'aurait pu deviner les turbulences qu'ils avaient dû supporter pour en arriver là. Chacun avait compris son rôle, ses limites, ce qui pouvait être dit et ce qui ne le pouvait pas, quand se regarder dans les yeux et quand s'éviter.

Mickey revenait de la cave avec deux bouteilles de bordeaux lorsque Caroline sortit des toilettes situées derrière la cuisine. Il devait admettre qu'elle paraissait différente. Bien sûr, le jour de son mariage, elle était très belle, mais elle avait eu l'aide de diverses esthéticiennes et coiffeuses. Deux semaines au soleil printanier de la Toscane avaient fait ressortir sa beauté naturelle : sa peau était parsemée de taches de rousseur dorées, le blanc de ses yeux n'était plus marqué de veines rouges trahissant le surmenage, et les lueurs dorées de ses iris brillaient.

Mickey s'avança pour la saluer.

— Bienvenue, madame Liddiard, dit-il pour la taquiner.

— Merci.

Elle était debout devant lui, un sourire coquin aux lèvres. Mickey pouvait presque sentir le soleil irradier de sa peau. Il eut envie de la toucher, d'effleurer cette chaleur du bout de ses doigts. Il se pencha en avant et frotta ses lèvres contre les siennes. Elles étaient pleines, lascives, des lèvres de voyage de noces, enflées de baisers. Il les imaginait dévorant des figues mûres le soir de ses noces. Elle avança d'un pas et il sentit sa poitrine contre la sienne. Il retint le baiser, le savoura, inhalant le parfum de miel brûlé et de fleur d'oranger; une senteur exquise achetée à Florence.

Soudain, il ressentit une excitation familière. Un grand soulagement l'envahit. Il était en train d'avoir une érection ! Dieu merci ! Il avait fini par penser qu'il n'en aurait plus jamais de sa vie ; que c'était là sa véritable punition ; qu'il ne pourrait plus jamais avoir de rapports sexuels. Ultime ironie.

Ce n'était pas le cas. Elle était revenue, la preuve était faite, en quelque sorte. Mickey esquissa une grimace de plaisir. Il avait envie de danser triomphalement. Il s'aperçut que Caroline le regardait, un peu étonnée mais amusée. Il aurait aimé lui montrer la raison de sa joie, mais ce n'était pas un comportement approprié et il aurait eu à s'expliquer si quelqu'un était entré.

Leurs yeux se rencontrèrent. Mickey recula à regret, souhaitant que son érection retombe. Elle le regarda, un sourcil légèrement soulevé, se demandant ce qu'il s'apprêtait à faire. Il toussa, conscient qu'il fallait qu'il dise quelque chose.

— Je voulais juste te remercier.

— Pourquoi ?

Il ne pouvait pas lui dire : « Parce que tu m'as donné une trique d'enfer. » Même s'il pensait qu'elle comprendrait. C'était une sacrée nana. James avait bien de la chance.

— De m'avoir sauvé de moi-même.

Caroline lui rendit son sourire.

— Ce fut un plaisir.

Mickey se retourna et repartit vers le salon. En dépit de la physiothérapie, il claudiquait encore un peu. Le salon bourdonnait de voix ; son retour ne fit aucun remous. Personne n'avait trouvé suspecte son absence en même temps que celle de Caroline. Lucy sourit et lui offrit une autre part de tourte caraban. Mickey avança son assiette en lui rendant son sourire.

— Je résiste à tout sauf à la tentation.

Son regard rencontra celui de Caroline qui venait de s'asseoir en face de lui. Elle leva son verre dans sa direction en lui adressant une grimace complice. Mickey se tourna résolument vers Lucy et lui caressa la jambe sous la table. Elle le regarda, un peu surprise. Ces derniers temps, il avait paru éviter le contact physique, inquiet de son impuissance. Mickey sourit, rassuré parce que tout fonctionnait encore ; l'épisode dans l'arrière-cuisine n'était pas un simple coup de chance. Encore faudrait-il qu'il passe l'épreuve. Il avait hâte que tout le monde s'en aille pour qu'il puisse monter avec Lucy, vérifier la mécanique…

Caroline prit une petite gorgée de son vin rouge. Elle était heureuse que Mickey ne lui ait pas fait des avances. Elle n'était pas sûre de la manière dont elle aurait réagi, mais elle n'avait pas eu besoin de se poser la question. À l'évidence, il avait appris sa leçon.

Elle repensa à son voyage de noces. Deux semaines merveilleuses. James était au septième ciel, bien sûr, entouré de tant de trésors. Il allait d'église en galerie, totalement enchanté par son environnement. Au début, Caroline avait trouvé cela un peu ennuyeux, un tableau ressemblant beaucoup au suivant, à son avis, mais, petit à petit, grâce à son tuteur expert, elle s'était ouverte à ces nouvelles expériences et avait commencé à apprécier les trésors qui le charmaient, même si, tout au fond d'elle-même, elle devait admettre qu'elle aurait préféré aller dans les magasins. Cependant, le soleil de Toscane et la simplicité rustique de la nourriture et du vin avaient ravi ses sens. L'intensité de leurs rapports amoureux avait augmenté au fur et à mesure des vacances. Ils avaient eu de la peine à quitter leur suite de voyage de noces et avaient traîné au lit jusqu'à la dernière minute. Ils avaient tout juste trouvé un peu de temps pour faire un tour de Florence et acheter des souvenirs.

Elle avait aussi l'impression qu'ils avaient rapporté un autre souvenir, mais elle n'était pas prête à en parler avec quiconque pour l'instant, juste au cas où. Si c'était une fille, ils pourraient l'appeler Siena.

*
* *

Lucy avait rapporté les assiettes à dessert dans la cuisine. Elle était en train de préparer les fromages lorsqu'elle sentit une présence derrière elle. Elle se retourna et vit James. Il était beau, bronzé et souriant.

— Je t'ai rapporté un cadeau.

— Tu n'aurais pas dû.

Lucy essuya ses mains sur son tablier et prit le petit paquet qu'il lui tendait. Il était enveloppé dans un papier blanc et le ruban était scellé avec de la cire rouge.

C'était un dessin impressionniste miniature d'un cheval cabré en ocre sur terre cuite. Il était encadré à la vénitienne. Lucy vit qu'il ne provenait pas de la boutique-cadeaux d'un musée, que c'était un original et qu'il avait probablement coûté plus cher que le voyage de noces. Il était adorable. Elle n'aurait pas pu trouver mieux.

— Merci, souffla-t-elle. Mais pourquoi ?

— Tu le mérites, répondit simplement James. Tu as eu des moments difficiles.

Lucy haussa les épaules, presque dédaigneusement.

— Nous avons tous souffert.

— C'est aussi pour que tu te rappelles, poursuivit-il, que je serai toujours là pour toi.

Lucy avala sa salive, ne sachant s'il voulait dire qu'elle pourrait toujours venir pleurer sur son épaule, ou plus. Elle choisit la première interprétation. La vie serait plus simple de cette manière.

— Il est vraiment beau.

Elle s'avança pour le remercier d'un baiser. Un effluve familier de bergamote effleura ses narines. Elle ne l'avait pas senti depuis plus de deux semaines.

Des bruits de pas la firent se retourner. Patrick arrivait. Un court instant, elle se demanda si elle devait cacher le cadeau de James, le recouvrir de son emballage, mais, vraiment, elle n'avait aucune raison de se sentir coupable.

— Regarde ce que James m'a rapporté. De Toscane.

Patrick admira poliment le petit dessin, mais il était plus intéressé par le fromage. Lucy prit les derniers morceaux sur l'étagère où ils respiraient, hors de portée de Pokey (qui avait une préférence pour le stilton) et tendit l'assiette à Patrick. Les deux hommes retournèrent à table. Avant de les suivre, Lucy rangea le dessin dans l'un des tiroirs de la cuisine. Elle ne savait pas si James et Caroline avaient rapporté des cadeaux pour tout le monde et ne voulait pas pavoiser.

À table, James se coupa une part généreuse de brie.

— Au fait, il y a une vente de campagne près de Bath, mardi. Je vais y aller reconstituer mon stock en prévision de l'été. Quelqu'un veut-il venir avec moi ?

Caroline secoua la tête.

— J'aimerais bien, mais j'ai trop à faire à la brasserie. Je dois rencontrer des gens qui viennent pour des entretiens, etc.

Sans compter le rendez-vous avec le docteur.

— C'est une grosse vente. Il y en a de moins en moins et elles sont de plus en plus loin de nos jours.

James s'efforçait d'être persuasif. Lucy regarda Mickey.

— Allons-y. Nous avons besoin de chaises, surtout avec cette famille qui semble s'agrandir de jour en jour.

Mickey secoua la tête.

— J'ai une semaine débordée, moi aussi. Je dois finaliser des papiers avec Keith. Pourquoi n'y vas-tu pas ?

Patrick s'en mêla.

— Ouais, tu pourrais voir s'il n'y a pas des décorations pour les tavernes. Nous avons de grands projets. Des têtes d'élan empaillées, des armures, tu vois, ce genre de choses…

Lucy fit une grimace.

— Il est hors de question que je me lance dans des enchères pour une tête d'élan empaillée, merci beaucoup. (Lucy se tourna vers James.) Mais je t'accompagnerai, si tu le veux bien.

— J'ai une copie du catalogue. Je le déposerai en passant demain.

C'était décidé. Lucy hésita encore un moment, inquiète de ce que penseraient les autres. Personne ne semblait réagir. Pour elle, c'était la preuve que les affreux événements des derniers mois étaient oubliés. Elle s'assit avec un soupir de soulagement. C'était presque comme si rien n'était arrivé.

Mickey souriait tout seul en promenant son regard autour de la table sur sa famille qui parlait et riait. Il s'étonnait que tout ait si bien tourné. Les choses auraient pu être bien différentes et il s'en était fallu de peu. Il aurait pu perdre la brasserie, son mariage, mon Dieu, il avait même failli mourir. Pourtant, miraculeusement, un revirement s'était produit et tout le monde était heureux.

Il contempla un à un les membres de sa famille. Sophie était radieuse. Elle avait repris un peu de poids et les horribles creux autour de ses yeux s'étaient remplis, suffisamment pour qu'elle ait l'air en bonne santé, mais pas assez pour qu'elle s'inquiète d'être trop grosse. Patrick était détendu, heureux, confiant. Mickey était fier de la maturité dont il avait fait preuve ces dernières semaines. Keith l'avait félicité de son travail. Il semblait apprécier le défi. James et Caroline étaient encore dans l'ambiance de leur voyage de noces et, à l'évidence, heureux comme des coqs en pâte. Quant à Lucy, Mickey la regarda passer un plat. Elle avait retrouvé sa flamme d'autrefois, Dieu merci. Il ne se serait jamais pardonné de l'avoir éteinte. Elle était redevenue elle-même et riait de la remarque de quelqu'un. La tension de ces derniers mois se dissipait sous ses yeux.

Mickey lui-même se sentait beaucoup mieux, pour la première fois depuis des semaines. Il avait de moins en moins d'accès de cafard, souffrait moins et ne prenait plus d'analgésiques, à part le soir, pour dormir. Il sentit une lueur d'espoir grandir dans son cœur, une petite pousse aussi tendre et verte que les crocus qui montraient le bout de leur nez à travers la pelouse, par la fenêtre.

Mickey attrapa une bouteille de chablis qu'il fit glisser vers lui. Il étudia l'étiquette familière, contempla le liquide d'un vert doré en repensant à son goût de pierre sèche, au bien-être qu'il apportait, donnant l'impression que toutes les responsabilités quittaient ses épaules. Il se demanda si quelqu'un le remarquerait s'il en prenait une lichette dans son verre. Ils étaient probablement tous trop occupés pour le noter ou s'en soucier. Ce serait le premier verre depuis des mois. Il essaya d'oublier les avertissements du médecin. Il n'en prendrait qu'une gorgée, se disait-il en lui-même. Il n'allait pas se soûler; il proposerait seulement un petit toast. Après tout, il s'agissait d'une célébration, tout allait bien...

Il versa un peu de vin dans le verre le plus proche de lui qu'il tapota avec une fourchette pour attirer l'attention de tous. Les conversations s'arrêtèrent et les visages se tournèrent vers lui, surpris. Il s'éclaircit la gorge, un peu intimidé. Il n'avait pas l'habitude de manifester de la sentimentalité.

— Nous sommes tous réunis à nouveau et je voudrais proposer un toast. Je ne suis pas sûr à qui ou à quoi, car il y a tant de choix. À James et à Caroline, bien sûr, mais aussi à Keith, qui a redonné un avenir à Honeycote Ales. Ensuite à Patrick, qui a tant fait pour m'aider pendant que j'étais en convalescence... La liste n'a pas de fin, aussi je vais rester simple.

Il plaça un doigt de chaque côté du verre, comme s'il allait le lever, puis le fit glisser vers Lucy. Elle le prit, le remerciant d'un sourire, et il leva son gobelet d'eau de Malvern pour le toast.

— À toutes les personnes présentes autour de cette table ! À nous !

Les yeux de James plongèrent dans ceux de Lucy lorsqu'elle leva son verre. À sa grande surprise, il lui fit un clin d'œil presque imperceptible mais terriblement complice. Elle eut une soudaine montée d'excitation, comme si des bulles de champagne débordaient d'un verre. Gênée, elle tourna son regard vers le visage rayonnant et fier de Mickey. Elle lui sourit en se joignant à lui.

— À nous tous !

# Remerciements

Merci à :

Valerie Hoskins et Araminta Whitley pour leur persévérance à m'encourager et à m'aider à réaliser mon rêve ;

Harrie Evans, camarade d'études classiques et *editrix extraordinaire,* pour ses conseils avisés et quelques somptueux repas ;

mes parents, Jenny et Miles et à mon frère Paul pour les deux choses les plus importantes de la vie : l'amour et le rire ;

mes beaux-parents, Audrey et Sam, pour leur aide et leur soutien ;

mes fils, Jacob et Sam, de m'avoir donné une raison…

Claire Collins d'en avoir demandé la suite après avoir lu un peu du début ;

Hook Norton Ales, lumineux exemple de respect des valeurs familiales traditionnelles, de m'avoir inspirée et offert une visite passionnante ;

et surtout, merci à toi, Peter, pour ton incroyable patience.

Ce livre est pour toi !

7484

Composition Chesteroc Ltd
Achevé d'imprimer en France (Manchecourt)
par Maury-Eurolivres
le 17 décembre 2004.
Dépôt légal décembre 2004. ISBN 2-290-34047-2

Éditions J'ai lu
84, rue de Grenelle, 75007 Paris
*Diffusion France et étranger : Flammarion*